현장비평가가 뽑은 **2010**
올해의 좋은 소설

현장비평가가 뽑은 **2010**

올해의 좋은 소설

권여선 웬 아이가 보았네 **김경욱** 아버지의 부엌
김사과 매 장埋葬 **김 숨** 막 차 **김중혁** C1+y=:[8]:
김태용 물의 무덤 **박민규** 루 디 **박성원** 하 루
이기호 밀수록 다시 가까워지는 **이수진** 갈매기는 끼룩끼룩 운다
조 현 라 팜파, 초록빛 유형지 **최제훈** 괴물을 위한 변명

H
현대문학

현장비평가가 뽑은
'올해의 좋은 소설'을 선정하고 나서

현장비평가란 무엇일까? 사전적 정의는 없지만 경험적으로 정의해 보자면 그것은 아마도 매월, 매주 등장하는 새로운 문학작품들을 그때 그때 읽고, 평가하는 현재적 비평가를 의미할 것이다. 연구와 비평은 현재성이라는 지점에서 분명하게 나뉜다. 연구가 당대의 현재적 의미를 사후적으로 점검하고 객관적으로 재배치하는 과정이라면 현장비평은 발견에 가깝다. 이는 역으로 말해, 현장비평가의 가장 중요한 임무 중 하나가 바로 새롭고 훌륭한 작품의 발견이라는 뜻이기도 하다.

그런 점에서 매년 현대문학에서 선정하는 『현장비평가가 뽑은 올해의 좋은 소설』은 지금, 여기의 한국소설을 추적하고 발견하는 과정이라고 할 수 있다. 선집에 실린 작품들은 현장의 예감이 한국문학사의 수확이 되기를 바라는 기대에 찬 전망일 것이다. 여기에, 우리 문학사가 50년 이후, 100년 이후까지 기록하게 될 거장의 시작이 있고 또 한

편 2010년의 한국문화를 증언할 만한 증후가 남겨진다.

2010년에 들어서서 문화계에서는 흥미로운 변화들이 발생하고 있다. 그중 하나가 바로 아이패드 및 아이폰과 같은 새로운 디스플레이 매체의 상용화이다. 새로운 디스플레이 매체들은 삶의 방식을 변화시켰다. 가장 큰 변화 중 하나가 바로 새로운 도서시장의 발굴이다. 아마존 킨들에서부터 시작된 전자책 열풍은 이제 스마트폰 열풍과 더불어 휴대용 일인 전자책 상용화 문제로 넘어섰다. 책이라는 기의는 남겠지만 책의 기표가 서서히 달라지고 있는 중이다.

발터 옹, 마샬 맥루한과 같은 학자들은 벌써 꽤 오래전부터 문자시대가 전자시대로 넘어갈 것을 예고했다. 하지만, 이 예고는 여름이면 한두 번쯤 몰아치는 태풍과 홍수처럼 관습적 예보로 받아들여졌다. 지구의 탄생 이후 몇 번쯤 지진이나 쓰나미도 있었다는데, 당연한 이치이겠지, 정도의 무덤덤한 예측으로 받아들여졌던 것이다.

그런데 아이패드의 본격 출시를 앞둔 현재, 국내외의 출판사들이 온통 새로운 형태의 이북의 출현에 대해 고심하고 있다. 어떤 내용을 담고, 어떤 방식으로 연출할 것이냐, 과연 어디까지 저작권을 보장할 수 있을까와 같은 본질적이면서도 심오한 문제들이 한창 뜨겁게 논의 중이다. 문제는 이뿐만이 아니다. 많은 독자층들이 이제는 흰색 종이 위에 검은색으로 얌전히 놓인 줄과 행의 사유보다는 이미지를 소비하고자 한다. 간혹, 프로야구나 월드컵이 소설의 큰 적이 되기도 한다. 그런데, 축구가 소설의 적이라니, 이게 가능한 이야기인가?

이쯤에서 다시 한 번 2010년의 소설을 생각한다. 올해 현장비평가가 뽑은 오늘의 소설들은 이러한 변화의 한가운데에 새롭게 진입한 신인들을 주목했다. 등단한 지 몇 해 되지 않은 젊은 작가 이수진의 「갈매기는 끼룩끼룩 운다」나 조현의 「라 팜파, 초록빛 유형지」와 같은 작품들은 지금껏 한국문학에서 보기 힘들었던 발랄함과 장르적 진지함을 보여준다. 묵시록적 로드무비를 연상시키는 박민규의 「루디」도 그런 관점에서 보자면, 작가의 등단 연수를 무색하게 하리만큼 새롭고 신선하다. '프라이드'라는 과거 아이콘-브랜드를 통해 지나간 한 시점을 회고하는 이기호의 「밀수록 다시 가까워지는」은 최첨단시대에 복고적 삶의 징표를 장식해준다.

수록된 작품들은 낯익은 방식이지만 사각지대를 밝혔고, 낯선 방식들을 통해서는 오래된 문제를 새롭게 환기하고 있다. 소설의 적들이 늘고 있다지만 언제나 올해의 소설에 선택되는 몇 편의 작품들은 그 적들마저 잠시 쉬게 한다. 마치, 소설이란 이렇게 계속 재생 중인 일상의 '잠시 멈춤' 혹은 '일시 정지'라는 듯이, 이 작품들은 현재를 거울 앞에 세운다. 거울은 아름다움을 확인시켜주기도 하지만 내 현재를 객관화해주기도 한다. 『2010년 현장비평가가 뽑은 올해의 좋은 소설』은 2010년 우리 사회의 거울이다.

2010년 6월

선정위원 | 김윤식 · 박혜경 · 류보선 · 심진경 · 강유정

현장비평가가 뽑은 **2010**
올해의 좋은 소설

차례

웬 아이가 보았네

권여선

1965년 경북 안동 출생.
1996년 『푸르른 틈새』로 〈상상문학상〉 수상하며 등단.
소설집 『처녀치마』 『분홍 리본의 시절』.
장편소설 『푸르른 틈새』. 〈이상문학상〉 수상.

웬 아이가 보았네

1

그곳은 예술인 마을이었지만 경찰도 살고 교사도 살고 실업자도 살았다. 물론 시인도 살고 영화감독도 살고, 오래전에 딱 한 편의 소설을 쓰고 절필한 교수도 살았다. 통계로 잡히지는 않았지만 아마 도둑과 아편중독자와 부패관료도 살았을 것이다.

예술인 마을이 막 형성되던 초창기에 집장사를 시작했던 이상건 씨는 세 번째 집을 지어 팔고 난 후 집장사를 그만두게 되었다. 그해 유류파동이 나서 자재값이 폭등한 탓도 있었지만, 아내의 몸이 쇠약해져 꽤나 가정적이었던 이상건 씨로서는 더 이상 바깥일에만 몰두할 수 없었기 때문이다. 그가 지어 판 첫 번째 집과 두 번째 집에는 예술과 전혀 상관없는 사람들이 살고 있었지만(그중 한 집에 우리가 살고 있었다.), 세 번째 집은 참으로 예술가다운 풍모를 지닌 사람에게 팔렸다.

갈색 베레모를 쓴 키가 작고 여윈 그 남자는 결혼한 지 얼마 안 되는

새신랑이라 했다. 이상건 씨의 은근한 심문이 밝혀낸 바에 따르면 유
감스럽게도 그의 직업은 화가나 시인이 아니라 요리사라는 것이었다.
그러나 조금 더 밝혀내고 보니 다행스럽게도 그의 아내가 시를 쓴다고
했다. 냉정하게 보면 그녀는 진짜 시인이라기보다 허다한 시인지망생
에 불과했지만 이상건 씨는 둘을 구분할 필요를 못 느꼈다. 등단을 했
든 못했든 시를 쓰면 의당 시인이었고 여자면 마땅히 여류시인이었다.
　여류시인이라니! 하고 이상건 씨는 생각했다. 태어나서 그때까지
이상건 씨는 여류시인을 직접 본 적이 없었다.
　이상건 씨가 그들 부부에게 판 세 번째 집은 뾰족한 예각을 이루는
초록빛 지붕 아래 네 개의 둥근 아치기둥이 서 있는 집이었다. 어찌 보
면 조화롭지 않아 보이면서 뜻밖에 아슬아슬한 조화를 이루고 있는,
귀엽고 우아한 집이었다. 유럽식 별장을 닮았다고 하기엔 다소 무리가
있고, 유럽식 별장을 모방해 만든 새장 같다는 느낌을 주는 집이었다.
마을사람들은 그 집을 간단히 '뾰족집'이라고 불렀다. 단연 지붕에 무
게를 실어준 셈이었다.
　뾰족집은 사실 이상건 씨가 팔기 위해 지은 집이 아니었다. 자신들
부부가 들어가 살려고 꽤 멋을 부려 지은 집이었는데, 자재값 독촉이
심해져 당시 살고 있던 집을 급매물로 내놓을 수밖에 없는 형편이었
다. 그런데 병약한 아내는 당장 살던 집을 팔고 새 집으로 이사해야 한
다는 사실에 기함을 하여 더욱 골골 앓는 소리를 내는지라 이상건 씨
로서도 엄두를 못 내고 망설이고만 있었다. 그러던 차에 새로 지은 뾰
족집을 급매물로 잘못 알고 매수자를 물어온 중개업자가, 흡사 내림굿
을 받은 초짜 무당처럼 양팔을 좌우로 날쌔게 휘젓고 뚱뚱한 몸집을
앞뒤로 뒤흔들며, 한 치 앞도 못 내다볼 작금의 부동산 경기에서는 헌
집이든 새 집이든 사겠다는 사람이 나섰을 때 냉큼 파는 게 상수라고

이상건 씨를 정신없이 몰아붙였던 것이다.

뾰족집을 판 후에 자재값도 폭등했지만 덩달아 집값도 폭등하는 바람에 결과적으로 이상건 씨는 조금 손해를 본 셈이었지만, 자기가 지은 집에 여류시인이 산다는 사실에 기꺼이 만족하기로 했다. 더구나 이사 온 첫해에 요리사는 넓은 마당 가장자리 담장을 뱅뱅 돌아가며 들장미를 심었는데, 이것도 이상건 씨의 만족감을 상승시켰다. 뾰족집은 이상건 씨 집 마당에서 대각선 방향으로 내려다보였다. 뾰족집을 바라보는 이상건 씨의 얼굴에는, 다른 집으로 양자 보낸 자신의 아이가 양부모의 정성 어린 양육으로 날로 예뻐지고 건강해지는 모습을 지켜보는 듯한 기쁨이 어려 있었다. 그러나 무엇보다 이상건 씨를 만족시킨 것은 바로 뾰족집 새댁의 미모였다.

게다가 여류시인이라니! 하고 이상건 씨는 감탄했다. 태어나서 그때까지 이상건 씨는 여류시인처럼 아름다운 여자를 직접 본 적이 없었다.

2

소위 여류시인의 미모가 예술인 마을의 비예술적 서민사회에 불러일으킨 반향은 실로 놀라웠다. 그녀의 외모는 무어라 설명하기 복잡한, 꽤나 독특한 종류의 아리따움을 지니고 있었다. 그것은 결코 우아하거나 자연스럽다고는 말할 수 없는 아름다움이었다. 조금만 과도했더라면 천박해 보였을 예쁘장한 얼굴과 조금만 지나쳤더라도 기이해 보였을 작고 육감적인 몸매는, 그녀가 살고 있는 뾰족집 같기도 했고 뾰족집을 둘러친 들장미 같기도 했다. 즉 그녀의 아름다움은, 모던하고 이국적인 별장이 아니라 그것을 본떠 만든 새장처럼 인위적이고 조악했으며, 스스로 고고한 백합이라기보다 때로 피어 눈길을 끄는 들장미넝쿨처럼 끈질기고 난폭했다. 그 속에는 스스로의 아름다움을 속속들이 알고 있는 속물적인 뻔뻔미와, 시시각각 그 효과를 상대방에게서 확인받고 싶어 안달하는 선병질적인 초조미가 섞여 있었다. 이렇게 말할 수도 있겠다. 그녀의 아름다움은, 듣다 보면 어디서 많이 들어본 듯한 느낌을 주는 그녀의 자작시처럼 지극히 통속적이었으며, 그 시를 읊는 그녀의 카랑카랑한 목소리처럼 숨 막히게 조마조마했다고.

3

뾰족집이 예술인 마을에서 가장 아름다운 집은 아니었지만, 들장미가 필 무렵이면 마을에서 가장 눈에 띄는 게 사실이었다. 초록빛 삼각지붕 아래 소담스런 붉은 장미넝쿨이 풍성하게 늘어졌다. 그러자니 이상건 씨가 멋을 부려 세워놓은 아치기둥은 거의 돋보이지 않았다.

매년 늦봄에서 초여름까지 들장미가 봉오리를 맺기 시작해서 만개할 시기 동안 뾰족집 부부는 너른 마당에서 종종 야회를 열었다. 요리사가 직접 만든 요리를 내놓고 여류시인이 자작시를 직접 낭송하는, 그야말로 마을 이름에 걸맞은 예술적 야회였지만, 아쉽게도 진짜배기 예술가들은 코빼기도 보이지 않았고 이상건 씨 부부와 몇몇 서민적인 이웃들만이 참석했다.

나의 어머니도 이상건 씨 부부를 따라 가끔 야회에 참석했는데, 뾰족집 부부와 친해서라기보다 이상건 씨 부부와 친해서라는 투였다. 어머니는 가장 좋은 원피스를 입힌 나를 앞세우고 굳은 식빵 같은 표정으로 주춤주춤 뾰족집 마당에 들어서곤 했다. 하는 행동이 남 보기에 이상하리만치 어색해 보이는 사람이 있는데 슬프게도 내 어머니가 바로 그런 사람이었다. 어머니는 뾰족집 부부와 별로 친하지 않았고 친해질 생각도 없다고 말했지만 그들 부부의 일거수일투족에 적지 않은 관심을 갖고 있었다.

처음 그 야회에 참석하던 날 어머니는 내게 앙증맞은 넥타이가 달린 바둑판무늬 원피스를 입혔다. 나를 본 여류시인은 내 원피스의 넥타이를 살짝 들었다 놓으며 짧게 말했다.

"참 예쁘구나."

어머니는 그 말이 내 원피스에 대한 평인지 나에 대한 평인지 못 견디게 궁금한 나머지 이렇게 선수를 쳤다.

"예쁘긴요. 비싸게 주고 산 것도 아닌데."

여류시인은 어머니 말에는 아랑곳하지 않고 나를 몇 초 동안 유심히 살펴보더니 이윽고 만족한 듯이 웃으며 말했다.

"넌 꼭 나를 줄여놓은 것 같아."

뱀의 매끄러움이 그러하듯 그녀의 웃음은 소름 끼치게 아름다웠다. 마치 미소의 가장 아름다운 라인을 찾기 위해 수많은 실험을 거듭한 끝에 드디어 그 절개선을 찾아낸 성형의가 보이지 않는 회심의 메스로 그녀의 입가를 민감하게 도려내고 있는 듯한 미소였다. 어머니는 최대한의 자제심을 발휘해 몸을 바르르 떨었는데, 비록 그 떨림은 약했지만 안간힘을 다해 뭔가를 참고 있는 표정이 노골적이어서 자제하고 있다는 느낌을 주지는 못했다. 어머니는 기가 막히다는 듯 겨우 이렇게 말했다.

"앤 즈이 아버지를 닮았어요."

"그래요? 아, 바깥분을 꼭 한 번 뵙고 싶어라. 다음엔 꼭 같이 오세요."

　남편을 여류시인에게 자랑하고 싶은 마음과 남편이 여류시인에게
홀리지 않을까 두려운 마음 사이에서 어머니는 고통을 겪었지만, 결국
자랑하고 싶은 과시욕이 이겼다. 다음 야회에 부부동반으로 참석한 어
머니의 판단은 크게 나쁜 결과를 가져오지는 않았다.

　윤곽이 부드럽고 잘생겨 누구에게나 호감을 주는 외모를 가진 내 아
버지는, 남의 관심을 받는 데만 익숙했지 자신의 관심을 표현하는 데
는 서툴기 짝이 없었다. 서툰 정도가 아니었다. 아버지는 감정의 영역
에 있어서는 천생 수동적인 사람이었다. 뾰족집 야회에서 처음 여류시
인을 본 순간 아버지는 일찍이 경험한 적 없는 혼란에 빠진 듯 보였다.
그것은 마치 상대의 공격을 받아내는 데만 도가 튼 수비수가 갑작스레
공격수로 잘못 발탁되었을 때 겪을 법한 당혹이나 공포감과 비슷했다.
결국 아버지는 삼십 분을 못 버티고, 은퇴를 결심한 수비수처럼 서둘
러 뾰족집 마당을 가로질러 사라져버렸다. 이후로 아버지는 뾰족집 야
회에 참석하지 않았으며 시간이 지나서 가까스로 거울처럼 매끈한 평
정을 되찾고서야 크게 만족했다.

　그렇다. 내 어머니는 못생겼고 여류시인은 예뻤다. 그러나 극단적인
용모 차이에도 불구하고 그들은 하나의 특징을 공유하고 있었는데, 그
것은 지나치게 자기 외모를 의식하는 태도였다. 다소 잔혹한 표현이긴
하지만, 내 어머니가 길고 못생긴 말상의 하녀가 갖는 투박하고 저돌
적인 어색함을 지녔다면, 여류시인은 똑 따먹게 예쁜 화류계 여인이
갖는 작위적이고 교태 어린 어색함을 지녔다. 어머니를 점점 예쁘게
만들고 여류시인을 점점 추하게 만든다면, 딱 중간지점에서 외모뿐만
아니라 성격까지도 쏙 빼닮은 쌍둥이 자매가 기적처럼 탄생할 법도 하
였다.

따라서 등을 맞댄 삼쌍둥이처럼 다른 방향을 바라보도록 운명 지워진 두 여자는, 만나자마자 신비로운 육감으로 서로를 알아보았음에 틀림없다. 여류시인의 소름 끼치는 미소와 그것을 본 어머니의 전율이 바로 그 증거였다. 여류시인의 눈빛은 차가운 경멸로 반짝였고 내 어머니의 눈빛은 열렬한 혐오로 빛났다.

4

어머니가 이상건 씨 부부, 아니 정확히 말해 이상건 씨 아내와 부쩍 가까워진 시기 또한 뾰족집 부부가 이사 온 지 얼마 지나지 않아서였다. 이전까지만 해도 어머니는 이웃 여인들 중 젠체하는 이상건 씨 아내를 가장 꺼려하던 터였다. 두 여자가 뾰족집 여류시인에 대해 처음으로 이야기를 나누던 순간을 나는 똑똑히 기억하고 있다.

"그 가엾은 애심이 엄마가 하도 걱정을 하면서 점이라도 치러 갈까 어쩔까 망설이니까 글쎄 뾰족집 새댁이 그럼 자기가 따라가줄 테니 한번 가보자면서……."

여기서 어머니는 목소리를 낮춰 이상건 씨 아내에게 속삭였다.

"쇠뿔도 당기며 빼랬다고 하더군요."

"아, 네. 저는 독실한 신자라 점 같은 게 무슨 도움이 될까 의심하지만……."

힘없이 고개를 늘어뜨린 채 옹알거리던 이상건 씨 아내가 별안간 산삼을 달여 먹은 환자처럼 고개를 번쩍 들고 눈을 크게 떴다.

"뭐라고요? 당기며라고요?"

어머니는 그럴 줄 알았다는 듯 자신만만하면서도 약간 비굴한 미소를 지었다. 그것은 내가 자주 접하는 미소였는데, 자신의 소중한 외동딸인 내가 실수를 저질렀을 때, 그걸 뻔히 알고 있으면서도 요리조리 나를 떠보다가 마침내 막다른 골목에 몰린 내 입에서 엉겁결에 이전의 진술과 모순된 진술이 튀어나왔을 때 짓는 미소와 비슷했다. 자신의 지혜로움이 상대의 어리석음을 백일하에 드러내고 말았다는 기쁜 승리감과, 상대를 그런 극한적 상황까지 몰아붙인 데 대한 비굴한 참회 같은 것이 뒤섞인, 대단히 어색한 미소였다. 어머니는 주먹 쥔 손을 몸쪽으로 힘차게 당기며 단언했다.

"그래요. 쇠뿔도 당기며라고요!"

"어머나, 그건⋯⋯."

이상건 씨 아내가 가느다란 손가락이 돋보이는 우아한 손짓으로 입을 가렸다.

"내가 이 귀로 분명히 들었어요."

어머니가 마디 굵은 손가락으로 자기 귀를 가리키며 이렇게 말하는 순간 이상건 씨 아내의 눈이 묘하게 빛났다. 두 여자는 잠시 눈싸움을 하듯 마주 보다가 이내 웃음을 터뜨렸다. 한 여자는 가늘고 높은 새소리로, 한 여자는 크고 씩씩한 염소 소리로. 그때 나는 이미 내 손금을 보듯 분명히 알았던 것 같다. 나와 꼭 닮은 큰언니 같은 뾰족집 여류시인이 예술인 마을에서 그다지 오래 살지는 못하리라는 것을.

5

요리사는 시내 유명 호텔 주방에서 일한다고 했다. 일주일은 늦게 출근해 늦게 퇴근하고 일주일은 일찍 출근해 일찍 퇴근하는, 시간제

교대근무였다. 뾰족집 여류시인은 남편이 이른 퇴근을 하는 주에는 거의 매일 저녁 버스정류장에 나가 남편을 기다리곤 했다. 마을 여자들은 오후 다섯 시 무렵 양산을 쓰고 드레스풍의 홈웨어를 입은 여류시인이 버스정류장을 향해 한들한들 걸어가는 모습을 발견하면 요리사가 일찍 퇴근하는 주라는 걸 알았다. 마을 남자들 또한 버스정류장에 내렸을 때 인형처럼 화사하게 미소 짓고 있는 여류시인을 보면 요리사가 일찍 퇴근하는 주라는 걸 알았다. 그녀의 존재는 남편의 이른 퇴근을 알리는 광고판과 같았다. 그 광고를 본 사람들은 이번 주가 왠지 좀 특별한 주라는 인상을 받았고, 내놓고 말하지는 않았지만 혹시 저녁 무렵 뾰족집에서 새로 구운 빵이나 쿠키를 먹으러 오라는 초대가 오지 않을까 은근한 기대를 품었다.

물론 내 어머니는 버스정류장에 나가 남편을 마중하는 행위에 대해 가차없는 비난을 퍼부었다.

"남편한테 잘 보이고 싶으면 얌전히 집에서 기다리면 되는 거예요. 온 동네 남자들에게 다 잘 보이고 싶으니까 그렇게 기어이 떨쳐입고 나가 보란 듯이 기다리는 거죠. 낯간지럽게시리."

대부분의 동네 여자들은 어머니의 말에 고개를 끄덕였지만 개중에는 다른 의견을 가진 여자들도 있었다. 특히 내 어머니가 '그 가엾은'이라는 형용을 빼고는 부르지 않는 애심이 엄마가 그랬다.

6

그 가엾은 애심이 엄마는 평생 남편을 마중하러 나간다는 생각을 머릿속에 떠올려본 적이 없었다. 그 놀라운 생각만으로도 머릿속에 작은 폭발이 일어난 듯했다. 그래서 조만간 자기도 뾰족집 새댁을 따라 정류장에 나가볼까 궁리하던 차였으므로 내 어머니의 똑 부러진 비난에 선뜻 동의할 수 없었다. 비록 금슬이 좋은 편은 아니었지만(실은 매우 나쁜 편이었다.), 애심이 엄마는 남편을 마중한다고 하는 천지개벽할 아이디어의 실현을 놓고 한동안 마음이 달떠 있었다.

하지만 결국 애심이 엄마는 고심 끝에 포기했다. 그건 물론 내 어머니를 비롯한 몇몇 여인들의 비난이 무서워서가 아니라 여러 가지 현실적인 곤란함 때문이었다. 우선 귀가가 규칙적인 뾰족집 신랑과 달리 애심이 아버지는 툭하면 늦거나 외박을 일삼으니 언제 정류장에 나가 있어야 할지 몰랐다. 설령 애심이 아버지가 제시간에 귀가하는 날이 있다손 치더라도, 뾰족집은 남편인 요리사가 퇴근해 직접 요리를 하니 그 새댁은 멋 부리고 나가 마네킹처럼 서 있는 것 말고 달리 신경 쓸 일이 없었지만, 애심이 엄마는 남편과 애심이의 저녁을 준비해야 했다. 애심이 아버지 입장에서도 마누라가 정류장에 턱 쳐들고 나와 있느니보다 집에서 찌개나 보글보글 끓이고 있는 편을 선호할 것이 뻔했다. 그러나 누가 뭐라고 입방아를 찧든 죄다 물리칠 각오에다. 남편의 귀가시간을 어떻게든 알아내서 미리 저녁준비를 해놓고 정류장에 나가볼 각오까지 다졌던 애심이 엄마는, 도저히 극복할 수 없는 하나의 꺼림칙한 이미지 때문에 결정적으로 '남편 마중'이라는 달콤한 유혹을 포기하고 말았다. 아무래도 그녀는 버스정류장에 뾰족집 새댁과 나란히 서 있을 자신의 모양새에 도무지 자신이 서질 않았던 것이다. 외모의 격차도 중요했지만, 무엇보다 그녀 자신이 정류장에 나가 있으면 뾰족집 새댁처럼 남편을 마중 나온 걸로 보이기는커녕 남편의 바람기를 참다 못해 딸년이고 살림이고 다 내팽개치고 집을 뛰쳐나가려는 아낙네 꼴로 보일 것이 분명했다.

내 어머니는 뾰족집 새댁이 이사 온 후 언제부턴가 그 가엾은 애심이 엄마가 자신의 말에 찬성하지 않은 적이 많다는 것을 알고 있었다. 애심이 엄마뿐이 아니었다. 어머니의 말은 당장에는 이웃들에게 큰 이의 없이 받아들여지는 듯했지만, 시간이 흐를수록 점점 그 효과가 떨어졌고, 나중에는 어머니가 그런 말을 했다는 사실조차 철저히 망각되곤 했다. 나는 이웃 여인들이 종종 어머니 앞에서 당신이 언제 그런 말을 했었냐는 식의 의혹에 찬 표정을 감추지 못하던 것을 기억한다.

어머니는 이웃들의 이런 반응이 자신의 밉상에서 기인하는 것이라 여길 정도로, 자신의 모든 불운을 철두철미 외모 탓으로 돌렸다. 어쩌면 그것은 부분적으로 진실이었을지 모른다. 그러나 대부분은 진실이 아니었는데, 어머니의 문제는 외모에 있다기보다 외모를 탓하는 비뚤어진 마음과 모난 자존심에 있었기 때문이다. 예를 들어 어느 날 어머니가 얼굴이 그다지 길어 보이지 않는 헤어스타일을 애써 창안해냈을 때, 이웃들의 반응이 어머니가 기대한 만큼 열렬하지 않으면 어머니는 곧 절망의 구렁텅이에 빠져 다음 날엔 그 공들인 헤어스타일을 헌신짝처럼 버리고 앞머리를 치켜올리고 뒷머리를 틀어올려 가장 얼굴이 길고 못나 보이는 모양으로 이웃들을 대하곤 했다. 이웃 여인들이 질겁을 하여 어제 머리모양이 제법 예뻤는데 왜 바꾸었냐고 물으면 어머니는 어색하게 이죽거리는 웃음을 웃었다. 그 웃음에는 상황을 개선시킬 여지가 남아 있으리라는 실낱같은 희망으로부터 해방된, 최악의 상태에 떨어진 자가 맛보는 자멸적인 쾌감이 배어 있었다.

퍽이나 가정적이었던 이상건 씨가 요리사 부부가 이사 온 2년 이래 얼마나 변했는가 하면, 아내가 몸이 좋지 않아 뾰족집 야회에 참석하지 못하겠다고 했을 때 매우 걱정스러운 얼굴로 그럼 당신은 집에서 쉬는 게 좋겠다며 혼자 외출준비를 하는 지경까지였다. 이런 일은 2년 전이라면 생각조차 할 수 없었다.

"몸이 좋지 않아요, 여보. 오늘 뾰족집에는 못 가겠어요."

이상건 씨 아내가 이렇게 말했을 때 두 번째 문장의 주어가 '우리'라는 것, 즉 '우리가 오늘 뾰족집에 못 간다'라는 의미라는 것은 2년 전까지만 해도 그들 부부에게 자명했던 것이다. 물론 2년이 지난 후에도 이상건 씨 아내는 남편이 그런 뜻으로 받아들일 줄 알고 한 말이었건만, 2년 동안 스스로 의식하지 못한 채 서서히 변해버린 이상건 씨는 아내의 말을 '그녀 혼자만' 못 가겠다는 식으로 축자적인 해석을 해버렸다. 몸이 좋지 않은 사람은 아내뿐이고(사실 이상건 씨는 허약한 아내의 수준에 맞추느라 산책이든 운동이든 놀이든 교제든 지나치게 자제해온 탓에 에너지가 남아돌 정도로 축적된 상태이긴 했다.), 뾰족집에 못 가는 사람도 아내뿐인 것이다. 역사적 맥락을 상실하고 현재적 정당성만 확보한 사람들이 흔히 그렇듯, 이상건 씨는 자신만만하게 이런 말까지 덧붙였다.

"당신, 너무 걱정하지 말아요. 아프면 쉬어야지. 내가 뾰족집 안주인에게 잘 얘기하면 이해해줄 거요."

또한 관계의 가변성을 이해 못하고 자기중심적으로만 살아온 사람들이 흔히 그렇듯, 이상건 씨 아내는 망연자실하여 아침부터 시작된 두통이 급속도로 악화되는 것을 느꼈다. 더구나 남편의 말투와 태도

속에는 아내가 범한 대단한 결례를 어떻게든 자신이 용서받아보겠다는 식의 굴욕적인 결연함까지 내포되어 있어 한층 더 분하고 억울했다. 그들이 마치 황후의 초청을 받은 한미한 가문의 부부이기라도 한 양 말이다.

이상건 씨가 뾰족집 야회에 늦을세라 서둘러 나가버린 후에야 그의 아내는 남편에게 극심한 육체적 고통을 호소한다든가 아니면 남편을 은근하게 돌려치는 말로 나무란다든가 하는 모종의 조치를 취했어야 하지 않나 하는 회한을 느꼈다. 그녀는 있는 힘껏, 그래 봤자 그녀에겐 다른 여자들의 평소 음성에 불과하게 느껴졌지만, 이렇게 외쳤다.

"그 여자는 쇠뿔도 당기며 빼렸다는 여잔데. 쳇! 흥!"

9

이상건 씨는 휘파람을 불며 집을 나섰다. 예닐곱 걸음 남짓 걸어 모퉁이만 돌면 뾰족집 대문이었다. 야회에 참석하러 가는 날은 유난히 그 모퉁이를 도는 느낌이 새로웠다. 그 모퉁이는 환상적 동화의 세계로 들어가는 입구 같았다. 여류시인과 한동네 주민으로 산 지 어느덧 2년째라니, 이상건 씨는 새로운 감회에 사로잡혔다.

시간이 흐를수록 이상건 씨는 뾰족집 여류시인이 젊은 나이나 어여쁜 생김새와 다르게 참으로 관대하고 어른스러운 성품을 지니고 있다는 데 높은 점수를 줄 수밖에 없었다. 남편을 꼬박꼬박 마중 나가는 것이라든가, 야회가 있을 적마다 잊지 않고 끝집 노부부를 초청하는 것만 봐도 알 수 있었다. 오늘도 끝집 노부부가 참석할까, 하고 이상건 씨는 설레는 마음으로 모퉁이를 돌며 생각했다.

끝집 노부부가 사는 집은 산자락으로 통하는 언덕의 계단 맨 끝에 있었다. 한참 외진 데다 노부부 자체도 워낙에 뚱하고 괴팍해, 예나 지금이나 그들과 마을 사람들 사이에는 거의 왕래가 없다시피 했다. 여류시인이 그런 외진 곳까지 찾아가 굳이 초대를 넣은 것도 기특한 일이지만, 끝집 노부부가 초대에 응해 노구를 이끌고 야밤에 뾰족집 마당에 와 앉아 있다는 것은 어지간한 정성과 살가움이 없고서는 가능하지 않은 일이었기 때문이다. 아니나 다를까 뾰족집 마당에 들어서자마자 이상건 씨는 끝집 노부부가 우울한 자태로 나란히 앉아 있는 모습을 발견했다.

10

그러니까 뾰족집에서 마지막 야회가 열리던 그날, 끝집 노부부는 일찍부터 뾰족집 마당 정중앙에 떡하니 자리를 잡고 앉아 있었다. 끝집 노파는 경미한 치매기를 보이고 있었는데, 평소에는 그럭저럭 정상으로 보였지만 어느 순간 정신의 혼란이 시작되면 격렬한 감정에 사로잡혀 쉴새없이 중얼거리며 속마음을 노출하곤 했다. 특히 그즈음에는 자기가 주변 사람들보다 일찍 죽게 될 것 같다는 억울한 감정에 사로잡혀 있어, 남편보다 먼저 죽는 것은 물론이거니와 자식들이나 손주들보다 먼저 죽는 것에 대해서까지 한도 끝도 없이 노여워하는 말을 내뱉고 있었다. 영감님은 무뚝뚝한 염증을 나타내는 표정으로 노파 곁에 앉아 있었는데, V자를 엎어놓은 듯 양쪽으로 늘어진 삐쭉한 입매가 늙은 아내의 되풀이되는 넋두리와 하소연과 눈물바람 때문인지, 야회에 모인 사람들 때문인지, 아니면 노화로 얼굴이 주저앉았기 때문인지 아무도 알 수가 없었다. 그런 영감님의 표정은, 아무리 귀 기울여 들어 봤자 자신에게 이익이 되기는커녕 점점 손해만 막심해지는, 채권자의 부채목록을 하염없이 듣고 있어야 하는 채무자의 무능하고 우울한 표정을 닮아 있었다.

이후에 많은 마을 사람들로 하여금 혹시 당시에 놓쳐버린 이상한 낌새가 없었는지 수십 번이나 기억을 더듬도록 만들었던 그날의 야회는, 그러나 내 눈에도 특별히 이상한 점은 없었다. 모든 것이 예전의 야회와 똑같았다. 초대된 여인들이 갑자기 무슨 요조숙녀라도 된 양 상냥하고 느릿느릿한 말투로 얘기한 것도 그랬고, 초대된 남자들이 형식적인 인사와 쓸데없는 배려를 남발하다가 별로 우습지도 않은 얘기에 일제히 웃음을 터뜨린 것도 그랬다.

그날의 유일한 사건이라고는 여류시인이 내 어머니에게 먼저 말을 붙여온 정도였다. 여류시인은 어머니에게 바깥분이 국어선생님이시니 집에 책이 많지 않느냐고 물었다. 사실 여류시인이 예술인 마을에 이사 온 후로 많은 이웃들에게 가장 많이 묻고 다닌 것이 댁에 책이 많은지 하는 것과 책을 빌리러 가도 좋은지 하는 것이었는데, 어머니에게는 2년 만에야 겨우 물을 기회를 잡은 데 불과했다. 어머니는 책을 빌려주기 싫은 기색을 감추기 위해 집구석에 변변히 읽을 만한 책이 없다고 대꾸했는데, 그 변변하지 못한 말투가 빌려주기 싫은 기색을 한층 노골적으로 드러냈다. 여류시인은 약간 놀라고 실망한 듯했지만 뭐라고 더 말을 하지는 않고 보일 듯 말 듯한 미소만 지었다. 그것은 아주 적절히 사용된 소량의 인공조미료 같은 맛이 나는 미소였다. 그 미소를 보고 있노라면, 미인을 매혹적으로 완성시키는 것은 혹시 약간의 천박함이 아닐까 싶은 생각마저 들었다.

그날 요리사는 굵은 밀가루타래를 땋아놓은 듯한 독일식 버터빵과

폭신한 카스텔라를 내놓았고 여류시인은 '해가 지고 꽃잎 지니 이 내 맘도 지고 마네'로 끝나는 새로운 자작시를 읊었다. 이상건 씨 또한 평소와 똑같이 요리사 뒤꽁무니만 졸졸 따라다녔다.

이상건 씨가 뾰족집 야회에 참석하는 주된 이유는 오로지 요리사와 대화를 나누기 위해서인 듯 보였다. 그건 누가 봐도 사실이었다. 이상건 씨는 여류시인과는 한두 마디 인사를 나누는 시늉만 하고 야회가 끝날 때까지 줄곧 요리사와 함께 있었다. 그는 보조 요리사처럼 요리사에게 시시콜콜 질문을 해댔고, 요리사가 그 질문에 대답을 하면 그 내용이 아무리 하찮것없는 것이라 하더라도 집중적으로 기억해두느라 정신이 없었다. 특히 요리사가 "이건 우리 집사람이 싫어하는 양념이 들어갔습니다만"이라든가 "이건 우리 집사람이 제일 좋아하는 음식입니다"라고 말할 때면 열 배쯤 더 열렬히 경청하는 이상건 씨였다.

그러나 이상건 씨의 이런 행태가 그 아내의 우려를 잠재우기는커녕 더 북돋울 만한 심각한 상황이라는 것 또한 누가 봐도 분명했다. 남편이 이러다 뾰족집 백치 미인에게 미혹되는 건 아닐까, 전전긍긍하는 이상건 씨 아내의 우려는 그야말로 순진하고 시의적절하지 못한 고민이었다. 이상건 씨로서 정말 궁금한 것은, 여류시인에게 어떤 치명적인 매력이 있느냐 하는 것이 아니었다. 그것은 이미 이견의 여지가 없이 밝혀진 진실이나 다름없었다. 이상건 씨는 그 바싹 여윈 다리로 그런 따위의 일차원적인 문제를 단번에 성큼 뛰어넘어, 저 귀엽고 예쁜 여류시인을 사로잡아 수중에 넣은 뾰족집 요리사에게 대관절 어떤 치명적인 매력이 있느냐 하는 데 이르러 있었다. 그는 요리사의 흉내를 내어 '우리 집사람'이란 호칭을 남몰래 발음해보기도 했다. 아내도 와이프도 아니고 젊은 사람이 '우리 집사람'이라는 호칭을 쓰는 것이 특이하게 생각되었다. 그러나 좀 더 깊이 생각해보니 '우리 집사람'이라는 호칭 속에는 대단히 정겨운 소유의 개념이 깃들어 있는 듯 여겨졌다. '우리 집사람'이라고 말하면서 이상건 씨는 마땅히 떠올려야 할 자기 아내를 떠올리지 않고 여류시인을 떠올렸는데, 그게 매우 야릇하고 외설적인 상상이라는 것을 자신은 깨닫지 못했다. 이상건 씨 스스로는 자기가 그렇게 치명적인 상태에 빠져 있다고 생각하지 않았을 것이다. 그러나, 아니 그래서 그의 상태는 더 나빴고 벗어날 길이 없어 보였다. 끈끈한 거미줄에 걸린 줄 미처 알지 못하는 곤충이 바로 앞줄에 걸린 날파리 한 마리를 잡으려고 철없이 몸을 뒤채다 다리와 몸통이 서서히 결박되고 마는 그런 모양으로, 야회 내내 요리사 주변만 맴도는 이상건 씨는 아주 작은 쾌락을 추구하고 있다고 생각하면서 아주 큰 자유를 잃어가고 있었다.

야회가 끝날 무렵엔 어김없이 내가 불려나가 새로 배운 동요 하나와 흘러간 가요 하나를 불렀다. 노래가 끝나고 박수가 터져나왔을 때 나는 예쁘게 인사를 한 후 매일 거울을 보며 연습한 대로 여류시인과 똑같은 미소를 지으려 애썼다. 결국 시작부터 끝까지 그날 야회에 이상한 점은 하나도 없었다.

11

다음 날 뾰족집 여류시인이 사라졌을 때 소문은 그야말로 분분했다. 불치병을 앓고 있다는 낭만적인 소문부터 바람이 나서 도망갔다는 모함적인 소문까지. 남자들에게는 폐병이니 백혈병이니 하는 쪽이 낭만적으로 들렸을지 모르지만 여자들에게는 바람이 나서 도망간 쪽이 훨씬 낭만적으로 들렸다. 물론 그쪽은 소박한 낭만을 넘어 뭔가 퇴폐적이고 비극적인 냄새까지 풍기긴 했지만, 그래서 한결 더 낭만적이었다.

바람이 나서 도망갔다는 주장을 하는 쪽의 가장 주된 관심은 바람난 상대가 누구인가 하는 것이었다. 우선 그 상대로 추측되는 남자들은 그녀의 종적이 묘연해지던 즈음 마을에서 사라진 남자들이었다. 그런 남자는 많지 않았다. 노구를 이끌고 충청도 부근으로 낙향한 홀아비 교수는 아니겠고(아니, 혹시 그럴지도 몰라, 재산이 솔찮을 텐데, 라고 쑥덕대는 축도 극소수 있었다.), 여자들이 제일 먼저 점찍은 상대는 칼갈이 사내였다. 한 달에 한두 번쯤 마을에 들르곤 하던 사내가 여류시인이 사라진 후 한 달 반째 마을에 들르지 않고 있었기 때문이다. 칼갈이 사내는 비록 다리를 절긴 했지만 인물이 자로 잰 듯 반듯했다. 마을 여자들 눈에 수돗가에 앉아 햇살을 받으며 약간 고개를 갸웃한 채 칼을 가는 그 사내의 콧날은 가히 고혹적이라 할 만했다. 칼 가는 일에 어울리지 않는 지적인 용모와 과묵함이, 한 달에 한두 번은 중년의 여자들을 소위 ‘간지럼 타는 소녀’로 되돌려놓곤 했다. 그러나 칼갈이 사내가 다시 나타난 순간 소문은 수그러들었다.

그다음으로 의심쩍은 인물은 아라비아 어디인가로 발령이 나 떠난 애심이 아버지였는데, 그 양반이 가엾은 애심이 엄마에게는 사우디인지 어디인지 간다고 해놓고 여류시인과 줄행랑을 친 게 분명하다는 의혹이 마을 여자들 사이엔 파다했다. 워낙에 애심이 아버지가 바람둥이 난봉꾼이었던 탓도 있지만, 언제부턴가 바람기가 시들시들 눅기 시작한 후에도 뾰족집 일이라면 물불 안 가리고 덤벼들어 마당 삽질이며 연탄보일러 관리며 물 새는 지붕 막는 일까지 집장사로 잔뼈가 굵은 이상건 씨를 젖혀두고 날름 도맡은 데다, 뾰족집 야회에 초대받아 오면 어지간한 남자는 혼자 들기 어려운 마당 정원석을 툭하면 번쩍 들었다 내렸다 하며 여류시인에게 여기 놓는 게 낫지 않을까요 어쩌구 수작을 걸며 힘자랑을 해보이는 등, 유난스레 그 집 일에 각별했던 것도 한몫했다. 그 가엾은 애심이 엄마가 남편이 사우디에서 보낸 첫 편지라며 국제우편임에 분명한 봉투를 동네방네 돌리고 난 후에도 소문은 좀처럼 가라앉지 않다가 그 국제우편이 규칙적인 간격으로 오는 데다 마침내 그 우편물 속에 사우디인지 어디인지는 모르겠으나 낯선 이국땅에서 찍은 게 분명한 사진, 게다가 시커멓게 그을린 한국 남자들만 우글우글한 가운데 역시 시커멓게 탄 얼굴의 애심이 아버지가 한 귀퉁이에 있는 사진이 함께 동봉되어 온 이후에야 소문은 꼬리를 감추었다.

다음 인물은 아무래도 오리무중인 것이, 도대체 예술인 마을의 테두리라는 것이 워낙에 조그마한 데다, 거기 사는 남자라고는 대부분 가정을 갖고 규칙적으로 직장을 오가는 수준이었고, 타지 사람도 크게 마을에 들락거리지 않는 탓이었다. 트럭에 달걀을 싣고 오는 달걀 장수가 일주일만 보이지 않아도 여자들의 입에 올랐다. 뾰족집 여류시인이 사라지기 전 치과치료를 받았다는 사실이 알려진 후 한동안 시장 입구 치과 건물을 살피는 마을 여자들의 눈빛이 심상치 않았다. 여류시인이 자주 가던 야채와 생선가게, 닭집 남자는 물론이거니와, 여류시인이 단골로 드나들던 양품점 여인의 남편과 시동생도 한두 번은 의혹의 대상이 되었다. 소문은 끝집 노부부의 군대 간 손자를 의심하는 데서 절정에 달했다. 손자의 제대날짜가 얼추 여류시인이 사라진 시기와 일치한다는 얘기부터 야회에 노부부를 초대하러 끝집을 들락거릴 때부터 알아봤다는 얘기까지 구구한 소문이 떠돌았지만 아무도 사실 여부를 확인하지 못했다. 마을 여인들 중 몇이 진실을 알고 싶어 끝집을 찾아갔지만 진실의 꼬투리를 잡기는커녕 반나절 내내 치매증세가 악화된 노파의 분노에 찬 횡설수설을 듣고 있어야 했다. 이후로는 치러야 하는 대가의 끔찍함 때문에 아무도 끝집 손자 이야기를 입에 올리지 않았다.

도대체 누구일까, 누구일까 하는 의문과 누구라며, 누구라며 하는 소문이 끊이지 않는 동안, 뾰족집 요리사는 마을 사람 누구와도 말을 섞지 않은 채 조용히 살고 있었다. 이상건 씨만이 유일한 예외였다. 요리사는 여전히 시내 호텔에 출근하고 있었지만, 여류시인이 광고를 해주지 않았으므로 마을 사람들은 요리사가 언제 일찍 퇴근하고 언제 늦게 퇴근하는지 알 수 없었다. 그래도 그렇지 오다가다 우연히라도 만나지련만 이상하게도 뾰족집 요리사와 길에서 마주치는 일은 마을 사람들에게 점점 드문 일이 되고 말았다.

12

여류시인의 감쪽같은 증발로 인해 가장 큰 아쉬움과 안타까움을 느낀 사람은 이상건 씨 아내였다. 자신이 참석하지 못한 마지막 야회에 대해 이웃들에게 아무리 꼬치꼬치 캐물어도, 한결같이 이상한 점은 조금도 없었다는 대답만 돌아왔다. 이웃 여인들이 그렇게 무디고 둔한데 대해 이상건 씨 아내는 경악했다. 그녀는 자기같이 예민한 신경의 소유자가 마지막 야회에 참석했더라면 분명 여류시인에게서 어떤 기미를 알아냈으리라고 확신하고 있었다. 내 어머니조차도 이상건 씨 아내의 이런 독불장군식 믿음 앞에 두 손을 들고 말았다. 어머니는 깍두기를 버무리다가도 고개를 갸웃거리며 혼자 중얼거리곤 했다.

"아니, 그게 말이지, 그날 밤에 그렇게 떠날 여자가 분명히 우리 집에 책을 빌리러 와도 되냐고 물었거든. 그때까지는 그럼 떠날 생각이 없었단 얘긴가? 그건 그렇고, 흥! 나도 모르겠는 걸 자기가 어떻게 알아낼 수 있었겠다고! 뾰족집 남자 일이나 제대로 알아낼 것이지."

여류시인에 대한 소문만큼 치열하고 집요한 것은 그녀의 남편인 요리사의 근황에 대한 관심이었다. 뾰족집에 살고 있는 것은 분명한데, 중요한 건 대관절 어떻게 살고 있느냐 하는 것이었다.

"그래, 뾰족집 남자는 어쩌고 있대요? 그냥 저러고 있으면 어쩐대요?"

모든 마을 여자들과 마찬가지로 내 어머니도 이상건 씨 아내를 만나면 이렇게 묻곤 했지만, 그럴 때마다 이상건 씨 아내는 가녀린 목을 신경질적으로 흔들며 한숨을 쉬었다.

"아이, 몰라요, 나도."

이상건 씨 아내라고 해서 뾰족집 요리사 사정이 궁금하지 않은 건 아니었다. 그러나 유일하게 그 집을 드나드는 남편이 입을 꾹 다물고 있으니 어쩔 도리가 없었다. 조금이라도 궁금한 기색을 내비치면 이상건 씨는 미간을 찌푸리며 이렇게 말했다.

"도대체 무슨 얘기를 듣고 싶어서 그래요? 사람들이 말야, 왜들 그렇게 야박해요? 그 속이 어떨지 내가 다 아는데 뭘 묻고 자시고 하겠소? 그 양반, 잘 있어요, 잘 있어. 걱정 말라고들 해요."

이상건 씨 아내는 왠지 남편에게 타박을 당한, 아니 소박을 당한 느낌이 들어 서운하기 그지없었지만 뭐라고 대꾸할 말을 찾지 못했다. 그래서 마침내는 새댁에 대한 진실을 폭로할 결심이 들었다.

"여보, 그 새댁은 글쎄 쇠뿔도 단김에 빼랬다는 말을 쇠뿔도 당기며 빼랬다고 했다잖아요?"

이상건 씨는 처음엔 그게 무슨 뜻인지 몰라 어리둥절해했다. 이상건 씨의 아내는 너무 고소하게 이웃의 험담을 한다는 느낌을 주지 않으려고 낮고 담담한 목소리로 '단김에' 와 '당기며' 의 차이를 또박또박 발음해주었다. 그제야 알아들은 기색을 보인 이상건 씨는, 그러나 새댁의 착오에 대해서 아내가 은근히 기대했던 바와는 전혀 상반된 평가를 내렸다.

"옳거니! 여보, 그런 게 바로 시라는 거요. 허허. 그럼 쇠뿔을 당기며 빼지 밀며 빼겠소?"

13

뾰족집 여류시인은 있을 때도 그랬지만, 사라진 뒤에도 마르지 않는 샘 같은 존재였다. 마르지 않는 샘은, 그 샘물을 달게 마시는 사람들(이를테면 이상건 씨 같은 경우)에게는 기적과 은혜의 대상이지만, 그 샘의 물을 다 퍼내고 그 바닥을 드러내라는 명령을 받은 사람들(이를테면 내 어머니 같은 경우)에게는 고역과 원망의 대상이었다. 뾰족집 여인을 대하는 마을 사람들의 태도도 그렇게 둘로 나뉘었다.

남자들이 다 그 샘물을 달게 마신 건 아니듯(이를테면 내 아버지처럼 샘의 그림자만 보고도 줄행랑을 친 축도 있었으니까), 여자들이라고 해서 모두 그 샘의 물을 퍼내겠다고 달려들지도 않았다(애심이 엄마처럼 샘 주변을 하염없이 맴도는 축도 있었으니까). 아마도 여자들 중에서 뾰족집 여류시인을 가장 선망했던 그 가엾은 애심이 엄마는 여류시인에 대해 지나친 억측이 난무할 때면 용기를 내어 이렇게 말하곤 했다.

"까만 옷에 희끗희끗 달라붙은 먼지를 떼내봐요. 그게 어디 희던가요. 워낙 시꺼먼 데 붙어 있다 보니 희게 보이는 거죠."

모두들 그래서? 하는 투로 쳐다보면 그녀는 얕은 한숨을 내쉬며 이렇게 말했다.

"튀는 사람이 자기가 튀려고 해서 튀는 게 아니에요. 바탕이 튀게 하는 탓이 큰 거죠."

말이 끝나고 몇 초 후에 한바탕 소동이 벌어졌다.

"아니, 바탕이 뭐 어쨌다는 거예요?"

"우리 바탕이 시커멓다는 얘긴가 봐요."

"그러니까 그 새댁이 자기가 튀려고 해서 집을 튀어나간 게 아니라 우리 때문에 집을 튀어나갔다는 건가?"

"살다 살다 별소릴 다 듣겠군요."

뾰족집 여류시인에 대한 반감과 적의로 똘똘 뭉친 마을 여인들이 벌 떼처럼 들고 일어나 잉잉대고 공격하면 그 가엾은 애심이 엄마는 결국 굴복하여 그런 뜻이 아니었다고 훌쩍거리며 참회하곤 했다. 돌이켜보면 그런 애심이 엄마의 모습이야말로 마을 여인들 중 누구보다 아름답고 진실해 보였던 것 같다. 외모가 아름답지 못한 사람이라고 해서 그 자체로 추하지는 않았다. 못난 걸로 치자면 애심이 엄마도 내 어머니에 버금가는 수준이었다. 그러나 누가 저 샘의 물을 다 퍼내라고 시켰는지 몰라도 내 어머니를 비롯한 마을 여인들 대부분이 기필코 저 존재의 바닥을 보고 말겠다고 소문의 삽과 곡괭이를 휘두르며 추함의 극치를 드러냈던 데 비해, 애심이 엄마는 낯설고 신비로운 존재의 출현에 잠시나마 설렜던 마음을 쉽게 부정하지 않으려는 은장도처럼 작은 용기를 품고 있었다.

저녁 무렵 나는 강아지를 데리고 뾰족집 앞을 지나가다 이상건 씨가 헐레벌떡 뾰족집을 향해 뛰어오는 것을 보았다. 늦더위가 기승을 부리고 있긴 했지만 이상건 씨는 내 강아지보다 더 헐떡이고 있었다. 이상건 씨는 벨을 누르지 않고 다급히 대문 옆에 달린 작은 쪽문을 두드렸다.

"나요, 나! 이상건이요! 거기 없소?"

그는 문을 두드리던 주먹을 그대로 쥔 채 가만히 서 있다가 다시 문을 두드렸다.

"나요, 나! 이상건이요!"

안에서 아무 반응이 없었지만 이상건 씨는 복서처럼 양 주먹을 쥐고 다시 문을 두드렸다. 나는 그렇게 이상건 씨가 몇 번이고 문을 두드렸다 멈췄다 하는 것을 지켜보느라 앞으로 튀어나가려는 강아지 목줄을 살짝 당겼다.

"아직도 안 왔나? 올 때가 됐는데."

이상건 씨가 내 쪽으로 몸을 돌렸을 때 나는 그를 보지 못한 척 허리를 꼿꼿이 세우고 천천히 걸음을 옮겼다. 목줄이 헐거워진 강아지가 사뿐사뿐 뛰었다. 이상건 씨는 나를 보았음에 분명했지만 평소처럼 다정하게 내 이름을 부르거나 말을 걸어오지 않았다. 그것이 내 호기심을 부채질했다. 이상건 씨가 뾰족집 쪽문을 마구 두드리는 것, 그리고 나를 보았으면서도 아는 척하지 않은 것, 이것은 그가 뾰족집 요리사와 단둘이 긴요한 얘기를 나누고 싶어 한다는 것을 의미했다.

내가 모퉁이를 돌았을 때 길 끝에서 누군가 걸어오고 있는 것이 눈에 띄었다. 처음에 나는 그를 알아보지 못했다. 예전에 늘 쓰고 다니던

갈색 베레모를 쓰고 있지 않아 나이에 비해 빈약한 머리숱이 그대로 드러난 요리사는 삽시간에 늙어버린 것처럼 초라해 보였다. 그를 알아본 순간 나는 얼른 목줄을 당겨 강아지를 세운 후 품에 안았다. 요즘 들어 부쩍 피로에 찌든 듯 보이는 어머니를 기쁘게 해주기 위해서라도 요리사와 이상건 씨가 어떤 얘기를 나누는지 알아야 했다. 그리고 내가 매일 거울을 보며 연습하는 미소의 효과도 확인하고 싶었다. 내가 가볍게 뛰어가 인사를 하자 요리사는 주춤했고 좀 놀란 눈치였다. 나는 무언가를 기다리는 눈빛으로 요리사를 올려다보며 살짝 웃었다.

"개를 좋아하니?"

요리사가 물었다.

"네."

"그래, 귀엽구나."

나는 그 말이 강아지에 대한 평인지 나에 대한 평인지 궁금했지만 가만히 미소만 지었다.

"그래, 그래. 그럼."

나는 요리사가 다시 걸음을 떼어놓는 순간을 놓치지 않고 자연스럽게 몸을 돌려 그와 나란히 걷는 자세를 취했다. 그가 뭔가 거부의 몸짓을 취하기도 전에 나는 가느다란 팔을 뻗어 앞을 가리키며 종달새처럼 환희에 찬 목소리로 외쳤다.

"뾰족집 아저씨! 어서 가요. 저기서 사장님 아저씨가 아까부터 기다리고 계세요."

마지막 야회 이후 처음 들어가본 뾰족집 마당은 나를 놀라게 했다. 담장 너머에서도 어렴풋이 느낄 수 있었지만, 그 퇴락함은 상상을 넘어섰다. 어쩌면 야회 때의 조명이나 북적거림이 없어서 더 황폐해 보였는지도 모른다. 잔디밭은 길게 자란 잡초 더미에 뒤덮였고 들장미넝쿨은 시든 채 뭉쳐져 담장 아래 시커먼 바위들과 함께 뒤엉켜 있었다.

요리사와 이상건 씨는 현관 앞 두 번째와 세 번째 아치기둥 사이에 탁자를 놓고 커피를 마셨다. 윗동네 사람들이나 지나가는 사람들의 눈을 피하기 위해 늘 그 자리에 앉아 대화를 나누는 것 같았다. 나는 내 몫의 쿠키 접시를 들고 잔디밭 앞턱에 쪼그리고 앉아 강아지와 놀았다.

"어젯밤에······"

안절부절못하던 이상건 씨가 드디어 말을 꺼냈다.

"왜 그냥 그렇게······"

이상건 씨가 우물쭈물 더 말할까 말까 망설이는데 요리사가 입을 열었다.

"보셨습니까?"

"아, 볼래서 본 건 아니고 잠이 안 와서 잠깐 마당에 나왔다가."

"네, 그러셨군요."

"그래도 얘기는 들어봐야지 왜 그냥 그렇게······"

"아무 얘기도 듣고 싶지 않았습니다."

"그렇죠, 괘씸하죠. 그래도 내 생각에는······"

"사장님. 저는 그 사람이 언젠가는 떠날 줄 알았습니다."

두 남자는 잠시 동안 묵묵히 커피를 마셨다. 이번에도 역시 참을성

없는 이상건 씨가 먼저 말을 꺼냈다.

"꽤 한참 있습디다."

그건 그가 꽤 한참 지켜보았다는 얘기였다.

"네."

"뭐 아주 나빠 보이진 않던데. 아, 그냥 느낌이 말이요. 고생을 많이 하신 것 같진 않더라고."

"네."

"그래도 왔었다는 게 중요하지 않아요?"

"그렇습니까, 사장님?"

"그렇죠. 그래도 한 번은 왔지 않습니까? 나는 그게 상당히 중요하다고 봐요."

나는 여류시인이 열리지 않는 뽀족집 대문 앞에서 한참 동안 서성이는 모습을 그려보았다. 아주 나빠 보이지도 않고 고생을 많이 한 것 같지도 않은 그녀……. 내 상상 속에서 그녀는 결코 고개를 숙이고 있지 않았다. 그것은 왠지 남편의 용서를 기다리는 아내의 자세라기보다 달밤의 정취에 흠뻑 취한 여류시인의 포즈에 가깝게 생각되었다. 한참 만에 요리사가 입을 열었다.

"사장님."

"아, 예, 예."

이상건 씨가 반갑게 대꾸했다.

"제가 결혼 전에 그 사람에게 한글을 가르쳤습니다."

"아, 그래요?"

이상건 씨는 좀 놀란 듯했다.

"그 사람, 배운 건 없는데 똑똑합니다. 머리가 잘 돕니다. 글 떼자마자 바로 시를 쓸 줄 누가 알았겠습니까?"

"아, 그래요?"

이번에는 더 놀란 기색이었다.

"한문도 좀 가르쳤는데 제가 모자라서 많이는 못 가르쳤습니다. 간단한 한자를 읽고 쓰는 정도까지 마쳐주었습니다. 그런데 한자로 한시를 쓰겠다는 겁니다."

"허어, 그 참!"

이상건 씨는 이제 놀라기를 포기한 눈치였다.

"머리 하나는 무섭게 팽팽 잘 돌아가는 여잡니다."

"그렇군요."

"사장님."

"아, 예, 예."

"그 사람 다시 안 옵니다."

"어이쿠!"

이상건 씨가 커피를 쏟은 모양이었다. 여류시인이 다시 안 온다는 요리사의 말은 이상건 씨에게도 다시 오지 말라는 뜻처럼 들렸다.

"그걸 어떻게 알아요?"

이상건 씨가 억울한 일이라도 당한 말투로 물었다.

"전 압니다."

"뭐 그럴 수도 있겠지만 그래도 내 생각에는……"

"그 사람이 이 사장님을 좋아했습니다."

이 말이 이상건 씨의 넋을 완전히 빼놓았다.

"아이고! 나같이 시커멓고 삐쩍 마른 사람이 뭐가 좋다고."

말해놓고 보니 이상건 씨 스스로도 이상한 모양이었다. 허여멀걸고 풍채가 그럴싸했다면 여류시인이 좋아해도 괜찮았다는 말인지 뭔지. 어색해진 이상건 씨가 공연히 헛기침을 하고 수선을 떠는 소리가 들렸다. 이후 오랫동안 두 남자는 말없이 앉아 있었다. 나는 왠지 모르지만 이 얘기를 어머니에게 하지 말아야겠다고 결심했다.

강아지는 내 품에서 잠들었다. 이미 어둠이 내려 더는 아무것도 보이지 않고 아무 소리도 들리지 않았다. 잠든 강아지의 배가 호흡에 따라 규칙적으로 달싹이는 것이 느껴졌다. 유행가 같은 시, 코끝을 맴도는 향수, 관자놀이를 울리는 웃음소리, 가슴께가 터질 듯 옥죄는 실내용 드레스, 풍성하게 늘어진 들장미 송이와 끝없이 휘돌며 도망치는 넝쿨 가지들……. 그때 나는 캄캄한 어둠과 혼란스런 상념 속에서 어떤 아름답고 매혹적인 운명의 모서리가 뾰족하게 솟구치는 것을 보았는데, 그것이 가시면류관처럼 쓰라린 내 미래이기도 하리라는 것은 미처 알지 못했다.

붕어 없는 붕어빵의 세계

권여선의 「웬 아이가 보았네」는 예술인이 살지 않는 예술인 마을에서, 예술가는 아니지만 '예술가다운 풍모'를 지닌, 그 이름도 고색창연한 '여류시인'에 관한 소설이다. "냉정하게 보면" "진짜 시인이라기보다 허다한 시인지망생에 불과"한 여류시인의 어색한 정체성은 그들이 사는 집에 대한 다음과 같은 설명을 통해 비유적으로 그려진다.

이상건 씨가 그들 부부에게 판 세 번째 집은 뾰족한 예각을 이루는 초록빛 지붕 아래 네 개의 둥근 아치기둥이 서 있는 집이었다. 어찌 보면 조화롭지 않아 보이면서 뜻밖에 아슬아슬한 조화를 이루고 있는, 귀엽고 우아한 집이었다. 유럽식 별장을 닮았다고 하기엔 다소 무리가 있고, 유럽식 별장을 모방해 만든 새장 같다는 느낌을 주는 집이었다.

여류시인 또한 마찬가지다. "예술인 마을의 비예술적 시민사회"에 놀라운 반향을 일으키면서, 모든 동네 남자의 흠모와 모든 동네 여자의 질투를 한 몸에 받은 그녀의 아름다운 외모는 "무어라 설명하기 복잡한, 꽤나 독특한 종류의 아리따움"이었다. 그것은 예컨대 "조금만 과도했더라면 천박해 보였을 예쁘장한 얼굴과 조금만 지나쳤더라도 기이해 보였을 작고 육감적인 몸매"로 "그녀가 살고 있는 뾰족집 같기도 했고 뾰족집을 둘러친 들장미 같기도 했다". 분명 집을 둘러친 들장미는 사람들의 이목을 끌 만큼 아름답지만 그 또한 '들에 핀 장미'를 모방한 것에 불과하다고 본다면, 여류시인의 아름다움 또한 '아름다움'을 모방한 어떤 것으로 볼 수 있을 것이다. 그러니 그녀가 자신의 뾰족집에서 벌이는 '예술적 야회'가 결코 예술가들의 야회가 될 수 없는 것은 어쩌면 당연할는지도 모른다.

이 고상하다고도 천박하다고도 말하기 어려운, 여류시인의 미모와 정체성의 '어색함'은 '나'의 어머니에게 거꾸로 반복된다. "내 어머니가 길고 못생긴 말상의 하녀가 갖는 투박하고 저돌적인 어색함"이라면, "여류시인은 똑 따먹게 예쁜 화류계 여인이 갖는 작위적이고 교태 어린 어색함"을 지닌 것이다. 얼핏 서로 정반대의 성격과 외모의 소유자처럼 보이는 내 어머니와 여류시인은 이렇듯 '어색함'이라는 점에서 쌍생아적 관계를 맺는다. 그렇다면 도대체 '어색함'이란 무엇인가? 그것은 부자유스러운 작위적 태도로써, 소설에서는 자신의 콤플렉스를 지나치게 의식하기 때문에 빚어지는 일종의 부조화 상태를 의미한다. 예컨대 내 어머니의 외모콤플렉스는 거꾸로 외모를 전혀 의식하지 않는 듯한 태도로 나타나기도 하지만, 극단적인 경우에는 "가장 얼굴이 길고 못나 보이"도록 자학함으로써 "자멸적인 쾌감"에 빠지게 하기도 한다.

여류시인은 어떤가. 소설 결말부분에서 여류시인의 남편인 요리사에 의해 폭로된 사실에 따르면, 그녀는 결혼 후에서야 비로소 문맹을 벗어났지만 그럼에도 불구하고 "글 떼자마자 바로 시를" "간단한 한자를 읽고 쓰는 정도"에 이르자 한시를 시도할 정도로 지적인 삶에 강한 열등감을 느끼는 인물이다. 여류시인의 '예술가다움'과 '아름다움'이란 바로 이러한 지적콤플렉스에서 비롯된 것이기 때문에 어색할 수밖에 없는 것이다. 들장미가 둘러쳐진 집에서 동네 사람들을 불러 모아 자작시를 낭송하고, "양산을 쓰고 드레스풍의 홈웨어를 입"은 채 버스정류장에서 남편을 기다리는 등의 일련의 행동이 낯간지럽고 어색한 것은 이 모든 것이 '지적임, 예술가다움'의 상투적이고 속물적 이미지를 반복하기 때문이다.

그러나 문제는 여류시인의 이러한 예술가연하는 태도가 그저 조악하고 통속적인 것으로 단순히 폭로되고 있지는 않다는 점이다. 왜냐하면 비유적으로 말하면 여류시인은 '앙꼬 없는 찐빵'이라기보다는 '붕어 없는 붕어빵'에 가까운 존재이기 때문이다. '앙꼬 없는 찐빵'이 찐빵의 결정적인 구성요소인 앙꼬를 빼먹었기 때문에 더 이상 '찐빵'이 아닌 데 반해, '붕어 없는 붕어빵'의 경우 '붕어'는 '붕어빵'에 원래부터 없었던 재료이기 때문에 '붕어'의 결여는 '붕어빵'의 존재에 아무런 영향도 미치지 않는다. 원래 붕어빵이 붕어와 아무 상관이 없는 허구적인 이름에 불과한 것처럼, 소설에서 예술가 또한 그런 것으로 이해되고 있는 것은 아닐까? '예술가 마을'이 예술가와 무관한 것처럼, 여류시인이 사실은 시인이 아닌 것처럼 말이다. 그런 점에서 뾰족집, 들장미, 가든파티, 드레스풍의 홈웨어 등으로 장식된 '여류시인'이란 허구적인 존재에 불과하다. 소설의 결말부분에서 아무런 설명 없이 이루어진 여류시인의 돌연한 가출이 자연스럽게 받아들여지는 것은 그 때문인지도 모른다. 붕어빵에 붕어가 없다는 것이 새삼스럽게 지적되어야 할 사실이 아닌 것처럼 말이다. '웬 아이'인 '나'가 본 것 또한 그런 것이 아니었을까? 실재하는 것들이 비실재화되고 존재하는 것들이 무화되는 이 허구화된 현실의 단면 말이다.

아버지의 부엌

김경욱

1971년 광주 출생.
1993년 『작가세계』 등단.
소설집 『바그다드 카페에는 커피가 없다』 『베티를 만나러 가다』
『누가 커트 코베인을 죽였는가』 『장국영이 죽었다고?』 『위험한 독서』.
장편소설 『아크로폴리스』 『모리슨 호텔』 『황금 사과』 『천년의 왕국』.
〈한국일보문학상〉 〈현대문학상〉 〈동인문학상〉 수상.

아버지의 부엌

　어린 시절의 한때 간절히 갖고 싶었던 '미미의 부엌'을 나는 새까맣게 잊고 있었다. 그러나 기억은 사라지는 게 아니라 봉인될 뿐이다. 봉인이 풀리는 데는 한 달이면 충분할 수도 있고 백 년이 걸릴 수도 있다. 내 경우에는 한 세대가 자라나는 세월과 전화 한 통이 필요했다.

　소식이 뜸하던 고등학교 동기로부터 걸려온 전화에 나는 마른침부터 삼켰다. 간만의 전화는 크고 작은 부탁을 대롱대롱 매달고 오기 마련이니까. 동기의 목소리는 자못 경쾌했다. 잘 지내냐, 별일 없느냐, 마지막으로 본 게 언제냐 따위의 의례적인 인사가 오간 뒤 침묵이 흘렀다. 본론을 꺼내기 전의 긴장이 배어 있는 침묵. 심장의 심지에 불이라도 붙은 듯 온몸이 홧홧해졌다. 나는 다시 한 번 마른침을 삼켰다.
　저녁에 시간 있느냐고 묻는 동기의 목소리는 여전히 경쾌했다. 왜?

반문하는 내 말의 꼬리가 뾰족했다. 아차 싶었다. 외우다시피한 책 구절이 뇌리를 때렸다. 거절은 자연스러워야 한다. 의절할 각오라면 누군들 거절을 주저하겠는가? 현대사회의 인간관계는 참으로 복잡다단해서 언제 어디서 다시 부딪힐지 모른다. 거절은 하되 적을 만들지는 마라. 거절은 물 흐르듯 자연스러워야 한다. 명심하라. 물 흐르듯 자연스럽게.

간만에 얼굴도 보고 삼겹살에 소주나 한잔하자. 동기가 호탕하게 웃으며 말했다. 왜냐고 물었으므로 선약이 있다고 둘러댈 수는 없었다. 타이밍을 놓친 것이다. 동기는 정말로 문득 보고 싶어 연락한 것처럼 굴었다. 내가 너무 과민한 것인지도 몰랐다. 그러자고는 했지만 찝찝했다. 녀석과 단둘이 만난 적은 한 번도 없었으니까. 회사 앞으로 찾아오겠다는 배려에 긴장의 고삐를 다시 조이지 않을 수 없었다. 동기는 상대의 편의를 봐주는 타입이 아니었다. 냄새가 났다. 계략의 냄새. 나는 머릿속에 저장해둔 거절의 기술을 다시 떠올렸다. 가급적 거절하기 쉬운 환경을 조성하라. 시간과 장소는 상대가 정하도록 하라. 거절의 적은 상대의 권모술수가 아니라 우리의 죄의식이다. 불필요한 죄의식. 그러니 거절을 해도 덜 미안하도록 상황을 유도하라. 수단에 이런 속담이 있다. 치명적인 적은 너희 집 그늘에 숨어 있다.

굳이 그럴 것까지는 없다고 했지만 동기는 한사코 고집을 부렸다. 나도 이번만큼은 호락호락 물러설 수 없었다. 보름 전 대학동기의 간청을 뿌리치지 못해 들고 간 자동차구매계약서를 받아든 뒤 아내는 여태 한마디도 건네지 않고 있었다. 4년밖에 안 탄 차를 처분해야 할 판이었다. 두 대를 유지하는 건 무리였다. 처음에는 아내의 침묵이 두려웠다. 평소처럼 바가지를 긁었다면 차라리 후련했으리라. 부득이 전할 말이 있으면 아이의 입을 빌렸다. 그렇게 일주일이 지나고 또 일주일이 지나자 이젠 아내가 입을 여는 게 겁났다. 헤어지자는 말이라도 나올까봐. 헤어지자면 그러지 않을 도리가 없을 테니.

사실 아내와 결혼한 것도 거절 못하는 성정 때문이었다. 아내는 과외 학생이었다. 백일주를 사달라는 성화에 데려간 술집이었고 내미는 술잔을 외면하지 못해 몰려온 취기였고 취기가 부추긴 키스였고 입술을 가졌으니 책임지라는 생떼에 시작한 연애였고 끌려다니던 연애를 끝장내지 못해 하게 된 결혼이었다.

억울하지는 않았다. 아내가 아니더라도 다른 누군가의 청을 거절하지 못해 했을 결혼이라 여기면 조금이나마 위안이 되기도 했다. 하지만 마음 한구석의 거미줄까지 말끔히 걷어낼 수는 없었다. 채 싹을 틔워보지도 못한 다른 가능성에 대한 아쉬움 때문은 아니었다. 눈앞에서는 뿌리치지 못하고 돌아서면 머리를 쥐어뜯는 고질에 대한 염려 때문이었다.

한 달 전이었다. 친구들과 바람 쐬러 가겠다는 아내에게 차를 내주고 간만에 지하철로 출근했다. 전동차가 안국역을 출발할 때쯤 귀에 익은 팝송이 들려왔다. 비지스의 「홀리데이」. 재수 시절 학원에서 만난 여자애가 좋아하던 곡이었다. 짧지 않은 세월이 흘렀지만 눈이 부리부리하던 여자애와 검은 흙을 가득 품고 있던 황량한 풍경이 선명하게 떠올랐다.

매달 치르던 모의고사 전날이었다. 점심을 먹은 후 여자애와 도망치듯 학원을 빠져나왔다. 호기롭게 학원을 나섰지만 딱히 갈 곳은 없었고 걷다 보니 시내버스 정류장이었다. 여자애와 내가 무작정 탄 버스는 도시의 경계를 넘어서도 한참을 달렸다. 종점에서 내린 승객은 둘뿐이었고 눈에 보이는 것은 검은 벌판과 헐벗은 산이 전부였다. 벌판 여기저기에 녹슨 선로가 길을 잘못 든 짐승의 발자국처럼 어지럽게 깔려 있었다. 그중 몇 개는 벌거벗은 산 밑자락에 뚫린 굴로 이어졌다. 폐광의 풍경은 천둥벌거숭이조차 감히 발을 들이지 못할 만큼 을씨년스러웠다.

근처 커다란 느릅나무 아래, 간판의 글씨마저 희미해진 간이점방이 다리 풀린 복서처럼 기우뚱 서 있었다. 여자애와 나는 캔디바를 입에 물고 점방 앞 대나무 평상에 앉아 이어폰을 나눠 끼고 음악을 들었다. 슬며시 여자애의 손을 잡았을 때 흘러나온 곡이 비지스의 「홀리데이」였다. 아니, 비지스의 「홀리데이」가 흘러나왔을 때 여자애의 손을 슬며시 잡았다. 검은 벌판을 낮게 쓸며 미지근한 바람이 불어왔다. 바람의 갈피에서 탄내가 났다. 여름이 몰려오는 냄새였다.

기대만큼 오래가는 아름다움은 세상에 없다. 기대가 클수록 아름다운 것들은 서둘러 사라진다. 여자애와의 첫사랑도 마찬가지였다. 그해 여름 초입의 어느 일요일이었다. 책을 보다 전화벨 소리에 달려갔지만 수화기는 이미 아버지 손에 들려 있었다. 낮잠에서 깬 아버지의 눈은 가늘어지고 목소리는 커졌다. 이름과 주소를 꼬치꼬치 캐묻더니 수화기를 거칠게 내려놓은 뒤 옷을 챙겨 입었다. 외출 채비를 마친 아버지가 말했다. 옷 입어라. 왜요? 내가 물었다. 같이 갈 데가 있다. 어디요? 가보면 안다. 아버지의 얼굴에 살얼음이 끼어서 더는 묻지 못했다.

큰길로 접어들자 아버지는 택시를 잡았다. 버스비도 아까워 벌벌 떠는 아버지가 택시라니. 나는 조수석에 앉은 아버지의 뒤통수를 불안한 마음으로 쳐다보았다. 뒤척인 낮잠의 흔적이 고스란히 남아 있는 뒷머리가 모세의 홍해처럼 쫙 갈라져 있었다.

아버지가 낯선 동네 낯선 골목의 낯선 집 초인종을 누를 때까지도 일이 어떻게 돌아가는지 짐작조차 할 수 없었다. 유쾌한 일이 아닌 것만은 분명했다. 생소한 이름의 문패가 달린 파란 철문을 나는 아버지의 등 뒤에 숨은 채 뚫어져라 쳐다보았다. 문 뒤에 도사리고 있을 어두운 운명의 얼굴을 상상하면서. 문이 영원히 열리지 않기를 바라면서. 잠시 후 덜컹, 문이 열렸다.

누구세요? 운명의 신은 여신이 분명했다. 앳된 여자의 목소리였다. 귀에 익은 목소리. 영호 알지? 영호 애비다. 나는 고개를 내밀어 여자애를 바라보았다. 화단에 물을 뿌리고 있었는지 주황색 플라스틱 호스를 들고 있었다. 나를 발견한 여자애의 눈이 커지는가 싶더니 플라스틱 호스가 손에서 툭 떨어졌다. 순간 나도 얼어붙고 말았다. 딛고 선 땅이 꺼지는 기분이었다. 어른은 안 계시냐? 아버지가 안쪽을 향해 들으라는 듯 소리쳤다. 여자애의 휘둥그레진 눈이 물었다. 정말 아버지 맞아? 나는 고개를 가로저었다. 세차게 저었다. 빨랫감 가득한 대야를 들고 나타난 여자애의 모친에게 아버지는 일장연설을 토해냈다. 작년에는 실패했지만 올해는 하늘이 두 쪽 나도 법대에 가야 하는 아이다. 한가하게 연애놀음에 빠져 있을 때가 아니다. 남학생에게 전화질하지 않도록 딸자식 간수 잘해라. 나는 그 자리에서 꺼져버리고 싶었다. 죽고 싶었다. 아버지가 연 것은 지옥의 문이었다.

음악 소리가 커지는가 싶더니 남색 정장 차림의 사내가 트렁크를 끌며 나타났다. 트렁크 위에 묶인 CD플레이어가 내는 소리였다. 사내는 볼륨을 줄인 뒤 주위를 둘러보며 말했다. 승객 여러분 안녕하십니까. 잠시 불편을 끼쳐드린 점 양해 부탁드리면서요, 놓치기 아까운 상품에 대한 소개 말씀 올리면서요, 추억의 팝송을 한데 모은 야심찬 기획상품이라는 것을 말씀드리면서요, 절대 필리핀 가수가 아니라 오리지날 가수의 음성으로 녹음한 제품이라는 것을 완전 보증하면서요, 엄선된 주옥같은 명곡 칠십 개를 담은 시디 일곱 장을 믿을 수 없는 가격 단돈 2만 5천 원에 모시겠습니다. 사내는 다시 볼륨을 높이고 주위를 두리번거렸지만 관심을 보이는 사람은 없었다. 급기야 사내는 좌석에 앉은 승객들의 손에 카탈로그를 쥐어주며 말했다. 일단 구경이라도 하시면서요. 나는 카탈로그를 살펴보았다. 대부분 중고등학교 때 즐겨 듣던 곡이었다.

팝송은 절정으로 치닫고 있었다. 그 노래를 듣는 내내 잡고 있었던 손의 감촉이 아직도 생생했다. 통통하고 부드럽고 따스했던 손. 마치 작은 새 한 마리가 손안에 들어온 느낌이었다. 추억의 여운을 음미하는 사이 사내가 앞으로 다가왔다. 최고의 사운드를 보증합니다. 후회하지 않으실 겁니다. 혹시 제품에 하자가 있으시면 저에게 언제든 연락주십시오. 즉시 새것으로 교체해드리겠습니다. 내 얼굴에서 무슨 낌새라도 챘는지 사내는 명함까지 건네며 공을 들였다. 어지간해서는 물러서지 않을 기세였다. 전단 한 장도 내치지 못하는 나는 사내의 명함을 엉거주춤 받고 말았다. 감사하다는 말씀을 올리면서요, 특별 염가 2만 5천 원에 모시겠습니다. 사내가 큰 소리로 말했다. 명함까지 받아든 마당에 모른 체할 수도 없었다. 더구나 승객들의 이목이 쏠리는 게 느껴졌다. 나는 양복 안주머니에서 서둘러 지갑을 꺼냈다.

그날 퇴근길 전동차에서 다시 한 번 비지스의 「홀리데이」를 들었다. 출근 때와 똑같았다. 감색 정장을 입은 사내가 아니라 검은 정장을 입은 여자라는 점과 가격만 빼고. 여자가 트렁크를 끌고 나타나 CD플레이어의 볼륨을 줄인 뒤 승객들을 둘러보며 말했다. 잠시 불편을 끼쳐드린 점 양해 부탁드리면서요, 놓치면 아까울 상품에 대한 소개 말씀을 올리면서요, 추억의 팝송을 한데 모은 야심찬 기획상품이라는 것을 말씀드리면서요, 절대 필리핀 가수가 부른 것이 아니라 오리지날 가수의 보이스로 녹음한 제품이라는 것을 완전 보증하면서요. 엄선된 주옥같은 명곡 칠십 개를 담은 시디 일곱 장을 믿을 수 없는 가격 단돈 2만 3천 원에 모시겠습니다. 여자는 다시 볼륨을 높이고 주위를 둘러보았지만 관심을 보이는 사람은 없었다. 급기야 여자는 좌석에 앉은 승객들의 손에 카탈로그를 쥐어주며 일단 구경이라도 하시면서요, 라고 권했지만 승객들은 여전히 시큰둥했다. 사는 사람은커녕 흥미를 보이는 사람조차 없었다. 단 한 명도.

여자가 가까워질수록 침이 마르고 가슴이 뛰었다. 이번만큼은 안 된다고 마음을 다잡았지만 결과를 장담할 수는 없었다. 여자가 다가올수록 이번에도 거절 못할 거라는 두려움이 점점 커졌다. 온몸의 땀구멍마다 서늘한 두려움이 방울방울 맺혔다. 다른 칸으로 달아나고 싶기도 했고 서 있는 승객들이 부럽기도 했다. 초조해서 가슴이 터질 것 같았다. 마침내 여자가 앞으로 다가왔다. 나는 이를 악물며 땀이 흥건한 두 손으로 카탈로그를 내밀었다. 여자는 카탈로그도 받지 않은 채 내 앞에 버티고 서 있었다. 나도 모르게 고개를 들고 말았다. 여자와 눈이 마주쳤다. 여자가 애원의 눈빛으로 나를 바라보았다. 눈이 유난히 컸다. 그 노래를 함께 들었던 여자애처럼. 내가 이러지도 저러지도 못한 채 애꿎은 카탈로그만 만지작거리자 여자가 말했다. 감사하다는 말씀을 올리면서요, 특별 염가 2만 3천 원에 모시겠습니다. 승객들의 시선이 쏠리는 게 느껴졌다. 나쁜 짓을 들킨 것처럼 몸이 굳었다. 어서 빨리 이 상황이 지나갔으면 하는 마음뿐이었다. 여자에게 돈을 건네고 나니 차라리 후련했다.

여자가 다음 칸으로 사라지고 승객들의 시선도 뿔뿔이 흩어진 뒤 카탈로그를 비교해보았다. 혹시나 했지만 같은 물건이었다. 혀를 깨물고 싶은 심정이었다. 전동차의 모든 승객들이, 아니 온 세상이 비웃는 것 같았다. 목을 죄는 자기혐오에 숨을 쉴 수 없었다. 나는 발작적으로 자리에서 벌떡 일어나 출입문 앞에 섰다. 온 세상을 등지고 섰다. 창문 너머의 어둠이 까마득했다. 벼랑 끝에 선 기분이었다. 전동차가 멈췄을 때 한 사내의 얼굴이 눈에 들어왔다. 얼굴은 동안인데 머리는 백발이었다. 콘크리트 기둥에 걸린 책 광고 속에서 사내는 치아를 드러낸 채 활짝 웃고 있었다. 사내의 얼굴 위에는 책 제목이 큼지막하게 적혀 있었다. 거절 잘하는 사람이 성공한다. 나를 위한 책이 분명했다.

막상 동기의 얼굴을 보자 전화를 받았을 때 품었던 긴장은 느슨해졌다. 솥뚜껑 위에서 삼겹살이 지글지글 익어가는 소리도 경계를 누그러뜨리는 데 한몫했다. 노릇노릇 익힌 삼겹살에 살짝 구운 묵은 김치와 학창 시절의 추억을 곁들여 상추에 싸 먹는 맛이 쏠쏠했다.

동기는 많은 것을 기억하고 있었다. 내가 대필해준 연애편지의 내용은 물론 시화전 때 대신 써준 시도 외고 있었다. 그때 시를 부탁한 것은 녀석만이 아니었다. 청탁의 이유는 가지가지였지만 십중팔구 여자친구가 보러올 테니 체면 좀 세워달라는 것이었다. 정작 내 이름으로 쓴 시는 없었다.

국어가 역시 날카로웠지. 쓱 둘러보더니 이러더라고. 어째 한 놈이 다 쓴 것 같네. 가슴이 철렁했는데 뒷말이 완전 꽝이었지. 자식들, 준석이 흉내 내려면 제대로 하든가. 동기는 국어선생의 말투를 흉내 내며 낄낄거렸다. 준석은 반에서 1등을 도맡던 녀석이었다. 그것도 내가 써준 거야. 내가 말했다. 어쩐지. 하! 그 새끼 만날 1등 먹는다고 거들먹거리더니 뒤로 호박씨 깔 줄도 알았네. 동기는 소주를 한 모금 마시고 나서 말을 이었다. 1등 놓쳐서 코가 납작해지는 꼴을 봤어야 했는데. 그때 네가 자유투만 잘 던졌어도. 언제? 내가 물었다. 중간고사 때

말이야. 체육실기점수 때문에 아깝게 1등 놓쳤잖아. 긴장해도 그렇지 어떻게 열 발 모두 빗나갈 수 있냐? 동기는 제 일처럼 아쉬워하며 입맛을 다셨다.

동기의 기억은 정확했지만 진실과는 거리가 멀었다. 진실은 이랬다. 긴장하긴 했다. 골이 될까봐. 일부러 빗나가도록 던졌다. 열 번 모두. 뜻밖에 시험점수가 잘 나온 데다 한참 연애에 열을 올리던 준석이 시험을 그르쳐 생긴 해프닝이었다. 준석의 연애가 끝장났을 때 나는 안도했다.

그래도 국어성적은 늘 네가 1등이었지. 너는 글 써서 먹고살 줄 알았는데 계산기나 두드리게 될 줄이야. 요새는 글 안 쓰냐? 동기가 내 잔에 소주를 채우며 말했다. 예기치 않게 옛사랑의 근황이라도 들은 것처럼 심장이 따끔했다. 시에 매혹된 것은 중학교 때 포의 「애너벨 리」를 읽고서였다. '옛날 아주 오랜 옛날/바닷가 어느 왕국에 한 소녀가 살고 있었네/이름은 애너벨 리/그녀의 머릿속엔 오직 나와의 사랑뿐이었네…… 어른들의 사랑도/현자들의 사랑도/우리의 사랑에 비하면 아무것도 아니었네/천상의 천사도/바다 밑의 악마도/아름다운 애너벨 리의 영혼으로부터/내 영혼을 떼어낼 수는 없었네.'

그 시를 접한 순간의 충격을 떨칠 수 없었다. 순간에 만 년을 살아버린 듯했다. 이제 막 자라나기 시작한 거웃을 자랑하며 으스대는 또래 녀석들은 원숭이들 같았다. 원숭이들 속에서 고독은 날로 사나워졌다. 사나워지는 고독을 잠재우기 위해 밤마다 시를 대쳤다. 릴케, 키츠, 프로스트, 랭보, 로르카……. 고독은 피둥피둥 살쪘고 나는 야위어만 갔다. 아버지는 흑염소를 달여 왔다. 나는? 여동생의 입이 튀어나왔다. 오빠는 밤새 공부하잖아. 아버지가 말했다. 흥, 시집만 뒤적이는 게 무슨 공부야. 아버지의 얼굴이 찬바람 맞은 돼지기름처럼 굳어졌다. 그날 이후 아버지는 내가 얄팍한 책만 읽고 있으면 다짜고짜 형광등을 꺼버렸다. 형광등이 꺼질 때마다 하나의 세상이 죽었다. 죽어버린 세상을 다시 살려낼 수는 없었다. 제일 먼저 결혼할 줄 알았는데 마흔이 다 되도록 연애질만 할 줄이야. 국수는 언제 먹여줄 거냐? 나는 동기의 잔에 소주를 채우며 말했다. 내 정신 좀 봐. 동기는 가방을 뒤져 뭔가를 꺼냈다. 청첩장이었다. 드디어! 내 입에서 탄성이 터져나왔다. 장소는 고향이었다. 나는 고개를 갸웃거렸다. 신부의 이름이 낯설지 않았다. 은정, 김은정. 기억나? 동기는 싱글거리며 물었지만 가물가물했다. 설마? 내 입에서 외마디 탄식이 새어나왔다. 동기가 고개를 끄덕였다. 동기의 이름으로 부친 연애편지에서 수없이 불렀던 이름이었다. 지난 추석 귀향길에 고속도로 휴게소 화장실 앞에서 우연히 만났어. 걔도 여태 독신이더라고. 6년을 사귄 남자가 있었는데 사흘 전 헤어졌대. 그 남자 편지를 태우다 나한테 받은 편지가 떠올라 예정에 없던 귀향길에 나섰다는 거야. 편지를 고향집 어디에 두고 잊고 있었다나. 인연은 따로 있나봐. 우리 커플은 네가 맺어준 거나 다름없다. 그런데……

동기는 갑자기 목소리를 낮췄다. 기어이 올 것이 오고야 말았다. 그러고 보니 청첩장을 돌릴 거면 굳이 둘만 볼 필요는 없었다. 나는 침을 꿀꺽 삼켰다. 내가 미쳤지. 조그만 아파트를 장만해뒀다고 거짓말을 했지 뭐야. 여기저기서 끌어 모을 수 있는 돈만으로는…… 5천쯤 신용대출을 받아야 하는데 보증인이 필요해서…… 어떻게 안 될까? 침묵이 흘렀다. 공기가 무겁고 텁텁해졌다. 당장 대답 안 해도 돼. 동기가 기어들어가는 목소리로 말했다. 나는 고개를 떨어뜨렸다. 소주에 기름이 둥둥 떠 있었다. 이마에는 식은땀이 송골송골 맺혔고 눈앞에는 아내의 성난 얼굴이 어른거렸다. 추억의 팝송세트를 내던지던 아내의 얼굴, 생명보험계약서를 구겨버리던 아내의 얼굴, 정수기임대계약서를 찢던 아내의 얼굴. 책에서 읽은 거절의 기술도 떠올랐다. 거절은 빠를수록 좋다. 부탁받은 자리에서 거절하라. 거절할 때는 상대의 시선을 피하지 마라. 진정성을 의심받는다. 나는 입술을 깨물며 동기를 똑바로 쳐다보았다. 동기는 그 옛날 연애편지를 부탁할 때와 똑같은 표정이었다. 지고의 행복을 눈앞에 두고 사소한 불운에 발목 잡힌, 세상에서 가장 불행한 자의 얼굴. 천국과 지옥이 타인의 한 마디에 달려 있는 자의 절박하고 참담한 표정. 그때 연애편지를 써달라는 부탁을 거절했다면 동기의 인생은 어떻게 되었을까. 다른 사람의 운명이 내 입에 달렸다는 사실이 무섭고 부끄러웠다.

어. 의지와 무관하게 새어나온 한 마디. 나는 딴 데 정신이 팔려 있다 엉뚱한 답을 뱉어버린 학생처럼 머리를 긁적였다. 동기는 내 손을 덥석 붙들고 역시 너밖에 없다며 반색했다. 장황한 감사의 인사 끝에 이런 말도 덧붙였다. 사회 봐줄 거지? 더 큰 건도 들어줬으니 그쯤은 문제도 아닐 거라는 투였다. 나는 덫에 걸린 짐승처럼 진땀을 흘렸다. 스스로 판 덫 말이다. 동기가 의아한 눈초리로 쳐다보며 물었다. 혹시 어디…… 불편해?

조수석에 앉은 아이는 귀향길 내내 뚱한 얼굴이었다. 할아버지 댁에 가는 게 싫어? 내가 물었다. 스타크래프트 결승전 봐야 된단 말이야. 아이가 볼멘소리를 했다. 할아버지 집에서 보면 되잖아. 내가 말했다. 케이블채널이 안 나온단 말이야. 아이는 울고 싶은데 뺨이라도 맞은 것처럼 징징거렸다. 노인네도 참! 몇 푼이나 아낀다고……. 아내가 혀를 찼다. 계획에 없던 가족동반은 아내의 뜻이었다. 이번에 다녀오면 두 주 뒤로 다가온 설은 건너뛰어도 된다는 속내를 굳이 감추지 않았다. 물론 아이를 통해 들은 이야기였다.

아들! 아빠한테 예식장 가까운 극장에 내려달라고 해. 영화 보고 나면 전화할 테니 데리러 오라는 말도 잊지 말고. 고향 톨게이트를 빠져나올 때 아내가 말했다. 아빠도 들었지? 무슨 영화 볼 건데? 아이가 목을 빼 뒤를 돌아보며 물었다. 아들은 뭐가 보고 싶은데? 아내의 콧소리가 귀를 간질였다.

아버지는 종종 공짜 영화표를 들고 왔다. 분식집 벽에 광고포스터를 붙이는 대가로 받은 것이었다. 늘 두 장이었고 개봉한 지 제법 지나서였다. 벽에 광고포스터가 새로 붙을 때마다 표를 가져오는 것 같지는 않았다. 미성년자 관람불가인 영화는 그렇다 쳐도 히트치는 영화가 꼬박꼬박 빠지는 사정은 알 수 없었다. 여동생이 몇 번 물었지만 시원한 답을 듣지는 못했다.

영화표의 주인은 가위바위보로 정했다. 이긴 쪽이 두 장 다 가졌다. 한 장씩 나누는 것에 반대한 쪽은 여동생이었고 가위바위보를 고집한 쪽은 나였다. 영화를 보려면 친구와 함께여야 한다는 게 여동생의 주장이었다. 취향에 따라 그때그때 임자를 정할 수도 없었다. 나로 말하자면 구미가 당기는 영화는 대개 멜로물이었으니까. 여동생에게 취향을 들키고 싶지 않았다.

두 번째 대입학력고사를 치른 겨울에 개봉했던 영화도 딱 내 취향이었다. 불의의 사고로 목숨을 잃은 남자 주인공의 영혼이 사랑하는 여자의 곁을 맴돌며 지켜준다는 러브스토리였다. 애절한 주제가가 거리마다 울려 퍼질 정도로 반응은 폭발적이었다. 여동생도 아버지가 표를 내놓기만 목이 빠져라 기다리는 눈치였다. 표가 들어오면 당연히 제 몫이라고 미리 못을 박기도 했다. 그런 법이 어디 있느냐고, 이제까지 방식대로 가위바위보로 정해야 한다고 맞받았지만 기대는 안 했다. 대박이 난 영화여서 아버지가 표를 들고 올 가능성이 희박했으니까. 여동생은 그새를 못 참고 아버지를 졸랐지만 예상대로 허사였다. 달라는 이가 있어 줘버렸다는 것이었다.

혼자 그 영화를 보러 갔을 때 매표창구 앞은 장사진을 이루고 있었다. 창구 앞에 선 것은 줄을 선 지 반 시간이 훌쩍 지나서였다. 다음 회 입장권을 만지작거리며 두 시간을 어떻게 죽일까 고민하던 나는 화들짝 놀랐다. 저만치 벙거지모자를 눌러쓴 아버지가 젊은 남자와 몇 마디 섞더니 표와 돈을 맞바꾸는 게 아닌가. 젊은 남자의 팔짱을 낀 여자가 표를 받아들고 폴짝폴짝 뛰었다. 아버지는 손가락에 침을 뱉어 지폐를 센 뒤 반으로 접어 바짓주머니에 넣고 큰길 쪽으로 걸음을 옮겼다. 아버지가 다가오자 나는 급히 몸을 돌렸다. 한참 뒤 고개를 돌렸을 때 아버지는 소리쳐도 돌아보지 못할 만큼 멀리 가 있었다. 한쪽 다리를 저는 아버지의 뒷모습이 모퉁이로 사라질 때까지 나는 눈을 떼지 못했다. 집 짓는 목수였던 아버지는 낡은 사다리에서 떨어져 엉덩이뼈가 틀어진 뒤부터 다리를 절었다. 내가 세 살 때 일이었다. 날이 추워지면 더 심하게 절었다. 어디선가 크리스마스 캐럴이 들려왔다.

아이의 전화를 받고 피로연장에서 빠져나와야 했다. 화장실에 가는 척하고 나와버렸다. 누군가 붙들면 뿌리칠 자신이 없었으니까. 저녁은 아버지 집 근처에서 먹었다. 아이는 회가 먹고 싶다고 했다. 제 어미가 부추겼을 터였다. 아버지는 메뉴판을 들여다보더니 비싸다며 기겁했지만 허리춤을 붙드는 아이의 손을 뿌리치지 못했다. 아버지는 나오는 접시마다 깨끗이 비웠다. 음식을 씹을 때면 각목 부딪치는 소리가 났다. 얼마 전에 맞춘 틀니의 아귀가 맞지 않는 모양이었다. 이번에도 무면허 업자에게 맡긴 눈치였다. 아버지가 딱딱거릴 때마다 아이의 눈이 동그래졌다. 앞니가 다 드러나도록 입을 쫙 벌린 채 이를 부딪치며 흉내 냈다. 못써. 아내가 아이를 흘기며 말했다.

아버지는 소주도 주문했다. 아버지가 소주를 글라스에 붓자 아내는 미간을 찌푸렸다. 아이는 사이다를 주문해 글라스에 반쯤 붓고 아버지와 건배했다. 아내가 다시 미간을 찌푸렸다. 아버지는 내 앞의 잔에도 소주를 부었지만 손대지 않았다. 혼자서 소주 두 병을 해치운 아버지는 헛기침을 몇 번 하더니 입을 열었다. 너도 알지? 분식집 바로 옆에서 과일 파는 박 여사. 내일 점심이나 같이 먹으면 안 되겠냐? 밥값은 내가 낼 테니. 일순 적막이 찾아왔다. 아내는 젓가락질을 멈춘 채 나를 빤히 쳐다보았다. 나는 귀를 의심했다. 아버지의 말이 난데없기도 했지만 무엇보다 말투 때문이었다. 늘 명령조였던 아버지는 뭔가를 부탁한 적이 없었다. 단 한 번도. 이제껏 속아온 기분이었다. 싫어요. 나는 악몽에 시달리다 잠꼬대라도 하는 것처럼 소리쳤다. 벽 쪽으로 물러나 무릎을 세운 채 닌텐도에 코를 박고 있던 아이가 놀란 얼굴로 쳐다보았다. 말없이 글라스만 만지작거리는 아버지의 귓불이 새빨갰다.

밥 먹고 곧장 올라갈 건 아니지? 다음 날 늦은 아침을 먹으며 아버지가 물었다. 나에게 묻는 건지 아내에게 묻는 건지 모호했다. 나는 선뜻 대답 못하고 우물쭈물했다. 이따 동물원에나 갈까? 아버지는 이번에는 아이를 보며 말했다. 시시해. 아이가 심드렁한 얼굴로 대답했다. 원숭이도 있고 호랑이도 있고 코끼리도 있어. 아버지가 진지한 표정으로 말했다. 다른 건 없어? 아이의 반응은 신통치 않았다. 판다도 있어. 정말? 그럼, 있고말고. 아버지는 아이의 머리를 쓰다듬으며 대답했다. 아내가 나를 흘기며 고개를 가로저어 보였지만 나는 아내의 시선을 외면했다.

밥알이 모래알 같았다. 간밤에 잠을 설친 탓이었다. 문간방에서 자다가 쫓겨났다. 코 고는 소리에 당최 잠을 못 자겠다고 아내가 투덜거려 이불과 베개를 챙겨들고 거실로 나왔다. 쉭쉭 폭폭. 쉭쉭 폭폭. 아이가 내 코 고는 소리를 흉내 냈다. 외풍 때문에 공기가 차가웠지만 안방에 들어가지는 않았다. 안방에서는 아버지가 자고 있었다. 몸을 잔뜩 웅크리고 겨우 잠을 청했는데 문이 벌컥 열리는 소리에 깼다. 아버지였다. 화장실에 들어간 아버지는 문도 잠그지 않고 볼일을 봤다. 어둠 속에서 딱딱대는 소리가 들려왔다. 배탈이 났는지 아버지는 수시로 화장실을 들락거렸다. 방문 열리는 소리, 딱딱대는 소리, 물 내리는 소리, 방문 닫히는 소리가 밤새 잠자리를 어지럽혔다.

아버지가 담배 사러 간 사이 아내가 폭발했다. 집에서는 요리도 곧잘 하는 사람이 여기만 내려오면 부엌 근처에도 안 가는 이유가 뭐냐? 좁아터지고 더러운 부엌에서 밥 짓느라 얼마나 애먹었는지 알아? 설거지는 당신이 해. 아내가 입을 열어 다행이었다. 좁아터지고 더러운 아버지의 부엌 덕이었다. 아버지는 내가 부엌에 얼씬거리지도 못하게 했다. 그 시간에 영어단어 하나라도 더 외우라고 호통이었다. 반면 여동생에게는 부엌일을 종종 시켰다. 그럴 때마다 여동생은 자기도 공부해야 한다며 방에 들어가 문을 걸어 잠그곤 했다. 결국 부엌은 아버지만의 것이었다.

나는 차곡차곡 포갠 빈 그릇을 들고 부엌으로 향했다. 부엌은 한 사람이 겨우 드나들 정도의 너비였다. 본래는 다용도실이었다. 온 가족이 다 모여 앉기에 비좁다며 부엌까지 거실로 만드는 공사를 한 게 재작년이었다. 여동생이 첫애를 낳은 직후였다. 그러나 거실을 넓힌 뒤 온 가족이 모인 적은 없었다. 갓난애를 시댁에 맡기면서까지 사법고시에 목매고 있는 여동생은 아버지 생신 때도, 어머니 제사 때도 얼굴을 내밀지 않았다. 고시준비만 9년째였다.

부엌의 가재도구는 하나같이 주워온 것처럼 헐었다. 쇠국자는 손잡이가 날아갔고 냄비는 바닥이 까맣게 눌어붙었다. 낡기도 낡았지만 지저분하기도 이를 데 없었다. 컵부터 솥까지 본래의 색을 짐작할 수 있는 게 없었다. 가스레인지 주변은 국물 말라붙은 자국이 꾸덕꾸덕했고 개수대는 물때에 찌들었고 싱크대 서랍 손잡이마다 손때가 새까맸다. 예전 그대로였다. 애당초 아버지의 사전에 '청결'이라는 단어는 없었다. 걸레를 만진 손으로 밥을 지었고 그릇이나 숟가락에는 음식찌꺼기가 들러붙어 있기 일쑤였다. 아버지 눈을 피해 나는 건조대에 올려진 그릇을 다시 씻기도 했다. 아버지의 질색 때문이기도 했지만 나는 가급적 아버지가 요리할 때는 부엌에 얼굴을 내밀지 않았다. 조리과정을 보고 싶지 않았으니까. 여전히 아버지의 부엌에는 나무로 된 가재도구가 없었다. 주걱도 쇠로 된 것이었고 도마는 플라스틱이었다.

나는 철수세미에 세제를 듬뿍 묻혀 묵은 때를 박박 닦아냈다. 설거지를 마쳤을 때는 팔이 저릴 지경이었다. 남은 반찬은 랩을 씌워 냉장고에 넣었다. 냉장고에는 크고 작은 김치통 몇 개만 보였다. 문 안쪽은 소주병이 줄줄이 세워져 있었다. 야채 칸을 열어보니 사과, 배, 감, 오렌지가 가득했다. 모두 싱싱해 보였다. 과일가게 박 여사의 얼굴을 떠올리려 했지만 허사였다.

아이는 판다를 보지 못했다. 동물원에서 아이가 본 짐승은 펭귄 몇 마리, 졸고 있는 호랑이 한 마리, 무리에서 떨어져나온 원숭이 세 마리, 날개도 펴지 않는 공작 한 마리, 칠면조 다섯 마리가 전부였다. 쌀쌀한 날씨 탓에 실내에 웅크리고 있는 짐승이 부지기수였다. 아이는 판다가 어디 있느냐 보챘고 아버지는 지난번에는 있었는데, 라며 진땀을 흘렸다. 판다를 찾다 지친 아버지는 틈틈이 벤치에 앉았고 길 위에 쭈그리고 앉아 숨을 몰아쉬기도 했다. 우리 안의 짐승이 구경 다니는 사람보다 더 많았다. 짐승이 사람을 구경하는 것처럼 보였다. 동물원을 빠져나올 때는 아무도 입을 열지 않았다. 매서운 찬 바람에 얼굴이 얼어서 그런 것만은 아니었다.

동물원 옆 미술관에 가보자고 한 건 아내였다. 평소 이런저런 전시회를 열성적으로 찾아다니는 아내였다. 그대로 돌아가는 게 억울한 모양이었다. 춥다며 툴툴거리는 아이를 저 안은 따뜻할 거라고 구슬리며 앞장섰다.

'공간'을 테마로 한 젊은 작가 초대전이었다. 대부분 설치미술작품이었다. 어른 키보다 크지만 모래는 없는 모래시계부터 수많은 손거울을 이어붙인 방까지 독특한 작품들이 많았다.

전시장은 테마에 걸맞게 여러 개의 모퉁이를 품고 있었다. 미술관의 본래 구조가 다른 자이기도 했지만 아기자기한 구조물로 관람객의 동선에 변화를 주었다. 틈틈이 쭈그려 앉느라 아버지는 번번이 시야에서 사라졌다. 모퉁이를 돌 때마다 한참을 기다려야 했다. 시야에서 사라지기는 아이도 마찬가지였다. 아이는 똥 마려운 강아지처럼 종종거리며 앞으로 나아갔다. 아내가 몇 번을 불러 세웠지만 아이의 얼굴에 들어앉은 지루함을 어쩌지는 못했다. 아버님은 당신이 모시고 와. 아내는 아이가 사라진 모퉁이로 걸음을 재촉했다.

다음 모퉁이를 돌아서자마자 나는 걸음을 멈췄다. 거기 핑크빛 부엌이 있었다. 싱크대부터 식탁 위의 포크까지 모두 핑크빛 플라스틱이었다. 작품 제목은 이랬다. 미미의 부엌. 장난감 소꿉놀이세트를 실물 크기로 확대한 것이었다. 식탁 한쪽 의자에는 실제 사람 크기의 미미 인형이 앉아 있었다. 미미의 부엌은 내가 여덟 살 때 가장 갖고 싶었던 것이다.

초등학교에 입학한 후 처음 치르는 시험을 앞둔 어느 날이었다. '용의 꼬리가 되느니 뱀의 머리가 되자'를 가훈으로 정한 아버지가 1등만 하면 뭐든 사주겠다고 호언했을 때 머릿속에 떠오른 것은 단연 미미의 부엌이었다. 졸음이 몰려올 때마다 미미의 부엌을 떠올리며 죽기 살기로 시험공부에 매달렸다. 마침내 미미의 부엌이 1등의 영광을 선사했다. 성적표를 받아든 아버지는 입을 다물 줄 몰랐다. 장한 내 아들 무엇이 갖고 싶으냐? 아버지가 상기된 목소리로 묻자 나는 주저 없이 대답했다. 미미의 부엌. 아버지는 고개를 갸웃거렸고 여동생은 웃음을 터뜨렸다. 누구의 부엌을 사달라고? 아버지가 어리둥절한 표정으로 물었다. 소꿉놀이세트래요. 얼레리꼴레리. 여동생이 종알댔다. 아버지의 얼굴이 어두워졌다. 다음 날 술이 떡이 된 아버지의 손에 들린 것은 미미의 부엌이 아니라 장난감 기관총이었다.

문구점 앞을 지날 때마다 나는 걸음을 멈추었다. 미미의 부엌은 진열대 한복판에 놓여 있었다. 넋 놓고 진열대를 바라보는 내 어깨를 같은 반 남자애가 툭 치며 말했다. 너도 갖고 싶냐? 나는 주위를 두리번거리며 은밀하게 물었다. 너도? 녀석이 고개를 끄덕이고 나서 턱짓을 하며 말했다. 타이거 탱크랑 무스탕 비행기는 있는데 저건 없어. 미미의 부엌 곁에 전시된 모형 항공모함 조립세트가 눈에 들어왔다. 새로 나온 기관총도 갖고 싶긴 한데…… 아이 씨, 대체 생일은 왜 일 년에 한 번뿐인지 몰라. 녀석이 모형 항공모함 조립세트에서 눈을 떼지 않은 채 중얼거렸다. 한눈팔면 사라져버리기라도 할 것처럼. 너 혹시 모아둔 돈 있냐? 내가 녀석에게 물었다.

나는 장난감 기관총을 반값에 팔았다. 정확히 말하자면 녀석이 가진 돈의 전부를 받고 보니 반값이었다. 마음이 천근만근이었다. 새것이나 다름없는 물건을 헐값에 넘긴 아쉬움 때문은 아니었다. 미미의 부엌을 사기 위해 더 필요한 돈의 액수가 녹록치 않았기 때문이다. 여동생의 묵직한 돼지저금통이 눈앞에 어른거렸지만 나는 도리질했다.

내가 여동생의 돼지저금통에 손을 뻗치기까지는 신이 세상을 창조하는 데 들인 것보다 하루가 모자란 시간이 필요했다. 여동생이 얄미운 고자질쟁이가 아니었다면 며칠 더 필요했을지도 몰랐다. 남의 물건에 손대는 건 처음이었다. 칼로 동전투입구를 슬쩍 째는 손길이 떨렸고 방바닥에 동전이 떨어질 때마다 가슴이 철렁했다. 미미의 부엌을 건네면서 문구점 아저씨는 묘한 웃음을 흘렸다.

다락방 바닥에 펼쳐놓은 미미의 부엌은 보기에 좋았다. 놀기에도 좋았다. 거기 완벽한 세상이 있었다. 깔끔하고 근사한 핑크빛 천국. 그런 완벽한 부엌에서라면 동화에나 나올 법한 멋진 음식을 만들 수 있을 것 같았다. 손전등 불빛 속에서 핑크빛 부엌은 아름답고 근사했다. 학기 초에 받아든 학생신상카드 장래희망란에 '세계 최고의 요리사'라고 적은 나였다.

천국의 나날은 오래가지 못했다. 돼지저금통이 가벼워졌다는 것을 여동생이 눈치챈 것이다. 여동생은 핼쑥해진 돼지저금통을 끌어안고 울음을 터뜨렸다. 나는 죄를 실토하지 않을 수 없었고 그 대가는 혹독했다. 미미의 부엌은 쓰레기통에 처박혔고 나는 집 앞 전봇대에 묶였다. 미미의 부엌을 통째 쓰레기통에 버릴 때 파란 불꽃이 일었던 아버지의 눈이 나를 전봇대에 묶을 때는 동굴처럼 컴컴해졌다.

간혹 지나가는 사람들은 나를 보며 킬킬거렸다. 창피해 얼굴이 화끈거렸다. 밧줄이나 노끈으로만 묶었어도 덜 창피했을 것이다. 아버지는 일부러 플라스틱 호스로 묶었는지도 몰랐다. 다행히 인적이 드문 골목이었다.

플라스틱 호스는 애당초 뭔가를 묶는 데 쓰는 물건은 아니었다. 시나브로 느슨해지더니 급기야 중력을 견디지 못하고 툭 떨어지고 말았다. 땅에 떨어지자마자 뱀처럼 둥글게 몸을 만 플라스틱 호스를 나는 물끄러미 바라보았다. 뒤늦게 농담의 뜻을 곰곰이 따지는 무딘 사람처럼. 좀이 쑤셨지만 오기가 솟았다. 아버지가 데리러 오기 전에는 꼼짝도 하지 않을 작정이었다.

구두약을 바른 듯 새까매진 하늘에 별이 하나둘 돋아났다. 집에 돌아가는 길을 잊지 않기 위해 뿌려놓은 흰 조약돌 같았다. 어디선가 생선 굽는 냄새가 흘러나왔다. 배에서 꼬르륵 소리가 나자 눈에 눈물이 고였다. 동생의 돼지저금통을 건드린 건 변명의 여지가 없는 잘못이었지만 억울하기도 했다. 애당초 약속을 저버린 것은 아버지였으니까. 내가 등진 것은 전봇대가 아니라 온 세상인 것만 같았다. 돼지 같은 세상. 지나가던 아저씨가 나를 보더니 뭐 하고 있냐고 물었다. 나는 대꾸하지 않았다. 너 분식집 김 씨 아들 맞지? 아저씨가 나를 위아래로 훑어보며 재차 물었다. 아니에요. 나는 젖 먹던 힘까지 쥐어짜 소리쳤다. 저 멀리 하늘에 박힌 별들에게도 들릴 만큼. 그리하여 저주에서 풀려난 별들이 황금마차가 되어 나를 진짜 아버지에게 데려다주도록. 나는 쏟아지는 눈물을 멈추기 위해 이를 악물었다. 아버지에게는 부탁 같은 건 하지 않으리라, 아버지의 기쁨을 위해 1등을 하는 일은 다시 없으리라 다짐하면서.

어둠이 깊어질수록 별은 늘어만 갔다. 수많은 별들은 여기저기 무리를 이루기도 했다. 어떤 무리는 싱크대처럼 보였고 어떤 무리는 식탁처럼 보였다. 쓰레기통에 버려진 줄 알았던 미미의 부엌은 하늘로 올라갔다. 거기에서는 손전등 없이도 밝게 빛났다. 죽기 직전의 마지막

불꽃처럼 환하게 빛났다. 나는 장래희망란에 더 이상 '세계 최고의 요리사'라고 쓰지 않았다.

　미술관 밖으로 나왔을 때 아내와 아이는 바로 앞 편의점에 가 있었다. 아내는 캔커피를 마시고 있었고 아이는 컵라면을 먹고 있었다. 아버님 모셔다드리고 바로 올라가자. 아내가 말했다. 나는 귀경길에 먹을 간식거리를 샀다. 아이가 라면을 다 먹도록 아버지는 모습을 보이지 않았다. 나는 편의점에서 나와 미술관으로 다시 들어갔다.
　한참을 되짚어가서야 아버지를 찾을 수 있었다. 아버지는 미미의 부엌 식탁 의자에 앉아 있었다. 미미 인형을 마주한 채. 뜨문뜨문 지나가는 관람객 중에는 고개를 절레절레 흔드는 자도 있었고 피식 웃음을 터뜨리는 자도 있었다. 다가가 보니 아버지는 졸고 있었다. 입맛을 다시면서. 조명 때문인지 얼굴이 유난히 쪼글쪼글했다. 아버지는 두 손을 무릎 사이에 끼운 채 앞쪽으로 고개를 꾸벅였다. 뭔가를 간청하는 사람처럼. 코도 곯았다. 쉭쉭 폭폭, 쉭쉭 폭폭. 낡은 열차가 녹슨 선로를 힘겹게 밀고 나가는 듯한 소리. 붉은 망에 담긴 귤과 삶은 계란과 생수를 비닐봉지에서 꺼내 식탁 위에 내려놓았다. 아버지를 위해 난생처음 차리는 식사였다. 나는 조심스러운 손길로 아버지의 어깨를 흔들었다.

욕망의 주체—되기와 기억의 고고학

  김경욱의 「아버지의 부엌」은 표면적으로는 어느 '거절 못하는 사내'가 행하는 아버지에 대한 뒤늦은 발견과 그에 따른 아버지와의 지연된 화해에 대한 이야기이다. 여기, '나'가 있다. '나'는, 한마디로, 남의 청을 거의 거절하지 못하는 사내이다. 어느 정도인가 하면, 차를 바꿀 때가 되지 않았음에도 불구하고 대학동기의 부탁 때문에 새로 차를 구입하고, 타인이 간절한 눈빛을 외면하지 못해 지하철에서 파는 같은 CD를 두 번 사기도 하고, 여기서 더 나아가 불쑥 친구의 신용대출 보증을 약속하기도 한다. '나'는 심지어 결혼까지도 거절을 못해서 한다. "아내는 과외 학생이었다. 백일주를 사달라는 성황에 데려간 술집이었고 내미는 술잔을 외면하지 못해 몰려온 취기였고 취기가 부추긴 키스였고 입술을 가졌으니 책임지라는 생떼에 시작한 연애였고 끌려 다니던 연애를 끝장내지 못해 하게 된 결혼이었다."

「아버지의 부엌」은 이렇게 '거절 못하는 나'를 소설 전반부에 제시해놓고는 '나'가 '거절 못하는', 그러니까 타인 혹은 대타자의 욕망에 순종하며 살게 된 까닭을 밝혀나간다. 「아버지의 부엌」은 우선 '나'의 증상의 기원으로 아버지의 과잉억압을 지목한다. 그런 점에서 「아버지의 부엌」은 흔한 오이디푸스 드라마를 취한 소설이라 할 수도 있다. '나'가 처음에는 대타자의 욕망과는 무관한 자리에서 자신의 주체적 욕망을 행동에 옮기던 존재였다. 어린 시절 '나'는 "1등만 하면 뭐든 사주겠다"는 아버지의 "호언"을 철석같이 믿고 분발해서 1등의 자리에 올라선다. 핑크빛 미미의 부엌세트가 너무도 갖고 싶었던 것. 하지만 아버지는 약속을 지키지 않는다. '나'의 욕망이 대타자의 정언명령 너머의 것이었던 때문이다. '나'의 '미미의 부엌'에 대한 집착은 '세계 최고의 요리사'가 되고 싶다는 '나'의 욕망의 외화물이었으나 이 욕망은 받아들여지지 않는다. 대신 아버지는 "장난감 기관총"을 안긴다. 이 순간 '나'의 욕망은 철저하게 억압되어 의식 저 안쪽으로 떠밀려가버린다. 이런 식으로 '나'의 욕망은 아버지라는 존재에 의해 혹은 아버지라는 대리인으로 인해 하나둘 꺾여나간다. 시인이 되고픈 열망이 거부되고, 문득 느꼈던 강렬한 사랑이 일류대학 진학이라는 이름 앞에서 억압된다. 그러던 중 하나의 외상적인 사건이 발생한다. 재수 시절 '나'는 한 여자애를 만난다. 그 여자애의 전화를 아버지가 받는 일이 생기고 아버지는 '나'를 끌고 그 여자애의 집으로 간다. 찾아가서는 그 여자애와 여자애의 모친에게 "하늘이 두 쪽 나도 법대에 가야 하는 아이다. 한가하게 연애놀음에 빠져 있을 때가 아니다. 남학생에게 전화질하지 않도록 딸자식 간수 잘해라."라는 일장연설을 토한다. 이 장면에서 여자애가 '나'에게 구원의 눈길을 보낸다. "여자애의 휘둥그레진 눈이 물었다. 정말 아버지 맞아?" 이 눈

김경욱 | 아버지의 부엌 71

길은 여러 의미였을 것이다. 아버지가 맞느냐는 질문일 수도 있고, 정말 아버지가 맞으면 이 상황을 처리해달라는 요구일 수도 있을 터이다. 하지만 '나'는 이 구원의 눈길을 거절한다. '나'는 아버지의 과잉억압과 '여자애'의 구원의 눈길 속에서 갈등하다 끝내 아버지라는 존재와 여자애의 구원의 눈길(혹은 '나'의 주체적 욕망) 모두를 거부한다. 이 거부 끝에 '나'는 극심한 트라우마를 경험한다. "죽고 싶었다. 아버지가 연 것은 지옥의 문이었다." 이 충격적이고도 외설적 경험은 '나'에게 "눈앞에서는 뿌리치지 못하고 돌아서면 머리를 쥐어뜯는 고질"병을 안긴다. 누군가의 간절한 청을 거절했다가 지옥에 들어섰다는 공포 때문에 무엇이든 승낙하지만 일단 승낙하고 나면 그것이 '나'의 욕망과 무관하거나 아니면 대타자의 정언명령에 위배되는 것이어서 결국은 머리를 쥐어뜯기에 이른다.

　여기까지 보면 「아버지의 부엌」은 법의 대리인이 아버지가 '나'를 어떻게 '거절 못하는 사내'로 고착시켰는지를 밝혀내는 오이디푸스 드라마이다. 하지만 「아버지의 부엌」은 '나'의 존재의 형식만을 밝히는 소설이 아니다. 하나가 더 있다. 「아버지의 부엌」은 '나'가 왜 타인의 욕망을 거절하지 못하는 고질병을 앓게 되었는지를 밝히는 임상기이기도 하지만 다른 한편으로는 그 고질병을 이겨나가는 치유기이다. '나'는 자신이 왜 '거절 못하는 사내'가 되었는가 그 기원을 찾아가는 과정에서 자신의 은폐-기억 밑에 억눌려 있던 또 다른 기억들과 충격적으로 조우한다. 과거의 기억들을 떠올리는 순간 '나'가 고착시킨 기억 외에 또 다른 기억들이 숨죽인 채 웅크리고 있음을 발견한다. 은폐-기억으로 인해 은폐되었던 아버지는 대타자의 충실한 대리인이 전혀 아니다. 아버지는 대타자의 욕망 때문에 앞서서 고통을 받았기에 그 고통을 아들에게 대물림하지 않으려는 왜소한 존재일 뿐이다. 집 짓는 목수였던 아버지는 아이들의 뒷바라지를 위해 "낡은 사다리에서 떨어져 엉덩이뼈가 틀어진 뒤부터 다리를" 절면서도 암표를 팔던 탈-법적인 주체였으며, 또한 학업에 전념토록 하기 위해 아들을 부엌을 들이지 않았던 아버지이자 어머니이기도 했던 것이다. 이 기억들을 떠올리는 순간 '나'는 자신의 '거절 못하는 고질병'이 사실은 아버지에 기원한 것이 아님을 알게 된다. '나'의 고질병은 아버지를 대리인으로 고용한 대타자에게서 발원한 것이기도 하며, 또 한편으로는 아버지의 그리 엄격하지 않은 억압을 명분 삼아 스스로 욕망의 주체가 될 것을 지레 포기한 '나'의 지나친 계산 탓이라는 점을 발견한다. 허약한 아비를 알리바이 삼아 스스로의 욕망을 외면하던 '나'는 드디어 타자의 시선들을 의식하지 않기에 이른다. 그리고 관객들의 비웃음 섞인 시선에 아랑곳하지 않고 '나'가 그 오랜 기간 동안 욕망했던 그것을 행한다. "붉은 망에 담긴 귤과 삶은 계란과 생수를 비닐봉지에서 꺼내 식탁 위에 내려놓았다. 아버지를 위해 난생처음 차리는 식사였다. 나는 조심스러운 손길로 아버지의 어깨를 흔들었다."

이처럼 「아버지의 부엌」에는 한편으로는 우리의 현존재들이 왜 안티-오이디푸스의 길을 통해 욕망하는 주체가 되지 못하고 오이디푸스 드라마라는 감옥에 갇혀 순종하는 신체로 전락하는가에 대한 밀도 있는 임상보고서가 있기도 하고, 다른 한편으로는 그 순종하는 신체로부터 벗어나 욕망하는 주체로 진화할 수 있는 치유책이 제시되어 있기도 하다. 「아버지의 부엌」이 주목한 치유책은 각자의 방어기제에 의해 인간의 의식 저 구석으로 떠밀려간 또 다른 기억들을 귀환시키자는 것이다. 이는 인간 주체를 순종하는 신체로 전락시키는 담론의 질서를 비판하기 위해서는 담론의 형성지점으로 돌아가 그 형성 과정에서 은폐되고 배제된 것을 발견하는 것이 필요하다는 푸코의 '지식의 고고학'이라는 방법을 연상시킨다. 「아버지의 부엌」은 지식이 아니라 기억에 대해 말하고 있다는 점이 다르다고나 할까. 한마디로 「아버지의 부엌」은 '기억의 고고학'이라는 새로운 영역을 개척해가고 있는 소설이다.

매 장 埋葬

김사과

1984년 서울 출생.
2005년 〈창비신인소설상〉 등단.
장편소설 『미나』『풀이 눕는다』.

매 장埋葬

 그것은 이렇게 시작한다. 약 기운이 돌기 시작할 때 우리는 바스토우 어딘가 사막 가장자리에 있었다.[1] 혹은 이렇게 시작한다. 앨리스는 언니와 함께 강둑에 앉아 아무것도 안 하고 있는 것이 매우 지루해지기 시작했다.[2] 혹은 이렇게 시작된다. 미국식 아침식사를 먹는다. 잘게 썬 양배추와 토마토, 두툼한 고기패티를 흰 빵에 얹는다. 기름진 것을 먹는다. 탁자 위에 가지런히 놓인 둥근 접시들, 올리브, 베이컨, 피클과 캠벨사의 깡통 수프, 그것들의 다른 이름은 서울이다. 서울은 카길사의 소고기패티를 얹은 흰 밀가루빵이며 그것의 다른 이름은 지옥이다. 그것이 지옥인 이유는 영혼이 없기 때문이다. 도시는 영혼이 없다, 인간에게 영혼이 없듯이, 풍경은 의미 없이 걸려 있고, 더 이상 하늘은

---

1) Hunter S. Thompson, 『Fear and loathing in Las Vegas』, Happer Perennial, 2005, p. 3.
2) 루이스 캐럴, 『신기한 나라의 앨리스』, 남기헌 옮김, 책세상, p. 10.

색의 변화로 시간을 가리키지 못한다. 계절은 가을을 가리키지만 나는 그것을 볼 수가 없다. 대신 보이는 것은 펼쳐진 아파트들이다. 그것들은 현대회화처럼 여기저기에 걸려 있기도 하고 누워 있기도 하고 반쯤 부서져 있기도 하고 반복되기도 하고 깜빡거리기도 하고 떠오르기도 한다. 흔들린다. 그것은 어쩌면 간판들이다. 나트륨등과 네온라이트, 혹은 인쇄된 깃발들이다. 나무들에 걸린, 먼지가 가득한, 흰색 깃발들은 불빛을 받아 노랗게 흔들리고 그 아래로 차가 달려 나간다. 풍경이 나를 상처 입힌다. 상처받지 않기 위해 나는 재빨리 그것을 다른 것으로 교환한다. 교환되는 사이 그것들은 좀 더 아름답고 또 단순해진다. 펼쳐진 흰 방들처럼, 혹은 음악들처럼. 노래가 반복된다. 나무들이 다가오고 다시 멀어진다. 깃발들이 펄럭이며 내 머리 위로 조금씩 먼지를 흩뿌린다. 나무들은 병들어 있거나 잘려 있다. 정류장에는 버스가 한 대 서 있다. 나는 천천히 그것을 지나친다. 지하철역 건너편으로 백화점이 보인다. 그 커다란 흰 건물은 이미 닫혀 있다. 다섯 번째 똑같은 노래가 흘러나오기 시작하고, 멈춰 선 곳에서 길은 다섯 갈래로 나뉜다. 그 중심에 있는 원형광장의 중앙에는 꽃으로 된 탑이 서 있다. 꼭대기부터 차례로 흰색과 붉은색과 노란색의 꽃들로 장식되어 네 개의 조명이 비추는 그 피라미드형 탑은 거대한 장례식용 화환 혹은 새벽 두 시의 맥도날드의 골든 아치 같아 보인다. 갑자기 꽃들이 조금씩 사라지는 것처럼 느껴진다. 아니 실제로 내가 바라보는 가운데 꽃들이 차츰 사라지기 시작한다. 먼저 흰 꽃들이 한 송이씩 사라진다. 그다음은 노란 꽃들이다. 신호가 바뀌고 몇 대의 차들이 달려간다. 그것들은 꽃의 탑을 빙글빙글 돌아 이쪽으로 혹은 저쪽으로 달려 나간다. 지하도의 입구에는 두 사람이 누워 있다. 둘 다 잘 펼쳐놓은 종이박스 위에 누워 있다. 한 명은 머리가 길고 한 명은 모자를 쓰고 있다. 한 명의 플라스틱 바구니에는 삼백 원이 들어 있었고 다른 한 명의 바구니엔 천 원이 들어 있다. 한 명은 다리가 하나 없고 한 명은 맨발이다. 나는 주머니에 손을 넣는다. 머리가 긴 사람이 눈을 뜬 채 나를 올려다보는데 나는 그냥 지나친다. 지하도 한복판에서 천장을 올려 본다. 그 위에 꽃의 탑이 있을 거라 난 짐작한다. 그러니까 천장이 무너지면 나는 꽃에 파묻힐 수도 있을 것이다. 지진으로 파괴된 튤립농장을 본 적이 있다. 늦은 밤 뉴스채널에서였다. 사진기자들이 사진을 찍고 있었다. 좁은 화분을 뛰쳐나온 식물들은 어떤 것은 죽고 어떤 것은 어떻게든 살아남을 것이다. 가만히 내버려두면 아름다운 숲이 될지도 모르지만 사람들은 내버려두지 않을 것이다. 열 개가 넘는 출구를 두고 있으며 지하철, 백화점, 대학교, 대형마트와 연결되어 언제나 사람들로 넘치는 지하도는 늦은 밤이라 그런지 졸고 있다. 하지만 여전히 공기는 미지근하고 더러워서 꽉 닫힌 겨울의 고등학교 교실을 떠오르게 한다. 튀긴 닭과 떡볶이, 김밥과 오뎅의 냄새가 조금씩 섞여 있다. 지도를 들여다본다. 열네 개의 출구를 하나씩 확인한다. 튀긴 닭과 떡볶이, 김밥과 오뎅의 냄새가 위 속으로 스며든다. 나는 여전히 지도를 들여다보고 있다. 날카로운 두통이 이마를 파고든다. 나는 고개를 든다. 무너진 천장에서 쏟아져내리는 흙더미와 붉고 흰 꽃들처럼 뭔가가 머릿속으로 굉장한 소리를 내며 쏟아져내리기 시작한다.

구성주의적 관점에서 봤을 때 서울은 강남구 신사동 사백칠십삼다시칠 번지에 있었다. 해체주의적 관점에서 봤을 때 서울은 용산구 이태원동 오십칠다시십이 번지에 있었다. 하지만 지정학적 측면에서 봤을 때 서울은 평양에 있었으며, 심리학적 측면에서는 은평구 뉴타운에 있었고, 낭만주의적 관점에서 봤을 때 그것은 롯데월드에 있었다. 그리고 이 모든 것을 종합해볼 때 서울은 뉴욕주 뉴욕시 파크 애비뉴와 렉싱턴 애비뉴 사이에 있는 이스트 식스티세컨드 스트리트에 있었다. 이 모든 것을 고려하여 우리는 서울의 지도를 그려보았다. 완성된 지도는 미국식 아침식사의 모양을 하고 있었다.

37, 42,

똑같은 노래가 서른일곱 번째로 흘러나오고, 그건 정말로 똑같은 노래처럼 느껴진다. 그게 내 귓속을 가득 채우는 사이 두통은 더 심해진다. 두통이 더 심해지는 사이 노랫소리가 더 커진다. 딛고 있는 땅이 내가 보는 앞에서 방향을 바꾸기 시작한다. 방향을 바꾼 그곳은 내가 한 번도 가본 적이 없는 도시다. 그것은 스톡홀름과 평양의 공통점이다. 꽃의 탑은 이제 보이지 않지만 여전히 나는 그것에 대해서 생각하고 있다. 아파트, 지하철, 꽃의 탑, 그리고 보라색으로 변하며 조금씩 사라지는 꽃들에 대해서 나는 생각한다. 보이지 않는 것이 들리고 들리지 않는 것이 보이게 되면 모든 것을 다 믿어버리거나 아무것도 믿지 않게 되어버린다. 미치지 않기 위해서라면 단지 느끼는 것만을 느끼는 편이 낫다. 어떤 소음과 어떤 이미지 그리고 어떤 생각은 무시하는 편이 좋다. 보이지 않는 막대기가 천천히 이마를 꿰뚫는다. 물론 막대기는 없다. 나는 피 흘리지 않는다. 피 흘리는 대신 두통이 좀 더 심해진다. 나는 계속 걷는다. 똑같은 노래가 마흔두 번째로 흘러나온다.

우리, 나와 y는 지도를 그리고 있었다. 겨울이었고, 거기는 홍대 앞의 한 카페였다. 붉은 탁자 위에는 아프리카의 한 도시 이름을 한 커피가 놓여 있었다. 길을 하나 그을 때마다 y는 커피를 한 모금 마셨다.

탁자 왼편에는 펜들이 가지런히 놓여 있었다. 커다란 스피커에서는 마흔세 번째 똑같은 노래가 흘러나오기 시작했다. 날씨는 음산하고, 탁자는 바로 그런 색으로 붉었다. 우리는 침묵했고, 라디오의 토론 프로그램에서는 캘리포니아의 재정 적자에 대해서 이야기하고 있었다. 그것은 미국의 의료보험제도에 대한, 혹은 국립공원의 곰과 새에 대한 이야기이기도 했다. 그러니까 그것은 미국식 아침식사에 대한 이야기였다. 다시 말해 서울에 대한 이야기였다. y의 팔꿈치에는 커다란 멍이 들어 있었다. 그건 그날의 음산한 날씨와 또 탁자와 같은 색을 띠고 있었다. 다시 말해 그건 살짝 익힌 쇠고기덩어리같이 붉었다. 하나의 선을 그으면 좁은 골목길이 지도 위에 태어났다. 두 개의 선을 그으면 하이웨이가, 이어서 광장과 빌딩들, 강과 공원이 지도 위에서 천천히 태어나고 있었다. 우리는 지도로만 이루어진 한 권의 책을 만들 생각이었다. 그것은 서울에 대한 책이 될 거야. y가 말했다. 그것은 잡지이자 일종의 여행기가 될 거야. 여행기이자 소설이며 소설이자 인터뷰집이며 인터뷰집이자 일기며 일기이자 사진집이며 사진집이자 시집이며 시집이자 백과사전이 될 거야. 하지만 결국 그것은 책이 아닐 거야. 그러니까 그건 어쩌면 영화일지도 몰라. 혹은 커피일지도 모르지. 혹은 구두일지도 모르고, 혹은 거울일지도 몰라. 그 거울은 우리가 한 번도 보지 못했던 어떤 것을 비추게 될 거야. 그건 너무 이상해서 보는 사람들은 모두 눈이 머는 편이 나을 거야.

미국식 아침식사

미국식 아침식사는 파크 애비뉴와 렉싱턴 애비뉴 사이의 이스트 식스티세컨드 스트리트에 놓여 있었다. 거기에는 커피 대신 진저에일이, 오렌지주스 대신 포도맛 쿨에이드가, 스크램블드에그 대신 카길사의 소고기패티가 들어 있었고 따라서 전체적인 인상은 죽은 박물관과 비슷했다. 그 죽은 박물관의 또 다른 이름은 서울시 서남부 제2차 재개발지역이었다. 박물관의 입구에는 붉은 두 개의 깃발이 걸려 있었다. 첫 번째 깃발에는 살고 싶다, 두 번째 깃발에는 반대한다, 라고 쓰여 있었다. 시야에 들어온 모든 건물들이 천천히 무너져내리고 있었고, 반복해서, 포클레인은 길게 목을 빼고 울부짖었다. 부서진 시멘트 아래 드러난 철골구조물들은 붉게 녹이 슬어 모두 피를 흘리고 있는 것 같았다. 비명 소리는 텅 빈 건물의 곳곳에서 흘러나왔고, 이따금, 바람이 아주 세게 불었다. 나는 부서진 플라스틱 바구니, 물에 젖은 달력, 흙이 묻은 잠옷을 따라 걸었다. 찢어진 플라스틱 저금통, 녹이 슨 에프킬라, 중국산 유아용 장난감들을 따라 걸었다. 열다섯 살인 나는 그곳이 세계의 끝이라고 생각했었다. 다섯 살 때도 그랬다. 스물다섯 살인 나는 이제 끝이 아닌 세계를 어디서도 발견할 수가 없다. 상점은 닫혀 있거나, 부서져 있었다. 곳곳에 둘러쳐진 높은 담장 안으로 커다란 기계들이 움직이고 있었다. 담장에는 래미안, 자이, 힐스테이트라고 쓰여 있었다. 사라진 사람들, 바람, 부서진 건물의 잔해, 비명 소리, 바람, 나는 분명히 아직도 죽은 박물관의 일 층 첫 번째 전시관의 입구 근처를 헤매고 있는 것이 분명했고 하지만 벌써 길을 잃었다. 그곳은 강북구 재개발지역 같기도 했고 혹은 대치동의 재개발구역 같기도 했다. 그곳은 뉴욕 같기도 하고 평양 같기도 했다. 지도에 따르면 나는 북쪽으로 향하고 있었다. 하지만 난 아무래도 남쪽으로 향하고 있는 것 같았다. 거기는 서울시 서남부라고 쓰여 있었지만 사실 나는 달의 표면, 혹은 폭격을 당한 드레스덴을 기어오르고 있는 것 같았다. 어쨌

거나 확실한 건 이제 도시가 지나치게 파괴되는 것에는 전쟁이라는 이
유조차 필요 없다는 점이었다.

소프트머신

우리가 그동안 만들어온 월간 『예쁜 기계』와 주간 『기계』, 격주간
『기계 인간』은 모두 실패했다. 따라서 우리의 새로운 잡지 또한 실패
할 것이라는 걸 알고 있다. 우리는 지난번에도 실패했듯이 이번에도
또 실패하리라는 것을 알고 있다. 왜냐하면 우리는 파괴를 두려워하기
때문이다. 분명한 사실은 우리들이 가난하다는 사실이다. 그리고 더욱
확실한 것은 우리가 계속해서 돈이 없을 것이라는 사실이다. 따라서
우리들 누구도 결혼을 하고 자식을 낳지 않을 것이다. 왜냐하면 상황
은 점점 더 나빠질 것이고 우리는 자식에게 부랑자라는 직업을 선사하
고 싶지 않기 때문이다. 아마도 우리는 우리의 자식들을 사랑할 것이
다. 그리고 바로 그런 이유로 우리는 결국 우리의 자식들을 증오하게
될 것이다. 우리는 결국 정신적/물질적 빈곤을 벗어날 방법을 찾아내
지 못했다. 결국 세계를 바꿀 수 없었으므로(그리고 앞으로도 계속해
서) 우리는 이제 그만 세계를 끝내려고 한다. 그 방법은 더 이상의 번
식을 중단하고 집단학살과 자살을 병행하여 인류 전체가 멸종에 이르
는 것이다. 우리는 앞으로 유럽과 일본, 중국과 미국의 무정부주의자
네오나치 스킨헤드 극우파 극좌파 테러리스트 젊고 매혹적인 파시스
트들과 연합하여 전 세계적인 자살투쟁 결혼 반대 번식 중단 캠페인을
벌여나갈 것이다. 우리들은 당신들의 좆을 모두 잘라버리고 자궁을 막
아버릴 것이다. 우리는 이 모든 것을 윌리엄 에스 버로스의 『난폭한 아

이들』로부터 상상해내었고 즉, 이것 또한 카피에 지나지 않는다는 것을 인정한다. 우리가 속한 도시가 그런 것처럼, 우리들이 카피인 것은 당연하다. 어쩌면 잡지의 제목을 '연약한 기계'에서 '카피 기계'로 바꾸는 것이 나을지 모르겠다. 아니 당장 그러고 싶다. 그러니 여기서 우리는『연약한 기계』를 접고,『카피 기계』를 시작하기로 하겠다.

카페에서 나왔을 땐 이미 어두웠다. 각각 그린 지도를 가방에 넣고 나와 y는 걷기 시작했다. 우리가 그리던 지도가 실제로 거기 커다랗게 펼쳐져 있었다. 시간 속에 펼쳐진 그 지도 위를 우리는 걷고 있었다. 오후 두 시, 좁은 골목길은 상점들로 가득했고 그 가득한 상점들을 사람들이 가득 채우고 있었다. 다른 옷들 다른 생김새 다른 목적에도 불구하고 그들은 돈을 쓰고 있다는 점에서 평등했다. 목에는 천천히 먼지가 차올랐고 그것이 마셨던 커피와 뒤섞여 이상한 것이 되어가고 있었다. 토하고 싶기도 했고, 뭔가 먹고 싶기도 했다. 날씨가 점점 더 이상해지고 있어. y가 말했다. y의 손에 들린 아이스크림이 녹고 있었다. 오후 두 시였는데 세상은 이미 밤의 끝 같았다. 바람은 서늘하고 동시에 미지근했다. 햇살은 뜨겁고도 차가웠다. 드문드문 비가 내리고 있었다. 그리고 멀리서부터 날이 밝아오기 시작했다. 우리는 계속 걸었다. 우리는 이상한 오후 두 시의 지도 속에 들어 있었다.

우리는 자꾸만 우리가 늙었다는 생각이 들고 사실 그건 사실이다. 우리의 엄마 아빠는 이미 우리보다 어린 여자아이들과 남자아이들을 좋아하고 그들은 매일 텔레비전에 나와 예쁘게 웃고 춤을 추어 우리의 피곤한 엄마와 아빠 들을 위로하여 준다. 기사에 의하면 그들은 하루에 열다섯 시간의 춤연습과 노래연습을 한다고 되어 있다. 반면 우리의 하루는 어떻지? 오늘도 우리는 책을 한 권도 안 읽었다. 그게 우리가 책을 쓰는 이유이다. 지금까지 우리는 다섯 권의 잡지와 일곱 권의 소설과 시집 그리고 한 권의 철학개론서와 두 권의 크고 작은 악보를 만들었다. 그리고 그건 단 한 권도 팔리지 않았다. 그리고 그건 당연하다. 아무도 책을 읽지 않는다. 사람들은 크고 작은 모니터를 들여다보고 있고, 하루 종일, 그건 당연하다, 왜냐하면 아름다우니까. 사람들은 이미지가 문자에 비해서 우월하다고 생각한다, 갈수록, 그건 당연하다, 왜냐하면 아름다우니까, 전봇대에 걸려 있는 플래카드처럼, 거리로 몰려나온 사람들처럼, 여기저기 헐리는 건물들처럼, 잘리는 나무들처럼, 현대예술처럼, 백화점들처럼, 누군가 말했듯이, 자연은 아름답고, 인간은 운다.

y가 말한다.

세상을 끝장내기 위해서 가장 먼저 해야 할 일은 책을 없애는 일이다. 가장 나중에 해야 할 일도 마찬가지로 책을 없애는 일이다. 아파트와 전자칩, 자동차를 제외한 모든 것은 의미를 잃었다. 의미를 잃은 모든 것을 우리는 없애버릴 것이다. 사람들을 없애는 건 가장 쉽다. 왜냐하면 사람들은 이제 모두 실리콘 재질로 되어 있기 때문이다. 이젠 받아들여야 한다. 세계는 이미 오래전에 사라져버렸고, 일반적 견해와 달리 끝은 오고 있다기보다는 오래전에 지나갔다는 것을 말이다. 끝나지 않은 것은 책, 그리고 인간들뿐이다. y가 말을 멈추고, 들고 있던 녹음기를 나에게 주었다. 난 그걸 가방에 넣었다. 집으로 돌아가면 나는 여느 때처럼 녹음된 것들을 확인할 것이다. 거기엔 언제나 온갖 소리들이 뒤섞인 채로 박제되어 있었다. 이해되고 분류되기에는 너무 많은 온갖 것들이 거기에 못 박힌 채 비명을 지르고 있었다. 살지도, 죽지도 못한 어떤 시간들이 거기 고여 있었다. 그건 충격적일 정도로 지루했다. 몇 번을 확인해봐도 그랬다. 빠른 속도와 느린 속도로 혹은 동시에 네 개나 다섯 개의 플레이어로 확인해봐도 마찬가지였다. 그럼에도 불구하고, 나는 그걸 소중히 간직했다. 기억하고, 기록했다, 빠르게, 혹은 느리게, 혹은 왼쪽에서, 혹은 뒤로, 혹은 앞으로, 소리를 반복해서 뜯어내었다. 끊임없이 이쪽에서 저쪽으로, 원래의 자리에서 다른 곳으로, 자리를 바꾸었다.

어떠한 사회계층이든 또 어떤 세대든 자진해서 세계를 포기하지는 않는 법이다. 세상을 포기하도록 강요당하는 경우에도 그들은 흔히 아름다운 철학과 동화와 신화를 만들어내고,[3]

우리는 더 이상 책을 읽지 않는다, 단지 쓴다. 그건 오래전 우리가 처음으로 만든 책 『커피 기계』에 쓰여 있는 문장이었다. 책을 쓸 때 우리는 책을 읽지 않는다. 단지 말한다. 아니 말하기보다는 뱉어낸다. 뱉어내기보다는 뜯어낸다. 남은 것이 하나도 없을 때까지. 흔적과 자취마저 지워질 때까지. 책을 쓰기 위해서는 많은 말들이 필요하고 그렇다면 뭔가를 말할 수 있을지도 모른다고 생각했다. 그 많은 말들 중에 단 한 개의 단어라도 남게 되지 않을까 기대했다. 아파트들, 콘크리트와 철골구조물, 미국식 아침식사가 아닌 다른 뭔가를 만들어낼 수 있을 거라고 생각했다. 하지만 그런 일은 벌어지지 않았다. 우리가 한 일은 단지 책을 쓴 것뿐이다. 인쇄된 종이들이 책장을 가득 채웠지만 몇

---

3) 아르놀트 하우저, 『예술과 문화의 사회사 3』, 반성완 옮김, 창비, p. 155.

권의 책 말고는 우리가 만들어낸 것은 아무것도 없었다. 여전히 우리들은 세계를 끝장낼 방법을 알 수 없었고 상관없이 세계는 끝 너머로 이어지고 있었다. 스피커에서는 여든 번째 같은 노래가 흘러나오고 있었다. 시간은 오후 두 시 삼십오 분을 가리키고 있었고 그러나 모든 것은 밤의 끝처럼 잠들어 있었다. 우리는 철제의자에 앉아 껌을 씹으며 지나가는 버스를 바라보았다. 우리는 기다렸다. 뭔가를. 하지만 그건 오지 않았고 단지 배가 고파졌다. 같은 노래가 아흔세 번째 흘러나오고 있었다. 같은 노래가 아흔네 번째 흘러나오고 있었다. 지나가는 버스를 배경으로 해가 졌다, 혹은 떠올랐다. 사람들은 언제까지 이런 식으로 살아갈 수 있을까? 아마도 죽음 이전까지, 아니, 그 너머까지도. 난 더 이상 책을 쓰지 않을 거야. y가 말했다. 그럼 뭘 할 건데 이제? 내가 물었다. 자기소개서를 쓸 거야. 서른 개의 상장기업을 골라놓았어. 우리 집은 가난하지 않아. 그러니까 난 학원에 다닐 수 있어. <u>나는 취직을 할 거야</u>. y는 똑같은 말을 세 번 반복했다. 더 이상 아무것도 녹음되고 있지 않았다. 더 이상 아무 일도 일어나지 않고 있어. 우리가 좋아하던 카페는 지난달에 망했다. 우리가 좋아하는 서점과 레코드가게도 문을 닫았다. 우리가 쓴 책은 아무도 읽지 않는다. 실패하지 않은 건 끊임없이 지어지는 아파트들뿐이다. 우리는 그동안 연애도 하지 못했고 새 옷을 사지도 못했다. 텔레비전을 보지도 못했고 그러니까 우리는 세상에 대해서 아는 바가 하나도 없게 되었다. 저쪽의 해는 뜨는데 우리의 해는 가라앉고 있다. 사람들은 어퍼이스트사이드로 몰려가는데 우리는 여전히 브루클린의 배드포드 에비뉴를 헤매 다니고 있는 거야. 사람들이 원하는 뉴욕은 우리가 가보았던 그 뉴욕이 아냐. 사람들은 우리가 만든 아침식사를 먹지도 않을 거야. y는 짜증을 내고 있었다. 그렇다면 차라리 그 짜증을 책으로 만들자. 짜증으로 이루어진 책을 만들자. 내가 말했다. 어쩌면 모든 게 다 짜증 때문인지도 몰라. 길 가던 남자가 길 가던 여자를 죽이는 것도, 버스를 기다리던 여자가 같이 버스를 기다리던 남자를 차도로 밀어넣은 것도, 낫을 든 할아버지가 그걸 휘둘러버린 것도, 개가 집을 나간 것도, 어쩌면, 내 머리가 이렇게 아픈 것도.

아직도 머리가 아파?
y가 물었다.

병원에 갔어. 머리가 아프다고 말을 했지. 그러자 의사는 벤조다이아핀 계열의 약을 처방해줬고, 모호한 표정을 지으며 주사를 한 대 놔주었어. 병원은 시내에서 멀리 떨어져 있었고 거긴 나무가 아주 많았어. 돌아나오는 길에 본 하늘에서는 피가 흘러내리고 있었어. 온 도시를 피가 뒤덮고 있었는데 마치 누군가 도시 전체를 피 속에 파묻고 있는 것 같아 보였어. 그건 참으로 아름다운 매장식이었어. 그런데 그 도시는 서울이 아니라 평양이었어. 평양에 가본 적이 있어? 아니, 한 번도. 어, 평양에 있었어. 평양은 넓은 길과 지하철, 불 꺼진 아파트들이 늘어선 도시였어. 다음 날 나는 다시 병원에 갔어. 내가 본 것을 말했어. 그러자 의사는 나를 정신과로 올려보냈어. 정신과에서는 몇 가지 검사를 하고 나에게 똑같이 벤조다이아핀 계열의 약을 처방해줬어. 내두통은 차이가 없었어. 여전히 나는 평양에 있었어. 아파트, 지하철, 그리고 넓은 길을 보았어. 깊은 곳에 있는 지하철에는 아주 빠르게 에스컬레이터가 움직였어. 하지만 가장 큰 문제가 뭔지 알아? 종일 귓속에서 똑같은 노래가 흘러나온다는 거야. 나는 이제 그 노래를 다 외울 정도야. 작곡이라도 해야겠어. 가사는 이미 붙였어. 제목은 러시아 구성주의야. 페테르부르크, 나의 도시. 페테르부르크 첨탑들 삼각형들 길가의 부랑자들 낡은 교회들 내려앉은 교회들 사라진 교회들 버려진 건물에서 쫓겨난 부랑자들과 아이들이 살던 교회들.[4]

서울,

서울, 나의 도시.

서울 십자가들 삼각형들 길가의 부랑자들 낡은 아파트들 내려앉은 아파트들 사라진 아파트들 버려진 건물에서 쫓겨난 부랑자들과 아이들이 살던 아파트들,

을 지나 나는 계속 걸었어. 노을은 여전히 도시를 파묻고 있었어. 난 사람들이 보고 싶어졌어. 머리는 계속 아팠지만 이제 그런 건 아무 상관도 없었어. 마치 헤드폰을 눌러쓴 것처럼 노랫소리는 더 커졌고 그 외에는 아무것도 들리지 않았어. 거리엔 정말 많은 사람들이 있었어. 퇴근하는 사람들, 학원으로 가는 사람들, 옷 파는 사람들, 술 파는 사람들, 웃는 사람들, 짜증 내는 사람들, 화가 난 사람들, 바쁜 사람들, 어, 너무너무 바쁜 사람들, 그런데 나는 하나도 바쁘지 않았고, 그래서, 내키는 대로 아무 데나 갔어. 어둠이 짙게 깔리고 거리는 더 차가워졌지. 어쨌거나 하늘이 보였어. 아주 잘 보였어. 나는 얼마 전 읽은 책에 대해서, 그러니까 전쟁에 대해서, 전쟁이 끝난 뒤의 서울의 도시 재건계획에 대해서 생각했어. 책에서 봤던 백 년 전 서울의 지도와 사진을 떠올렸어. 그러자 사람들로 가득 찬 화려한 번화가는 책에서 봤

---

4) Kathy Acker, 『Don Quixote』, Grove Press, 1986, p. 41.

던 사진 속 폐허로 바뀌어 있었어. 멀리 이순신 동상이 보였고 그 아래 검은 옷을 입은 전경 둘이 보였고 그 둘은 똑같은 걸음걸이로 내 쪽을 향해서 다가왔어. 왼쪽으로 차들이 다가오고 있었고 오른쪽으로 멀어졌어. 나는 건널목을 건너서 청계천으로 내려갔어. 거기는 길게 자란 풀로 가득했어. 하늘에는 버터를 발라 구운 핫케이크 같은 보름달이 흐릿하게 빛을 내고 있었어. 나는 계속 걸었어. 위쪽으로 보이는 빌딩들은 비현실적으로 아름다웠어. 아름다운, 거대한 관 속에 들어 있는 것 같은 느낌이었어. 나는 드디어 내가 미쳤다고 생각하기 시작했지. 그것 말고도 많은 생각을 했어. 먼저 나는 책에 대해서 생각했어. 그리고 음악에 대해서 생각했어. 내 귓속을 파고드는 수많은 음들에 대해서, 그것들을 문장으로 옮기고 싶다는 생각을 했어. 내 옆에서 흐르는 검은 물에 대해서 생각했어. 아파트에 대해서 생각했어. 그리고 무엇보다 서울에 대해서 생각했어. 너, 너의 도시, 타인들로 이루어진, 타인의 성지, 모든 것이 타인들을 위해 존재하는 한 도시에 대해서 생각하기 시작했어. 그곳에서 강물은 흐르고 싶기 때문이 아니라 흐르는 것처럼 보이기 위해서 흘렀어. 길은 어디든 갈 수 있는 것처럼 보여주기 위해서, 다리들은 새로 설치한 네온라이트를 뽐내기 위해서 존재했어. 사진 찍히기 위한 가로등, 흔들리기 위한 수풀들, 그리고 플라스틱 커피잔과 타인을 의식하는 서너 개의 산책들을 난 보았어. 아이들은 스스로를 위해서가 아니라 부모를 위해서, 대화는 서로가 아니라 훔쳐 듣는 쥐들을 위해서 존재했어. 모든 것들엔 아름다움 대신 겁에 질린 눈들이 붙어 있었어.

죽은 박물관의 마지막 관람실에 전시된 것은 세계의 끝이었다. 비명 소리, 땅을 파헤치는 포클레인, 끝없이 흩날리는 붉은 흙더미가 보였다. 그것들은 여러 개로 뭉쳐져 현대음악을 만들어내었고 배경으로 펼쳐진 풍경에서는 현대회화가 탄생했다.

결국 이곳에서 사람들은 단 한 순간도 자신을 위한 삶을 살지 못했다. 매 순간 삶은 타인들에게 증명되기 위해 갱신된다. 단지 살아남기 위해서. 지금 쓰이는 이 글과, 저 책들, 그리고 무엇보다 끊임없이 지어지는 아파트들을 위해서, 부서지고, 다시 생겨나는 서울은 이미 혁명의 땅이다. 사람들의 눈은 모두 미래에 고정되었고, 그래서 천천히 시력을 잃어가면서도 아무도 그것을 눈치채지 못한다. 터질 듯 부풀어 오른 꿈과 환상이 도시를 지탱한다. 꿈의 장면들은 디즈니랜드, 밤마다 잠들지 못하게 하는 악몽, 새벽의 버스와 지하철, 광고판에 붙은 청사진들, 구호, 그리고 깃발들, 네온라이트로 이루어져 있다. 그 꿈은 벽에 걸린 스크린 속에서 반복해서 재생된다. 돌아서면 탁자 위에 미국식 아침식사가 놓여 있다. 깨끗한 창 너머로 보이는 것은 아파트들이다. 그것들은 살아 있다. 새하얗게, 태어나는 중이다, 영원히. 사람들이 영원히 꿈에서 깨어나지 않는 것만큼, 환상이 터질 듯 부풀어오르는 시간, 모든 것이 딱 그만큼 영원해진다. 이제 도시는 시간 밖에 있다.

시간의 최종 모델은 거울이 거울을 비추는 것이다.[5]

거울이 도시를 비추고, 그 위로 빛이 내려앉는다. 쏟아져내리는 빛 속에서 다시 거울이 도시 전체를 반사한다. 반사된 도시는 지옥처럼

---

5) Kathy Acker, 같은 책, p. 51.

붉다. 이제 도시는 반사된 상에 불과하다. 거울이 놓여 있는 것은 하나의 흰 방이다. 방은 다른 방들과 마찬가지로 커다란 창, 거울, 탁자, 미국식 아침식사로 구성되어 있다. 여느 때처럼 나는 그 방에 속해 있다. 거울을 들여다보면 거기 비치는 것은 내가 아닌 어떤 거리다. 거울 속에서, 나는 그 거리에 속해 있다. 여전히 시간은 오후 두 시이고 같은 노래가 반복된다. 여전히 계절은 지옥이고 그 계절의 습기가 도시를 조금씩 미치게 만든다. 해는 새벽의 달처럼 차갑게 빛나고 그런 해 아래에서 누군가 누구를 칼로 찌르는 일이 벌어져도 상관없을 것이다. 모두들 잔뜩 흥분한 채 그것을 축제인 양 즐기는 것도 물론 가능할 것이다. 구름에서 부서져 나온 먼지들이 거리에서 흩어져 사라지는 동안 숫자들이 높아지고 낮아지고 이쪽에서 저쪽으로 쉴새없이 흘러가는 동안 그것을 멈추지 않기 위해 아니 멈추지 못한 채 계속해서 사람들이 멀어지고 가까워지고 문이 열렸다가 닫히며…… 더 이상 나는 이해하지 않는다, 영혼이 없으므로, 그리고 그 점에서 나와 도시는 평등하다. 우리는 같은 두통으로 고통받으며, 영혼이 없다. 필요한 것은 더 많은 환상과 그것이 만들어낼 고통, 그리고 그걸 위로해줄 마취제이다. 다시 거울이 거울을, 도시가 도시를 비춘다. 모두가 모두를 반사한다: 더 이상의 언어는 필요 없다. 우리에겐 거울이 있다. 도시는 이제 지도 밖에 존재한다. 내 곁에, 공간 밖에 존재한다. 꿈과 테러로 둘러싸인 채, 거울 속에서 영원하다.

매장[6]

새벽 두 시의 맥도날드, 피곤한 사람들이 계단을 기어오른다. 미지

근한 색깔의 타일이 파도처럼 흔들린다. 식은 빵 사이에 시든 야채가
피곤한 사람들만큼 늘어져 있다. 그것을 입속에 쑤셔넣는다. 아흔아홉
번째 똑같은 노래가 흘러나오기 시작한다. 불빛 속에서 춤을 추듯 이
리저리 흔들리며 떠다니는 먼지들을 입 안에 넣고 사탕처럼 빨고 싶다
는 생각이 든다.

6) Burial, 「In McDonals」, 『Untrue』, 2007.

2010년식 분신자살

김사과의 「매장埋葬」은 '이상한' 비유들로 가득하다. 가령, 이런 식이다. "서울은 카길사의 소고기패티를 넣은 흰 밀가루빵이며 그것의 다른 이름은 지옥이다. 그것이 지옥인 이유는 영혼이 없기 때문이다. 도시는 영혼이 없다, 인간에게 영혼이 없듯이, 풍경은 의미 없이 걸려 있고, 더 이상 하늘은 색의 변화로 시간을 가리키지 못한다." 서울은 카길사의 흰 밀가루빵에 비유된다. 그리고 서울은 "지옥"으로 명명된다. 이유는 영혼이 없기 때문이다. 그리고 아무렇지 않게 진리이자 명제인 양 "인간에게 영혼이 없듯이"라는 원관념이 출현한다. "모든 동물은 죽어야 한다. 사람도 동물이다. 그러므로 사람도 죽는다", 라는 식의 귀납법으로 김사과는 '도시는 영혼이 없다'와 '인간이 영혼이 없다' 사이를 연결해버린다. 아니 비약한다.

비약은 시클롭스키의 낯설게하기처럼 단숨에 우리가 살고 있는 이

공간을 냉각한다. 집, 고향, 삶의 터전, 활기 넘치는 경제적 공간으로 인식되어오던 "서울"이라는 상징적 공간은 김사과의 비약으로 인해 이상하게uncanny 전도된다. 덕분에 서울은 미국식 아침식사가 되고, 흰 방이 되고, 깃발이 된다. 바야흐로, 병리적으로 부패한 서울은 환유적 이미지 사이로 연쇄된다.

김사과의 은유는 뜬금없기에 사건이고 환유는 거침없기에 치명적이다. 비약적 시선으로 바라본 서울의 일상은 단 하나도 멀쩡한 것이 없다. 지하도의 입구에 누워 있는 두 사람은 일상의 상징계적 시각에서는 "노숙자"로 호명되지만 원관념이 없는 김사과의 사전에서는 망막에 맺힌 이미지에 따라 낯설게 서술된다. "잘 펼쳐놓은 종이박스 위에 누워 있다. 한 명은 머리가 길고 한 명은 모자를 쓰고 있다. 한 명의 플라스틱 바구니에는 삼백 원이 들어 있었고 다른 한 명의 바구니엔 천 원이 들어 있다. 한 명은 다리가 하나 없고 한 명은 맨발이다." 묘사된 두 사람은 누구일까? 이렇게 바라보면 "서울"이라는 곳에는 제대로 된 게 하나도 없다.

김사과의 「매장埋葬」에 등장하는 인물에게 서울은 낯설 뿐 아니라 불편하고 어딘가 심각하게 고장 난 상태이다. 그들은 서울을 도대체 어떻게 묘사해야 하며 어디쯤 놓고 정의 내려야 할지 알 수 없다. 어떤 수식을 동원해서라도 미적분 문제를 풀고 싶은 학생처럼 그들은 '서울'을 정의 내리려 한다. 하지만 구성주의적 관점에서 보면 서울은 "강남구 신사동 사백칠십삼다시칠 번지"이고 해체주의적 관점에서는 "용산구 이태원동 오십칠다시십이 번지"일 뿐이다. 다시 말해, 관점에 따라 달라지는 서울이란 없는 것에 가깝다.

정의를 내린다는 것은 그것을 소유한다는 것이다. 정의하고, 호명할 때에야 서울은 "나"의 공간이 될 수 있다. 하지만 "나"에게 서울은 그저 죽은 박물관에 불과하다. 문제적인 것은 내가 서울을 죽은 것으로 취급하는 것이 아니라 사실 서울이 나를 허락하지 않는다는 점이다. 그 어떤 건물도 나에게 열려 있지 않다. "상점은 닫혀 있거나, 부서져 있"다. 서울에서의 평등은 "돈을 쓰고 있다는 점"에서 비롯된다. 하지만 "나"는 이 불쌍한 소비기계의 틈에 끼어들고 싶지 않다. 그렇다면, 정의를 내리거나 호명할 수도 그렇다고 틈입할 수도 없다면, 그렇다면 "나"는 어떤 일을 해야 할까?

"나"는 꿈꾼다. "결국 세계를 바꿀 수 없었으므로(그리고 앞으로도 계속해서) 우리는 여기서 이제 그만 세계를 끝내려고 한다." 김사과의 「매장埋葬」에 등장하는 자전적 인물 "나"는 세상을 교정하는 것이 아니라 종식시키기 원한다. 그리고, 선언한다. 방법은 "당신들의 좆을 모두 잘라버리고 자궁을 막아버"리는 것이다. "모든 동물은 죽음을 두려워한다. 인간도 동물이다. 그러므로 인간도 죽음을 두려워한다."는 삼단논법은 자발적 개체증식의 거절로 전복된다. 이 거절은 한편 인간의 이기적 유전자야 말로 "서울"이 괴물이 된 가장 큰 원인이라는 분석을 포함한다. 내 자식을 위해, 내 자식을 사랑해서 증오까지 하기 때문에, 사람들은 괴물이 된다. 괴물들이 모여 사는 도시 서울도 괴물이 된다.

문제는 이 선언 역시 말이든 글이든 기존의 매체를 선택해야 한다는 것이다. "나"는 책을 쓴다. 아무도 책을 읽지 않기에, 사람들은 모니터만 들여다보고 이미지만 추종하고, 나보다 나이가 어린 소녀들에게만 열광하기에, "나"는 오히려 책을 쓴다. 하지만 역설적이게도 책에서 이성적 동물이 빚어낸 이 모든 비극이 시작하기도 했다. 사람을 없애고, 책을 없애는 것이 김사과가 꿈꾸는 행복한 종말론이며 "매장"이지만 그럼에도 불구하고 김사과는 책을 쓴다. 김사과가 열렬히 바라는 세상의 종말은 애처롭게도 새로운 세상의 시작이다.

개체가 증식하기 위해서는 죽음이 요구되듯, 김사과는 새로운 세상을 위해 종말이 와야 한다고 말한다. 그러므로 이 아이러니컬한 책의, 책에 의한, 책을 위한 매장식은 2010년식의 새로운 분신자살일 수밖에 없다. 분신자살이란, 더 나은 미래를 위해 "나"를 태우는 것이 아니었던가? 김사과의 혁명적 제언은 이 안온함 일상을 낯설고, 두렵게 만든다. 김사과의 소설언어는 우리가 모르는 척 살아가는 이곳, 서울의 실재계가 보낸 은밀한 예지몽이다.

막차

김숨

1974년 울산 출생.
1997년 『대전일보』, 1998년 〈문학동네 신인상〉 등단.
소설집 『투견』 『침대』. 장편소설 『백치들』 『철』
『나의 아름다운 죄인들』 『물』.

막차

　고속버스에 승객이라고는 고작 넷뿐이었다. 순옥과 남편, 그리고 일
행이 아닌 남자 둘. 고속버스가 출발하기 10여 분 전부터 그녀와 남편
은 운전석 줄 다섯 번째 칸을 나란히 차지하고 앉아 있었다. 고속버스
가 터미널을 빠져나가 고속도로에 들어서도록 남편은 질끈 내려감은
눈을 뜨지 않았다. 히터를 한껏 틀어놓아 고속버스 안 공기는 덥고 건
조했다. 아직 2월 중순이라 히터를 꺼버리면 손발이 금세 시려올 것이
었다. 눅눅한 걸레 냄새와 쉬어터진 김밥 냄새, 지려진 어묵국물 냄새
가 뒤섞여 맡아져 그녀는 벌써부터 멀미를 느꼈다. 알루미늄포일을 구
길 때 나는 소리가 아까부터 그녀의 뒤쪽에서 들려왔다.
　"멀어도 어지간히 멀어야지요. 어지간히……."
　그녀는 의자 등받이가 박제한 거북의 등딱지만큼이나 딱딱해 영 불
편했다. 어딘가 풀린 관절처럼 헐거워졌는지 의자는 그녀가 뒤척거릴

때마다 끼익, 비명을 내질렀다. 그렇다고 출싹 다른 의자로 바꾸어 앉아야 할 만큼은 아니었다. 그녀의 앞뒤로 빈 의자야 얼마든지 있었지만 별반 나을 것 같지도 않았다. 일반인 데다 오래된 고속버스였다. 그렇지 않아도 고속버스는 탈수 중인 세탁기만큼이나 흔들림이 심했다.

"그렇잖아도 내일 미선 엄마가 머리 좀 해달라고 했는데……."

그녀는 차창 쪽으로 고개를 돌렸다. 콜타르를 바른 듯 검게 번들거리는 차창에서 남편의 얼굴을 찾았다. 그녀의 얼굴 뒤로 남편의 옆얼굴이 눈에 들어왔다. 남편의 옆얼굴은 물속에 가라앉은 돌덩이처럼 붓고 일그러져 보였다. 뭉툭한 턱 아래로 손을 들이밀고 들추면 이끼뭉치 같은 다슬기라도 두엇 달라붙어 있을 것 같았다.

"못 받아도 2만 5천 원은 받을 텐데……."

남편은 그러나 아무 대꾸가 없었다.

"사뭇 다른 미장원에 다니는 것 같더니만 전화까지 해왔지 뭐예요. 이럴 줄 알았으면 미선 엄마한테 오늘 오라고 할 걸 그랬어요."

알루미늄포일을 구기는 소리가 계속 들려와 그녀는 고개를 뒤쪽으로 돌렸다. 빈 의자들 너머 비죽 튀어나온 검은 머리가 그녀의 눈에 들어왔다. 의자들에 가려져 얼굴과 몸이 전혀 보이지 않아 가발이라도 걸쳐놓은 것 같았다.

"하기는 그렇게나 느닷없이 전화가 올 줄 알았나요."

그때 정전인가 싶게 고속버스 실내가 갑자기 어두워졌다. 환하게 켜져 있던 조명들이 일제히 꺼져든 것이었다. 그녀는 무릎 위 가방 지퍼를 더듬더듬 열고 그 안으로 손을 집어넣었다. 핸드폰을 찾아 꺼냈다. 혹시나 부재중 전화가 걸려왔나 살폈지만 한 통도 와 있지 않았다. 그녀는 핸드폰을 도로 가방 속에 집어넣었다.

"전화가 온 게 몇 시였대요?"

남편은 여전히 아무 대꾸가 없었다.

"뉴스를 하고 있었으니까 일곱 시가 조금 넘어서였을 거예요."

전화기가 울릴 때 그들은 텔레비전을 틀어놓고 저녁을 먹고 있었다. 그녀는 고등어와 지진 무청을 입속에서 씹다 말고 전화를 받았다. 무청은 쓴맛이 우러나도록 씹어대야 할 만큼 질겼다. 아들의 전화였다. 며느리가 오늘 밤을 못 넘길 것 같다는 소식을 전하면서 아들은 울먹이고 있었다. 그녀는 전화를 끊자마자 뱉어버리려던 무청을 얼떨결에 삼키고 말았다. 무청은 위와 창자를 거치는 동안 삼실만큼 질긴 섬유질만 남아 내일이나 모레쯤 화장실에서 무던히 애를 쓰게 할 것이었다.

"며칠 전 통화할 때만 해도 반년은 더 살 수 있을 거라고 했잖아요. 반년은요."

며느리의 대장에서 처음 암덩어리가 발견된 것은 5년 전이었다. 수술과 항암치료 덕분에 근 일 년은 별 탈 없이 완치되는가 싶더니 재발되었다. 또다시 항암치료를 받는 와중에 암은 자궁과 위, 폐로도 번졌다. 기적조차 바랄 수 없게 된 상황에서 며느리는 입원과 퇴원을 출퇴근하듯 반복했다. 퇴원했다는 소식이 들려오기 무섭게 입원했다는 소식이 들려왔다. 며느리가 또다시 병원에 입원했다는 소식이 들려온 건 한 달쯤 전이었다. 그녀는 그 소식이 새삼스럽지도, 밥을 굶도록 절망적이지도 않았다. 입원이 한두 번도 아니고, 며느리가 어느 지경으로 악화됐는지 두 눈으로 확인하기 위해 당장 서울로 올라가 볼 수도 없는 노릇이었다. 아들이 전화를 걸어왔을 때 그녀는 '대성떡집' 딸내미의 머리를 깎이고 있었다. 마흔 살이나 먹은 그 집 딸내미는 정신지체가 있었다. 먹성만은 성하다 못해 지나쳐 몸집이 거인처럼 컸다. 그녀와 46년 개띠 동갑인 대성떡집 여자는 어딜 가든 그 딸을 그림자처럼

데리고 다녔다. 자신이 죽으면 관 속까지 데리고 들어갈 거라는 말을
입에 달고 살았다. 죽어 썩어드는 육신이어도 어머니인 자신 곁이, 동
기간 곁보다 백 배 천 배는 더 나을 거라는 게 그 이유였다. "동기간이
뭔 소용인가? 서로 뜯어먹을 거나 있어야 붙어살라고 하지. 남보다 못
하다, 남보다……." 관 속까지 데리고 들어가게 딸내미 발모가지도 깎
아달라던, 대성떡집 여자의 농이 문득 떠올라 그녀는 피식 웃음이 났
다. 관 속으로 데리고 들어가려면 어디 발모가지만 깎아서 될까. 남산
만 한 그 배는 어쩌고! 그녀는 쓸데없이 떠오르는 생각을 떨쳐버리려
고개를 저었다.

"갈 때가 되면 그렇게 급하게들 가더라고요. 하기는 반년을 더 산다
고 그게 무슨 의미가 있겠어요."

마지막으로 본 며느리의 모습이나 떠올려보려다 그것도 쓸데없는
짓 같아 그만두었다.

"우리 같은 늙은이들에게나 반년이 의미 있을까."

그녀는 늙은이라는 말을 입에 달고 살면서도 스스로가 늙은이라는
생각이 그다지 들지 않았다. 늙은이는 무슨, 일흔이나 되어야 늙은이
대접을 받을까.

"안방 불을 켜둔다는 걸 깜박했지 뭐예요."

그녀는 목에 두른 스카프를 풀었다. 고속버스 안 공기가 더워서인지
스카프가 아까부터 목을 조여오는 것만 같았다.

"텔레비전 코드는 뺐대요? 코드를 빼두는 거랑 꽂아두는 거랑 전기
세가 얼마나 차이가 나는데……."

내가 밥솥 코드는 뺐던가. 하루 이틀 비울 것도 아니고 집을 나서기
전 둘러보지 않은 게 그녀는 뒤늦게 후회되었다. 밥솥에는 밥이 기껏
해야 반 공기밖에 남아 있지 않았다. 밥알들은 누렇다 못해 꾸덕꾸덕

말라 있을 것이다.

"그 애 나이가 몇이더라……?"

그나저나 가스밸브는 제대로 잠갔던가.

"며느리 말이에요. 쥐띠니까……."

그녀는 며느리 나이가 서른아홉 살인지 마흔 살인지 정확히 가늠 되지 않았다.

"1월생이라고 했어요. 생각해봐요. 엄동설한에 태어난 쥐가 뭐 그렇게 복이 있겠어요. 얼어 죽고 굶어 죽지나 않으면 다행이지."

아들과 며느리를 결혼시키기 전 그녀는 혹시나 하는 마음에 충북 제천까지 가서 궁합과 사주를 보았다. 계원 중 한 명이 마침 임용고시를 앞둔 딸의 운수를 보러 간다기에 겸사겸사 따라간 거였다.

"그때 그 점쟁이가 그럽디다. 며느리가 마흔 살 이후로는 두 다리 쭉 뻗고 누워 세상 근심 걱정 내려놓고 편하게 살 팔자라고요. 그러고는 더 볼 것도 없다고 하더라고요. 그 소리가 뭔 소린가 했더니 마흔 살까지밖에 못 살 거라는 소리였지 뭐예요. 생각해봐요. 세상 근심 걱정 내려놓고 두 다리 쭉 뻗고 눕는다는 게 뭔 소리겠어요."

그녀는 순간 소름이 끼쳐 입을 다물었다. 저녁을 짜고 급하게 먹은 탓에 목이 마르기도 했다. 무청이 식도와 위에 뱀처럼 길게 걸쳐져 있는 것만 같았다.

"나는 것도 모르고 뭔 팔자를 그렇게나 기막히게 타고났나 했지 뭐예요."

그녀는 말끝에 입가가 떨리도록 한숨을 내쉬었다. 두 다리가 퉁퉁 붓도록 남 머리나 매만져야 하는 내 팔자를 생각하면 얼마나 복 받은 팔자냐, 며느리 될 여자를 두고 시샘까지 하지 않았나.

"당신은 어땠는지 몰라도, 나는 처음부터 그 애가 마음에 안 들었어요."

그녀는 그 말이 처음 내뱉는 말이 아님을 잘 알았다. 그 말은, 아들 내외가 신혼여행에서 돌아오기 전부터 헐거워진 틀니처럼 불쑥불쑥 입 밖으로 튀어나왔다. 내내 그녀의 입속에 거북살스럽게 들러붙어 있다가. 내가 어디 한두 사람 상대해봤는가. 이 속 저 속 별별 속을 다 겪어보지 않았는가. 그녀는 자신이 사람 보는 눈만은 누구보다 틀림없다고 믿었다. 남들이 다 좋다고 해도 내가 아니라고 하면 끝에 가서는 결국 아닌 적이 한두 번이었나.

고속도로에 들어서고 처음 나온 휴게소를 고속버스는 그냥 지나쳐 갔다. 밤 아홉 시가 가까운 시간이라서인지 고속도로에는 차가 드물었다.

"백만 원을 해다 준 게 언제였나?"

그녀는 아들에게 백만 원을 해다 준 게 문득 떠올라 남편에게 물었다.

"우리가 백만 원을 해다 준 게요."

남편은 그러나 여전히 아무 대꾸가 없었다. 눈 한 번 뜨지 않는 걸 보면 잠든 것인지도 몰랐다. 하기는 묻는 말에 속 시원히 대꾸한 적이 한 번이라도 있던 위인이던가. 남편은 그녀가 어쩌다 한마디를 건네도 묵묵부답으로 그녀의 속을 터지게 했다. 아들이 군대를 가기 전까지만 해도 극성스럽다는 소리를 들을 만큼 발작적으로 남편에게 잔소리를 퍼부어댔지만, 그녀는 그것도 다 한때라는 생각이 들었다.

"지난번 입원했을 때니까, 다섯 달 전이겠네요."

다섯 달 전 그녀와 남편은 서울에 다녀왔다. 폐까지 퍼진 암이 심해져 며느리가 병원에 다시 입원했다는 소식을 듣고서였다. 그녀는 사실 그것이 마지막 입원이 될 거라고 지레짐작했다. 때마침 한 달에 5만 원씩 부어오던 2년짜리 정기적금이 마침 만기였다. 은행에서 적금 탄 돈을 찾아오면서 그녀는 어쩔 수 없이 부아가 치밀었다. 남편 모르게 부어온 적금이었다. 그 돈을 고스란히 병원비로 쓰게 되리라고 짐작이나 했던가. 더구나 가망도 없는 며느리의 병원비로.

"백만 원이 어디 적은 돈인가요. 상훈인 그것밖에 안 해 왔나 서운해하는 눈치더라고요. 천만 원은 싸들고 올라올 줄 알았나 봐요."

백만 원을 주고 내려오던 날, 아들 상훈은 밤늦게 전화를 걸어왔다. 술에 취한 목소리였다.

"글쎄 딸이 그 지경이 되면 미장원이라도 내놓아 살리려 하지 않겠냐고 합디다."

아들은 30분 가까이 전화를 끊지 않고 그녀에게 서운한 속내를 털어놓았다. 치료를 제대로 받으려면 천만 원은 있어야 된다는 말도 해왔다. 3천만 원 가까이 탄 보험료는 벌써 바닥이 났다고 했다. 있는 곳이 술집인지 전화기 너머로 사람들이 시끄럽게 떠드는 소리가 들려왔다. 아들은 부산 출장 중이라고 했다. 전국 서점들을 돌아다니면서 수금을 하느라 아들은 출장이 잦았다.

"가망 없는 며느리 살리자고 미장원까지 내놓을 수야 없잖아요."

외아들이자 외자식인 상훈이 서울로 올라간 것은 대학교를 졸업하고 나서였다. 대학교 선배라는 사람의 소개로 출판사 영업부 사원으로 취직이 되어서였다. 기껏 영업일을 하자고 서울까지 부득부득 기어 올라가나 못마땅하고 미덥지 않았지만, 그녀는 아들을 붙잡지 않았다. 붙들어 앉혀놓는다고 해도 별다른 도리가 없었다. 서울로 올라간 지 12년 만에 겨우 제 집이라고 빌라를 장만하더니만, 며느리의 대장에서 덜컥 암덩어리가 발견되었다. 빌라라고 해야 겨우 15평밖에 안 되었다. 그것도 순전히 모아둔 돈으로만 장만한 것이 아니라, 그녀가 올려

보낸 돈을 보태고도 모자라 은행에 융자까지 얻었다고 했다. 그녀는 그때도 적금 탄 돈 5백만 원을 올려 보냈고, 아들은 그 돈이 자신이 바라던 것보다 적었는지 서운해했다. 아들 통장으로 입금했다고는 하지만, 며느리는 5백만 원을 고맙게 잘 받았다는 전화 한 통 그녀에게 걸어오지 않았다. 아들이 빌라로 이사하고 한 달쯤 지나 그녀는 남편과 서울에 다녀왔다. 때마침 친정 쪽 조카 결혼식이 서울에서 있어서 겸사 다녀온 것이었다. 아들이 장만했다는 빌라를 둘러보면서 그녀는 기쁨보다는 실망이 앞섰다. 어떻게 생긴 집이 네모반듯하지가 못하고 각이 진 데다, 거실 창문을 열면 고가도로가 보였다. 온갖 차들이 수도 없이 지나다니는 고가도로였다. 그 집에서 한 일 년만 살면 없던 병도 저절로 생기겠다는 말이 신물처럼 올라오는 것을 그녀는 꾸역꾸역 되삼켜야만 했다. 베란다는 세탁기밖에 들여놓지 못할 만큼 좁았다. 저녁으로 식당에서 일 인분에 8천 원인가 하던 돼지갈비를 구워 먹으면서, 아들은 언제가 될지 모르는 재개발을 꿈꾸었다. 그녀는 5백만 원을 보태주고도 시부모 노릇을 제대로 못한 것 같아 내내 며느리의 눈치가 보이기만 했다. 그녀는 그래도 그때가 호시절이었던 듯 새삼스럽게 추억되었다. 돼지갈비가 타면서 피어오르던, 자꾸만 그녀의 얼굴을 덮쳐오던 거무스름하고 기름진 연기가 그립기까지 했다.

"설사 미장원까지 내놓아 살려놓는다고 해도 지들이 우리를 죽을 때까지 먹여 살리기나 할 거래요?"

상고商高까지 나온 남편은 일평생 이렇다 할 직업을 가진 적이 없었다. 여태껏 먹고산 것도, 아들을 대학교까지 가르친 것도, 장가보낼 때 3천만 원 넘게 전세금이라도 마련해준 것도 그녀가 그나마 미장원을 해서 벌어들이는 돈으로 가능했다. 그래봤자 동네 미장원이었다. 자식이라고는 상훈뿐이어서 그렇지, 그녀는 그 아래로 한 명만 더 있었어도 어림도 없었을 거라는 생각이 저절로 들었다. 그녀가 맞선으로 만난 남편과 선뜻 결혼을 결심한 것은 오로지 상고를 나왔다는 이유 하나 때문이었다. 그녀가 처녀 때만 해도 대학은커녕 상고도 나오기가 쉽지 않았고, 상고만 나와도 공무원으로 곧잘 취직이 되었다. 남편의 동창 계원들만 해도 공무원이 여럿이었다. 시청 말단공무원으로 시작해 상수도사업본부장까지 지낸 계원도 있지 않은가.

"일 년에 고작 두 번, 그것도 명절에나 겨우 용돈 하라고 5만 원 아니면 10만 원밖에 내놓지 못하던 것들이⋯⋯. 그게 다 내가 미장원을 해서 그래요. 요즘 세상에 동네 미장원을 해서 버는 돈이 얼마나 된다고."

그녀가 미용기술을 배운 것은 상훈을 낳고 일 년쯤 지나서였다. 배워둬 나쁠 것이 있을까 싶어 익힌 기술이 평생 남편을 먹여 살리게 될 줄은 몰랐다. 남편은 여자를 밝히는 것도, 그렇다고 술이나 노름을 좋아하는 것도 아니었다. 성격도 온순한 편이라 그녀가 아무리 잔소리를 퍼부어도 욕설 한 번 내뱉은 적이 없었다. 그러고 보면 남편은 깔끔하게 자신의 입성을 차리는 것밖에는 할 줄 아는 게 한 가지도 없는 위인이었다. 막차가 끊겼으면 택시라도 잡아타고 서울로 올라가야 할 판에, 남편은 별 구김도 없는 기지바지를 다림질까지 해서 차려입지 않았는가. 그녀 속을 태우려고 작정하고 나선 듯 손수건까지 다림질해 외투주머니에 챙겨넣었다. 기우뚱 가라앉는 배에서 뛰어내리듯 허둥거린 것은 그녀 자신뿐이었다. 혹시나 막차가 끊길까 택시를 일 초라도 서둘러 잡아타려고 도로까지 뛰어 내려가, 팔을 부러진 갈대줄기마냥 흔들어댄 것도.

"어제오늘 손님이 달랑 한 명뿐이었다고요. 그것도 파마 손님이 아니라 염색 손님이요. 염색을 해주고 얼마나 받는다고. 고등어 한 손 사고, 달래 한 묶음 사니까 그 돈이 다 날라갑디다."

그녀는 고속버스 앞쪽에 달아놓은 전자시계를 올려다보았다. 한참 달린 것 같은데 고속버스가 출발한 지 기껏 40분밖에 지나 있지 않았다.

"된장국이나 한 번 끓여 먹을까, 별 향도 없는 달래가 2천 원씩이나 할 건 뭐래요."

내일 아침 된장국에 넣으려고 산 달래였다. 기껏 다듬어놓은 달래는 비닐봉지 안에서 짓물러질 것이었다. 고등어 지진 것도 반이 더 남았다. 그녀는 차창으로 고개를 돌렸다. 언제 나타났는지 고속버스가 한 대 그들이 탄 고속버스와 나란히 달리고 있었다. 그녀는 혹시나 사람이 몇 명이나 타고 있을까 궁금해서, 그 고속버스 안을 유심히 둘러보았다. 어디서부터 어디까지 가는지 몰라도, 그 고속버스는 대낮처럼 불을 환하게 밝히고 있었다.

"저 고속버스에는 글쎄 사람이 한 명도 없지 뭐예요."

"……."

"한 사람도요."

"……."

"어디서 올라오는 고속버스인지 몰라도 어떻게 한 사람도 안 탔을까?"

별일이라는 듯 그렇게 말했지만, 그녀는 솔직히 고속버스에 한 사람도 타고 있지 않은 사실이 그다지 신기하지 않았다. 저녁도 훨씬 지난 밤인 데다, 주말이 아니라 평일이었다. 월요일이나 금요일도 아닌 화요일이지 않은가. 게다가 그녀와 남편이 타고 있는 고속버스에도 승객이 고작해야 넷뿐이었다. 저녁때 아들의 느닷없는 전화가 걸려오지 않았다면, 고속버스는 두 사람을 달랑 태우고 고속도로를 여섯 시간이나 달려갔을 판이었다.

"설마하니 한 사람도 안 탔을까?"

잠든 것이 아니었는지 남편이 불쑥 대꾸를 해왔다. 여태껏 내가 하는 말을 다 듣고 있었던 걸까? 정말이지 속을 알 수 없다니까. 그녀는 남편을 흘낏 바라보았다. 남편의 두 눈은 감겨 있었다.

"한 사람도 안 탔다니까 그러네요."

묵묵부답이던 남편이 대꾸해온 것이 은근히 반가워 그녀는 일부러 더 그렇게 말했다. 그렇지 않아도 그녀는 정신 나간 여자처럼 혼잣말을 중얼대는 듯한 꺼림칙한 기분이 들던 참이었다. 옆자리에 버젓이 앉아 있는 남편이 생판 남처럼 낯설게 느껴지기도 했다.

"운전사 말고는 한 사람도 안 탔다니까 그러네요."

"아무리 그래도 누군가는 탔겠지."

남편은 고집스럽게 중얼거릴 뿐 감은 눈을 뜨려고 하지 않았다.

"타긴 누가 탔다는 거예요, 한 사람도 안 탔는걸."

그녀는 짜증이 치밀어 핏대를 세웠다.

"틀림없이 누군가는 탔을 거야."

남편 목소리가 잠꼬대처럼 늘어졌다.

"뭐라구요?"

"틀림없이……."

"틀림없기는 뭐가……."

그녀는 한마디 쏘아붙이려다가 자포자기하는 심정으로 관두었다. 엉뚱한 소리를 하려거든 차라리 대꾸를 말지 쓸데없이 고집을 부리나.

텅 빈 고속버스는 그들이 탄 고속버스를 추월하더니 조금씩 멀어져 한 점 빛으로 반짝거리다가 어둠 속으로 사라졌다. 그녀와 남편이 탄 고속버스가 그 어둠을 향해 전조등 불빛을 무심히 내쏘았다.

"염색약 냄새가 왜 그렇게 역겨운지 모르겠어요."

그녀는 차창에 비친 자신의 얼굴을 빤히 바라보았다. 얼굴은 꼭 말라비틀어진 감자만 같았다. 상훈을 낳은 뒤로 짙게 낀 기미는 막 돋아나기 시작한 싹들만 같았다. 독을 품은 보라색 싹들이 금방이라도 무성하게 자라나 얼굴을 뒤덮어버릴 것 같은 기분이 들었다.

"염색약 냄새만 맡으면 속이 뒤집어져서 흰죽으로도 달래지지가 않아요. 그렇다고 염색 손님을 안 받을 수도 없고……."

탈수된 수건들을 널지 않았다는 것을 문득 깨닫고 그녀는 말끝을 흐렸다. 저녁을 먹고 나서 넌다는 걸 그만 깜박했다. 하기는 수건 널 정신이 어디 있었는가. 그것도 한두 장이 아니고 서른 장은 넉넉히 되는 수건을. 아무리 빨라야 닷새 뒤에나 내려올 수 있으리라. 그동안 수건들은 세탁기 안에서 악다구니 쓰듯 뒤엉킨 채 큼큼한 냄새를 풍기면서 썩어갈 것이었다. 하도 빨아대 그녀의 살가죽만큼이나 거칠고 빳빳해진 수건들이었다. 한 장에 이천 원 할까 말까 한 수건들을 한 번 싹 바꾼다 하면서도 그녀는 바꾸지 않고 있었다. 하루에 고작 두서넛밖에 안 드는 손님들을 위해 수건을 바꾸는 것이 괜한 헛수고처럼 생각되기도 했다.

"친정식구들이 죄다 와 있겠지요."

그녀는 며느리의 친정식구들이 아무래도 어렵기만 했다. 결혼식 때도, 큰손녀 돌 때도 시댁식구들보다 더 난리를 치지 않나.

"부동산 여자가 그러던데 늙어서 세 가지만 있으면 산다지 뭐예요."

그녀는 머릿속에 떠오르는 대로 아무 말이나 중얼거렸다.

"하나가 돈이고 또 하나가 딸이고 또 하나가 종교라지 뭐예요."

독을 품은 보라색 싹들로 뒤덮이는 광경을 놓치지 않으려는 듯, 그녀는 자신의 얼굴에서 좀처럼 눈을 떼지 못했다.

"우리한테는 그 셋 중 하나도 없지 뭐예요. 돈도, 딸도, 종교도요."

"그 고속버스예요."
점멸하는 불빛처럼 사라진 지 10분이나 지났을까. 그녀가 감았던 눈을 도로 떴을 때 그 고속버스가 어느 결에 나타나, 그들이 탄 고속버스와 나란히 달리고 있었다.
"아까 그 고속버스요."
그 고속버스는 여전히 불을 환하게 밝히고 있었다.
"한 사람도 태우지 않은 그 고속버스 말이에요."
혹시나 하는 마음에 그녀는 그 고속버스 안을 아까보다 더 유심히 둘러보았다. 그러나 역시나 그 고속버스에는 한 사람도 타고 있지 않았다. 운전기사도 없이 유령처럼 내달리는 것은 아닌가, 하는 의심이 들기까지 했다.
"정말 한 사람도요……."
아까와 달리 남편은 아무 대꾸도 해오지 않았다. 그새 잠든 것인지도 몰랐다.
너무 바짝 붙어서 달리고 있어서인가, 그녀는 자신과 남편이 그 고속버스에 타고 있는 것만 같은 착각이 들었다. 그 고속버스 안에 남편과 그녀 자신, 그렇게 단둘이 타고 있는 것만 같은…… 목적지가 어딘지도 모른 채 마냥 그렇게 흔들리면서 실려 가는 것만 같은…… 빈 의자들과 함께.

"우리는 그저 죄인처럼 죽은 듯이 있다가 내려오자구요."
그녀는 목소리가 갈라지도록 낮춰 중얼거렸다.
"죽은 듯이요……."

그녀는 더 낮게 중얼거렸다.

"그게 어디 우리가 지은 죄가 있어서인가요?"

그녀는 일껏 목소리를 낮춘 게 무색해지도록 항변하듯 말했다.

"어디 지은 죄가 있어서겠냐구요."

"세상 사람들이 얼마나 수군거리겠어요."

그녀는 고개를 가로저었다.

"알지도 못하면서 떠들어대는 게 세상 사람들이 아니에요."

그녀는 원망과 포기의 심정이 뒤섞인 눈빛으로 남편을 흘겨보았다. 하기는 저 인간이 어디 세상 사람들 말에 귀 기울인 적 있던가. 신문과 뉴스에서 몇 날 며칠 떠들어대는 얘기에도 이렇다 저렇다 한마디 없는, 흑싸리 껍데기 같은 위인이 아닌가. 그녀는 차창 쪽으로 다시 고개를 돌리려다 말고 자신들과 대각선으로 앉은 남자를 바라보았다. 잠들었는지 그 남자는 고개를 잔뜩 수그리고 있었다. 그런데도 그녀는 괜히 그 남자가 자신이 중얼중얼 내뱉는 말을 다 엿듣고 있는 것은 아닌가, 하는 찝찝한 기분이 들었다. 그 남자뿐만 아니라 뒤쪽에 앉은 또 다른 남자도, 운전기사도. 오로지 남편만이 자신이 지껄여대는 말을 전혀 듣고 있지 않은 것 같았다. 그런데 저이는 뭔 일로 이 밤에 서울까지 올라가는가. 아무리 급한 일이라 한들, 가까운 누군가가 죽고 사는 문제 때문은 아니리라.

"며느리가 자궁을 들어내던 날 안사돈이 그럽디다."

암이 자궁까지 퍼져 며느리가 불가피 수술을 받던 날, 그녀는 혼자 첫차를 타고 서울에 올라갔다. 캄캄한 새벽에 밥 한 술 못 뜨고 집을 나섰는데도 서울 터미널에 도착하자 대낮이었다. 수술은 마취와 회복 시간까지 합쳐 여섯 시간도 넘게 걸렸다. 며느리가 수술을 받는 동안 그녀는 어쩔 수 없이 안사돈과 함께 대기실을 지켜야 했다. 딸이 수술실에 들어가기 전부터 흐느끼던 안사돈과 달리, 그녀는 눈물 한 방울 나오지 않았다. 억지로라도 눈물을 쥐어짜내야 하는 것은 아닌가, 화장실에서 수돗물이라도 받아 눈 밑에 묻혀 와야 하는 것은 아닌가, 괜히 안사돈의 눈치가 보이고 민망스럽기까지 했다.

"우리가 하도 지은 죄가 많아서 아무 잘못도 없는 자기 딸이 그 벌을 대신 받는 거라고요. 기어이 우리라고 합디다. 우리라고요……!"

그녀는 고개를 저었다.

"내 탓을 하는 것 같았어요……."

그녀는 자세를 바꾸려 몸을 뒤척였다.

"꼭 내 탓을 하는 것 같았다니까요……."

어이없다는 듯 중얼거렸지만, 그녀는 이상하게 그다지 화가 치밀지 않았다. 엊그제까지도 그 생각만 하면 안사돈을 향한 악감정이 구취처럼 치솟았으면서 그랬다. 슬슬 잠이 왔지만 그녀는 잠들고 싶지 않았다. 아들에게서 언제 전화가 걸려올지 몰랐다. 고속버스가 터미널을 출발한 지는 한 시간 이십 분이 조금 지나 있었다. 얼마나 길고 긴 밤이 되려는지 시간은 한없이 더디게 갔다.

"터미널에서 내리면 택시를 타야겠지요?"

그녀는 아무래도 자신의 혀가 다 닳아 없어지도록 중얼거려야만 고속버스가 목적지인 서울 터미널에 도착할 것 같은 기분이 들었다.

"새벽 한 시가 다 되어서나 도착이니까 지하철이 끊겼을 거예요. 하기는 지하철이 다닌다고 해도 우리가 어떻게 지하철을 타고 찾아가겠어요. 당신이나 나나 무슨 역에서 내려야 하는지 아는 것도 아니고……."

혀가 닳는 것으로는 모자라 어금니들이 뿌리 뽑혀 들썩거리도록 중얼거리고 나서야 이 극성맞은 입이 저절로 다물어지려나?

"그 애까지 낳았으면 어쩔 뻔했어요."

그녀는 아차, 싶었지만 이미 입 밖으로 토해진 말이었다.

"며느리가 왜 셋째를 가졌었잖아요."

남편에게 언젠가 그 얘기를 한 적이 있는 척 그녀는 부러 시침을
뗐다.

"6년 전인가…… 내 생일 때 애들이 한 달 전부터 내려온다 해놓고
못 내려왔었잖아요. 그때 애를 지웠나 보더라고요. 어쩐 일로 내 생일
을 다 챙기나 불안하더니만…… 하기는 기껏 챙긴다고 해야 밤늦게
내려와서는 아귀찜이나 오리고기를 사주고 다음 날 아침 먹기가 무섭
게 올라가기 바빴겠지만 말이에요. 아침 먹은 설거지나 어디 속 시원
히 해놓고 올라가나요? 구정물만 겨우 면한 설거지……."

빠듯한 월급으로 애 둘을 키운다는 핑계로 며느리가 언제 버젓한 생
일선물을 안겨줬던 적이 있던가. 오늘 밤을 못 넘길 거라는 며느리를
두고 별일까지 죄다 끄집어내는구나 싶으면서도, 그녀는 그것을 거리
가 너무 먼 탓으로 돌렸다. 거리가 한두 시간만이어도, 할 이야기와 하
지 말아야 할 이야기를 얼마든지 가릴 수 있었으리라.

"사내애였어요."

손녀만 둘이라, 그녀는 한동안 며느리가 상의 한 마디 없이 애를 홀
딱 지워버린 것에 대해 화가 나 있었다. 그렇지만 그녀는 설사 며느리
가 상의를 해왔다 한들 낳으라는 소리를 선뜻 건네지 못했으리라는 걸
잘 알고 있었다. 저 먹을 건 가지고 태어난다고들 하지만 자식 셋을 감
당하기가 어디 그렇게 만만하겠는가.

"글쎄, 태어나지도 못할 애의 태몽을 내가 꾸었지 뭐예요. 태어나지
못할 애의 태몽을요……."

아들 상훈의 태몽은 가물가물한데 그녀는 그 태몽만은 방금 꾼 꿈처럼 생생했다. 열여섯 살 때 떠나온 고향집 뒷산에 올라갔다가 새끼 호랑이를 한 마리 주워가지고 내려오는 꿈이었다. 꿈에 죽은 친정어머니뿐 아니라, 친정어머니보다 더 일찍 죽은 당숙모도 보였다. 그녀가 보물단지처럼 꼭 끌어안은 새끼 호랑이가 탐이 나는지, 당숙모는 그녀를 졸졸 따라오면서 자꾸만 새끼 호랑이를 달라고 했다.

"내가 주운 새끼 호랑이를 자꾸만 달라지 뭐예요…… 자꾸만요……. 그래서 한 번 안아만 보라고 새끼 호랑이를 당숙모한테 홀딱 건네주었지 뭐예요."

그녀는 그다지 살갑지 않았던 당숙모가 꿈에까지 나타나 새끼 호랑이를 빼앗아 갔나 싶어, 죽은 이가 괜히 밉고 원망스럽기까지 했다. 그 양반이 살아생전에도 그렇게나 욕심이 많았지. 당숙모는 읍내에서 어물전을 해 돈을 꽤나 만지고 살던 이였다. 딸만 넷을 낳은 친정어머니와 달리 아들을 다섯이나 낳아 그 유세도 보통이 아니었다. 아들들 호강에 겨워 말년을 보낼 줄 알았는데 아들들에게 재산을 다 뜯기고, 술집 마담이 된 딸한테 얹혀살았다. 허우대 좋던 사위가 술집 여종업원과 바람이 나 살림을 차리는 꼴까지 보고 나서야 허망하게 죽었다.

"나는 태몽인 줄도 모르고 복권을 다 샀지 뭐예요. 생전 사지 않던 복권을 여섯 장이나요. 그날따라 이상하게 미장원에도 손님이 끊이지 않고 찾아오는 게…… 태몽인 줄 모르고 말년에 팔자가 피려는가 보다 했다니까요."

그녀는 말끝에 탄식을 내질렀다.

"그 애까지 낳았으면 정말 어쩔 뻔했어요. 상훈이만 죽어나는 거지. 애가 셋이나 딸린 홀아비한테 누가 시집을 온다 하겠어요. 버젓하고 안정된 직장이 있는 것도 아니고……."

아들은 서울로 올라간 뒤 이런저런 이유로 여러 번 직장을 바꾸었었다. 며느리를 만나기 전 반년 정도 백수로 지내기까지 했다. 아들은 그때 고시원에서 생활했는데, 그녀는 다달이 고시원비를 올려 보내야 했다. 백만 원 가까이 카드빚까지 져 그것을 갚아주기까지 했다. 그래서인가 그녀는 출판사 영업일이라는 게 불안하고 영 미덥지가 않았다. 그래서 은근히 아들이 변변한 직장을 가진 여자와 결혼했으면 싶었다. 대단찮아도 자신처럼 생활비쯤은 벌 기술이 있거나. 데릴사위를 살더라도 처가 쪽이 돈푼께나 있었으면 하고 바라기까지 했다. 며느리는 아들이 다니던 출판사에서 경리를 보던 여자로, 첫 애를 낳고는 집에 들어앉아 살림만 하였다. 고작 살림이나 하는 주제가 아들이 청소기 한 번 돌릴 줄 모른다면서 불평을 오죽 해댔는가.

그녀는 가방을 열고, 인절미가 든 비닐봉지를 찾아 꺼냈다. 인절미는 아직도 차갑고 딱딱했다. 서울에 도착할 즈음에야 겨우 녹아 있을 것이었다. 말랑말랑 녹으려면 내일 아침은 되어야 할 것이었다. 인절미를 괜히 싸 왔다는 후회가 들었지만 어쩔 수 없었다. 혹시나 해서 냉동실에서 인절미를 한 덩어리 꺼내 가방에 챙겨 넣었다.

"그때만 생각하면 아직도 고깝고 괘씸하지 뭐예요."

그녀는 부스럭 소리가 나도록 인절미가 든 비닐봉지를 주물럭거렸다. 큰손녀가 태어난 지 석 달쯤 되었을까. 한번 다녀갔으면 싶어하는 아들의 전화를 받고 그녀 혼자 서울에 다녀온 적이 있었다. 산후우울증인가로 며느리가 힘들어하고 있다고 했다. 그녀는 이틀 밤을 자면서 장을 봐다 열무김치와 오이소박이를 한 통씩 담아주고 밑반찬도 서너 가지 만들어주었다.

"내가 제 집에 일하러 온 파출부도 아니고, 계단을 다 내려가지도 않았는데 현관문을 야멸치게 닫아버리지 뭐예요. 내가 친정어머니였어봐요. 계단까지 따라 내려오다 못해 미안하고 고마워 택시라도 태워서 보냈을 거예요."

현관문을 어찌나 세게 닫았으면 계단 난간이 다 흔들렸겠는가. 냉장고 청소에 화장실 청소까지 해준 걸 생각하면 그녀는 한동안 잠을 자다가도 벼락을 맞은 듯 벌떡 몸이 일으켜졌다. 등신처럼 뭐 잘 보일 게 있다고 행주까지 삶아 널어놓고 왔을까. 이틀 밤을 자면서 얼마나 고단했으면 고속버스를 타고 내려오는 내내 한 번도 안 깨고 죽은 듯이 잠을 잤겠는가. 현관문 닫히는 소리는 아직도 그녀의 귓속에서 쟁쟁했다. 그녀는 그 뒤로 오기가 생겨 특별한 일이 아니면 아들 집에 다니러 가지 않았다. 내 집을 놔두고 뭐 하러 며느리 눈치를 보면서 잠을 자나 싶어서였다. 그래서인가 결혼한 지 십 년이 넘도록 아들 집에 다녀온 게 한 손으로 셀 수 있을 정도였다.

"무능한 아들을 둔 탓이라고 생각하려 해도 어찌나 속이 상하던지……."

그녀는 갈라져 나오는 목소리를 큼큼 가다듬었다.

"내 돈 들여 차비해 올라가서는 그런 대접이나 받다니, 고작 그런 대접이나요…… 오죽 우습고 만만히 봤으면……."

서너 점뿐이던 불빛들이 어느 순간 셀 수 없을 만큼 늘어났다. 대전인가? 그렇지만 벌써 대전일 리가 없었다. 아들에게서는 왜 전화가 없는가. 그녀는 아들의 핸드폰으로 한 번 더 전화를 넣어보려다 관두었다. 밤이 지나려면 아직 멀었다. 고속버스가 서울에 도착하고도 네댓 시간이 지나야 밤은 겨우 물러갈 것이었다.

"당신이 뭘 알겠어요."

그녀는 얼떨결에 고속버스 안이 울리도록 큰 소리로 중얼거렸다.

그녀는 자신의 목소리가 아니라 먹먹해진 귀가 울리는 것이라고 생각했다.

"당신이 뭘 알겠냐구요."

뭘…….

"여기가 어디쯤이래요?"

굳은 염색약만 같은 어둠 속에 박힌 불빛들이 가물가물 멀었다.

"대전이나 지났나?"

속으로는 아직 대전에 못 미쳐도 한참 못 미쳤을 거라고 생각하면서도 그녀는 그렇게 말했다.

"대전만 지나도 반인데……."

그녀는 차창을 괜히 손바닥으로 쓸었다.

"서울이 대전쯤만 같아도 멀다 하지 않겠어요. 서울까지 꼬박 여섯 시간이 걸리니, 원……."

말은 그렇게 했지만 그녀는 서울이 가까워오는 것이 그다지 달갑지 않았다. 아들만 아니었으면 생전 찾아갈 일이 없을 서울이, 차라리 나설 엄두조차 나지 않을 만큼 멀었으면 싶었다.

"휴게소에 한 번은 들르겠지요?"

그녀는 인절미를 한 덩이 떼어 입속에 넣었다. 돌덩이처럼 무겁게 혀를 누르는 인절미를 우물우물 씹었다. 인절미가 품은 냉기가 허술한 어금니들을 시리게 했다. 그녀는 자신이 씹고 있는 것이 찹쌀덩어리가 아니라 자신의 혀인 것만 같은 기분이 들었다. 불린 쌀을 빻아 쪄낸 뒤 뭉쳐 콩가루를 묻혀낸 찹쌀덩어리가 아니라 혀인 것만 같은……. 그녀는 그럴 수만 있다면 혀를 씹어 삼켜버리고만 싶었다.

"당신은 어떤지 모르겠지만 나는 보고 싶지 않아요."

그녀는 덜 씹힌 인절미를 꿀꺽 삼켰다.

"그것까지 봐서 뭐 하겠어요."

기껏 삼킨 인절미가 되올라오는 것 같아 그녀는 입 안의 침을 끌어 모아 삼켰다.

"굳이 그것까지……."

지켜본다 한들 서로 간에 뭐 할 말이 있을까. 일 년에 두서너 번 보던 사이가 뭔 정이 그렇게나 들었다고. 나도 그렇지만 며느리도 성격이 보통 쌀쌀한가. 남다른 정이 들었다고 해도 새파란 며느리가 병에 찌들어 죽어가는 모습을 어느 시어머니가 보고 싶겠는가.

"차라리 날이 밝은 뒤에 출발할 걸 그랬어요. 첫차를 타는 게 나을 뻔했다고요."

워낙에 거리가 있었으므로, 그랬어도 아들과 친정식구들이 이해했으리라는 생각이 들었다.

"막차가 끊겼다고 해도 믿었을 거예요. 우리가 그렇게 서두르지 않았으면 막차나 탈 수 있었겠어요? 막차를 놓치기라도 할까봐 빚이라도 떼먹고 야반도주하는 사람들처럼 집을 나섰잖아요. 미용실 문이나 제대로 잠갔는지 몰라요."

그러나 서두른 것은 그녀 자신이었다. 태평하게 기지바지를 다림질하는 남편에게서 다리미까지 빼앗어들면서 재촉하지 않았나. 그녀 자신도 그것을 모르지 않았다.

"오늘 밤 안으로 도착한다고 해도 우리가 할 수 있는 게 없잖아요."

그녀의 두 눈이 저절로 감겼다.

"우리가 할 수 있는 일이 아무것도요."

그녀는 자신의 몸속 뼈들이 한꺼번에 무너져내리는 것 같은 무력감을 느꼈다.

"우리가 뭘 할 수 있겠어요……."

숨쉬기가 답답할 만큼 공기가 더운데도 발끝이 시렸다. 멀미를 하려는지 위가 약간 메스꺼웠다.

"뭘 그렇게나……."

뭘…….

"저 봐, 누군가 타고 있잖아."

의식이 가물가물해지는 그녀를 깨우듯 남편의 항의 섞인 목소리가 들려왔다. 그녀는 그저 저려오는 두 다리를 쭉 뻗고 눕고 싶기만 했다.

"저기 저렇게 누군가 타고 있잖아."

저이가 뭔 소리를 하는 건가. 누군가 타고 있다니……. 내가 그렇게나 이 말 저 말 물을 때는 일절 대꾸도 않더니만 뒤늦게야 뭔 소리를 저렇게 혼자서 중얼거리나.

"내가 그랬지…… 누군가는 타고 있을 거라구."

그 고속버스를 말하는 건가. 사람을 한 명도 태우지 않은 채 불을 환하게 밝히고 고속도로를 내달리던 그 고속버스가 또 나타났나? 환히 불을 밝히고 우리가 탄 고속버스와 나란히 달리고 있기라도 한 걸까.

"내가 뭐랬어."

"……."

"틀림없이 누군가는 타고 있을 거라고 했잖아."

남편의 말대로 그 고속버스에 누군가 타고 있기라도 한 걸까. 남편의 눈에는 분명히 보이는 누군가를 내가 미처 못 봤을 수도 있지 않은가. 미처 못 봤을 수도……. 해야 할 말조차 하지 않아서 그렇지, 남편은 생전 가야 우스갯소리로라도 실없는 말 한마디 내뱉을 줄 모르는 사람이 아니던가.

"어디요?"

그녀는 아무래도 안 되겠다 싶어 억지로 눈을 떴다. 그렇지 않아도 그녀의 고개는 차창 쪽으로 비스듬히 돌려져 있었다.

"어디……?"

반밖에 떠지지 않은 그녀의 눈에 흐릿하게 사람 모습이 들어왔다. 순간 그녀는 졸음이 확 달아나면서 헛것을 본 듯 소름이 끼쳤다. 그녀는 어깨를 부들 떨기까지 하면서 미간에 주름이 잡히도록 두 눈을 치켜떴다.

"……?"

그녀를 섬뜩하게 한 누군가는 다름 아닌 남편이었다. 그 누구도 아닌, 차창에 비친 남편 자신의 모습이었던 것이다. 화물트럭이 한 대 그들이 탄 고속버스보다 앞서서 달리고 있을 뿐, 그 고속버스는 아예 보이지 않았다. 그녀는 속은 기분이 들어 차창에 비친 남편을 흘겨보았다. 그러나 남편의 두 눈과 입은 이미 고집스럽게 닫혀 있었다. 저이가 치매도 아니고 생전 안 하던 헛소리를 지껄여 사람을 놀래키나? 한 사람도 안 탄 고속버스에 누군가 타고 있을 거라고 그렇게나 고집을 피우더니만…… 틀림없이 누군가는 타고 있을 거라고…… 설마 차창에 비친 자신의 모습을 보고 낯선 사람으로 착각한 건 아닐까? 그렇지 않고서야…… 착각한 게 민망해서는 내가 두 눈을 뜨기가 무섭게 얼른 두 눈을 감아버린 건 아닐까. 아무 소리도 안 한 듯 입까지 꾹 다물고 시침미를 떼고 있는 것은……. 하기는 얼마 전에도 비슷한 일이 있지 않았던가. 그게…… 보름 전쯤이었나?

그녀가 부엌에서 찌개에 넣을 김치를 썰고 있는데, 손님이 오셨다는 남편 목소리가 들려왔다. 그들은 미장원에 딸린 살림집에 살고 있었다. 방 두 칸에 부엌과 화장실이 고작인 살림집이었다. 이틀 내내 커트 손님조차 없던 터라 그녀는 김치를 썰다 말고 미용실로 뛰어나갔다. 그러나 파마 손님이길 바랐던 게 무색하게도 미용실에는 남편밖에 없었다. 죄진 이처럼 미용실 구석에 숨듯이 서서는 거울을 빤히 들여다보고 있었다.

"손님은요?"

"저기 손님이 계시잖아."

"저기 어디요?"

"저기……."

남편의 손이 공중부양하듯 허공으로 들어 올려지더니, 거울을 가리켰다. 다름 아닌 거울 속 자신을……. 거울로부터 멀찍이 떨어져 있어서인지, 거울 속 남편의 모습은 바위로 머리를 꾹 눌러놓은 듯 납작하고 일그러져 보였다.

"난 또 다 저녁에 파마 손님이 드나 했는데 웬걸요, 정말이지 염치라고는 벼룩의 간만큼도 없는 손님이 또 찾아왔네요. 반갑기는커녕 소금을 뿌려 쫓아버려도 시원찮을 손님이 말이에요. 당신이 저 손님 좀 쫓아버려요. 다시는 못 찾아오게 멀리 좀요. 멀리요, 멀리!"

그녀는 거울 속 남편을 향해 새되게 쏘아붙이고 부엌으로 갔다. 썰다 만 김치를 마저 썰었다. 찌개를 끓이는 대신 기름을 잔뜩 두르고 김치부침개를 부쳤다. 손님이 한 명도 들지 않는 미용실에 나와 텔레비전을 보면서 부침개를 뜯었다.

저이가 벌써 치매가 오는 건 아닐 테지. 하기는 적은 나이라고 할 수 있나. 남편은 그녀보다 다섯 살이나 많은 예순여덟 살로 칠순이 내일모레였다. 평생 먹여 살린 것으로도 부족해 치매 들린 꼴까지 보고 살아야 하는 건 아닌가. 아들에게서는 왜 전화가 없나. 며느리는 지금 죽은 사람인가, 산 사람인가. 두 손녀를 여태까지는 친정 쪽에서 돌봤지만, 친할머니인 내가 데려다 돌봐야 하는 건 아닌가. 아들이 어떻게 두 딸까지 돌보면서 직장생활을 할까. 아직 제 머리도 감지 못하는 어린 것들을.

차창에 비쳐 흔들리는 남편의 익숙하고도 낯선 얼굴에서, 그녀는 좀처럼 눈을 떼지 못하고 있었다.

"대전은 벌써 지났을 테지요?"

얼굴이 돌덩이처럼 굳는 듯해 그녀는 손으로 얼굴을 꾹꾹 눌렀다. 그녀의 손은 그러나 얼굴보다도 더 단단히 굳어 마디들이 제대로 펴지지 않았다. 남들보다 더 써먹어대서인지 손은 그렇지 않아도 밤만 되면 걷잡을 수 없이 저려왔다. 낮에 파마 손님을 세 사람만 받아도 숟가락 들기가 무서울 만큼 열 손가락들이 저릿저릿 떨린다는 걸 저이가 어떻게 알겠는가.

"병원에 다시 입원했다고 연락이 왔을 때 한번 올라가볼 걸 그랬어요."

아들도 올라왔으면 싶은 눈치였지만 그녀는 모르는 척했다. 그날 올라갔다가 그날 내려올 수도 없는 노릇이었다. 하루라도 붙어 앉아 병간호를 해줘야 할 텐데, 그러려면 못해도 이틀 밤은 영락없이 자야 했다. 올라가는 데 하루, 내려오는 데 하루가 걸리니 나흘을 꼬박 미장원 문을 닫아야 했다.

"돈 나올 구멍이라고는 미장원밖에 없는데 나흘 문 닫기가 어디 말처럼 쉽나요. 어디서 연금이 나오는 것도 아니고요."

올라갔다 내려오는 차비 또한 만만치 않았다. 차비는, 그녀가 받는 파마값보다 5천 원이나 더 비쌌다.

"백만 원 갖다 준 게 엊그제라고 해도 어디 그냥 갈 수 있나요. 이삼십만 원이라도 들고 올라가야지……. 입원한 지 얼마나 됐다고 금방 그렇게 될 줄 알았나요? 가망이 없다는 거야 벌써부터 알고 있었지만 말이에요."

그녀는 말끝에 폐라도 토하듯 숨을 내쉬었다.

"피 한 방울 안 섞였다지만 그 애가 그렇게 된 게 내 탓인지도 모르지요. 내 탓인지도요……."

그녀는 며느리가 아들을 따라 처음 인사를 오던 날을 떠올리고, 큰애를 낳고 부운 얼굴로 병원 침대에 누워 있던 모습도 떠올렸다. 항암 치료를 받느라 머리카락이 흉하게 빠진 모습도, 그리고 며느리 대신 꾸었던 태몽도…….

"당신도 그렇게 생각해요?"

그녀는 여전히 차창에 비친 남편의 얼굴에서 눈을 떼지 못하고 있었다.

"내가 지은 죄가 많아서 그 애가 그렇게 되었다고 생각해요? 내 대신 그 애가 벌이라도……."

그렇지 벌이라도……. 언젠가 남편의 동창 계원인 박찬세라는 이한테 돈 백오십만 원을 빌려준 적이 있었다. 아주 큰돈이 아니라 마지못해 빌려주었는데, 그이가 그만 그 돈을 갚지 못하고 죽었다. 크게 설렁탕 식당을 냈다가 권리금마저 죄 까먹고 술에 찌들어 살더니만, 도로 한가운데서 트럭에 치여 즉사했다. 죽은 이와 함께 빚 백오십만 원을 묻어두려는 남편을 대신해 그녀는 그 돈을 기어이 받아내고야 말았다.

"내가 모를 줄 알아요?"

그녀는 혀에 엉겨든 머리카락이라도 떼어내는 심정으로 말했다.

"나한테 떠밀었다는 걸 모를 줄 알아요? 빚 받아내는 일을 나한테 떠밀었다는 걸 말이에요."

그 구차스러운 일을…….

"당신은 내가 그 빚을 대신 받아내길 바랐던 거예요."

그 빚을 받아내려고 죽은 이의 집을 열 번은 넘게 찾아가지 않았나.

"당신은 내가 어떻게든 그 빚을 받아내기를 바랐던 거잖아요."

결국은 죽은 이의 부인이 일을 다니던 식당까지 찾아가서는 기어이 받아내지 않았던가. 세상에 대한 모든 원망을 다 담아 쳐다보던 그 여자의 눈빛을 모른 척해가면서까지.

"그래놓고 당신은 기껏 나한테 벌을 받을 거라고 저주나 퍼부었어요. 기가 막히게도 벌을 받을 거라고요, 벌을……!"

죽은 이의 부인한테서 백오십만 원을 받아오던 날 저녁을, 그녀는 잊을 수가 없다. 상훈이 별 취직자리도 구하지 못한 상태에서 대학교 졸업을 앞두고 있을 때였다. 그녀는 그날 저녁 밥상에 올라와 있던 반찬들까지 세세하게 기억했다. 그것이 어제나 오늘 저녁 밥상이었던 듯. 그러니까 어제오늘. 돼지고기김치찌개와 어묵볶음, 가늘게 채 썰어 마요네즈로 무친 양배추, 콩나물무침, 멸치액젓으로 간을 한 무생채. 묵묵히 밥을 먹던 남편이 밥상 위로 목을 길게 늘어뜨리더니 그녀를 빤히 바라보았다. 그녀는 콩나물무침과 무생채를 밥과 함께 숟가락으로 뒤적뒤적 비비던 참이었다. 무생채 국물을 흥건히 들이붓고서.

"벌을 받게 될 거야."

남편은 그리고 남은 밥을 마저 먹고 밥상을 떠났다.

"네 아버지가 뭐라고 한 거냐?"

그녀는 벌겋게 비벼진 밥을 숟가락으로 떠 입으로 가져가다 말고 아들에게 물었다.

"못 들었어요."

아들은 돼지고기찌개에 만 밥을 정신없이 입속으로 퍼넣느라 그녀를 쳐다보지도 않고 말했다.

"나도 다 들었다. 뭐라고 한 거냐?"

"다 들으셨다면서요."

아들은 짜증을 냈다.

"너는 뭐라고 들었냐?"

"어머니가 들은 대로겠지요. 안 그래요?"

"그러게 뭐라고 들었냐?"

"벌을 받게 될 거래요."

밥상을 떠나면서 아들은 마지못한 듯 말했다.

"이제야 옥산휴게소래요."

고속버스는 옥산휴게소도 그냥 지나쳐 갔다. 그녀는 어쩐지 사람을 한 명도 태우지 않은 고속버스가 옥산휴게소에서 쉬고 있을 것만 같은 기분이 들었다. 불을 끄고 시동도 끈 채로 죽은 짐승처럼 납작 엎드려 있을 것만 같았다.

"천안휴게소에서나 좀 쉬려나?"

그녀는 이상하게 슬프지도, 막막하거나 절망적이기도, 그렇다고 화가 치밀지도 않았다. 뒤숭숭 얽히고설킨 여러 감정들이 들어내지고, 뭐라고 딱히 설명할 길 없는 그 어떤 감정이 그녀의 머릿속뿐 아니라 그녀의 내장 밑바닥까지 그득 들어차 있었다. 그래서인가 그녀는 고속버스가 멈춰 서 있는 듯했다. 차창에 비친 남편의 얼굴만큼이나 그녀 자신도 내내 흔들렸으면서도, 그녀는 어느 순간부터인가 흔들림을 느끼지 못했다.

"혹시 모르지요, 며느리가 고비를 넘겼는지도 말이에요."

그녀의 눈꺼풀이 서서히 감겼다.

"그래봤자 오늘내일일 거예요."

그녀는 자조 섞인 목소리로 중얼거렸다.

"오늘내일이요."

*

깜박 잠들었던 걸까. 무심히 차창을 바라보던 그녀는 화들짝 놀라 목 안에서 마른 비명을 내질렀다. 남편 얼굴이 차창에서 지워지듯 사라지고 없어서였다. 그녀는 주춤주춤 몸을 일으켰다. 휘둥그레 고속버스 안을 둘러보았다. 빈 의자들뿐 고속버스에 그녀 말고 사람이 단 한 명도 타고 있지 않았다. 다른 승객 둘도, 운전기사도.

고속버스가 시동이 꺼진 채 멈춰 서 있다는 것을, 그리고 그곳이 휴게소 주차장이라는 것을 깨닫고서야 그녀는 겨우 안심하고 도로 자리에 앉았다. 이이가 화장실이라도 갔나? 고속버스가 휴게소에 들렀으면 좀 깨울 것이지, 그나마 씨알만큼도 남지 않은 정나미마저 떨어지게……. 그러나 다른 승객들과 운전기사가 차례로 돌아오도록, 남편은 돌아오지 않고 있었다.

"기사양반, 사람이 덜 탔어요."

고속버스에 시동이 걸리기가 무섭게 그녀는 운전기사를 향해 다급히 소리 질렀다.

"사람이 덜 탔다니까요."

운전기사가 그제야 비적비적 일어나 고속버스 안을 둘러보았다.

"아주머니도 참, 누가 안 탔다는 거예요?"

"남편이 아직 안 탔어요."

"아주머니 남편 말이에요?"

심드렁하게 내뱉는 말끝에 운전기사가 트림을 늘어지게 했다.

"글쎄 그렇다니까요."

"아주머니 혼자 아니었어요?"

"혼자요?"

그녀는 입을 샐쭉 내밀었다.

"아주머니 혼자였던 것 같은데……?"

운전기사가 고개를 갸웃거리다 운전석으로 가서 앉았다.

"금방, 금방 올 거예요."

금방……. 하지만 10분 가까이 지나도록 남편은 돌아오지 않았다. 시동이 걸려 있어서인지 고속버스가 당장이라도 출발할 것만 같아 그녀는 불안하기만 했다. 아들로부터도 당장 전화가 걸려올 것만 같았다.

"출발해요!"

운전기사가 협박조로 소리를 질렀다.

"조금만 기다려봐요. 내가 가서 금방 찾아올게요."

그녀는 운전기사의 욕설 섞인 불평을 뒤로하고 고속버스에서 다급히 내렸다. 남편은 그러나 휴게소 화장실에도, 식당에도, 편의점에도 없었다. 커피자판기 주변도 살폈지만 남편을 찾지 못했다.

남편이 돌아왔을까 싶어 고속버스 쪽으로 걸음을 내딛던 그녀는, 스스로도 모르게 우뚝이 멈추어 섰다. 유난히 불을 환하게 밝힌 고속버스가 그녀 눈에 들어왔기 때문이었다. 아무래도 고속도로를 유령처럼 내달리던 그 고속버스인 듯싶었다. 승객을 한 명도 태우지 않고.

그 고속버스는 타고 갈 사람을 기다리듯 문을 활짝 열어젖히고 있었다. 그녀와 남편이 여태 멀미가 나도록 타고 온 고속버스는, 그 고속버스 뒤쪽에 그림자처럼 어둡게 서 있었다. 그녀는 마음 같아서는 그냥 그 고속버스에 올라타고 싶었다. 그 고속버스가 달려가는 곳까지 무작정 따라갔으면 했다. 문이 닫히는가 싶더니, 그 고속버스가 앞쪽으로 천천 미끄러져 나왔다. 사방에서 몰아치는 바람을 맞으면서 우두커니 선 그녀를 치받기라도 할 듯 지나갔다.

누군가 타고 있다던 남편의 말이 불현듯 떠올라, 그녀는 고개를 치켜들어 고속버스 안을 살폈다. 한순간 그녀는 자신의 눈가가 바르르 떨리는 것이 느껴졌다. 남편 말대로 그 고속버스에 누군가 타고 있었기 때문이었다. 아무도 타고 있지 않은 줄 알았는데, 남편 말대로 누군가…… 그 고속버스가 유유히 휴게소를 빠져나가 고속도로로 들어서는 것을 그녀는 멍하니 바라보았다. 그 고속버스에 타고 있던 누군가가, 유령인가 싶게 홀연히 타고 있던 누군가가 하필이면 남편과 닮아 있어서다. 그녀가 깜박 든 잠에서 깨어났을 때 그녀 옆자리에도, 휴게소 어디에도 없던 남편과 몹시.

혹시나 그사이 남편이 돌아왔을지 모른다는 생각에 그녀는 고속버스 쪽으로 서둘러 걸음을 떼었다.

해설 | 김윤식

혼자 말하기와 환각

한밤중 서울행 고속버스에 노부부가 타고 있다. 예순여덟의 남편이고 예순셋의 아내라 했으니까 치매에 접근하는 나이쯤이겠다. 그러나 아내의 처지에서 보면 치매 따위란 범접도 할 수 없는데, 왜냐면 그런 것은 한가한 자들의 사치에 지나지 않으니까. 백수건달인 남편 덕분에 살기 위해 온갖 짓을 다해온 그녀를, 어찌 치매 따위가 넘보랴. 어림도 없다. 그런데 그 치매보다 더 기묘한 것이 그녀를 위협하는 순간이 온다면 어떠할까. 곧 헛것 보기가 그것이다.

헛것이란 무엇인가. 있지도 않은 것을 있는 것처럼 보는 현상을 두고 헛것이라 하거니와 그런 현상이 일어나는 조건은 마음의 허함이다. 이 착시현상은 당사자의 마음만 실해지면 쉽사리 물리칠 수 있다. 작가는 마음이 허하지 않은 상태에서 출발해 서서히 마음이 허해지는 단계를 거쳐 마침내 헛것을 보는 쪽으로 그려낼 수도 있다. 그

반대로 그릴 수도 있다.

이 작품은 전자 쪽이다. 작가는 막차에 순옥과 남편을 태웠다. 그 다음부터는, 작가는 빠지고 순옥의 혼잣말이 줄줄이 시작된다. 그 혼잣말 속에서 남편은 실체에서 서서히 헛것으로 변해간다. 옆에 앉아 있는 남편이 다른 고속버스 속에 가 있지 않겠는가. 그것도 불을 환히 켠 고속버스, 그것도 아무도 타지 않은 빈 고속버스. 그 고속버스에 남편이 혼자 타고 있었다.

이 착시현상은 남편에 대한 애착이 아닐 것인가. 백수건달인 남편이지만, 그처럼 소중한 것이 아닐 수 없다는 것. 이것은 윤리성을 껴안은 환각의 미학이 아닐 것인가.

C1+y = :[8]:

김중혁

1971년 경북 김천 출생.
2000년 『문학과사회』 등단.
소설집 『펭귄뉴스』 『악기들의 도서관』.
〈김유정문학상〉 등 수상.

C1+y=:[8]:

지구가 멸망해도 바퀴벌레는 살아남는다면, 바퀴 달린 것 중에는 반드시 스케이트보드가 살아남아야 한다고 나는 믿는다. 스케이트보드는 지구상에 존재하는 그 어떤 물건보다도 완벽하다. 어느 각도에서 바라봐도 완벽하다. 수 세기 동안 인간들은 스케이트보드를 더 나은 물건으로 만들기 위해 노력해왔다. 하지만 모두 실패했다. 스케이트보드는 처음부터 완벽했던 것이다. 널빤지에 바퀴 네 개, 하나의 사각형과 네 개의 원, 그거면 충분했다. 그동안 새로운 형태의 스케이트보드가 여러 번 만들어졌다. 사람들은 기존의 스케이트보드에다 새로운 디자인을 적용하고, 엔진을 달고, 속도를 빠르게 하고, 물 위를 달릴 수 있게 했다. 하지만 그건 더 이상 스케이트보드가 아니다. 일종의 스케이트보드,라거나 한때 스케이트보드였던 그 무엇이라고 부를 수 있긴 하지만 바로 그 스케이트보드는 아닌 것이다. 지구에서 인간들이 모두 사라진 다음 바퀴벌레나 쥐나 뭐 그런 동물들만 지구에서—그때도 지구라고 불릴까, 뭔가 다른 이름이 만들어지겠지. 바퀴벌레나 쥐의 언어로 된—살아가게 된다면, 그래서 그들이 인간들이 만들어놓은 것 중에 뭐 쓸 만한 게 없나 쓰레기통을 뒤져보게 된다면, 그래도 스케이트보드 하나는 잘 만들었네 싶은 마음이 들 것이다. 바퀴벌레나 쥐 들이 스케이트보드 위에 옹기종기 모여 앉아 어디론가 나들이 가는 장면을 상상하고 있으면 말할 수 없이 마음이 평화로워진다. 스케이트보드를 탄 바퀴벌레나 쥐 들은 스케이트보드의 우아한 곡선이 커다란 배의 윤곽과 놀랄 정도로 흡사하다는 사실에 놀라겠지만 배를 처음으로 만들었던 사람이 스케이트보드의 창시자라는 사실을 알고 나면 바퀴벌레나 쥐 들도 스케이트보드의 원리를 좀 더 쉽게 이해할 수 있을 것이다. 원리란 간단하다. 뱃머리는 속도를 내기에 좋아야 하고, 뱃고물은 안정적으로 전체를 받쳐주어야 하며, 배 중간의 난간대는 물이 차고 넘치지 않게 적당히 물을 억눌러주어야 한다. 나와 세계의 힘이 평형을 이룰 때 최고의 항해가 가능하다. 지구에 또다시 홍수가 나서 모든 게 가라앉는다면 바퀴벌레나 쥐 들은 곧바로 스케이트보드로 달려갈 것이다. 인간의 건물이 모두 물에 잠기고 세계가 곧 망망대해일 때 삼삼오오 무리를 이루어 스케이트보드에 승선한 바퀴벌레와 쥐 들을 떠올려보라. 우주에서 바라본 지구의 파란 바다에 작은 직사각형이 무수히 떠 있는 장면을 상상해보라. 아름다운 장관이다. 스케이트보드를 물에 뜨도록 만든 것은 모두 이런 이유 때문일 것이다.

나는 한 달 전만 해도 정글에 심취해 있었다. 심지어 정글에서 살고 있었다. 빗살무늬호랑이와 백묵코끼리 바로 옆에서 잠을 잤고, 벽돌총새의 시끄러운 지저귐을 들으며 잠에서 깨어났으며, 키가 내 두 배쯤 되는 긴허리아기말원숭이가 나무에 매달려서 떠는 온갖 재롱을 보면서 밥을 먹었다. 하지만 이제는 정글이 지긋지긋하다. 정글은 천천히 나를 벼랑 끝으로 몰고 갔고, 결국 나는 정글을 떠날 수밖에 없었다.

1년 전 『시티라이트』라는 잡지에 발표한 「콘크리트 정글, 혹은 정글이라는 도시」라는 내 논문이 도시학 연구자들 사이에서 선풍적인 인기를 얻었을 때만 해도 성공이 코앞에 다가온 줄 알았다. 이미 와 있지만 너무 가까이 있어 보이지 않는 것일 뿐이라고 생각했다. 나는 서울시 도시개발분과 산하의 '21세기 도시문화연구재단' 후원을 받고 정글로 향했다. 프로젝트 이름은 '정글짐'이었다. 정글의 원리를 서울에다 적용시키면서 도시의 속성을 파악하고 서울의 구조를 '정글짐'과 같은 단순 명료한 형태로 표현해내는 것이 '정글짐'의 목표였다. 목표가 그랬다는 거다. 만약 정글로 떠나기 하루 전날로 시간을 되돌릴 수 있다면 정글에서 오랫동안 살아온 사람이나 정글전문가를 초빙하여 정글이 얼마나 무서운 곳인가를 들어보는 설명회를 나 자신에게 열어줄 것이다. 커피전문점에 들어가서 에스프레소를 주문해본 사람은 이런 얘기를 자주 들어봤을 것이다. "에스프레소는 한 모금 분량의 진한 커피 원액인데, 괜찮으시겠습니까?" 정글전문가는 아마도 나에게 이렇게 물어볼 것이다. "정글은 하나뿐인 목숨을 내놓고 가야 하는 진하디진한 삶의 체험현장이며 편리함과는 무관한 곳인데 괜찮으시겠습니까?" 그걸 몰랐던 것은 아니다. 실감하지 못했을 뿐이다. 정글에서 잃은 것도 많지만─자신감, 성공에 대한 확신, 내가 아끼던 지포라이터, 50만원짜리 수제 트래킹 신발, 마이클 조던의 얼굴이 새겨진 야구모자─얻은 것도 한 가지 있다. 내가 어떤 사람인지를 확실히 알 수 있었다. 나는 도시를 떠나서는 살아갈 수 없다. 책 속의 정글은 온통 아름다운 연둣빛이지만 실제 정글의 뒤편은 무시무시할 정도로 짙은 녹색으로 가득하다. 짙푸른 물 속을 들여다보면 마음 깊은 곳에서 두려움이 피어오르듯 짙은 녹색의 정글 역시 오랫동안 들여다보고 있으면 그 속에서 공포를 만날 수 있다. 아름다운 연둣빛이 켜켜이 쌓여 있는 공간 속으로 걸어 들어가면 어느 순간 연둣빛은 사라지고 짙은 녹색이 사방을 에워싸고 있는데, 어둡고 습한 기운이 감도는 것이 동굴과 다르지 않다.

정글에서 가이드를 맡았던 '파우치'—늘 작은 가방을 들고 다닌다고 해서 우리가 붙여준 별명이다—는 우리가 불평불만을 터뜨릴 때마다 "이것이 정글"이라는 말로 우리들의 입을 다물게 만들었는데, 시간이 지나면서 우리도 그 말을 따라 하게 됐다. 파우치의 말투가 단호한 운명론 같은 것이었다면 우리들의 말투는 체념에 가까웠다. 어쩔 수 없다, 이것이 정글이니까. 우리가 할 수 있는 게 뭐가 있겠어, 이것이 정글인데. 정글에서는 제대로 할 수 있는 게 없었다. 한번은 작은 언덕바지에서 미끄러진 적이 있었는데—50만 원짜리 수제 트래킹 신발과 야구모자를 잃어버린 게 이때였다—나는 정신없이 미끄러지는 와중에도 살아남기 위해 손으로 계속 무언가를 붙들었다. 가시넝쿨과 난생처음 보는 나뭇가지에 손이 쓸리면서도 나는 계속 무언가를 붙들기 위해 손을 뻗었다. 그때 내 손을 잡아준 것이 긴허리아기말원숭이였다. 긴허리아기말원숭이는 왼손으로 넝쿨을 쥐고 오른손을 뻗어 내 손목을 잡았다. 원숭이가 사람을 구하다니, 나는 어쩐지 부끄러워 손을 놓으라고 말하고 싶었지만 그럴 수는 없었다. 나는 긴허리아기말원숭이의 도움으로 넝쿨을 걸머쥐었다. 넝쿨을 쥐고 위로 기어올랐다. 내가 떨어질 뻔한 곳에는 낭떠러지가 있었다. 열 바퀴 정도만 더 굴렀더라면 나는 까마득한 낭떠러지 아래로 떨어졌을 것이다. 긴허리아기말원숭이는 웃으면서 나를 보고 있었다. 낭떠러지로 떨어지는 사람을 살려주고 돈을 요구하는 상습적인 꾼이 아닐까, 그런 생각을 하는 내가 부끄러웠지만 긴허리아기말원숭이는 뭔가를 간절히 원하는 듯 내 눈을 골똘하게 쳐다보고 있었다. 나는 그 눈을 외면하고 언덕 위로 기어올라갔다. 긴허리아기말원숭이도 내 옆쪽에서 넝쿨을 이용해 위로 기어올라갔다. 살아온 동안 그때만큼 내가 무능하게 느껴진 적이 없다. 긴허리아기말원숭이는 아주 능숙하게 넝쿨을 이용했다. 어째서 긴허리아기말원숭이로 불리는지도 그때 알 수 있었다. 긴허리아기말원숭이는 허리부분이 유독 길어서 상체와 하체가 따로 움직이는 듯했다. 비좁은 정글을 자유자재로 움직였다. 타잔이 밧줄과 밧줄을 옮겨 타듯 긴허리아기말원숭이는 부드럽게 공간을 이동했지만 나는 거의 죽을힘을 다해 언덕 위로 올라갔다. 언덕 위의 일행들은 나를 구하기 위해 밧줄을 준비하고 있다가 내가 나타나자 귀신이라도 본 것처럼 놀랐다. 긴허리아기말원숭이는 언덕 위로 올라오지는 않았다. 뭔가 빚진 느낌이었다. 이것이야말로 정글이었다.

　나는 혼자 힘으로 살아났다고 거짓말을 할 수밖에 없었다. 벼랑 끝에서 가까스로 넝쿨 하나를 붙들었고 죽을힘을 다해 여기까지 기어올라왔다고 거짓말을 했다. 긴허리아기말원숭이의 도움을 받았다고는 차마 말할 수 없었다. 얘기한다고 해서 믿기나 했을까. 원숭이가 자신의 의지로 사람을 구했다는 얘기를 누가 믿을까. 어차피 우리는 모두 한 핏줄이니까, 따지고 보면 모두 하나의 조상으로부터 갈라진 배다른 형제이니까, 목숨을 걸고 인간 형제 하나를 구했다는 원숭이의 무용담을 누가 믿어줄까. 단순한 원숭이의 반사신경이 나를 구했다고 생각할 수도 있겠지만 녀석의 눈빛을 보았다면 그런 말을 꺼내지는 못할 거다. 녀석은 분명 자신이 무슨 일을 하는지 알고 있었고, 내가 어떤 생각을 하는지 꿰뚫어 보고 있었다. 나에게 무엇인가를 원하고 있었다.

그때부터 나는 정글이 더욱 무서워졌다. 정글은 단순한 자연이 아니라 거대한 생명체였고 내가 모르는 어떤 곳에 이 모든 걸 움직이게 하는 거대한 톱니바퀴가 있을 것 같았다. 나를 노려보는 모든 동물들의 눈빛이 느껴졌다. 전에는 아무렇지도 않게 느껴졌던 동물들의 멍한 눈빛들이 실은 나를 뚫어지게 바라보고 있는 것일지도 모른다는 생각이 들자 모든 행동이 말할 수 없이 불편했다.

나는 모든 연구와 촬영을 서둘러 마치고 도시로 돌아왔다. 도시는 편리했다. 나를 바라보는 눈빛은 어디에도 없었다. 정글에 머물렀던 것은 한 달뿐이지만 1년 넘게 정글에 머물다 고향에 돌아온 것처럼 모든 것이 낯설게 느껴졌다. 거울 속의 내 모습을 들여다보았더니 출발하기 전보다 서너 살은 더 들어 보였다. 내 논문을 발표했던 『시티라이트』에서 읽었던 기사 중에는 도시에서 태어난 사람과 정글에서 태어난 사람의 피부상태와 수명의 관계를 연구한 것이 있었는데, 우리가 흔히 생각하는 것과 달리 정글에서 태어난 사람의 피부가 도시 사람보다 훨씬 깨끗하며 투명하다는 연구결과가 실려 있었다. 그러나 정작 더 오래 사는 사람은 정글에서 태어난 사람이 아니라 도시에서 태어난 사람이다. 연구자는 정글에서 뿜어져나오는 어떤 약물—정확한 이름은 잊어버렸다—이 피부에 활력을 주기도 하지만 심각한 마비상태를 초래하기 때문에 정글에서 살아가다 보면 약물에 중독돼 결국 일찍 죽을 수밖에 없다고 밝히고 있었다. 처음에 그 기사를 읽었을 때는 콧방귀를 뀌며 말도 안 되는 얘기라고 무시했는데 정글에서 돌아와 거울을 보니 어쩌면 그 말이 사실일지도 모르겠다는 생각이 들었다. 피부는 조금 좋아진 것 같기도 했지만 얼굴에는 죽음의 그림자가 드리워져 있었다. 눈 밑으로 어두운 그림자가 짙게 내려앉았고 볼은 살색이 거의 사라진 회색빛이었다.

정글에서 돌아온 직후 나는 두 가지 연구에 매달렸다. 첫 번째는 정글의 자연구조와 원리를 결합한 후 하나의 정글 흐름도로 완성하여 그 결과물을 도시개발계획에 적용하는 작업이다. 지원금을 받은 연구이기 때문에 서둘러야 했다. 하지만 나는 두 번째 연구에 관심이 더 많았다. 3년 전부터 진행해왔던 '도시의 낙서연구'다. 그즈음 나는 서울 곳곳의 후미진 골목을 헤집고 다니면서 새로운 형태의 낙서를 발견하기 위해 온 신경을 곤두세우고 있었다. 그림은 나의 연구대상이 아니었다. 오직 글로 이뤄진 낙서만이 나의 연구대상이었다. 낙서연구는 내가 지금껏 해온 일 중에서 가장 중독성이 강한 것이었다. 관찰력과 시력, 집중력과 체력이 필요한 연구였을 뿐 아니라 어떤 면에서는 문학연구와 비슷한 종류의 감수성을 필요로 하기도 했다. 문학을 연구한 적은 없었지만 그 일이 얼마나 힘든 일일지는 충분히 짐작할 수 있다. 우선 글을 읽으면서 분석하는 동시에 감성적으로 느껴야 하고 분석과 느낌을 결합시켜 다시 글로 써나가야 하는데, 이성과 감성이 효율적으로 분업화되지 않으면 좋은 결과물을 기대할 수 없다.

나는 낙서를 연구하면서 이성과 감성을 분리하는 법을 배웠다. 계란의 흰자와 노른자를 분리하는 방법을 생각하면 쉽게 이해할 수 있을 것이다. 우선 계란을 깨서 전체 생각을 한쪽 껍질에다 몰아넣는다. 이 과정에서 불필요한 찌꺼기는 조금 걷어내는 것이 좋다. 그다음엔 계란의 양쪽 껍질로 노른자와 흰자를 번갈아 옮겨가면서 노른자를 걷어내듯 감성을 걷어내야 하는데, 작은 충격으로도 노른자가 터질 수도 있으므로 매우 조심해야 한다. 이성적인 흰자는—흰자라는 말은 사실 잘못된 표현이다. 계란을 조리했을 때는 흰색으로 변하지만 원래는 무색에 가깝다—색깔도 밋밋하고 쓸모없어 보일 때가 많지만 연구에서 가장 중요한 밑거름이 되므로 거품이 일어날 때까지—거품이 일어난다는 것은 연구자들 사이에선 중요한 은유로 통한다. 머리에서 거품이 일어난다는 것은 생각이 새로운 상태로 변화한다는 얘기니까—잘 저어서 보관해두어야 한다.

하나의 낙서에는 보통 두 가지 이상의 의미가 담겨 있다. 아무리 하찮은 낙서더라도 마찬가지다. 낙서연구가 매력적인 것도 그 때문이다. "××가 씨발 ○○의 똥꼬를 잡아먹었대요"라는 낙서를 보자. 한 문장 속에서 우리는 비정상적인 성교에 대한 갈망과 더불어 동성애에 대한 혐오와 단순한 욕정이 뒤섞여 있는 것을 볼 수 있다. 이런 낙서가 서울에만 몇 개가 있을까. 서울에서 건물을 받치고 있는 모든 벽들의 개수보다 많을 것이다. 정말이지 연구란 끝이 없다는 사실을 실감하게 된다. 나는 벽에서 발견한 낙서의 높이도 유심히 관찰했다. 낙서의 높이에 따라 낙서작성자의 연령대를 가늠해볼 수 있기 때문이다. 낙서의 높이가 높을수록 고품격의 지적인 낙서가 있을 것 같지만 오히려 반대인 경우가 많다. 가장 원초적이고 거친 낙서들은 높은 곳에 있다.

스케이트보드에 관심을 가지게 된 것도 낙서 때문이었다. 상교동 일대의 낙서를 헤집고 다니던 몇 주 전부터 재미있는 낙서가 내 눈에 띄었다. 처음에는 낙서를 발견하지 못했다. 낙서는 담벼락의 맨 아랫부분에 거꾸로 적혀 있었는데 물구나무를 서거나 몸을 숙인 채 가랑이 사이로 낙서를 해야 가능한 형태였다. 그런데도 낙서의 글씨는 반듯했다. 요가의 고수라도 되는 것일까. 머리를 바닥에다 처박고도 자유자재로 글을 쓸 수 있는 것일까. 나는 낙서를 발견하고는 왔던 길을 되짚어가며 벽의 아랫부분을 자세히 살펴보았다. 처음에 본 낙서는 이랬다.

염병, 틱택슬라럼은 좆나게 어지럽다.

나는 낙서를 쓴 사람이 요가의 고수가 아니라면 스케이트보드 선수이거나 스케이트보드 애호가일 것이라고 생각했다. 스케이트보드를 타고 이리저리 돌아다니다가 어떤 생각이 나면 노트에다 자신의 생각을 적듯 벽의 끄트머리에다 생각을 적어놓는 것이다. 그때는 '틱택슬라럼'이 무엇인지도 몰랐지만 그게 분명히 스케이트보드와 관련된 용어일 것이라고 생각했다. 낙서의 끝에는 네 개의 원과 하나의 사각형으로 이뤄진 자신만의 낙관 같은 걸 찍어두었는데, 그걸 보자마자 스케이트보드라는 것을 알아차렸다.

낙서를 계속 쫓아다니다가 나는 낙관이 조금씩 다르다는 것을 알게 됐다. 형태는 똑같지만 방향이 달랐다. 때론 수평일 때도 있었고, 때론 하늘을 바라볼 때도 있었다. 모든 스케이트보드 그림은 미묘하게 방향이 비틀어져 있었다. 스케이트보드는 어딘가를 가리키고 있었다. 스무 개 정도의 스케이트보드 그림을 보고 난 후에야 나는 그게 다음 낙서 위치를 가리키는 표식이란 걸 알아냈다. 스케이트보드를 탄 누군가가 자신이 가고 있는 방향을 미리 밝혀둔 것이다. 나는 스케이트보드의 방향을 따라가며 낙서를 찾아냈다. 골목이 많아서 정확한 방향을 찾아내기 힘들었고 어느새 낙서는 사라지고 없었다. 나는 찾아낸 낙서의 내용과 위치를 포스트잇에 써서 지도에 붙였다. 낙서에 일관성은 없었다. 낙서장소가 상교동을 벗어나지 않았다는 것 말고는 특이한 점이 없었다.

스케이트보드 낙서를 처음 발견한 지 2주일쯤 되었을 때 나는 그들과 맞부딪쳤다. 그가 아니라 그들이었다. 나는 낙서의 주인공이 한 사람이라고 생각했지만 그들은 '숏컷라이더즈'라는 이름의 스케이트보드 그룹이었다. 회원 전체가 짧은 머리스타일을 유지하기 때문에 그런 멍청한 이름을 지은 것은 아니었고, 지름길이라는 뜻으로 만들어진 이름이었다. 벽을 골똘히 바라보며 걷다가 나는 한 귀퉁이에서 스케이트보드에 배를 깔고 바닥에 바싹 엎드린 채 검은색 네임펜으로 스케이트보드 낙관을 그리고 있는 젊은 남자애를 발견했다. 나는 멀리서 사진을 찍은 다음 그에게 다가갔다.

"안 그래도 이 낙서 주인을 찾고 있었는데……."

남자애가 고개를 들어 나를 올려보았다.

"왜요? 잡아가게요?"

"잡긴 왜 잡아. 나는 낙서연구 하는 사람이야."

"웃기시네. 낙서연구 하는 사람이 어디 있어요."

"낙서를 전문적으로 연구하진 않고, 뭐랄까, 도시연구가 주특기인데 어쩌다 보니 낙서를 따라다니고 있어. 낙서의 패턴을 통해서 사회학적인……."

"그런 거 됐고요, 어쩌라고요, 그래서."

"그냥 스케이트보드 그림이 자주 보여서, 누가 하는 건지 궁금했거든."

그때 모퉁이에서 스케이트보드를 탄 네 명이 나타났다. 여자애 한 명과 남자애 세 명이었는데, 스무 살 부근의 젊은 아이들이었고, 모두들 몸이 탄탄해 보였다. 그들이 한꺼번에 나를 쳐다봤다. 그리고 엎드려 있는 남자애에게 시선을 옮겼다.

"누군데?"

"몰라. 낙서연구 한대."

"무슨 연구?"

"낙서."

그들은 나를 신경 쓰지 않고 자기들끼리 이야기를 주고받았다. 낙서를 연구한다는 것은 현실세계에서 있을 수 없는 일이므로 당연히 나란 인물은 현실세계에 존재하지 않는 허구라고 여기는 듯했다. 오른손에는 디지털카메라를 들고, 왼손에는 상교동의 세밀지도를 들고 있었으며 배낭까지 메고 있었는데도 나는 현실의 인물이 아니었다. 허구 속의 존재가 현실의 인물들에게 말을 걸어야 할 때가 됐다.

"낙서 끝에다 저 그림은 왜 그리는 거야? 스케이트보드 그림 맞지?"

다섯 명이 한꺼번에 나를 쳐다봤다. 그중의 한 명이 대답했다. 누구였는지는 기억나지 않는다.

"아저씨가 맞혀봐요."

"다음 낙서장소를 가리키는 거 아닐까? 스케이트보드 머리 쪽이 가리키는 방향으로 따라가봤더니 낙서가 이어지던데. 보통 낙서에는 두 종류가 있지. 하나는 스스로에게 하고 싶은 말을 하는 경우고, 또 하나는 자신이 세상에 하고 싶은 말을 하는 거지. 하지만 너희들의 낙서는 표지판 같은 역할을 하는 게 아닐까."

"오, 말 좆나 어렵게 하는 거 보니까 진짜 낙서연구 하는 아저씬가 보다."

"맞다니까."

"최근에 본 괜찮은 낙서 있었어요?"

"넣어라 볼트, 죄어라 너트."

"별루네. 볼트와 너트는 우리 전문인데."

"그거 야한 얘기야."

"아저씨, 우리가 앤 줄 알아요?"

"니들이 쓴 것도 좋아해. 판때기는 네모고, 싸다구는 별모양, 날아라

불꽃 네모 싸다구."

"야, 베어링, 그거 네가 쓴 거다. 크크."

아이들이 함께 웃었다. 다섯 명의 아이들은 팀워크가 좋았다. 각각의 아이들은 개별적인 존재라기보다 커다란 덩어리의 조각 같았다. 누가 어떤 이야기를 꺼내도 개인의 감상처럼 들리지 않았고 전체의 의견 같았다. 아이들은 여전히 나의 존재를 무시하고 있었지만 내가 완벽한 허구라는 느낌은 들지 않았다. 아주 옅게나마 현실세계 속에서 나의 윤곽선이 그려지고 있었다. 아이들은 이야기를 하는 도중에 흘끔거리며 나를 쳐다보았다. 나를 의식하기 시작했다는 증거다. 그날, 그들의 그룹명이 '숏컷라이더즈'라는 것을 알게 됐고―헤어스타일 이야기는 꺼내지 않았다―전체 회원이 스무 명 남짓이며 상교동에서만 스케이트보드를 타고 다닌다는 사실도 알게 됐다.

그들의 존재를 알고 나자 눈에도 자주 띄었다. 내가 벽을 골똘히 바라보고 있을 때 스케이트보드를 탄 아이들이 등 뒤로 휙휙 지나갔다. 처음엔 말없이 지나가더니 가끔 내 등을 한 번 툭 치고 지나갈 때도 있었다. 스케이트보드의 바퀴가 아스팔트를 구르며 덜컹거리는 소리가 귀에 익자 멀리서도 그들의 존재를 알 수 있었다. 그들은 스케이트보드를 타고 지나가면서 나를 보고는 허공에다 낙서하는 시늉을 했다. 그들 나름의 인사였다.

현장연구자들이 평생 달고 다니는 말 중에 '깊이 들어갈수록 축축해진다'는 게 있다. 단순한 성적 비유 같지만 깊이 연구할수록 더 많은 정보를 얻을 수 있다는 뜻으로 하는 말이다. 숏컷라이더즈에게 스케이트보드를 배우기로 했다. 한 번 배우는 데 3만 원이었고 1주일에 한 번 만나기로 했다. 간단한 동작, 이를테면 잘 넘어지는 법을 배우는 데만 한 달 이상이 걸렸다. 아저씨 같은 몸치는 살다 살다 처음 봐요, 라고 누군가 말했고, 나는 몹시 부끄러웠지만 그런 얘기는 오래전부터 들어왔던 이야기라서 낯이 붉어지거나 하지는 않았다. 나는 자주 넘어졌고, 여러 군데 상처가 났고, 자주 피곤했다. 온몸이 땀으로 범벅이 되는 때가 많았고 피도 자주 흘렸으므로 '깊이 들어갈수록 축축해진다'는 말을 제대로 실감할 수 있었다. 그즈음 대학교에서 수업 두 개를 맡고 있었는데 수업준비를 제대로 하지 못할 정도로 몸이 피곤했다. 수업이 끝나고 학교 벤치에 앉아 넓은 도로를 볼 때마다 스케이트보드를 타고 대학교 캠퍼스를 멋지게 활보하는 내 모습을 떠올려보았지만 스케이트보드 실력은 늘지 않았다. 몽고푸싱을 겨우 해낼 수 있는 정도였다.

"아저씨, 스케이트보드가 먼저게요, 아님 스노보드가 먼저게요."

스케이트보드 강습이 끝난 어느 날 휴지로 팔뚝의 피를 닦고 있을 때 이지—숏컷라이더즈의 퀸카라고 불리는 스물두 살의 예쁜 여자아이—가 물었다.

"난 잘 모르겠는데."

"대학 교수가 그런 것도 몰라요. 생각해봐요. 뭐가 먼저일지."

"대학 교수는 아니야. 강사지. 그리고 내가 스케이트보드를 가르치는 것도 아니잖아."

"그럼 그냥 때려 맞혀봐요. 지금 2대 2니까."

생각하면 생각할수록 쉬운 문제가 아니었다. 태초에 판자가 있고 바퀴가 더해진 것일까, 아니면 어느 날 누군가 스케이트보드의 바퀴를 떼버리고 눈 속으로 뛰어든 것일까. 도시에 적응하기 위해 스케이트보드를 만든 게 먼저였을까, 아니면 눈에서 살아남기 위해 스노보드를 만든 게 먼저였을까. 스케이트보드 영화의 고전이랄 수 있는 「백 투 더 퓨처」에 등장하는 원시적인 형태의 스케이트보드를 생각해보면 바퀴가 만들어진 순간 이미 스케이트보드도 탄생한 것이라고 할 수도 있겠다. 하긴 그렇다면 나무판자가 만들어진 순간 스노보드가 만들어진 것이라고 할 수도 있지.

"뭐예요, 하나 골라요."

"난 스케이트보드."

"에이 말도 안 돼. 어째서요?"

스노보드를 선택했던 두 녀석이 나를 보며 야유를 퍼부었다.

"스노보드가 먼저일 수도 있겠지만 그건 스노보드라기보다 그냥 눈 위에서 판자를 탈 것으로 이용한 게 아니었을까. 진정한 시작점이라고 하긴 힘들다고 생각해. 스케이트보드란 인간의 발명이 더해진 거잖아. 누군가 바퀴를 만들었고, 어떤 누군가는 바퀴를 나무판에 붙일 생각을 했고, 또 누군가는 그 나무판을 타고 A 지점에서 B 지점으로 이동한 거지. 그런 과정이 있었을 때에야 진정한 시초가 될 수 있다고 생각해."

"무슨 말인지 모르겠지만 아무튼 스케이트보드 승리."

이지가 나를 향해 엄지손가락을 치켜세웠다. 아이들은 나를 꼰대로 생각하는 것 같았다. 같이 이야기를 나누긴 했지만 함께 있는 시간은 최대한 줄이려는 듯했다. 거리 주행에는 나를 절대 끼워주지 않았고—물론 끼워주었다고 해도 따라갈 능력도 없지만—강습시간이면 내 실력 향상에는 관심을 갖지 않고 자기들끼리 이런저런 이야기를 나누었다. 강습은 주로 상교동 외곽의 어린이공원에서 이뤄졌는데, 그곳을 선택한 이유는 일대의 스케이트보더들이 정보를 나누는 곳이었기 때문이다. 한쪽 구석에 나를 내팽개쳐놓고 자기들끼리 이야기를 나누는 것이 강습의 전부였다. 가끔 내가 뭔가 물어보면 답을 해주기는 했지만 절대 먼저 설명해주는 법은 없었다. 깊이 들어갈수록 축축해진다는 것은 깊이 사귈수록 끈끈해진다는 얘기와 같은 뜻이었지만 아이들과는 더 가까워질 수 없었다. 아이들의 관심사는 스케이트보드와 이성과 게임과 이성과의 게임이 전부인 것 같았다. 나는 멀리서 관찰할 수는 있었지만 그 속에 들어갈 수는 없었다. 실력도 늘지 않고 아이들과도 가까워지지 않자 나는 점점 스케이트보드에 흥미를 잃어갔고 매주 내는 돈 3만 원도 아깝게 느껴졌다. 나는 더 이상 수업을 받지 않고 혼자서 연습하겠다고 말했다. 나를 주로 가르쳤던 베어링은 그럴 줄 알았다는 듯이 "마음대로 하세요."라는 말로 간단하게 강습을 끝냈다. 아이들은 가벼운 눈인사로 작별인사를 했다. 남은 건 최고급 스케이트보드와 헬멧과 팔꿈치, 무릎보호대뿐이었다.

스케이트보드는 오랫동안 방치됐다. 뿔 달린 악마가 그려진 스케이트보드 데크의 무늬가 멋져서 원룸 벽에다 걸어두었는데 시간이 지날수록 스케이트보드가 아닌 아프리카 어느 마을에서 구해온 장식품처럼 느껴졌다. 벽에 걸어두는데 바퀴가 무슨 소용인가. 바퀴를 떼고 데크를 액자에 넣어 걸어두는 게 공간 절약에 도움이 될 것이다. 스케이트보드를 머릿속에서 지워버리고 정글과 도시의 구조를 연결시킨 논문을 끝내기 위해 늦여름과 가을의 거의 모든 시간을 투자했다. 스케이트보드에 투자하는 것보다 훨씬 효율적이었다. 나는 그 논문으로 '올해의 논문상' 도시학 부분 최종후보에 올랐고 여러 기업으로부터 연구지원을 약속받았다. 논문의 제목은 '정글의 일방통행연구—정글의 미로는 어떻게 동물들의 움직임을 부드럽게 만드나' 였다. 서울에 좀 더 많은 일방통행로를 설계해야 쾌적한 도심을 만들 수 있다는 결론이었는데, 반대이론도 많았지만 대부분의 학자들은 연구해볼 만한 가치가 있다는 데 의견을 같이했다. 자체평가를 해보자면 내 논문에는 논리의 비약이 많았고 사례가 정확하지 않았으며 정글에 대한 연구가 지나치게 모자랐다. 누구보다 내 논문의 문제점은 내가 잘 알고 있었다. 하지만 사람들은 내 연구의 시작과 결과에만 집착했다. 정글과 도시를 연결시킨 참신성이 평가의 반을 차지했고, 일방통행로를 많이 만들어야 한다는 과감한 결론이 평가의 반을 차지했다. 어느 누구도 과정을 중요하게 여기지 않았다. 논문이 좋은 평가를 받고 기업의 지원을 약속받는 과정에서 부끄러운 마음이 생겨날 때마다 이상하게 내 눈앞에는 긴허리아기말원숭이의 얼굴이 떠올랐다. 내 눈을 빤히 쳐다보며 웃고 있던 얼굴이 떠올랐다. 과연 웃고 있었던 것일까. 그저 입을 씰룩거리고 있었던 것은 아닐까. 정글에서 나의 목숨을 구해준 긴허리아기말원숭이에게 무엇이라도 보상을 하면 좋겠지만 정글로 돌아가고 싶지는 않았고, 돌아간다고 해도 나를 구해준 바로 그 원숭이를 찾을 수 있으리라는 보장도 없었다. 원숭이의 얼굴을 보고 구별해낼 수 있을까. 사람의 얼굴도 제대로 구별하지 못하는데.

겨울이 되자 몸과 마음이 조금은 한가해졌다. 기업의 지원을 받게 될 새로운 연구는 봄부터 시작하기로 했고 학교는 방학에 들어갔다. 나는 방에 드러누워서 오랜만의 휴가를 즐겼다. 누워 있을 때마다 스케이트보드가 눈에 거슬렸다. 밥상이나 책상을 벽에 걸어둔 것이나 마찬가지였으니 신경이 쓰일 수밖에 없었다. 스케이트보드를 바닥에 내려놓고 그 위에다 책을 몇 권 얹었다. 원룸의 이쪽에서 저쪽으로 책을 이동시킬 때 유용했다. 원룸의 싸구려 나무바닥으로 스케이트보드가 지나갈 때마다 둔탁한 바퀴 소리가 들렸다. 가까운 공원으로 산책을 나가면서 스케이트보드를 가져갈까 고민한 적도 많았지만 늘 빈손으로 나갔다. 누군가에게 넘어지는 꼴을 보이고 싶지 않았다. 누군가와 함께 탄다면 모르겠지만 혼자서 탈 마음을 먹기는 쉽지 않았다. 헬멧도 써야 하고 팔꿈치와 무릎보호대도 해야 한다. 귀찮은 일이다. 숏컷라이더즈 녀석들에게 조금이라도 더 배울걸 그랬나 싶은 생각이 자주 들었다.

새해가 밝았지만 나는 아무 데도 갈 데가 없었다. 고향에 내려갈 수도 있었지만, 부모님을 보고 싶은 마음보다는 수많은 질문에 대꾸해야 할 귀찮음이 더 컸다. 결혼은 언제 할 거니. 안 할 겁니다. 교수는 될 수 있는 거니. 사람 힘으로 되는 게 아니에요, 그게. 선 한번 보지 않을래. 간절한 질문과 공허한 대답이 며칠간 계속될 게 틀림없었다. 나는 형에게 돈을 조금 부치는 걸로 명절의 인사를 대신했다. 부모님에게 밝힌 공식적인 이유는 논문준비였다. 속이는 사람도 속는 사람도 진실을 알고 있는 거짓말이었다. 1월 2일 아침, 나는 스케이트보드를 들고 거리로 나갔다. 모든 사람들이 고향으로 내려갔으니 거리가 한산할 거라고 생각했는데 한산한 정도가 아니라 아예 텅텅 비어 있었다. 지나다니는 사람들이 거의 없었다. 내가 넘어지는 걸 볼 수 있는 사람이 아무도 없다는 생각을 하니 몸이 부드럽게 풀렸다. 길거리에서 젊은 아이 한둘과 마주치긴 했지만 그다지 신경 쓰이지 않았다. 나는 양발밀기로 길거리를 헤집고 다녔다. 전에도 잠깐 길거리에서 스케이트보드를 탄 적은 있었지만 한 시간 이상 탄 것은 처음이었다. 체력이 거의 떨어져 스케이트보드 위의 다리가 후들거릴 때쯤 벽에 있던 숏컷라이더즈의 낙서를 발견했다.

왔다갔다 지나간다 숏컷라이더즈 이지베어링찬기상현구름 바퀴를 굴려라

아이들의 이름을 보니 옛 친구를 만난 것처럼 반가웠다. 처음 보는 낙서였다. 스케이트보드에 배를 깔고 엎드려 자세히 살펴보았는데 잉

크자국이 도톰하게 솟아오른 것이 최근에 작성한 낙서가 분명했다. 낙서 끝에는 예전처럼 스케이트보드 낙관이 찍혀 있었다. 나는 스케이트보드가 가리키는 방향을 따라가 보기로 했다. 길이 갈라지는 곳마다 스케이트보드 낙관이 찍힌 낙서가 있었다. 스케이트보드 낙서는 내비게이션이나 마찬가지였다. 나는 스케이트보드를 타고 천천히 낙서를 따라다녔다. 사람이 거의 없는 서울 한복판의 골목을 배회하는 기분이 제법 괜찮았다. 날은 쌀쌀했지만 겨울 햇살이 있어 춥다는 느낌도 없었다. 30분이나 낙서를 따라다닌 후에야 길을 따라오는 동안 단 한 번도 신호등을 만나지 않았고 횡단보도도 건너지 않았다는 사실을 깨달았다. 나는 머릿속으로 온 길을 되짚어보았다. 그들의 이름이 어째서 숏컷라이더즈인지, 스케이트보드는 왜 어떤 방향을 가리키고 있는지 그제야 알 수 있었다. 나는 계속 낙서를 따라갔다. 낙서 끝에 뭐가 있을지 궁금했다. 단 한 번의 신호등도 만나지 않고 계속 스케이트보드를 탈 수 있을까. 골목과 골목으로 스케이트보드 길은 계속됐다. 전에도 낙서를 따라가본 적이 있지만 전혀 다른 길을 가고 있다는 기분이었다. 내가 한 번도 가보지 못한 길이었다. 서울 한복판에 아직도 이런 곳이 존재한다는 사실이 놀라울 정도로 좁은 골목이 많았다. 울퉁불퉁했지만 그래서 오히려 스케이트보드 타는 재미가 있었다. 나는 계속 스케이트보드를 밀고 나갔다.

내가 만들고 싶은 도시가 있었다. 모든 골목과 골목이 이어져 있고, 미로와 대로의 구분이 모호하고, 골목을 돌아설 때마다 사람들이 깜짝 놀랄 만한 또 다른 풍경이 이어지며, 자신이 찾아온 길을 되돌아가기도 쉽지 않을 정도로 무수히 많은 갈래길이 존재하는 도시를 만들고 싶었다. 도시의 외곽에는 바다가 있어 아무런 기대도 하지 않다가 문득 코끝으로 비린내가 훅 끼치는 순간 파도가 자신에게 몰려드는 풍경을 사람들에게 선사하고 싶었다. 몇 시간 동안 스케이트보드 낙서를 따라다니다 '보드빈터'와 처음 마주쳤을 때 나는 내가 만들고 싶었던 도시의 모습을 보았다. 보드빈터는 갑자기 나타난 바다와 같았다. 넓은 빈터에 스케이트보드를 탈 수 있는 시설과 재주를 부릴 수 있는 장애물이 이리저리 세워져 있었는데 그건 일종의 작은 도시처럼 보였다. 낮은 턱도 있었고 급한 경사도 있었고 난간도 있었고 계단도 있었다. 건물은 없었지만 건물의 부분들이 모여 구석구석에서 건물 역할을 하고 있었다. 부분이 전체를 상징하고 있었다. 아이들은 이곳에서 갖은 묘기를 부리며 스케이트보드를 탈 것이다. 물론 그 시간에는 아무도 없었다. 계단과 난간을 바라보고 있으니 어디에선가 소리가 들리는 듯했다. 스케이트보드의 바퀴가 바닥에 부딪치고 끌리고, 나무판이 뒤집히며 긁히는 소리가 환청처럼 들렸다. 계단과 난간은 소리 없이 시끄러웠다.

나는 스케이트보드를 타고 U 자 형태의 경사면으로 멋지게 뛰어내렸다. 곧바로 몸이 뒤집혔다. 스케이트보드는 어디론가 날아가버렸고 나는 바닥에 널브러졌다. 완충용 고무판이 설치돼 있었지만 어깨부터 떨어지는 바람에 어딘가 부러진 게 아닌가 싶을 정도로 온몸이 욱신거렸다. 나 같은 초보에게 장애물 타기는 무리였다. 그래도 아무도 보지 않아 다행이라는 생각이 들었다.

"괜찮아요?"

나는 깜짝 놀라 고개를 들어 경사면 위를 바라보았다. 거기에 누군가 있었다. 햇빛 때문에 얼굴은 볼 수 없었다.

"초보 아저씨 주제에 너무 무리한 도전 아니에요?"

목소리를 주의 깊게 듣고 나서야 누군지 알 수 있었다. 이지였다.

"어, 너 여긴 웬일이야?"

"아저씨야말로 여기 웬일이에요?"

이지는 경사면 끝에 주저앉아 다리를 흔들었다. 건물 옥상에 앉아 있는 듯한 자세였다.

"그냥 심심해서 와봤지."

"고향이라든가 뭐 그런 덴 안 가요? 신년계획이 스케이트보드 열심히 타기인가 봐요?"

"새해 같은 건 별로 신경 안 쓰는 체질이라서 말야. 그냥 똑같은 하루가 지난 것뿐인데 1월 1일이 됐다고 특별한 게 바뀌는 건 아니잖아."

"어머, 되게 쿨한 척하신다."

"나 쿨해."

"넘어지니까 아프죠?"

"어, 조금, 아프네."

"이런 데선 뒤통수 조심해야 해요. 뒤로 넘어지면 콰당, 콰당, 끝장이거든요."

이지는 머리를 두 번 뒤로 젖히면서 넘어지는 시늉을 했다. 긴 머리카락이 반짝였다. 나는 U 자의 맨바닥에 우두커니 서서 이지를 올려다보았는데 어떤 식으로든 자세를 취하기가 참 쑥스러웠다. 누군가 파놓은 함정에 빠져서 구조를 기다리고 있는 사람과 다를 게 없었다.

"아저씨, 여기 처음 와보죠?"

"응."

"제가 재미있는 거 보여줄까요?"

"뭔데?"

나는 헬멧을 벗었다. 이지는 경사면 위에서 스케이트보드를 타고 미끄러지듯 내려왔다. 얼마나 그 동작이 부드럽던지 별 주위를 부드럽게 맴도는 행성의 궤적 같았다. 경사면을 타고 이리저리 몇 번 움직이더니 내 앞에 섰다.

"헬멧 안 쓰고 타는 거야?"

"전 머리가 딴딴해서 괜찮아요. 따라오세요."

이지는 스케이트보드를 타고 장애물 사이로 부드럽게 돌아다녔다. 길에서 탈 때와는 달라 보였다. 온몸이 장애물 사이에서 춤을 추고 있었다. 균형을 잡는 팔의 곡선이 아름다웠다. 나는 왼손에 헬멧을, 오른손에 스케이트보드를 들고 이지를 따라갔다. 걸을 때마다 어깨가 쑤셨다. 이지는 보드빈터의 맨 끝으로 갔다. 거기에 절벽이 있었다. 정글에서나 볼 수 있을 듯한 절벽이 거기에 있었다. 높이가 30미터는 되어 보였다. 멀리 서울의 풍경이 눈에 들어왔다. 절벽 아래에는 잡풀과 나무 넝쿨이 제멋대로 자라 있었고, 그 너머에는 고등학교 운동장만 한 크기의 공터가 있었다.

"이런 데가 있었네?"

"되게 이상하죠? 여기 오면 서울 같지가 않다니까요."

"정글에라도 온 기분이네."

"정글 가봤어요?"

"응."

"진짜요?"

"응. 진짜 가봤어."

"어때요?"

"어떻긴, 그냥 정글이지."

"나 되게 가보고 싶은데."

"보드빈터는 누가 만든 거야?"

"몰라요. 여러 가지 소문이 있는데 확실한 건 서울시에서 만들어준

건 아니라는 거예요."

"어떤 소문들인데?"

이지는 절벽 끝자락에 걸터앉았다. 바닥은 튼튼해 보였다. 나도 이지 옆에 앉았다. 바닥이 차가웠다.

"그런 거 있잖아요. 스케이트보드의 전설적인 존재 누구누구, 자신의 사비를 털어 공용 주차장을 아이들의 놀이터로 만들다."

"그게 누군데?"

"저도 모르죠."

"또 다른 소문은 뭔데?"

"여기가 운석이 떨어진 장소라는 얘기도 있어요."

이지는 손가락으로 절벽 아래의 공터를 가리켰다.

"이렇게 큰 운석이?"

"원래 여기에 절벽이 있지 않았는데 운석이 떨어지면서 땅이 깊이 파였고, 지금 우리가 앉아 있는 곳이 솟아오르게 된 거래요. 그때부터 서울시 외계관리연구소 직원들이 이곳을 오랫동안 조사했는데 지반이 물먹은 솜처럼 흐물흐물해져서 아무것도 지을 수 없게 됐고, 그래서 오랫동안 버려진 땅이었다가 UFO 동호회 사람들이 자신들의 놀이터로 만들게 됐다는 얘기."

"UFO 동호회 사람들이 스케이트보드 타는 걸 좋아하나?"

"그렇대요. 지구 최후의 날이 오면 스케이트보드로만 이동이 가능하니까 미리 배워두는 거래요. 모든 연료가 없어지고 자전거는 너무 크니까요."

"UFO 동호회가 아니라 무슨 종교집단 같은 얘기네."

"그래도 나는 기분 좋던데……. 그 사람들 말이 맞다면 스케이트보드 잘 타는 나도 지구 최후의 날에 살아남을 가망성이 많으니까요."

"그럼 여기에서 스케이트보드 타는 사람 중에 UFO 동호회 사람들이 많아?"

"소문이라니까요. 그리고, 있는지도 모르죠. 동호회 명찰을 달고 다니진 않으니까."

"여긴 좀 위험할 수도 있겠다. 난간 같은 것도 없고."

"매년 여기에서 스케이트보드 시합이 열리는데, 꼴등 하면 절벽에서 스케이트보드를 타고 뛰어내려야 해요. 여러 명 죽었죠."

"진짜?"

"하하, 당연히 거짓말이죠. 우리가 무슨 살인조직인 줄 알아요?"

나는 하늘을 올려다보았다. 이 정도 크기의 운석이 떨어지는 순간은 어땠을까. 소문이라고 했지만 나는 그 말을 믿고 싶었다. 운석이 떨어졌다는 뉴스를 본 적이 있던가.

"아저씨도 스케이트보드 연습 열심히 하세요. 지구 최후의 날에 살아남으려면요. 크크크."

"앞으로 열심히 해보려고."

"아, 엉덩이 시려워. 안 가요?"

"응, 먼저 가. 난 바람 좀 쐬고 갈게."

"나중에 봐요, 아저씨."

차가운 겨울바람이 시원했다. 나는 돌멩이 하나를 집어서 절벽 아래쪽으로 던져보았다. 톡, 톡, 톡, 여기저기에 부닥치며 돌멩이가 풀숲 사이로 사라졌다. 보드빈터에 자주 오게 될 것 같다는 기분이 들었다. 나는 조금 더 큰 돌멩이 하나를 집어 들어 다시 아래로 던졌다. 돌멩이는 어딘가에 튀었다가 다시 데굴데굴 굴렀다가 풀숲으로 사라졌다. 그 순간 내 눈앞에 긴허리아기말원숭이의 얼굴이 나타났다. 내 눈을 바라보면서 씨익 웃고 있는 얼굴이 떠올랐다. 눈앞에 있는 것처럼 너무나 선명한 표정이었다. 풀숲 어딘가에 긴허리아기말원숭이가 살고 있을지도 모르겠다. 조용히 숨어 있다가 스케이트보드를 타고 절벽 아래로 떨어지는 아이들의 손목을 잡아서 안전하게 바래다주고는 씨익 웃으며 어디론가 유유히 사라질지도 모르겠다. 나는 평생 그 얼굴과 표정을 잊을 수 없을 것이다. 고맙다는 인사라도 해야 했다고, 나는 나 자신을 계속 꾸짖었다.

C1+y=:[8]: 는 그해 가을 발표한 내 논문의 제목이다. 상교동의 골목에서 발견한 낙서였는데 '시티는 스케이트보드'라는 뜻을 재미있게 표현한 것이다. 스케이트보드를 타고 있는 두 개의 발, 도시와 스케이트보드 사이에 있는 '='의 속도감이 보기 좋았다. 논문의 주제는 스케이트보드 길이 많아져야 도시에 새로운 문화가 생긴다는 것이었는데, 평가는 그저 그랬다. 보드빈터는 그해 여름에 없어졌고, 나는 더 이상 스케이트보드를 타지 않았다.

도시의 속살, 숨겨진 진짜 삶

「C1+y=:[8]:」는 김중혁이 오랜만에 발표한 단편이다. 이 작품은 여러 면으로 김중혁다운 면모를 보여준다. 일단, 제목부터 그렇다. 손으로 만져야 보이는 알래스카 지도처럼 제목은 마지막에 가서야 그 의미를 드러낸다. 그리고 그 의미도 알고 보면 상형문자에 가깝다. "시티는 스케이트보드"다, 라니 기표를 보이는 그대로 읽고 마지막 ":[8]:"을 스케이트보드의 상형문자로 해독하면 되는 것이다.

제목에 드러나 있듯 김중혁은 있는 세계를 그린다기보다는 없는 세계를 만들어내는 데 유능하다. 믿거나 말거나 혹은 진짜일까 아닐까라는 호기심과 그 허구를 즐기는 것이 바로 김중혁 소설의 매력인 것이다. 「C1+y=:[8]:」에도 몇몇 진짜인지 아닌지 궁금해지는 장치들이 등장한다.

우선, 암호로 지도를 만드는 "숏컷라이더즈"라는 스케이트보더 그룹이다. 이들은 함께 모여 스케이트보드를 타고 서로를 별명으로 부른다. 흥미로운 것은 그들이 이 세상이 종말하는 날, 그러니까 지구 최후의 날쯤을 대비해서 스케이트보드 타기를 연마한다는 사실이다. 지구가 멸망하는 순간에는 자동차는 무용지물이 되고, 자전거도 크기면에서 수월치 않다. 그때 생명을 구원할 유일한 대비책이 바로 "스케이트보드"인 셈이다.

"그렇대요. 지구 최후의 날이 오면 스케이트보드로만 이동이 가능하니까 미리 배워두는 거래요. 모든 연료가 없어지고 자전거는 너무 크니까요."
"UFO 동호회가 아니라 무슨 종교집단 같은 얘기네."

인물의 말처럼, 스케이트보드를 타고 멸망 직전의 지구를 활보하는 내용은 SF이면서 한편으로는 새로운 종교집단의 교리와 같은 허구성을 띠고 있다. 「C1+y = : [8] : 」에서 발견할 수 있는, 또 한 가지 허구적 장치는 바로 주인공의 정글체험이다. 도시연구가인 "나"는 '정글 같은 도시'에 대한 프로젝트를 완성하기 위해 진짜 "정글"에 간다. 그는 그곳에서 벼랑에 떨어져 죽을 뻔하고, 긴허리아기말원숭이의 도움으로 가까스로 목숨을 구한다. 그가 정글에 간 게 사실일지 그리고 긴허리아기말원숭이가 정말 그를 구출한 일이 사실인지 아닌지 분명치 않다. 아니 어떤 점에서 보면 허구라기보다는 공상에 더 가까워 보이기도 한다.

그러고 보면, 도시의 속성을 연구해서 연구지원비를 받는 주인공의 작업 자체도 허구적이기는 마찬가지이다. 게다가, 정글의 속성을 도시재정비사업에 도입해 수많은 일방통행로를 만들자는 제안이 우수논문상을 받았다는 것 자체도 사실이라기보다는 허구에 가까워 보인다. 김중혁은 아무렇지 않게 허구적 사건을 사실인 양 능친다.

사실, 이 허구를 통해 그가 하고 싶은 말은 그의 말투나 태도처럼 유희적이거나 오락적인 것이 아니라 관념적이며 개념적이다. 말하자면, 지구 종말의 날 스케이트보드를 타는 장면이 오락성 SF의 스펙터클이 아니라 묵시론적 세계의 끝을 그린 종말론과 닮아 있다는 것이다. 허구와 상상을 통해 그려낸 관념의 지도는 낙서를 통해 완성되는 도시의 조감도와 닮아 있다. 김중혁은 도시의 진면목은 스케이트보더들이 만들어놓은 낙서지도에 있다고 말한다. 주류의 문화에서 어긋나 있는 비주류 스케이트보더들의 지도야말로 이 도시를 그럴듯한 곳으로 만들어주는 셈이다.

도시정비사업으로 사라진 정글은 아마도 발걸음이 길을 만들던 고전적 도시와 닮아 있을 것이다. 그때 지도는 경험이 만든 길의 그림이었을 테다. 경험으로 만드는 지도, 아이들이 은어로 그려놓은 상형문자 지도는 김중혁의 소설 「에스키모, 여기가 끝이야」에서 보았던 감각의 지도와 닮아 있다. 이번엔 감각의 지도라기보다 경험의 지도라는 점에서 좀 달라졌지만 말이다.

눈길을 끄는 것은 경험의 지도라는 개념적 도식보다는 두 번이나 반복되는 구출의 모티프이다. 그는 정글에서 긴허리아기말원숭이에게 구출되고 보드빈터에서 이지에게 구출된다. 그는 생애의 전환점에서 두 번의 벼랑을 만나고, 원숭이와 이지는 정글과 도시에서 그를 구원해주고 떠난다. 아마도, 작가 김중혁에게는 소설이라는 것 그것이 바로 이지가 알려준 보드빈터가 아닐까? 도시에 길을 내주고, 정글과도 같은 경험의 지문을 만들어주는 것, 그것이 바로 소설일 것이다.

물의 무덤

김태용

1974년 서울 출생.
2005년 『세계의문학』 등단.
소설집 『풀밭 위의 돼지』.
장편소설 『숨김없이 남김없이』.
〈한국일보문학상〉 수상.

물의 무덤

　살다 보면 아무도 모르는 곳에서 인생을 다시 시작하고 싶을 때가 있다. 그때 비로소 인간은 죽음이 뭔지 알게 된다. 꿈자리가 뒤숭숭해 잠을 설친 그는 어머니의 방에 들어가 문안인사를 드렸다. 문안인사라기보다는 어머니가 밤새 죽지 않았나, 하는 확인이었다. 정신이 오락가락하는 어머니는 그를 보고 기차는 언제 오나요, 역장님, 하고 물었다. 그는 냉이된장국에 물 말은 밥을 먹고 싶어요, 엄마, 하고 대답했다. 어머니의 방에서 요강을 들고 나왔다. 이제 막 잠에서 깬 아내가 하품을 늘어지게 하며 자기가 치우겠다고 하자 그는 아무 말 없이 화장실로 들어가버렸다. 어느 날부터 어머니는 욕실 변기 대신 요강을 사용하고 있었다. 변기에 일을 보고 내리지 않는 것보단 차라리 요강이 나은지도 몰랐다. 요강에 든 것을 변기 안에 버리고 바지를 내렸다. 아랫배에 힘을 주며 그는 어머니의 배설물과 자신의 배설물이 섞이는 것에 이상한 쾌감을 느꼈다.

양치질을 하다가 이빨이 하나 빠졌다. 사랑니였다. 나이 마흔이 넘어 사랑니가 났다. 통증도 없고 혀끝에 걸리는 느낌이 나쁘지 않아 내버려 두다가 잊고 있었는데 갑자기 빠진 것이다. 이렇게 쉽게 이빨이 빠질 수도 있다는 것을 그는 처음 알았다. 혀로 구멍 난 잇몸을 훑쳐보았다. 그제야 경미하게 통증이 느껴졌다. 빠질 거라면 왜 하필 이빨이어야 했을까. 어느 날 자고 일어나 보니 머리가 사라져버린 주인공이라면 이야 기가 좀 더 흥미롭지 않을까, 하는 어설픈 생각에 거울을 보며 쓴웃음을 지었다. 이빨을 물로 헹구어 주머니에 넣었다. 화장실을 나온 그를 보고 아내가 턱에 피가 묻어 있다고, 면도 좀 잘하라고 말해주었다. 그는 손으로 턱을 훔쳤다. 아무것도 묻어나는 것이 없었다.

식탁 의자에 앉아 토스트에 포도잼을 발라 먹으며 그는 아파트 베란 다 유리를 통해 밖을 내다보았다. 안개가 대기를 뒤덮고 있었다. 바로 앞동 아파트의 형체가 희미하게 보였다. 뿌옇고 흐릿한 배경을 뚫고 뭔 가가 이쪽으로 달려오는 것이 시야에 들어왔다. 아내가 심각한 표정을 지으며 말했다. 여보, 나 요즘 거기가 아파. 안개 때문인지 가시거리 때 문인지 물체의 정체는 쉽게 파악되지 않았다. 아프고 간지럽고 막 그러 네. 물체는 점점 가까이 왔다. 혹시 당신 나 몰래 이상한 곳에서. 말끝 을 흐리며 아내가 그를 흘겨보았다. 검은 말 한 마리가 베란다 창으로 돌진해오고 있는 것을 그는 목격했다. 그는 바짝 탄 토스트를 한 입 깨 물었다. 농담이야. 당신이 그럴 사람은 아니지. 낮에 병원에 가볼게. 나 도 벌써 갱년기인가. 아내가 미소를 지으며 말한 뒤 하품을 했다. 아내 의 입에서 단내가 풍겼다. 검은 말은 베란다 창 안으로 머리를 쑥 들이 밀었다. 고개를 좌우로 돌리며 집 안을 훑어보곤 이내 사라졌다.

오후에 중요한 거래처 사람과 미팅이 있어 그는 평소보다 말끔하게

옷을 입었다. 아내가 홈쇼핑에서 산 럭셔리 삼 종 와이셔츠를 입고 사
은품으로 받은 커프스단추를 채웠다. 구두에 침을 뱉곤 솔질을 두어 번
했다. 현관문을 나서기 전 그는 신발장을 열어 자신의 신발들을 확인했
다. 이 신발들은 참 심심하겠어. 아내는 그의 말을 듣지 못했다. 중학교
에 다니는 아들이 뒤늦게 일어나 머리를 긁적이며 잘 다녀오시라는 뜻
으로 꾸벅 인사를 했다. 아들의 코밑은 이제 막 수염이 돋아나기 시작
해 몹시 지저분해 보였다. 누군가 장난으로 칠을 해놓은 것만 같았다.
그는 아들에게 면도 좀 하라고 말했다. 아들은 누런 이를 보이며 웃을
뿐 별다른 대꾸가 없었다. 그는 무뚝뚝한 아들이 싫지 않았지만 그렇다
고 달리 애정을 가진 것도 아니었다. 중학생 정도 되면 몸의 호르몬 분
비가 왕성해지기에 짐승의 냄새를 피우게 된다고 그는 생각했다. 아들
은 이제 막 짐승이 되는 첫발을 내딛은 것이다. 그는 지금의 아들 나이
였을 때 자신의 몸에서 이상한 냄새가 나는 것이 몸에서 돋아나는 털들
때문이라고 생각했다. 그는 아버지의 면도기를 훔쳐 온몸의 털을 제거
하려고 시도를 한 적이 있었다. 새 옷을 갈아입듯 피부를 벗겨내 뒤집
어 입고 싶었다. 아들이 자신과 비슷한 생각을 하지 말아주었으면 하고
그는 바랐다. 그래 봤자 소용없다는 것을 그는 이미 오래전부터 알고
있었다. 털이라니. 짐승이라니.

비가 올지도 모르니 우산을 챙겨 가라는 아내의 말을 무시하고 그는
현관문을 열고 나갔다. 엘리베이터를 타자마자 그는 다시 내렸다. 집으
로 들어갔다. 거봐. 비 오지? 우산 거기 있어. 아내가 화장실 문을 열어
둔 채 양치질을 하며 말했다. 그는 안방으로 들어가 트레이닝복 바짓주
머니에 든 자신의 이빨을 챙겼다. 어머니가 거실 소파에 앉아 리모컨을
누르며 텔레비전을 시청하고 있었다. 리모컨을 누르는 것은 어머니가
집착하는 일 중의 하나다. 아내는 어머니 때문에 드라마 하나도 제대로

볼 수 없다고 푸념을 하곤 했다. 리모컨을 누르던 어머니가 마치 드라마의 한 장면을 보듯 말했다. 저, 죽일 년. 아들은 식탁에 앉아 토스트에 포도잼을 발라 먹고 있었다. 그는 문득 베란다의 창을 바라보았다. 검은 말의 입김 같은 안개가 창에 묻어 있었다.

엘리베이터 안에서 그는 영이 엄마를 만났다. 눈인사를 했다. 밤새 울다 잠들었는지 눈두덩이 보기 흉할 정도로 부은 영이 엄마는 검은색 브래지어를 차고 있었다. 속이 들여다보이는 올이 성긴 카디건을 입고 있던 것이다. 영이 엄마의 검은색 브래지어를 바라보면서 어째서 아내는 한 번도 검은색 브래지어를 하지 않았는지 그는 의아해했다. 영이 엄마의 목에는 붉은 반점이 자리 잡고 있었다. 그는 단번에 그것이 사랑의 행위 도중에 생긴 것이라고 생각했다. 아마도 영이 엄마의 몸 위에 올라탄 영이 엄마의 남편은 절정의 꼭대기에서 영이 엄마의 목을 미친 듯 빨았을 것이다. 그러나 영이 엄마에게는 남편이 없다. 그는 아내로부터 영이 엄마의 남편이 사업차 캐나다에 가 있다는 말과 더불어 사실은 남편이 바람이 나 이혼을 했다는 이야기를 들은 적이 있다. 어느 것이 사실인지 알 수 없었지만 아내는 은근히 후자가 맞을 거라고, 맞아야 할 것처럼 억양에 힘을 주어 말했다. 중요한 것은 영이 엄마에게 남편이 없다는 사실이다. 그러면 도대체 누가 영이 엄마의 목을 빨았을까. 그는 자신이 영이 엄마의 목을 빠는 상상을 했다. 어째서 상상은 불가능한 것에만 기대어 출발하는 것인지 그는 잠시 동안 생각했다. 좀 더 생각을 진전시켜보고 싶었지만 엘리베이터가 지상에 도착하고 말았다. 엘리베이터의 문이 열리고 영이 엄마가 목례를 하곤 먼저 나갔다. 그는 영이 엄마를 뒤따라갔다. 왜 자꾸 절 따라오시는 거예요, 하고 영이 엄마가 말해주기를 기다렸지만 그는 듣지 못했다.

그의 자동차 왼쪽 백미러가 박살 나 너덜거리고 있었다. 그는 경비실을 찾아갔다. 경비를 불러 이게 도대체 어떻게 된 일이냐고, 물었다. 경비는 새벽에 근무교대를 해서 전날 밤 일에 대해서는 자신이 무지하다고 말했다. CCTV를 확인해보겠다며 모니터기기를 살펴보았다. CCTV에는 전날 밤 주차장 장면이 녹화되어 있지 않았다. 당장 전날 근무자에게 전화를 걸어보라고 그는 다그쳤다. 경비는 전화를 몇 번 걸었다가 받지 않는다며 포기했다. 경비는 같은 경비원으로서 책임을 통감한다며 다시는 이런 일이 일어나지 않도록 야간근무에 만전을 기하겠다고 말했다. 제발 관리소장에게는 말을 하지 말아달라고 덧붙였다. 녹색 테이프를 건네주며 경비는 모자를 벗고 연신 머리를 조아렸다. 그는 너무나 경비다운 경비의 행동에 환멸을 느꼈다.

백미러에 녹색 테이프를 감아 고정시켰다. 시간이 없어 서둘러 감은 것치고는 모양새가 괜찮았다. 그는 자신의 일에 기대 이상으로 만족을 느끼는 사람처럼 기분이 좋아져 차에 올랐다. 차 안에 앉아 창문을 열고 깨진 백미러로 얼굴을 쳐다보았다. 턱에 핏자국 같은 것이 묻어 있었다. 손가락에 침을 묻혀 지워봤지만 지워지지 않았다. 그것은 어릴 적 생긴 상처였다. 영이 엄마의 목에 있는 반점처럼 누구나 지울 수 없는 흔적 같은 것을 하나씩 달고 살아간다고 그는 체념했다. 룸미러를 최대한 왼쪽방향으로 고정시키고 시동을 걸었다. 시동이 걸리지 않았다. 이런 또 내가 잊고 있었군. 그는 오토기어의 위치를 P에서 N으로 바꾸고 키를 돌렸다. 그제야 시동이 걸렸다. 언젠가부터 그의 차는 종종 기어의 중립상태에서 시동이 걸리곤 했다. 카센터에 갔지만 수리비용과 시간이 만만치 않게 들어 수리를 미루고 있었다. 정비사 말로는 운행을 하는 데는 아무런 지장이 없다고 했다. 그는 조심스럽게 핸들을 돌리며 아파트단지를 빠져나왔다. 라디오를 켰다. 아무 소리도 들리지 않았다. 아니 정확히 말하면 잡음 가득한 소리가 들려왔다. 몇 번이고 주파수를 맞춰보았지만 이상하게도 제대로 들리는 방송이 없었다. 안테나의 문제인가 해서 그는 룸미러를 통해 뒤를 힐끔 쳐다보았다. 역시 라디오버튼을 누르는 동시에 자동으로 위로 솟아오르게 되어 있는 안테나가 보이지 않았다. 그는 라디오버튼을 눌러 껐다. 몇 번 켰다 껐다 했지만 소용없었다. 출근길에 듣는 공미영의 '행복한 이 아침'을 듣지 못해 그는 다소 실망했다.

평소 같으면 병목현상으로 차가 막혀야 할 지역에 차가 막히지 않아 그는 할 수 없이 회사에 일찍 도착하고 말았다. 회사건물의 지하주차장으로 들어가자 마땅히 주차할 곳이 없었다. 지하 2층까지 내려갔지만 이른 시간인데도 이상하게 빈 공간 없이 차가 가득 차 있었다. 그는 몇 바퀴를 돌다가 다른 차 앞에 주차를 시켰다. 핸드브레이크를 풀고 기어를 중립상태에 놓았다. 주차장 한쪽에 있는 출구를 향해 그는 걸어갔다. 문 위에는 초록색 비상구 등이 명멸하고 있었다. 아마도 안에 든 전등의 수명이 다한 것 같았다. 출구 앞에 서서 비상구 등을 잠시 동안 바라보았다. 곧 전등이 꺼질 것만 같았다. 그는 건물관리소에 가서 이 사실을 알려주어야겠다고 생각했다. 출구 옆의 계단을 밟고 올라가고 있는데 계단 한 귀퉁이에 남녀가 키스를 하고 있는 광경이 보였다. 그들의 키스는 다소 격렬했다. 남자가 여자의 머리채를 움켜잡아 여자의 목을 뒤로 꺾고 있었고, 여자의 손이 남자의 사타구니께를 더듬고 있었다. 도대체 아침부터 무슨 짓들을 하고 있는 거지, 라고 생각하던 찰라 그는 여자가 다름 아닌 같은 사무실에 근무하는 추자영 씨라는 것을 알았다. 남자의 얼굴은 특성이 없었다. 인간의 얼굴에 눈, 코, 입이 달려 있다는 게 새삼스럽게 느껴졌다. 둘은 인기척을 느꼈으면서도 동작을 멈추지 않았다. 오히려 그가 민망해 조심스럽게, 최대한 둘 곁에서 떨어져 계단을 올라갔다. 계단 위로 올라가 그는 아래를 내려다보았다.

몸이 엉킨 남녀의 머리에 침을 뱉는 상상을 하는 순간 추자영 씨가 고개를 들어올렸다. 눈이 마주쳤다. 경멸과 애정이 뒤섞인 눈빛이었다. 반쯤 벌어진 입에서는 금방이라도 욕설이 터져나올 것만 같았다. 그가 추자영 씨를 알고 나서 한 번도 본 적이 없는 표정을 추자영 씨는 짓고 있었다. 가끔 머리를 쓸어 올릴 때 봐줄 만한 정도 빼고는 별로 매력이 없는 평범한 여직원이었다. 그는 놀라 고개를 돌리고 빠르게 계단을 올라갔다. 추자영 씨의 웃음소리가 들리는 듯했다.

　그는 건물관리소를 찾아가면서 한 번도 관리소에 들러본 적도 담당자를 만난 적도 없다는 생각을 뒤늦게 했다. 관리소 문을 열고 들어가 지하 2층 주차장의 비상구 등에 문제가 있다고 알려주었다. 담당자인지 아닌지 관리소를 지키고 있는 남자는 알았다고 대답했다. 관리소의 한 편에는 컵라면이 가득 쌓여 있었다. 그는 갑자기 컵라면을 먹고 싶은 충동이 일었다. 컵라면 하나만 주시면 안 되냐고 그는 물었다. 남자는 알아들을 수 없는 말로 중얼거리며 컵라면 하나를 꺼내 그에게 주었다. 그가 고맙다고 인사를 하자 천 원을 달라고 말했다. 그는 돈을 주고 살 생각은 아니었다고 말했다. 그럼 없던 일로 하자며, 남자가 도로 컵라면을 뺐었다. 그는 알았다며, 주머니에서 지갑을 꺼냈다. 지갑에는 만 원권 지폐밖에 없었다. 그가 지금 잔돈이 없으니 나중에 주겠다고 하자 남자는 그럴 수는 없다며 천 원을 내던지, 그냥 없던 일로 하던지 결정하라고 말했다. 아니면 자신도 천 원권 지폐가 없으니 만 원을 주면 자신이 요 앞 편의점에 가서 천 원권 지폐로 바꿔다 주겠다고 덧붙였다. 그는 자신의 사무실 위치와 직함 그리고 이름을 말하며 곧 사무실에 올라가 천 원을 꿔서 가져다 주겠다고 했다. 남자는 지금 당장 거래가 성사되지 않으면 모든 것을 없던 일로 하겠다고 끝까지 고집을 피웠다. 할 수 없이 그는 지갑에서 만 원권 지폐를 꺼내 남자에게 주었다.

남자는 만 원을 들고 밖으로 나갔다. 그는 컵라면을 손에 들고 자신이 왜 이 지경에 처했는지 의아해했다. 자신이 직접 편의점에 가서 컵라면을 사올 수도 있었다. 더구나 그곳에서 바로 뜨거운 물을 부어 먹을 수도 있는 문제였다.

와야 할 시간이 지났는데도 남자는 오지 않았다. 벽에 걸린 시계는 정각 아홉 시를 알렸다. 사무실로 올라가야 할 시간이었다. 그는 어떻게 해야 할까 망설였다. 남자를 괘씸하게 생각한 그는 컵라면 두 개를 들고 관리소를 나왔다. 편의점을 찾아가 남자의 행방을 알아볼 생각을 하던 그 앞에 부장이 나타났다. 부장은 이제 막 출근을 하는 길이었다. 자네 어디를 가나, 그리고 손에 든 건 뭔가. 부장의 물음에 그는 사실대로 말했다. 쓸데없는 소리 말고 시간 없으니 바로 사무실로 올라가세. 부장이 그의 팔을 잡아끌었다. 그는 회사건물의 유리창을 통해 건너편의 편의점을 바라보았다. 좀 전의 남자 같기도 하고 아닌 것도 같은 남자가 편의점 안을 서성이는 것이 보였다. 그는 편의점이 들어서 있는 건너편이 영영 닿을 수 없는 세계처럼 멀게만 느껴졌다.

부장은 어깨를 으쓱거리며 어제 오랜만에 때를 벗겼더니 온몸이 뻐근하다고 말했다. 그는 부장의 말뜻을 알면서도 모른 척했다. 때를 벗겼다는 말은 돈을 주고 오입을 했다는 말이다. 두 번이나 눌러주었다니까. 아침인데도 부장의 입에서는 마늘 냄새 비슷한 것이 풍겼다. 자네 오늘 공장에 좀 다녀와야겠어. 부장이 말했다. 공장에 문제가 생긴 모양이야. 자네가 직접 가서 확인하고 조사해봐. 무슨 문제냐고 그는 부장에게 물었다. 그걸 알면 내가 왜 자네를 보내겠나. 오늘 거래처 사람들과 미팅은 어떻게 하냐고 묻자 부장은 인상을 찡그렸다. 자, 어서 가서 챙길 거 있으면 챙겨가지고 바로 떠나게.

사무실에 들어가자 추자영 씨는 자리에 앉아 이제 막 컴퓨터를 켜고 있었다. 추자영 씨의 머리와 옷매무새는 아무 일도 없었다는 듯 단정하기만 했다. 그는 컵라면 두 개를 책상에 놓았다. 컴퓨터를 켜고 메일을 확인했다. 특별한 메일은 없었다. 잠시 후 한 통의 메일이 도착했다. 추자영 씨로부터 온 것이었다. 그는 메일을 열어 내용을 확인했다. 긴히 할 말이 있으니 점심시간에 그 장소에서 만나자고 하는 것이 내용의 요지였다. 그는 머리를 들어 추자영 씨의 자리를 쳐다보았다. 추자영 씨는 모르는 척 컴퓨터를 뚫어지게 쳐다보고만 있었다. 그는 곧바로 답장 메일을 보냈다. 갑자기 공장으로 내려가라는 부장의 지시로 인해 오늘은 곤란하다고 썼다. 전송확인을 누를 때 부장이 다가와 지금 뭐 하는 거냐고, 어서 챙길 거 있으면 챙겨가지고 빨리 공장으로 가라고 말했다.

부장은 추자영 씨를 시켜 그에게 회사법인카드를 지급하게 했다. 그는 추자영 씨로부터 카드를 건네받았다. 추자영 씨의 손톱에는 카키색 매니큐어가 칠해져 있었다. 그는 지하주차장에서 본 추자영 씨의 손톱에도 같은 색깔의 매니큐어가 칠해져 있었는지 떠올렸지만 잘 기억이 나지 않았다. 그는 형식적인 서류들을 몇 가지 챙겨 가방에 넣었다. 그 사이 추자영 씨로부터 한 통의 메일이 더 도착했다. 그럼 좀 전 약속은 없던 일로 해요. 문자에 왠지 차가운 감정이 실려 있는 것 같았다. 그는 부장에게 다시 한 번 인사를 하고 사무실을 빠져나왔다.

지하주차장으로 내려가기 전 그는 관리소를 다시 찾았다. 좀 전과 다른 남자가 앉아서 신문을 보고 있었다. 그는 자신의 일을 설명했다. 남자는 그 사람은 이 빌딩의 청소부인데 자신과는 아주 막역한 사이여서 잠시 자리를 비운 사이 관리소를 맡아달라고 부탁했었다고 말했다. 그리고 그 사람은 남의 돈을 가지고 도망을 칠 사람이 아니라고 덧붙였다. 그 사람이 지금 어디 있는지 아니면 연락처를 알 수 없겠냐고 묻자 남자는 그런 것은 가르쳐줄 수 없다고 잘라 말했다. 아무리 비천한 일을 하는 사람이라도 개인신상을 남에게 마음대로 폭로하는 것은 인권국가에서 용납할 수 없는 일이라고 목에 핏대를 세우며 설명했다. 그는 남자가 자신의 직업에 대한 열등감을 드러내기 위해 호시탐탐 기회를 노리고 있다가 마침 때를 만났다는 듯 지나친 과장과 비약으로 주장을 펼치고 있다고 생각했지만 달리 응수할 말도 떠오르지 않아 관리소를 빠져나올 수밖에 없었다.

지하주차장으로 내려가는 계단에서 그는 잠시 멈췄다. 추자영 씨와 남자가 격렬하게 키스를 한 계단에 주저앉았다. 발밑에 검은 기름 같은 것이 묻어 있었다. 손가락으로 그것을 찍어보았다. 미지근하고 끈적끈적했다. 냄새를 맡아보았다. 들큰한 막걸리 냄새와 흡사했다. 혀를 내밀어 맛을 보았다. 역시 들큰한 막걸리 맛과 흡사했다. 그는 반사적으로 위를 올려다보았다. 아무것도 없었다. 구두를 바닥에 비벼댔다. 일어나 지하주차장으로 내려갔다. 그의 차는 그새 누군가 밀어놓았는지 저만치 가 있었다. 먼지가 쌓인 유리창에 손가락 글씨가 쓰여 있었다. 죽어버려. 차를 몰고 주차장을 빠져나가려 할 때 그는 출구의 비상구 등이 정상적으로 켜져 있는 것을 보았다.

회사건물을 나와 첫 번째 사거리에서 유턴신호를 받았다. 편의점 앞에 차를 세우고 안으로 들어갔다. 여자 점원은 무료하게 앉아 컴퓨터화면을 바라보고 있었다. 그는 남자의 외양을 설명하며 만 원권 지폐를 천 원짜리로 바꿔 간 남자가 있었냐고 물었다. 점원은 귀찮다는 듯이 모르겠다고 고개를 흔들었다. 채 삼십 분도 지나지 않는데 어떻게 사람을 잊어먹을 수 있느냐고, 그리고 지금 이 시간에는 손님도 뜸하니 조금만 기억을 더듬으면 생각이 날 거라고, 그는 다그쳤다. 점원은 손에 잡고 있던 마우스를 팽개치며 일어나 자신은 출입국관리사무소 직원이 아니라, 일개 편의점 알바일 뿐이라고 항변했다. 제가 원하는 건 사람들의 얼굴이 아니라 그들이 내민 돈뿐이에요. 오히려 얼굴보다는 사람들의 손을 더 잘 기억한단 말예요. 그는 남자의 손의 생김새가 어땠는지 기억하려 했지만 헛수고였다. 그는 자신의 부주의를 책망했다. 그는 점원에게 미안한 마음이 들어 컵라면을 사서 구석에 있는 온수통 앞으로 갔다. 용기에 반쯤 물이 차자 더 이상 온수가 나오지 않았다. 온수통을 잡고 흔들어 물을 좀 더 부었지만 여전히 부족했다. 컵라면을 들고 카운터로 가려다 말고 그 상태로 먹어보기로 했다. 언제든 먹을 수 있는 컵라면이기에 한 번쯤은 물이 부족한 상태에서 먹어보는 것도 나쁘지 않다고 생각했다. 그는 컵라면을 두 젓가락만 먹고 쓰레기통에 버렸다. 대신 생수를 한 통 사가지고 밖으로 나왔다. 점원은 그에게 안녕히 가세요, 또 오세요, 라는 말도 하지 않았다. 차에 앉아 시동을 걸려던 찰라 그는 편의점 안에 검은 말이 있는 것을 보았다. 검은 말은 쓰레기통을 뒤져 그가 먹다 버린 컵라면을 먹고 있었다. 말의 코에서는 뜨거운 증기 같은 것이 뿜어져나왔다. 그는 고개를 흔들었다. 생수를 한 모금 마시고 즉시 자리를 떠났다.

　서울을 빠져나올 무렵 먹구름이 낀 하늘을 올려다보다가 그는 집으로 전화를 걸었다. 아무도 받지 않았다. 아내의 핸드폰으로 전화를 걸었다. 역시 받지 않았다. 음성사서함에 급하게 공장으로 내려가고 있다고, 자세한 이야기는 나중에 전화로 알려주겠다고 메시지를 남겼다. 핸드폰을 애처롭게 쳐다보면서 추자영 씨에게 전화를 걸어볼까 하다가 그만두었다. 우린 이미 끝난 사이가 아닌가. 차라리, 죽어버려요. 추자영 씨의 목소리가 환청처럼 귓속을 울렸다. 얼마 지나지 않아 그는 한 통의 전화를 받았다. 공장책임자였다. 다급한 목소리가 들렸다. 언제 오십니까. 언제 오십니까. 지금 내려가고 있다고, 무슨 일이냐고 그는 물었다. 책임자는 빨리 와달라는, 같은 말만 반복할 뿐이었다. 뒤미처 수화기 너머로 고함 소리와 무언가 부서지는 소리가 들렸다. 난동이에요. 여긴 전쟁입니다. 전쟁. 전쟁이라고요. 아. 야, 이 씨발 새끼들이. 갑자기 전화가 끊어졌다. 질 것이 분명한 상대의 멱살을 힘없이 움켜쥐듯 전화기를 손에 쥔 채 그는 인상을 구겼다. 전쟁이라니. 뒷좌석으로 전화기를 집어 던졌다. 운전을 하면서 양복 상의를 벗었다.

주유소로 진입하자 카고바지에 빨간 셔츠, 빨간 모자를 쓴 여자아이가 다가와 웃으며 인사를 했다. 그는 만땅이라고, 말했다. 아이는 만땅이라고, 크게 소리쳤다. 주유를 할 동안 그는 화장실로 들어갔다. 장기매매 스티커가 붙어 있었다. 누군가 벗겨 내려다가 포기한 듯 모서리 부분이 지저분하게 뜯겨져 나가 있었다. 그는 스티커를 손톱으로 벗겨 내려 애썼다. 생각보다 쉽지가 않았다. 주머니에서 집 열쇠를 꺼내 스티커를 긁어댔다. 종이가루가 지저분하게 일어났다. 손바닥으로 털어냈다. 이전보다 더 지저분해졌다. 그는 와이셔츠의 커프스단추를 빼고 소매를 걷었다.

돈을 받은 여자아이는 크리넥스 한 통을 주유사은품으로 주었다. 그는 그것을 받았다. 아이는 또 오시라고, 말했다. 녹색테이프로 감아놓은 백미러가 아이의 가슴을 가리켰다. 오늘 비가 올까요? 그의 물음에 아이가 잠시 망설이다가 하늘을 올려다보았다. 네? 올 것 같은데요. 안 왔으면 좋겠는데. 그는 자신의 마음도 그렇다는 뜻으로 아이에게 고개를 끄덕이곤 핸들을 돌렸다. 라디오가 고장 나 운전이 무척 무료하게 느껴졌다. 그는 차창 밖으로 한 팔을 걸친 채, 사랑한다고 내 마음을 다 주는 건 아니야, 라는 가사의 노래를 읊조리다가 그만두었다.

국도로 접어들자 졸음이 밀려왔다. 갓길에 차를 세웠다. 시동을 끄고 의자를 뒤로 젖혔다. 그의 몸도 따라서 젖혀졌다. 구두를 벗고 허리띠를 풀었다. 양손은 배꼽 부분에 놓고 눈을 감았다. 그는 잠이 든 것도 그렇다고 깨어 있는 것도 아닌 몽롱한 상태로 잠시 동안 있었다. 이상한 감각이 느껴져 눈을 떴다. 자지가 커져 있었다. 이런 일은 정말 오랜만이라고 그는 생각했다. 그는 지퍼를 내리고 자지를 끄집어냈다. 너처럼 한심하고 볼품없는 것은 처음 본다는 듯 내려다보았다. 손으로 귀두 주위를 만졌다. 손가락을 퉁겨 때려보기도 하고 살짝 비틀어보기도 했다. 자신의 자지가 자신과 무관한 별개의 사물로만 여겨졌다. 그는 엄지와 검지로 원을 만들어 귀두를 감싼 채 손을 움직이기 시작했다. 추자영 씨의 몸을 떠올리려 했지만 자신도 모르게 빨간 모자, 빨간 모자, 라고 중얼거렸다. 이것은 정말 무의미한 운동이다, 라고 생각할 때쯤 정액이 쏟아졌다. 주체할 수 없을 만큼의 양이었다. 정액이 흘러 그의 손은 물론이고 바지에도 묻었다. 그는 크리넥스를 뜯어 티슈를 사정없이 뽑아 자지와 그 주변을 닦았다. 그는 자신의 의식을 잠재우기 위해 손과 자지가 결탁해서 일을 꾸민 것이라고 생각했다. 그렇다면 자신은 결과에 승복할 수밖에 없다며 다시 눈을 감았다. 아주 오랫동안 깊은 잠에 빠졌다고 생각하며 눈을 떴지만 불과 십 분밖에 지나지 않았다. 그는 이마의 땀을 닦아내며 멍한 의식상태를 좀 더 멍하게 만들어도 좋겠다는 생각으로 간밤의 뒤숭숭한 꿈을 기억하려 애썼다.

　그는 누군가의 무덤 앞에 있었다. 무덤은 관리를 전혀 하지 않았는지 잡초와 들꽃들이 가득 피어 있었다. 그는 소주를 마시며 오징어다리를 씹었다. 취기가 오른 그는 무덤에 엎드려 울기 시작했다. 잡초를 손으로 움켜쥐며 서럽게 울어댔다. 울다 지친 그는 스르르 잠이 들었다. 뭔가 축축한 훈김이 얼굴을 뒤덮었다. 눈을 떴다. 검은 말 한 마리가 그의 얼굴을 핥으려 하고 있었다. 그는 놀라 뒤로 물러섰다. 말은 커다란 눈을 끔뻑이며 그를 쳐다보고 있었다. 말의 눈에 갇힌 그의 모습이 보였다. 잠시 후 말은 무덤을 파먹기 시작했다. 붉은빛의 황토를 우적우적 씹어 먹었다. 무덤이 반쯤 파헤쳐질 동안 그는 그 자리에 꼼짝없이 앉아 있었다. 등줄기를 흐르던 식은땀도 어느새 말라버렸다. 말은 허기를 채웠는지 목을 길게 빼고 울더니 무덤 아래로 내려가기 시작했다. 뒤를 돌아보는 법 없이 아주 천천히 내려갔다. 말이 사라질 때까지 시선을 놓치지 않았다. 그는 말이 폐허로 만든 무덤을 쳐다보았다. 흙을 손에 담았다. 축축했다. 냄새를 맡아보았다. 들큰한 막걸리 냄새가 났다. 말처럼 흙을 씹어 먹었다. 들큰한 막걸리 맛이 나면서 씹을수록 한 번도 맛본 적 없는 살덩이를 씹는 것만 같았다. 치아 사이사이에 흙이 끼었다. 그는 흉하게 벌거벗은 무덤을 바라보다 누군가의 죽음을 조롱하듯 비웃었다. 지렁이 몇 마리가 꿈틀거리며 황토를 뚫고 나오려고 했다. 무덤을 내려와 계곡으로 갔다. 물을 마셨다. 달고 맛이 좋았다. 옷을 벗고 계곡 물 속으로 들어갔다. 물은 몹시 차가웠지만 어떤 안락감이 느껴졌다. 물속에서 수음을 했다. 방사를 할 때 그는 길게 말 울음소리를 냈다. 허연 정액들이 물 위를 떠다니다 물에 흡수되어버렸다. 그는 물이 잉태할 자신의 자손들을 떠올렸다. 물속으로 잠수해 들어갔다. 잠수를 한 채로 헤엄쳐나갔다. 무언가 그의 발목을 잡아당기는 것이 있었다. 그는 벗어나려고 발버둥을 쳤지만 소용없었다. 그럴수록 자신의 몸이 점점 가라앉는다고 생각되었다. 몸 안에 물이 가득 찼다. 그는 일개의 물방울에 불과했다. 누군가 손을 대면 더 작은 물방울로 살아남으리라. 그는 물을 움켜쥐었다. 물의 가시들이 그의 피부를 깊숙이 찌르고 들어왔다. 그의 몸이 한없이 팽창되었다가 서서히 물에 녹아내렸다. 그는 물, 하고 소리를 질렀다. 그는 자신이 아무 소리도 들을 수 없고, 아무 말도 할 수 없다는 것을 알았다. 오로지 매캐한 향 냄새만 그의 코를 자극했다. 그는 발가벗은 채 불당에 누워 있었다. 그의 주위에는 비구니들이 모여 있었다. 그가 눈을 뜨자 비구니들이 오오, 하고 감탄을 했다. 이빨이 다 빠진 노승 비구니가 그의 오른쪽 팔을 들어 올렸다. 왼쪽 팔을 들어 올렸다. 오른쪽 다리를 들어 올렸다. 왼쪽 다리를 들어 올렸다. 머리를 들어 올렸다. 상체를 들어 올렸다. 그때마다 비구니들이 오오, 하고 같은 반응을 보였다. 그는 잠시 일어나 주위를 둘러보았다. 사방이 벽으로 되어 있고, 창과 문은 어디에도 보이지 않았다. 벽은 물론이고 천장에도 기이한 불화들이 그려져 있었다. 그중 그의 시선을 잡아끄는 것이 있었다. 말의 무덤이었다. 무덤 밖으로 말 머리가 나와 있었다. 남루한 옷차림의 부처가 검은 말을 억지로 말의 무덤가로 끌고 있었다. 그는 경악하며 팔을 들어 그림을 가렸다. 비구니가 그의 이마를 딱 때렸다. 그는 그대로 뒤로 자빠졌다. 의식이 있지만 몸을 움직일 수가 없었다. 비구니들이 그의 머리카락은 물론 그의 몸에 난 털을 다 깎아버렸다. 심지어 발가락과 손가락에 난 솜털까지 깎았다. 비구니들은 양파와 마늘 냄새가 뒤섞인 이상한 약초즙을 그의 몸에 발랐다. 끈적끈적한 점액질로 그의 몸이 뒤덮였다. 그는 자신이 삶과 죽음의 어느 경계에 있는지 가늠할 수 없었다. 이곳이 극락이거나 지옥인지도 알 수 없었다. 어쩌면 그는 너무나 현실적인 어느 풍경 속에 갇혀 있는지 몰랐다. 비구니들이 사라졌다. 불당 안의 촛불이 바람에 흔들리고 있다. 촛불의 그림자가 길게 늘어났다가 줄어들었다. 그는 몸을 움직일 수 없었다. 숲을 지키는 고목처럼 완전히 굳어버렸다. 바람에 대숲이 흔들리는 소리가 들렸다. 그는 산사의 풍경 소리를 들으며 낙엽을 쓸고 있었다. 낙엽을 쓸다가 문득 하늘을 올려다보았다. 한 방울의 빗물이 그의 이마에 떨어졌다. 그는 죽었구나, 라고 중얼거렸다.

그는 자신이 실제 그런 꿈을 꿨는지 알 수 없었다. 꿈을 기억하려고 들면 꿈은 전혀 이상한 방향으로 바뀌고 장면이 전환되었다. 추자영 씨의 말이 문득 떠올랐다. 난 당신을 만난 뒤로 한 번도 꿈을 꾼 적이 없어요. 이게 뭘 의미하는지 알아요? 그는 고개를 흔들었다. 그때처럼 그는 다시 고개를 흔들었다. 꿈 따위가 나를 괴롭히다니. 어디 한 번 괴롭혀봐. 괴롭혀봐. 충분히 괴롭힘을 당해줄 테니까. 현실이 얼마나 더 꿈 같은데. 꿈 따위가 현실을 조롱하다니. 그는 자기 자신에게만 고집을 부리는 사람처럼 얼굴을 찌푸렸다. 이 정도면 충분히 멍한 상태를 즐겼다는 듯 차의 시동을 걸었다.

공장이 있는 지방도시로 접어들자 비가 내리기 시작했다. 열려진 창문을 닫으려고 했지만 윈도버튼이 작동하지 않았다. 몇 번이고 눌러보았지만 소용없었다. 한두 방울 떨어지던 비는 불과 몇 분 만에 폭우로 변했다. 창밖으로부터 들이닥친 비에 그의 몸이 젖어들어갔다. 반은 젖고 반은 젖어가는 상태였다. 빗물에 앞이 잘 보이지 않았다. 와이퍼를 3단으로 내렸지만 빗물이 쌓이는 속도를 따를 수가 없었다. 뒷좌석에 놓여 있는 핸드폰이 울리기 시작했다. 맞은편에서 오는 차들이 그의 차에 빗물을 튀기며 지나갔다. 거대한 파도가 아가리를 벌리고 그의 차를 집어삼키려 하고 있었다. 그의 몸은 점점 물에 침식당했다. 이렇게 당하고 있을 수만은 없다. 그는 속력을 내 마주 오는 차들에게 빗물을 튀겨보려 했지만 쉽지가 않았다. 그럴수록 오히려 그의 차 쪽으로 빗물이 튀기는 것만 같았다. 그는 순간 자신의 삶에 환멸을 느꼈다. 이기려 하면 할수록 지고 마는 꼴을 그는 살아오면서 수없이 겪었다고 생각했다. 어느 순간부터 이기지 못하니 지는 척하고 사는 것이었다. 지는 것은 결코 이기는 것이 아닌데도, 그는 패배의 미덕을 자신의 삶의 목표로 삼아 살아가고 있던 것이다. 핸드폰이 저 혼자 요동치며 미친 듯 울어댔다. 그는 차를 세워야 한다고 마음을 먹으면서도 그럴수록 좀 더 속력을 내고 핸들을 좌우로 돌렸다. 빗물에 바퀴가 미끄러졌다. 순간 그의 차가 인도로 뛰어들었다. 브레이크를 밟았다. 주변에서 경적 소리가 요란하게 들려왔다. 자동차는 전신주를 박고 멈췄다. 그는 어떻게 된 상황인지 판단이 잘 서지 않았다. 차를 뒤로 빼려고 했지만 말을 듣지 않았다. 문을 열고 나왔다. 옆을 지나가던 차가 그의 전신에 빗물을 튀겼다. 구두 속은 이미 물로 질척거렸고 발목까지 물이 차 있었다. 차에 핸드폰을 놓고 내린 것을 알았지만 그는 길을 나섰다가 갑자기 비를 맞게 된 사람처럼 빠르게 걸어갔다.

그는 어느새 무언가에 쫓기는 사람처럼 달리고 있었다. 몇 개의 모퉁이를 돌아 더 이상 참을 수 없다는 듯 부영장, 이라는 낡은 간판이 걸린 여관의 문을 열고 들어갔다. 어디선가 낯익은 괘종 소리가 들렸다. 계단 옆에 있는 쪽문을 열고 중년의 여자가 얼굴을 내밀었다. 말상에다가 여자의 눈밑은 서늘할 정도로 검었고, 입술에는 핏기가 없었다. 쪽문 사이로 보이는 방 안에는 소주병과 화투장들이 나뒹굴고 있었다. 여자는 슬리퍼를 신고 밖으로 나왔다. 아랫도리까지 다 젖었네요. 여자가 서늘하게 웃으며 그를 위아래로 훑어보았다. 그는 칫솔과 수건이 담긴 쟁반을 들고 있는 여자의 뒤를 따라 쥐색 카펫이 깔린 계단을 밟아 올라갔다. 여자는 신발을 안에 두라고 당부한 뒤 돈을 건네받고 내려갔다. 그는 우선 옷을 벗었다. 와이셔츠와 바지, 속옷을 길게 펼쳐 바닥에 깔았다. 욕실로 들어가 뜨거운 물로 샤워를 했다. 물에 젖은 몸을 물로 씻어내고 있는 자신의 모습을 거울을 통해 보면서 그는 쓴웃음을 지었다. 모든 것이 항상 이런 식이었다. 물은 물로 씻고, 불을 불로 끄고, 기억은 기억으로 되돌리고, 꿈을 꿈으로 설명하고, 전쟁은 전쟁으로 끝내고. 수건으로 몸의 물기를 닦아내고 드라이어를 켜 몸의 구석구석을 말렸다. 겨드랑이와 사타구니의 털이 빠짝 말라 고기 타는 냄새를 피울 때까지 드라이어를 대고 있었다. '커피공주'라는 스티커가 붙은 소형

냉장고를 열고 생수를 꺼내 마셨다. 반쯤 마시고 나서야 물 밑에 앙금이 가라앉아 있는 것을 확인했다. 바닥에 깔린 담요 위에 몸을 눕힌 뒤 머리 위까지 이불을 뒤집어쓴 그는 옷들이 마를 때까지 이곳에서 나가지 않겠다고 생각했다.

옷이 다 말랐어도 그는 밖으로 나가지 않았다. 며칠이 지나도록 비는 멈추지 않았다. 텔레비전에서는 그가 있는 지역의 수해에 대해 집중보도를 하고 있었다. 칠 년 만의 최악의 물난리라고 했다. 그의 차가 물 위에 떠 있는 장면이 카메라에 잡히기도 했다. 화면자막에 보이는 사망 실종자명단을 유심히 살폈지만 자신의 이름은 보이지 않았다. 그는 크게 실망했지만 곧 평정을 되찾았다. 그는 하루에 한 번 여관주인이 올려 보내주는 식사를 했다. 인근 식당에 배달을 시키려 했지만 수해로 인해 그것은 불가능했다. 그는 매일 같은 국과 반찬으로 끼니를 때웠다. 된장국과 오이지뿐이었다. 그래도 불평 한 번 하지 않고 물 말은 밥과 곁들여 맛있게 먹었다.

어느 날 여관주인이 쟁반에 소주와 오징어를 담아가지고 올라왔다. 그는 술은 마시지 않는다고 단호히 거절했다. 여관 주인은 자신만 마실 테니 같이 있어주면 안 되겠냐고 사정했다. 여자는 소주를 병째로 마셨다. 여자의 권유에 못 이겨 그는 오징어다리를 씹었다. 소금에 절인 나무껍질을 씹는 것처럼 오로지 짠맛만 혀에 감길 뿐이었다. 여자의 눈이 조금씩 풀리고 있었다. 당신은 뭐 하는 사람이야. 여자가 갑자기 삿대질을 하며 큰 소리로 물었다. 여자의 셔츠가 어깨 밑으로 흘러내려 브래지어 끈이 보였다. 브래지어는 검은색이었다. 그는 잠시 생각하다가 글을 쓰는 사람이라고 대답했다. 글을 쓰는 사람이라면 종종 이렇게 여관에 처박혀도 별다른 의심을 받지 않을 거라고 그는 생각했다. 그는 여자가 자신을 더 궁지에 몰아넣기를 은근히 바라고 있었지만 여자는 모든 걸 이해한다는 듯 더 이상 묻지 않았다. 만약 여자가 글쓰는 사람이 왜 노트북은커녕 종이 한 장, 연필 한 자루 없냐고 따져 묻는다면 자신의 말을 번복하고 모든 것을 사실대로 털어놓을 생각이었다. 그러나 어디서부터가 사실이고, 어떻게 사실을 설명해야 하는가, 하는 난감함에 빠졌다. 오강에 앉아 변을 보는 사람처럼 그는 어색한 표정을 지었다.

소주병을 비운 여자는 그의 옆으로 다가왔다. 여자는 춥다고 말했다. 비가 오는 날이면 너무 추워요. 그는 이불로 여자를 덮어주었다. 여자는 곧 쓰러질 것처럼 위태로운 자세로 앉아 부정확한 발음으로 자신의 속사정을 이야기했다. 칠 년 전 그녀는 수해로 아들을 잃었다고 했다. 남편과는 이미 사별한 뒤여서 여자한테 믿을 것은 하나밖에 없는 아들뿐이었다. 지금처럼 비가 내리는 날 실종된 아들은 며칠 뒤 비가 그치고 나서야 찾을 수 있었다. 고통에 몸부림치던 여자는 점집 무당의 제안으로 아들의 시체를 발견한 곳에 식당을 차렸고, 장사가 잘돼 오 년 뒤 건물을 올려 여관으로 업종을 바꿨다. 그런데 이상하게도 몇 달에 한 번씩 여관에서 사람이 죽어나가기 시작하더니 외지에서 온 사람 말고는 아무도 여관을 찾는 사람이 없게 되었다. 여자는 서늘하게 웃으며 소리쳤다. 당신도 죽겠지. 죽어버려. 다 죽어버려. 부영아, 부영아, 불쌍한 우리 부영이.

그는 자신이 글을 쓰는 사람이라고 거짓말을 했듯이, 여자도 자신에게 거짓말을 하고 있는지도 모르겠다는 생각이 들었다. 그는 자신이 진정 글을 쓰는 사람이라면 여자의 삶을 글의 소재로 삼아도 좋은가, 그렇지 않은가, 하고 따져보았다. 아무 흥미를 느끼지 못할 진부한 이야기가 지지부진하게 펼쳐질 것이다. 누구도 펼쳐보지 않는 책의 등장인물처럼 여자는 울고 있었다. 그는 당장 자리에서 일어나 나가고 싶었지만 자신이 죽어야만 여기를 빠져나가게 될 것이라는 예감에 휩싸였다. 예감을 실현시키기 위해 그는 좀 더 두고 보기로 했다. 여자가 그의 옆으로 쓰러졌다. 추워요, 너무 추워요. 절 좀 안아주세요. 여자가 그의 팔을 들어 품속을 파고들었다. 그는 자포자기의 심정으로 여자를 안았다. 여자의 머리에서는 들큰한 막걸리 냄새 같은 것이 났다. 거칠게 숨을 내쉬던 여자는 손을 더듬어 그의 바지 지퍼를 내렸다. 여자의 손이 안으로 들어와 그의 자지를 움켜쥐었다. 여자의 몸이 물에 녹듯 밑으로 내려가더니 입을 벌려 그의 자지를 빨기 시작했다. 그는 축축한 공포감을 느꼈다. 여자의 혀가 감길 때마다 그의 자지는 점점 오그라들었다. 오그라든 자지 속으로 그의 이전 삶이 말려들어가는 것만 같았다. 없냐, 없냐. 여자는 소리를 내며 계속 그의 자지를 빨았다. 그는 자신의 의지와 무관하게 요도를 타고 뭔가가 빠져나가는 느낌을 받았다.

여자는 어느새 잠들어버렸다. 여자의 입은 여전히 그의 자지를 물고 있었다. 그는 슬며시 몸을 뒤로 뺐다. 여자의 입에서 누렇고 끈적끈적한 타액이 옆으로 흘러내렸다. 그는 말의 목을 부둥켜안듯이 여자의 머리를 감싸 쥐었다. 입을 벌려 여자의 머리를 깨물었다. 두 손으로 여자의 목을 움켜잡았다가 놓았다. 잊고 있었다는 듯 바짓주머니를 뒤져 이빨을 꺼냈다. 여자의 입을 억지로 벌려 이빨을 밀어넣었다. 일어나 창문으로 갔다. 창을 열자 얼굴로 비바람이 확 몰아쳤다. 그는 고개를 내밀어 바닥을 내려다보았다. 거리에는 차도 사람도 보이지 않았다. 오로지 지상을 뒤덮은 흙탕물만이 어디론가 흘러가고 있었다. 물살의 속도는 빨랐다. 저 물은 어디서 와서 어디로 흘러가고 있는가. 문득 그런 생각을 하는 사이 그의 시야 속으로 물속에 빠진 검은 말의 모습이 들어왔다. 말은 허우적거리며 급류에 저항하려고 애썼지만 역부족이었다. 검은 말이 길게 목을 빼고 울었다. 빗소리에 검은 말의 울음소리가 서서히 잠겼다. 말의 모습은 점점 멀어지고 있었다. 쫓아라. 구하라. 쫓아라. 구하라. 분노한 빗방울이 소리치며 방바닥으로 떨어졌다. 그는 서둘러 문을 열고 계단을 밟고 내려갔다. 맨발이었다. 일 층 바닥에는 이미 물이 새어 들어오고 있었다. 그는 여관 문 앞으로 가 문을 밀어젖히려고 했다. 열리지 않았다. 문이 잠겨 있었다. 그는 걸쇠를 풀고 힘껏 문을 열었다. 어디선가 낯익은 괘종시계 소리가 들렸다. 문틈으로 스며들던 물이 넘쳐 들어왔다. 순식간에 그의 하체는 물에 잠겼다. 그는 물을 헤치며 앞으로 나아갔다. 저 멀리 검은색의 물체가 꿈틀대며 사라지고 있는 것이 보였다. 그것이 검은 말인지, 아닌지 그는 확신할 수 없었다. 불확실한 확신 속에서 그의 몸은 점점 물에 잠기고, 무력해져만 갔다. 그럴수록 정신이 또렷해지고 눈앞의 모든 것이 선명하게 드러났다. 거대한 물기둥이 곳곳에서 소용돌이치며 그를 막고 있었다. 그는 언젠가 꿈에서 이런 비슷한 상황을 겪었다고 생각했지만 그것이 언제였는지 도무지 기억이 나지 않았다. 기억이 나지 않는 것은 애써 기억하지 말아야 한다. 그는 일체의 생각을 중단했다. 지금 그가 할 수 있는 일이란 오로지 흘러가는 물살에 몸을 맡기는 동시에 물을 뚫고 가는 것뿐이었다. 그는 처음으로 자신이 살아 있음을 느꼈다.

삶의 환영을 통과하는 검은 말의 질주

상황은 주인공이 그날 아침의 첫 일과로 치매에 걸린 어머니의 방에서 요강을 들고 나오는 지점에서 시작된다. 양치질을 하다 사랑니가 빠져버린 작은 사고를 제외하곤 그날도 여느 날처럼 별 탈 없이 시작된 하루였다. 그러나 식탁에 앉아 토스트를 먹고 있던 주인공이 문득 베란다 창으로 돌진해 오고 있는 검은 말 한 마리의 환영을 본 이후 일상의 아귀는 조금씩 뒤틀리기 시작한다. 박살 나버린 자동차의 백미러는 그 전조에 불과했다. 박살 난 백미러를 녹색 테이프로 보기 좋게 고정시킨 자신의 솜씨에 만족해하며 출근길에 오른 그의 앞에는 녹색 테이프 정도로는 해결할 수 없는 기이한 일들이 마치 스멀스멀 올라오는 정체 모를 검은 연기처럼 연속해서 그의 일상 속으로 침투해 들어오기 시작한다. 차는 이상하게 그날따라 한 번도 안 막히고 늘 듣던 라디오는 주파수가 잡히지 않으며, 윈도버튼은 작동

하지 않는 등 일상의 익숙한 동선을 뒤흔드는 균열의 조짐은 도처에 존재한다. 그렇다면 균열은 어쩌면 그날 아침 그의 이빨이 빠지던 작은 사고에서부터 이미 시작된 것이 아닐까? 혀로 훑치자 경미한 통증이 느껴지던 그 구멍 난 잇몸은 마침내 주인공을 그 구멍 속으로 끌고 들어갈 걷잡을 수 없는 난파難破의 불길한 암시가 아니었을까? 어쩌면 그날 출근길, 아침에 빠진 이빨을 굳이 자신의 양복 호주머니에 챙겨넣은 시점부터 그는 윗니와 아랫니의 아귀가 견고하게 맞물려 나날의 음식물을 씹어대던 가지런하고 질서정연한 이齒의 세계로부터 빠져나와버린 것인지도 모른다. 사랑니가 빠진 뒤 그가 베란다로 돌진해 오는 검은 말의 환영을 본 순간부터 그는 이미 죽음을 향해 돌진해가는 검은 말의 등 위에 올라타버린 것이다.

그러나 작가의 말처럼, 그에게 닥쳐오는 이 모든 기이한 균열의 조짐 속에서 "어쩌면 그는 너무나 현실적인 어느 풍경 속에 갇혀 있는지" 모른다. "현실이 얼마나 더 꿈 같은데"라는 작품 속의 구절처럼, 현실이라는 저 끈질긴 환상으로 지탱되는 삶의 견고한 질서가 어느 날 이빨 하나가 빠져나간 작은 균열 속으로 침투해 들어온 검은 말의 환영과 맞닥뜨리자 여기저기 고장을 일으키며 서서히 괴물과도 같은 기이한 환영으로 변해버리는 너무나도 생생한 죽음의 풍경 말이다. 고장 난 윈도버튼 때문에 닫히지 않는 창문으로 빗물이 쏟아져 들어오고 그가 빗물투성이의 몸으로 여관에 투숙하는 지점에서 검은 말 등에 올라탄 그의 궤도이탈은 정점에 이른다. 마치 창세기의 대홍수처럼 오랫동안 멈추지 않는 비는 작품의 마지막에 거대한 물기둥이되어 그와 검은 말 모두를 휩쓸어버린다. 검은 말의 환영으로 시작된 죽음의 불길한 조짐은 마침내 모든 것을 휩쓸어가는 물기둥과 함께 최종적인 파국에 이르고 그 지점에서 "그는 일체의 생각을 중단"한다. 일체의 생각이 사라진 지점에서 남은 것은 오직 물살의 흐름에 반응하는 그의 몸뿐이다. "지금 그가 할 수 있는 일이란 오로지 흘러가는 물살에 몸을 맡기는 동시에 물을 뚫고 가는 것뿐"이며, 이 순간 작품은 "그는 처음으로 자신이 살아 있음을 느꼈다."는 진술을 토해낸다. 죽음은 곧 삶이고 파국은 동시에 정화였던 것. 그리하여 검은 말을 타고 삶 속에 넘실대는 죽음의 환영을 통과해 온 주인공이 자신을 삼켜버릴 거대한 물의 무덤 한가운데서 진정으로 살아 있는 삶의 생생한 얼굴과 맞대면하는 작품의 마지막 문장은 작품의 첫 구절인 "살다 보면 아무도 모르는 곳에서 인생을 다시 시작하고 싶을 때가 있다. 그때 비로소 인간은 죽음이 뭔지 알게 된다."라는 문장으로 되돌아간다.

루 디

박민규

1968년 울산 출생.
2003년 『문학동네』 등단.
소설집 『카스테라』. 장편소설 『지구영웅전설』
『삼미 슈퍼스타즈의 마지막 팬클럽』 『핑퐁』 『죽은 왕녀를 위한 파반느』.
〈한겨레문학상〉 〈이효석문학상〉
〈황순원문학상〉 〈이상문학상〉 등 수상.

루디

    알래스카의 팍스 하이웨이parks highway를 달려본 사람은 알 것이다. 차를 모는 일이 때로 사람을 미치게 한다는 사실을. 캔트웰에서 아침을 먹고, 굳이 페어뱅크스까지 차를 몰고 간 것이 실수라면 실수였다. 뭘 봤지 보그면? 스스로에게 묻는다면 우박만 실컷 맞았다네, 가슴을 치며 답할 것이다. 산과 산... 강... 길... 나무... 하늘... 지긋지긋한 눈앞의 산이 디날리인지 맥킨리인지도 이젠 관심 밖이었다. 두어 시간 전부터 그랬다. 그나마 아침을 먹으며 본 컬링* 경기가 떠올라... 더 정확하게는 캐나다팀의 서드를 보던 낸시 코웰을 떠올리며 나는 차를 몰고 있었다. 잔뜩 긴장한 채 스톤을 밀던 그녀의 엉덩이를 못 봤다면, 다시 캔트웰에 이르기도 전에 나는 우울증에 걸렸을지도 모를 일이다.

---

* 컬링curling: 빙상에서 평면으로 된 돌(컬링스톤)을 빗자루 형태의 솔(브룸)로 미끄러지게 해 득점을 겨루는 경기. 한 팀은 네 명이며 두 조로 나누어 진행한다.

타임 투 잇에서 토스트를 먹는 동안에도 내겐 두 가지 생각이 전부였다. 딱 내 타입인 낸시 코웰의 엉덩이, 그리고 빨리 앵커리지로 돌아가고 싶다는 간절한 소망. 그래, 하고 나는 중얼거렸다. 험피스에서 연어 요리만 맛보고 일찌감치 뉴욕으로 돌아가는 거야! 곧바로 운전이라는 미친 짓을 재개한 이유는 그래서였다. 다시 이어지던 산과 산... 나무... 길... 졸음이 밀려오기 시작했다. 전나무 사이의 도로를 마치 스윕*을 하듯 바람이 불고 있었고, 내 차는 낸시가 떠민 스톤만큼이나 느린 속도로 그 위를 달리고 있었다.

그 남자가 서 있는 모습을

멀리서부터 볼 수 있었다. 로라호수를 끼고 쭉 뻗은 직선도로가 이어졌으므로, 대략 반 마일 전부터도 사람이 서 있다는 걸 알 수 있었다. 몇 번이고 나는 찢어지게 하품을 하던 중이었고, 차라리 차를 세우고 잠시 눈이라도 붙일까 고민하던 참이었다. 느슨한 자세로 선 남자의 손에... 라이플이 들려 있는 것도 보았다. 그저 사냥을 나온 사람이겠거니 신경도 쓰지 않았다. 배경의 산이며 나무... 알래스카의 분위기에 나는 너무 오래 휩싸여 있었던 것이다.

탕.

사내가 총을 겨눈 것은 한순간이었다. 총성을 들으며 브레이크를 밟은 것도, 총을 맞은 것은 아닌데 총을 맞은 듯 정신이 나간 것도 한순

---

* 스윕sweep: 컬링에서 스톤의 진로를 쓸고 닦는 동작.

간이었다. 총구는 분명 차를 향해 있었고, 이제 그것은 나를 겨냥하고 있었다. 사냥모자를 눌러쓴 백발의 남자였다. 놀랍도록 무표정한 얼굴과 까만 조약돌 같은 두 눈을 마주한 순간, 허벅지 왼쪽이 축축해진 것을 알 수 있었다. 오줌이었다. 총구의 끝이 좌우로 움직였다. 바보가 아닌 다음에야 그것이 내려, 라는 말임을 알 수 있었다. 시동을 끄고... 최대한 시간을 끌며 나는 차에서 내려섰다. 한여름의 도로인데도 마치 눈길인 듯 미끄럽다는 기분이 들었다. 애써 다리에 힘을 주며 나는 두 손을 들어올렸다. 제발, 이란 말은 할 수 있었는데 살려달라는 말은 입 밖으로 나오지 않았다. 그 순간 주위의 풍경이 놀랍도록 참신하고 거룩하게 느껴졌다. 새삼스레, 그랬다.

쌌나?

라고 그가 물었다. 나는 고개를 끄덕였는데, 고개보다는 턱을 덜덜 끄덕이는 기분이었다. 아래를 내려다보면 정말이지 떨어진 턱뼈와, 임플란트 시술을 잘 마친 가지런한 어금니들을 볼 수도 있을 것 같았다. 이름이 뭐야? 그가 물었다. 보... 보그먼. 미하...엘 보그먼. 어금니가 없는 인간처럼 나는 중얼거렸다. 독일놈이군, 하고 사내는 침을 뱉었다. 아니 미국인이오, 말을 했지만 새겨듣지도 않는 눈치였다. 스페어 있지? 가래를 끓이며 사내가 물었다. 아, 예라고 답하자 뭉친 가래를 뱉으며 놈이 말했다. 갈아! 그제서야 폭삭 주저앉은 오른쪽 앞바퀴를 볼 수 있었다. 떨어진 턱뼈며 어금니가 보이지 않은 게 그나마 다행이었다.

쟈키를 받치고 나는 타이어를 갈기 시작했다. 그사이 놈은 유유히 담배를 피우거나 툭, 총구를 내 뒤통수에 갖다 대고는 했다. 제발 한 대의 차라도 지나가길 빌면서 나는 열심히 나사를 돌렸다. 끝났어? 놈이 물었다. 아, 아직입니다. 가래 끓는 소리가 간간히 들려왔다. 놈은 작업을 재촉하지도 않았고, 아무런 두려움도 없는 기색이었다. 에스키모와 탱고를 어쩌고* 하는 노래를 흥얼거리기까지 했다. 짧은 노래였다. 작업도 곧 끝이 났지만 차는 한 대도 오지 않았다. 끝...났습니다, 라고 내가 말했다. 삐딱허니 담배를 문 채 놈은 그저 고개만 끄덕일 뿐이었다. 그제야 놈을 제대로 볼 수 있었다. 운전석에서 봤을 때보다 키가 컸고, 누구도 몽타주를 그릴 수 없을 만큼 평범한 얼굴이었다. 놈은 내 주위를 한 바퀴 돌았고, 뒤춤에서 휴대폰을 뽑아 멀리 던져버렸다.

똥은 안 마려워? 놈이 물었다.
예? 축축한 바지를 입고 선 채 나는 스스로의 귀를 의심했다.
똥 말이야 똥. 몰라?
아... 괜찮습니다.
여기서 싸고 가. 가다가 징징대지 말고.
정말 괜찮습니다. 어젯밤에도 많이 눴구요(내가 왜 이따위 소리를 해야 한단 말인가.).
미리 싸라니까.
안 나옵니다. 진짭니다.
고집불통이구만 진짜(그러면서 놈이 총을 들이밀었다.).

---

* 알마 코건Alma Cogan의 노래 「에스키모와 탱고를 추지 마세요Never Do A Tango With An Eskimo」.

도대체 무슨 일이 일어난 건가. 한참을 생각해도 알 수 없었다. 총성과... 갑자기 쏟아지는 피를 보았으나... 알 수 없었다. 가솔린이라도 끼얹은 듯 갑자기 귀 언저리가 뜨겁게 불타올랐다. 오 마이 갓. 귀가 만져지지 않았다. 40년 넘게 그 자리에 붙어 있던 귀가... 왼쪽 귀가... 스페어도 없는 내 귀가... 사라진 것이었다. 그대로 주저앉아 나는 온몸을 덜덜 떨었다. 우스꽝스런 동물의 울음 같은 것이 흐느적 내 입에서 흘러내렸다. 쉭, 쉭 그런 소리가 새어나오기도 했다. 어쩌나 길고 끈적한 울음인지, 자랄 대로 자란 촌충寸蟲 한 마리가 입에서 기어나오는 기분이었다. 오열이 멈출 때까지 놈은 가래나 끓으며 나를 빤히 바라보았다. 그리고 말했다. 저기서 싸. 총구가 가리킨 곳은 등 뒤의 자그마한 잡목 아래였다. 나는 이미 넋이 나가 있었다. 어기적어기적, 두 발짝 거리의 잡목 앞으로 걸어가 축축한 바지를 내리고 앉았다. 이상한 일이었다. 곧바로 똥이 쏟아졌고, 굉장한 양이었다.

하여간에, 하고 지저분한 천조각을 던져주며 놈이 말했다. 거짓말이 습관이라니까! 천에서는 고약한 냄새가 풍겼고, 여기저기 누런 기름때가 번져 있었다. 천의 양끝을 잘 접어, 어쨌거나 깨끗해 보이는 쪽으로 나는 천천히 뒤를 닦았다. 그리고 혹시나... 귀를 찾아보았다. 보이지 않았다. 대체 무슨 일이 일어난 거지? 정신을 차려야 한다고 나는 어금니를 깨물었다. 침착해라 보그먼, 돌아가신 아버지의 목소리가 자상하게 들려왔다. 한쪽 귀가 사라진 이 순간에도... 들려온 것이다. 아아악. 비명을 지르고 난 후에야, 또 무슨 일이 벌어졌는지를 알 수 있었다. 작은 위스키병을 꺼낸 놈이 귀가 떨어져나간 그 자리에 소변이라도 보듯 위스키를 붓고 있었다. 나도 아버지도 술이라면 질색이었다.

왜 일을 어렵게 만들지? 놈이 말했다.

뭐가... 말입니까? 울면서 내가 물었다.

봐, 뱃속에 전부 똥이었잖아.

몰랐습니다... 정말입니다.

늘 그 소리지, 하며 놈이 가래를 뱉었다.

나는... 하늘을 보았다.

옷이나 입어, 똥구멍 냄새 지독해. 울며, 또 가쁜 숨을 몰아쉬며 나는 바지를 끌어올렸다. 앵커리지에서 구입한 A&F*의 지퍼를 올리는 순간, 멍하니... 지퍼에 새겨진 무스**의 음각을 바라보던 그 순간 이루 말할 수 없는 수치심과 분노가 한꺼번에 밀려들었다. 왜, 도대체 왜... 생각할수록 분노가 치밀었다. 이런 순간을 맞기 위해 예일을 졸업했단 말인가. 경제학을 전공하고... 꼬박꼬박 세금을 납부했단 말인가. 동물보호협회에... 또 뉴욕경제인연합이 주최한 모피 반대 캠페인에 내가 낸 기부금이 얼마였던가... 지혜를 짜야 한다고 나는 생각했다. 총만 뺏을 수 있다면, 총을... 하는데 목과 어깨 사이에 극심한 통증이 밀려왔다. 뭐 해, 말뚝 설 거야? 놈의 손아귀였다. 뉴욕의 증권가에선 100년을 근무한다 해도 접하지 못할 악력이었다. 나는 또다시 비명을 질렀고... 놈이 손을 풀었을 땐 이미 쇄골에 금이 간 느낌이었다. 오른팔을 들 수도 없었다. 쉭, 쉭 소리가 또다시 새어나왔다. 귀가 떨어져나갈 때보다 더한 고통이었다. 안일한 새끼, 하고 뭉친 가래를 뱉으며 놈이 말했다. 원하는 게 뭘까? 도대체 무슨 짓을 하려는 걸까? 짐작도 가지 않았다. 그저 쿡, 쿡 등을 떠미는 총구의 지시를 따를 수밖

* 미국의 의류메이커Abercrombie & Fitch
** Moose : 북미산 큰 사슴

에 없었다.

　다시 운전석에 앉아야 했다. 놈은 품속에서 권총을 꺼내 들었고, 유
유히 뒷자리에 라이플을 내던지고는 조수석에 올라탔다. 하, 하고 놈
이 한숨을 쉬었다. 그사이 곁눈질로 나는 놈의 눈치를 살폈다. 또래로
보이긴 했지만 좀처럼 나이를 가늠할 수 없는 얼굴이었다. 무엇보다
저 눈동자... 초점이 없고, 이상하리만치 반짝이는 두 눈에서 나는 공
포를 느껴야 했다. 또다시 한숨을 쉬며 놈이 말했다.

　갈 길이 멀다는 거 알지?
　어디로 말입니까?
　일을... 또 어렵게 만드네, 놈이 권총을 들이밀었다.
　아, 알 것 같습니다.
　알면서... 왜 그래?

　관자놀이를 누르던 총구가 서서히 멀어져가는 걸 느낄 수 있었다.
어쩔 수 없이, 그래서 시동을 걸어야 했다. 침착하자 보그면... 머리를
써! 보그면... 눈앞의 풍경을 바라보며 나는 끝없이 스스로에게 속삭였
다. 그 순간 아무런 이유 없이 미치도록 쇼팽이 듣고 싶었다. 이 미친
놈에게서 살아 돌아갈 수만 있다면, 말이다. 나는 지그시 입술을 깨물
었다. 저녁이 가까워진 알래스카의 산들이 더없이 음산하게 눈앞에 펼
쳐졌다. 알래스카는 어떠세요? 머릴 식히기엔 그만인데. 제시카 심
슨... 돌아가면 당장 그 개년을 해고할 생각이다. 아니, 이성을 찾자 보
그면.

얼마나 시간이 지났을까? 한참을 달렸는데도 놈은 아무런 말도 하지 않았다. 반쯤 창을 내리고 놈은 끝없이 가래를 끓이거나, 뱉거나 했다. 그리고 담배, 또 담배... 에스키모와는 어쩌고 하는, 노래... 에스키모와는 탱고를 추지 말라고. 워찌 사우스 캐롤라이나의 여인이 알래스카의 에스키모와 춤을 춘다는거? 노우~ 절대 안 되지라! 차라리 베네수엘라의 뱃사공이랑 춤추는 게 낫지, 에스키모와 탱고춤은 노! 노! 노우~ 망할 놈의 노래를 부르는 사이에도 놈은 끝없이 가래를 끓여댔다. 미칠 것만 같았다. 상한 우유에 콘프레이크를 잔뜩 부어 마시면 겨우 흉내라도 낼 법한 목소리였다. 그리고 뚝 노래가 멈추었다. 놈은 가래를 끓이지도 않았고, 빤히 나를 바라보는 눈치였다. 그 시선을... 느낄 수 있었다. 갑자기 찾아온 침묵이 얼마나 낯설고 두려웠는지 모른다. 딱딱 어금니를 부딪으며 나도 모르게 돈은, 이라는 말이 튀어나왔다.

얼마든지 드리겠습니다.
돈? 하고 놈이 물었다.
예, 돈!
돈 많아?
뉴욕서 작은 금융회사를 운영하고 있습니다. 이래 봬도 부사장입니다.
필요 없는데.
필요 없어도 드리겠습니다. 살려만 주신다면.
관자놀이가 아플 정도로 총구를 갖다 대며 놈이 말했다.
너 이 새끼... 날 상대로 이자놀이 하려는 거지.
아닙니다, 절대 아닙니다.

눈물과 콧물이 범벅된 채 나는 울먹였다. 제발 살려주십시오. 원하시는 게 뭔지... 그저 여행을 왔을 뿐입니다. 봄에 이혼을 하고... 이런저런 일들이 많았어요. 머릴 좀 식혀야 했고... 휴식이 필요했습니다. 실은 불행한 인간입니다. 제발... 부디... 어깨가 다시 아파왔다. 덜덜 턱을 떨 때마다 어깨도 함께 힘없이 덜렁이는 느낌이었다. 알아 알아, 그 얘긴 그만해... 짜증을 내며 놈이 말했다. 뭘 안단 말인가. 도대체 뭘... 허탈과 공포가 함께 치밀어올랐다. 그리고 귀가, 아니 귀가 있던 자리가... 말할 수 없을 정도로 따끔거렸다. 총구를 거두며 놈이 물었다. 두려워? 어떤 선택을 해야 하나 잠시 고민했지만, 결국 사실을 얘기했다. 두렵습니다.

그사이 마주 오는 한 대의 트럭을 보았지만 아무런 요청도 할 수 없었다. 고함을 치건 어쩌건 옆자리의 총보다 빠른 구원은 존재하지 않는다, 그런 생각이 들어서였다. 멀어져가는 트럭을 바라보며 나는 입술을 깨물었다. 지독한 악취가 허벅지에서 올라오기 시작했다. 오줌이 마르는 냄새였다. 정신을 차리자 보그면, 벌처럼 눈을 쏘아대는 지린내 속에서 나는 또다시 입술을 깨물었다. 다른 방법은 없을까, 궁리도 해보았다. 그럴듯한 영화에선 갑자기 핸들을 꺾는다거나 브레이크를... 그러나 그런 일이 현실에서 가능할지도 의문이었다. 옆자리의 총에 비해 구원은 멀리... 정말이지 뉴욕쯤에나... 저 자유의 여신상 아래에나 깔려 있는 게 아닐까, 생각이 들었다. 그래서 그런 글귀를 새겨놓았나?

고단한 자들이여
가난한 자들이여

자유로이 숨 쉬고자 하는 군중들이여
내게로 오라*

엠마 라자루스의 시를 나는 떠올렸다. 왜 구원은 고난에 빠진 이를
찾아와주지 않는 것인가. 왜 모두에게 직접, 제발로 걸어오기만을 요
구하는 것인가... 그나저나 우선 놈의 의도부터 파악해야 한다고 나는
생각했다. 왜... 도대체, 왜? 그리고 갈 길이 멀다니... 대체 어디로 가
겠다는 것인가... 알 수 없었다. 두렵겠지, 하고 놈이 중얼거렸다. 세상
을 끌고 가는 게 쉬운 일은 아니니까... 그거 알아? 뭉친 가래를 퉤, 앞
유리에 뱉으며 놈이 말했다. 두렵긴 나도 마찬가지란 거... 그래도 함
께 가주겠다는 거야. 암, 이자놀이를 당해주면서도 말이지. 미친놈,
하고 나는 울면서 속으로 중얼거렸다.

두려움을 잊기 위해 제일 좋은 방법이 뭔지 아나? 놈이 물었다.
모릅니다.
구구단을 외는 거지. 해본 적 있나?
없습니다.
이런 이런, 그걸 해본 적 없다니. 자, 내가 먼저 물어줄게. 3×4?
...12(이건 또 뭐란 말인가.).
굿, 이젠 나한테 물어봐. 얼마든지 물어보라구, 퉤!
2×3?
6(시무룩한 목소리였다.). 무시하지 말고 좀 어려운 걸 물어봐.
죄송합니다. 6×7?

---

* 자유의 여신상 주춧돌에 새겨져 있는 詩 「새로운 거상The New Colossus」의 일부.

42. 또, 또 얼마든지!

9×8?

78. 계속 해보라구, 얼마든지 말이야.

7×9?

57. 또, 또 덤벼보라구.

8×8?

72. 또, 그게 다야?

12×8?

음... 106!

와우, 하고 나는 엄지를 치켜들었다. 용기가 필요한 행동이었다.

흐흐, 하고 놈이 웃었다.

나도 따라 웃었다.

어째 두려움이 가시지 않나? 놈이 물었다.

간뎅이가 붓는 기분인걸요. 평생 한 번도 쓴 적 없는 말투로 나는 맞장구를 쳤다.

놈이 낄낄거렸다.

따라 웃었다. 여러모로... 그래야 한다고 생각했다.

웃으니까, 하고 놈이 말했다.

보조개가 들어가네?

그렇습니까? 하고 나는 웃음을 삼켰다. 그리고 보았다. 놈의 웃음을... 어찌나 해맑게 웃는지 짜다 만 여드름이며 보이스카웃 배지가 없다는 게 이상할 정도였다. 게다가 그, 눈꼬리의 주름이란! 두려움이 가시니까 얼마나 좋아, 안 그래? 놈이 물었다. 예, 쓴웃음을 짓긴 했으나 실은 두려움에 머리가 돌아버릴 지경이었다. 뭐 하는 놈일까. 그리고 왜, 정말이지 왜! 머리를 써 보그면... 나는 다시 속으로 중얼거렸다. 음악을 좀 틀까요? 내가 물었다. 좋지, 기분이 좋아진 목소리로 놈이 답했다. 나는 라디오를 틀었다. 쉽게, 가장 선명히 잡힌 채널에서 조지 벤슨이 흘러나왔다. 노래를 들으며, 한 시간은 더

　길을 달렸을 것이다. 여전히 가래를 뱉긴 했지만 놈은 제법 기분이 좋아진 표정이었다. 몇 마디 농을 건네오기도 했다. 열심히 나는 맞장구를 쳐주었다. 아니, 실은 눈물이 날 만큼이나 그 농담이 반가웠다. 말하자면 '일'이, 놈이 말하는 그놈의 일이 비교적 쉽게 돌아간다는 느낌이 들어서였다. 조금씩 나도 안정을 찾고 있었다. 아니, 이쪽으로! 길을 안내하는 놈의 음성도 한결 부드러운 것이었다. 왼손을 핸들에 얹은 채 나는 끊임없이 얘기를 늘어놓았다. 내가 아는 가장 재밌는 얘기들을, 또 내가 아는 가장 음란한 얘기들을... 솔깃, 하는 놈의 반응을 살펴가며 또 머릿속으론 끝임없이 탈출의 시나리오를 그려보고 있었다. 머리를 써 보그면! 아버지의 목소리가 또다시 들려왔다. 라디오에선 다이안 슈어의 노래가 흐르고 있었고, 가물가물 2마일 정도 앞에 서 있는 작은 주유소의 간판이 눈에 들어왔을 때였다. 그런데 지금... 하고 놈이 물었다. 우리에게 가장 필요한 게 뭔지 아나?

　갑작스런 질문이었다.

　모릅니다.
　뭐? 하고 놈이 나를 바라보았다.
　아, 아니 그게 아니라...
　생각을 하란 말이야, 생각을 좀!

별안간 놈이 아픈 어깨를 총으로 내려찍기 시작했다.

아악, 비명을 지른 것도 한순간이었다.

쫌!

쫌!

쫌!

쫌!

세 번째 이후로는 쓱 쓱, 소리도 나오지 않았다.

핸들에 얼굴을 묻고 나는 온몸을 떨고 있었다. 브레이크를 밟은 오
른발에도 더는 힘이 들어가지 않았다. 서서히 미끄러지는 차에 앉아
나는 하마터면 정신을 잃을 뻔했다. 고개 들어 새끼야. 총구를 갖다 대
며 놈이 말했다. 들 수 없었다. 끝까지 일을 어렵게 만드는구만. 철컥,
소리가 남은 한쪽 귀를 관통해 지나갔다. 젖 먹던 힘을 다 짜내 나는
고개를 들어올렸다. 겨우 핸들에 손을 얹고, 브레이크를 밟았다. 내가
아는 건 오직 한 가지였다. 그 망할 놈의 '일'을 어렵게 만들어선 안
된다는 것.

그 얼굴을... 지옥에 가서도 잊지 못할 것 같았다. 놈은 빤히 나를
노려보았고... 울고 있었다. 줄줄 눈물을 흘리면서 사과해, 하고 놈이
말했다. 니가 생각을 안 하니까... 생각이라곤 요만큼도 안 하니까...
사람이 불안해 살 수가 없잖아 새끼야, 라고도 했다. 정말로 분해 견딜
수가 없다는 얼굴이었다. 주여, 하고 나는 속으로 기도를 올렸다.

죄송합니다, 하고 나는 말했다. 정신을 바짝 차리겠습니다, 라고도
했다. 죽은 후에도 이 기억이 남아 있다면, 지옥의 어떤 악마라도 만

만해 보일 것 같은 얼굴이었다. 아니, 어쩌면 악마의 얼굴도 실은 매우 평범한 것일지 모른다고 경련을 일으키며 나는 생각했다. 늘 그 소리... 괴롭다는 듯 중얼거리며 놈은 가래를 뱉었다. 앞 유리가 아니라 내 얼굴을 향해서였다. 많은 양의 가래는 아니었지만 황산이 떨어진 듯 영혼이 아파왔다. 잘못했습니다. 가래를 닦으며 나는 힘없이 중얼거렸다. 니가 하는 말은 전부 변명이란 걸 알아둬, 개새끼! 한 번 더 가래를 뱉으며 놈은 말했다. 마일스 데이비스의 연주가 시작되고 있었다.

등받이에 목을 기댄 채 나는 꼼짝을 할 수 없었다. 모든 의지가 사라진 느낌이었다. 느리고 자욱하게 담배를 피워 문 채 놈도 말없이 전방을 응시할 뿐이었다. 바람이 불어왔다. 에이미와 이니드. 두 딸의 얼굴이 눈앞에 아른거렸다. 에이미가 여섯 살, 이니드가 네 살이던 시절도 생각이 났다. 작은 풀장이 딸린 정원과... 튜브를 밀어주고 물장난을 치던 기억도 떠올랐다. 참으로 귀여운 아이들이었다. 그리고 아직... 아버지가 살아 계시던 때였다. 어딘지 알 수 없는 낯선 길 위에서, 나는 처음으로 죽음을 직감하고 있었다. 쇼팽이 듣고 싶었다. 담배를 문 채

느닷없이 놈은 지진' 얘기를 늘어놓았다. 요약하자면 어렸을 때 큰 지진을 겪었는데 자신은 그 속에서 살아남은 아기였다는 것이다. 그래서 뭐가, 어쨌단 말인가. 나는 대꾸도 하지 않았다. 톱이 있다면 스

---

* 1964년 일어난 알래스카 대지진을 말하는 것이다. 진도 9.2의 강진이었으며 예수가 십자가에 못 박힌 사건을 기념하는 성 금요일Good Friday에 일어났기 때문에 '굿 프라이데이 지진'으로 불리기도 한다. 북미 역사에 기록된 가장 강력한 지진이었다.

스로 팔을 잘라내고 싶을 만큼 어깨가 아팠기 때문이며, 구원을 받았느니 어쩌니 하는 얘기 따위에 귀를 기울이고 싶지도 않았다. 놈은 완벽하게 미쳤다. 어차피 내 목숨은 노력과도, 또 놈의 기분과도 무관한 것이란 생각이 들었다. 서서히 저물어가는 하늘을 바라보며 필요한 건 오로지 '운'이란 생각을 나는 굳히고 있었다.

　구원을 받아본 적 있나? 놈이 물었다.
　나는 고개를 가로저었다.
　사람들은 나를 '신의 아기'라 불렀지.
　………
　선택받은 고통을 아나? 다시 놈이 물었다.
　모릅니다.
　알게 될 거야. 신은 나를 선택하고... 나는 너를 선택했으니까.
　미친놈, 하고 나는 속으로 부르짖었다.
　다시 생각해봐, 우리에게 필요한 게 뭔지.
　물이나... 물 한 잔만 마시면 좋겠습니다.
　물이라... 제법 비슷하군. 맞아, 우리에겐 기름이 필요해.

　그러니까 놈은... 기름을 넣자는 얘길 한 것이었다. 눈물이 났다. 피보다 진하고 끈적한 눈물이었다. 기름 때문에... 고작 기름 때문에 한쪽 팔을 잃어야 했다니. 감각이 사라진 오른팔을 나는 만져보았다. 징그럽고 물컹한 실리콘 의수義手를 만지는 기분이었다. 그래도, 하고 나는 스스로를 다그쳤다. 인간에겐 의학이 있다... 뼈가 가루가 났어도 방법이 있을 거라 스스로를 위로했다. 사라진 귀도 어떻게든 복원할 수 있을 것이다. 무엇보다 내겐 돈이 있다고, 어금니를 깨물며 고개를 끄덕였다. 살아야 한다 보그먼, 아버지의 목소리가 화살처럼 날아와 귀에 박히는 기분이었다. 저기 보이지? 퉤. 가래를 뱉으며 놈이 말했다. 콩알만 한 주유소 간판을 바라보며 나는 힘없이 고개를 끄덕였다. 그런데 말이야, 하고 놈이 중얼거렸다. 더없이 낮은 목소리였지만 턱없이 선명한 목소리였다. 왜 자꾸 우는 거지? 다 큰 놈이 말이야. 멍하니 창밖을 바라보다가... 모르겠습니다,라고 나는 답했다.

내려.

20년은 된 것 같았다. 그러니까, 아직도 이런 후불제 주유소*가 있다는 사실이 믿기지 않았다. 물론 이런 곳에 내가 있다는 사실도... 저런 미친놈 때문에 불구가 되었다는 사실도 믿기지 않았다. 기름이 떨어진 것은 아니지만 어쨌든 놈을 위해 주유를 해야겠지, 그리고 최대한... 요금계산소의 직원에게 내 몰골을 보이는 게 급선무란 생각이 들었다. 어설픈 외침이나 신호는 위험하다. 놈이 눈치채지 못하게 내 처지를 알리는 좋은 방법이 없을까... 궁리했다. 유리 너머로 얼핏 두 명의 직원이 보였는데 그중 하나는 TV에 열중해 있었다. 머릿속이 터질 것만 같았다. 일반Regular, 고급Plus, 최고급Super. 적어도 눈앞의 세 가지 목록보다는 다양한 경우의 수를 마련해야 한다, 나는 생각했다. 그것이 얼마나 쓸데없는 고민이었나를 깨닫게 된 것은 한순간의 일이었다. 안녕들 하신가, 하는 느낌으로 계산소에 들어서는 놈을 보았고

단 한 마디 말도 없이 시작된 학살을 보아야 했다. 실제로 사람을 죽

* 미국의 주유소는 대부분 셀프시스템이며, 먼저 자신이 주유할 주유량을 말하고 요금을 계산하는 선불제이다.

이는 광경을 본 것은 처음이었다. 놈은 기계처럼 정확하게 가슴과 머리, 가슴과 머리를 쏘았고 다시 한 발씩을 쓰러진 이들의 가슴에 박아넣었다. 왜, 도대체 왜?라는 생각도 할 수 없었다. 내가 죽은 것은 아니지만, 나도 함께 죽었다는 느낌이었고... 내가 죽인 것은 아니지만, 나도 누군가를 죽인 듯한 기분이었다. 비명이 터져나온 것은 오히려 한참 뒤의 일이었다. 유유히 걸어나온 놈이 얼어붙은 내 손에서 주유기를 빼앗아 기름을 넣기 시작했다. 가득 기름이 차고... 기름이 줄줄 흘러넘치는데도 놈은 주유를 중단하지 않았다. 그제야 비명이 튀어나왔다. 놈은 아무런 신경도 쓰지 않았다. 한 손엔 권총을, 한 손엔 주유기를 든 채 그저 말없이 주유에만 열중할 뿐이었다. 가솔린이 질펀한 바닥에 주저앉아 나는 한동안 비명을 질러댔다. 병든 젖소의 울음 같았던 그 소리는 점차 젖소의 방귀 같은 것으로 변해만 갔다.

　부츠 뒷굽이 잠길 정도로 기름을 흘려댄 후에야 놈은 미친지랄발광 같은 망할 놈의 주유를 중단했다. 그사이 나는 정신이 나간 인간처럼 요금계산소의 내부를 둘러보고 있었다. 맙소사, 스물셋? 스물다섯? 정도의 청년이었다. 또 다른 한 사람은 얼굴을 알아볼 수 없었다(피범벅이었다). 두툼한 몸집과 팔뚝의 털을 통해 다만 그보다는 나이가 많다는 걸 알 수 있었다. 오 주여... 나는 구역질을 하기 시작했다. 어떻게... 왜? 울분을 터뜨려봐야 소용없는 일이었다. 뭐 해? 하고 놈이 총을 까딱, 했다. 다시 덜덜, 턱을 떨며 나는 놈 앞으로 걸어갔다. 모자라지 않을까? 진지한 얼굴로 놈이 말했다. 추, 충분합니다. 두세 번 고개를 갸웃거린 놈이 휙, 주유마개를 던져주었다. 지옥의 문을 틀어막는 심정으로 나는 흐느끼며 마개를 돌리고 또 돌렸다. 기름값이 있는데... 돈으로 사면 되는데... 나도 모르게 그런 말들이 새어나왔다. 어이가 없다는 듯 놈은 또 한 번 머리를 갸웃, 했다.

대체 뭔 소리야?
기름은 늘 이런 식으로 얻어온 건데.

아무런 생각도 할 수 없었다. 음악도 귀에 들어오지 않았다. 눈을 찔러대는 지린내와 가래 끓는 소리... 저물어가는 석양을 바라보며 나는 알래스카의 하늘을 저주했다. 오래전 놈을 집어삼키지 않은 대지를 증오했고, 스스로의 운명을 원망했다. 한 자루의 총에 모든 걸 잃어야 하는 인간의 나약함과 신의 무심함을 개탄했다. 지금 이곳은 어디일까, 그리고 대체 어디로 가는 걸까... 말없이 흐르는 강을 끼고 말없이 차는 달리고 있었다. 아버지의 목소리도 더 이상 들리지 않았다. 눈앞엔 오로지 캄캄한 산이 보일 뿐이었다. 웅장하고 거대한 산이었다. 그리고 그 아래, 턱없이 작고 희미한 인간의 불빛을 볼 수 있었다. 가까이 다가가도 그리 크지 않은, 시골의 사설 드러그스토어였다. 여전히 옆에서 권총을 들이댄 채 악마가 속삭였다. 아 참, 너 말이야...

물이 필요하댔지?

심장이 멎는 기분이었다. 아닙니다, 필요 없습니다. 나는 외쳤다. 필요하다 했잖아? 가래를 끓으며 놈이 말했다. 오, 제발... 정말 필요 없습니다! 눈물을 등에 업은 콧물이 흘러내렸다. 난처한걸, 하고 놈이 말했다. 왜 자꾸... 사람을 인정머리 없는 놈으로 만들려 그래? 인정머리가 넘치고 싶어 미치겠다는 얼굴로 놈은 이미 탄창을 갈고 있었다. 철컥. 다시금 총구가 내 이마를 노려보았다. 널찍한 주차장의 한켠에 나는 차를 세울 수밖에 없었다. 나는 이미 지쳐 있었다. 아니, 미쳐 있었다 해도 과언이 아니었다. 제가 사 오겠습니다. 1분이면 됩니다... 아니, 30초면... 머리를 조아리며 나는 흐느꼈다. 일을 또 어렵게 만든다, 중얼거리며 놈은 여벌의 탄창까지 주머니에 담고 있었다. 내려! 놈이 말했다. 시동을 끄는 그 순간, 영혼의 시동도 함께 꺼지는 기분이었다.

이번엔 나를 앞장세웠다. 들어가! 놈의 목소릴 듣긴 했지만, 유리문 앞에서 한 걸음도 발을 뗄 수 없었다. 진열대 근처를 서성이는 대여섯 명의 사람을 볼 수 있었다. 계산대엔 법 없이도 살아갈 얼굴의 아주머니가 앉아 있었고, 그녀와 얘길 나누는 두 사람의 노파를 볼 수 있었다. 안경을 고쳐 쓰는 등이 굽은 영감... 수염이 덥수룩한 퉁퉁한 사내... 그리고 맙소사, 엄마의 손을 잡고 있는 어린아이가 있었다. 나는 도저히 그 평화로운 세계의 문을 열 수 없었다. 쿡, 놈의 총구가 등을 떠밀었다. 오, 제발... 이제 그만... 고개를 저으며 나는 오열했다. 그 순간 수염을 기른 사내와 눈이 마주쳤다. 한쪽 귀가 없는, 핏자국이 선명한 내 모습에 눈이 휘둥그레진 그를 볼 수 있었다. 놈의 발길질이 허리에 느껴진 것도, 그래서 엎어지듯 문을 열고 들어선 것도 모두가 한순간의 일이었다. 도망쳐요! 나는 울부짖었다.

아무도 도망갈 수 없었다. 그리고 누구에게도 저항할 힘이 없었다. 울리는 총성과 분수처럼 솟구치던 피... 아이의 손을 놓치며 허망하게 쓰러지던 젊은 여인... 무의식적으로 나는 아이를 감싸며 주저앉았다. 놈에게서 등을 돌린 채, 그리고 다시 오줌을 지리기 시작했다.

어금니를 깨물었다. 나도 총을 맞은 건 아닐까… 줄줄 신발을 적시는 오줌이 실은 피가 아닐까, 감았던 눈을 뜰 수조차 없었다. 뚜벅뚜벅 놈이 걸어다니는 소리… 무언가 부르르 떨리는 소리… 다시 총소리… 그리고 곧 주위는 쥐 죽은 듯 고요해졌다. 악마의 총 앞에서 인간은 쥐 이상도 이하도 아니었고, 정말이지 커다란 쥐처럼 나는 두려움에 떨고 있었다. 툭툭, 놈이 총구로 뒤통수를 두드렸다. 품속에 가둔 아이의 숨소리를 느끼며 나는 안간힘을 다해 뒤를 돌아보았다. 자, 물! 하고 내미는 놈의 손에는 작은 생수통 하나가 들려 있었다. 아이는 그제야 울음을 터뜨렸다.

비켜, 하고 놈이 말했다. 오 주여, 내 입에선 통곡이 쏟아졌다. 아이를 감싸 안은 채 나는 놈에게 호소했다. 아무것도 모르는 아입니다. 제발… 이제 막 걸음마를 뗀 아이라구요! 담배를 꺼내 문 놈의 눈에는 어떤 동요도 자비심도 보이지 않았다. 놈의 부츠가 아작 난 어깨 위를 해머처럼 내려찍었다. 찢어질 정도로 입이 벌어졌지만 목소리는 나오지 않았다. 나는 뒹굴었고, 하필이면 놈의 부츠에 얼굴을 문지르며 고통을 참아야 했다. 철컥, 탄창을 교체하는 소리가 위에서 들려왔다. 마치 까마득한 하늘 위에서 그 소리가 들려오는 기분이었다. 구원… 하고, 나는 기도를 하듯 중얼거렸다. 왼팔로 놈의 다리를 껴안은 채 울며, 흐느끼며 소리쳤다. 당신도 말했지 않습니까? 지진도… 무너진 건물도 아기만큼은 살려줬다고… 제발… 그러니 제발… 놈은 잠시 나를 내려다보았고, 구원? 하고 되물으며 고개를 갸웃했다. 신의… 아기 말입니다. 간절한 눈빛으로 나는 이 찢여 죽여도 시원치 않을 '신의 아기'를 바라보았다. 엄마의 시체 옆에서 인간의 아기는 가게가 떠나갈 듯 울고 있었다.

다시 나를 앞세우고

웬일인지 놈은 가게를 그냥 나왔다. 땀과 피... 눈물과 콧물이 말라
붙은 얼굴로 나는 생수를 들이켰다. 걸어갈수록 아이의 울음소리도
천천히 작아져갔다. 너 때문이야. 어둠속에서 놈이 말했다. 반문을
하기도 싫었고 반박을 할 이유도 없었다. 물을 그렇게 처먹으니 맨날
오줌을 싸지... 다 큰 놈이 말이야. 다 큰 놈을 앞에 두고 미친놈이 중
얼거렸다. 마시고 또 마시고... 싸고 싸고, 또 싸대고.... 누군가가 내
왼손의 생수통과 놈의 피스톨을 바꿔치기해준다면, 나는 놈의 심장
에 총알을 박고 시신에 오줌을 갈길 것이다. 벌린 입속에... 가래가 가
득한 그 입속에 한가득... 아니, 그걸로는 부족하다. 놈의 눈알을 뽑
아...

이상할 정도로 두려움이 가시는 기분이었다. 그리고 결국, 어차피
놈은 나를 죽일 거란 생각이 들었다. 에스키모와는 탱고를 추지 마세
요~ 망할 놈의 노래를 또다시 들으며 나는 거의 삶을 포기한 상태였
다. 주인을 잃은 차들을 지나... 지옥의 렌트카가 되어버린 어둠 속의
차를 향해 나는 한 발 한 발 무거운 걸음을 옮기던 중이었다. 차라리
베네수엘라의 뱃사공과...에서 갑자기 노래가 멈추었다. 불길한 기운
이, 이젠 어느 정도 예감이 가능해진 그 기운이 뒤통수를 간지럽히기
시작했다. 그래 쏴라, 나는 뒤를 돌아보지도 않았다. 떨리지도 않았
고, 더는 목숨을 구걸할 기분도 들지 않았다. 그런데... 하고 놈은 혼
잣말을 늘어놓았다. 에스키모가... 아니었잖아.

총성은 울리지 않고, 대신 가게를 향해 달려가는 놈의 발소릴 들을

수 있었다. 오, 주여! 변심한 놈이 무슨 짓을 하려는지... 어떤 마무릴지으려는지를 한순간에 알 수 있었다. 온몸의 힘이 빠져나가는 기분이었다. 그래, 내가 뭘 할 수 있겠는가... 마음을 강하게 먹어라 보그먼! 어둠 속에서 다시 아버지의 목소리를 들을 수 있었다. 그래, 하고 나는 눈이 번쩍 뜨이는 기분이었다. 적어도 나에 관한 한 놈은 실수를 한 셈이었다. 이를 악물고 나는 차를 향해 뛰기 시작했다. 문을 열고, 있는 힘을 다해 시동을 걸었다. 그대로 차를 몰아 달아났다면, 내 삶은 또 어떻게 달라져 있었을까. 뒷자리에 팽개쳐진 라이플을 발견한 것은 또 어떤 운명의 장난이었을까.

총성이 들렸다.

액셀을 밟지 않고 라이플을 집어든 이유는 아마도 그, 총성 때문이었을 것이다. 미안하다 아이야. 울음을 삼키면서 나는 라이플의 상태를 확인했다. 아직 여러 발의 탄알이 고스란히 남아 있었다. 놈이 걸어오고 있었다. 캄캄한 차 안에서 나는 라이플을 장전했다. 총신을 허벅지에 얹고 체중을 실은 오른팔로 눌러 고정시켰다. 혹 몰라 사이드기어를 축으로 삼아 반동도 줄여줄 심산이었다. 등줄기에 땀이 흘렀다. 받은 만큼 돌려줘라! 아버지의 목소리가 들려왔다. 이자는 어쩌구요 아버지. 어둠 속에서 나는 중얼거렸다. 문 앞에서 놈은 가래를 한 번 끓었고 퉤, 걸죽한 덩어리를 뱉고 나서는 찰칵, 문을 열었다. 손 들어 새끼야, 내가 말했다.

실내등이 켜진 탓에 놈의 얼굴을 자세히 볼 수 있었다. 새까만 눈동자를 두어 번 깜박이더니 놈은 말없이 두 손을 들어올렸다. 총은 언제 버릴래? 종종 직원들에게 쓰는 농담 투로 나는 놈을 놀리듯 다 그쳤다. 애처로운 미소를 지으며 놈이 밑으로 총을 떨구었다. 발은... 놀면서 월급 받으려고? 내 어깨를 밟았던 부츠 뒷굽이 툭, 떨어진 총을 뒤쪽으로 밀어 찼다. 이름은? 하고 내가 물었다. 멍하니 허공을 바라보던 놈이 루디...라고 중얼거렸다. 나는 놈의 이름을 부르지 않았다. 그리고 나의 의지를... 굳은 의지를 손가락에 반영시켰다. 잘 가라 씹새끼야.

탕.

망가진 오른팔 때문인지 총알은 놈의 배를 관통했다. 주르륵 피가 흘러내리고 놈의 몸이 움찔했다. 쓰러지진 않았으나 놈은 자신의 배를 내려보며 적잖이 당황하는 눈치였다. 뭐, 잘된 일인지도 모른다 생각하며 나는 다시 놈의 심장을 겨누었다. 아파? 하고 나는 물었다. 놈은 천천히 나를 노려보았고 씩, 기분 나쁜 미소를 입가에 떠올렸다. 말해 봐 새끼야, 하고 나는 외쳤다. 저 사람들을 왜 죽였어? 죄도 없는 아이를... 왜 죽인 거냐구?

약하니까...
늘 그래왔잖아?

놈은 도리어 어이가 없다는 표정을 지어보였다. 씹새끼! 나는 부드럽게 방아쇠를 당겼고 이번엔 정확히 놈의 심장을 명중시켰다. 퍼덕, 한 발짝 물러서며 놈은 경련을 일으켰다. 시커먼 피가 솟구쳤다. 어, 어... 하며 놈은 한동안 비틀거렸고... 다시 중심을 잡았다. 미친 새끼,

하며 다시 한 발을 쏘았다. 한 움큼, 살점이 떨어져버린 허벅지를 볼 수 있었다. 또 한 발은 빗나가고... 또 한 발은 다시 놈의 배를 뚫고 지나갔다. 쉭 쉭, 이상한 소리 같은 것이 놈의 입에서도 가래처럼 새어나왔다. 그래도 놈은 쓰러지지 않았다. 아니, 한 번 몸을 휘청하더니 총을 집으러 걸어가기 시작했다. 미, 미친... 하고 나는 미친듯이 방아쇠를 당겼다. 두어 발은 빗나가고 두어 발은 적중했지만... 어딜 맞췄는지는 알 수 없었다. 잠깐잠깐 경련을 일으켰을 뿐, 놈은 허릴 굽혀... 피[血]며... 창자 같은... 그런 걸 조금 쏟으며... 막... 흘려가면서... 총을 집어들었다. 찰칵, 새 탄창을 꺼내... 갈기도 했다. 그걸로 끝이었다. 더는 아무리 방아쇠를 당겨도 찰칵 이외의 소리는 들리지 않았다. 라이플을 쥔 손을 부들부들 떨며, 나는 알래스카를 뒤흔들 정도의 길고 긴 비명을 질렀다.

†

나는 살아 있다.

아니, 놈이 나를 죽이지 않았다는 표현이 옳겠지. 놈은 힘겹게 조수석에 올라탔고, 초라해진 라이플을 빼앗아 다시 뒷자리에 던져버렸다. 그리고 몇 번, 더는 가래라 부르기도 뭣한 가래를 뱉은 게 전부였다. 눈을 뜨고 죽은 짐승처럼 나는 그 곁에 앉아 있었다. 앉은 채, 살아 있었다. 그리고 놈도... 살아 있었다. 실컷 가래인지 피고름인지를 뱉고 나서는 큭, 하고 코웃음을 치기도 했다. 왜 그래 갑자기? 하고 어둠 속에서 놈이 물었다.

보안관놀이를 다 하고 말이야...

그게 전부였다. 여전히 권총을 쥐고는 있었지만 겨누거나 하지도 않았다. 이제 가야지, 하고 놈이 말했다. 그 어떤 생각도 말도 없이 나는 시동을 걸었다. 끝없는 어둠... 어둠과 길... 놈에게서 벗어날 수 없음을 눈앞의 어둠을 통해 알 수 있었다. 이곳이 어딘지, 어디로 가는지도 알 수 없는 운전이 그렇게 계속되었다. 산길을 이미 한 시간쯤 접어든 차 속에서 놈이 말했다. 음악... 좀 틀지? 죽은 척하다 깨어난 짐승처럼 나는 라디오를 틀었다. 러브 미 텐더*가 흘러나왔다.

부드럽게 오래오래 사랑해주세요.
마음 깊숙이 날 간직해줘요.
내가 머물 곳 바로 그곳이기에
그래서 우린 헤어지지 않습니다.

내 모든 꿈이 이뤄졌어요.
내 사랑, 내가 사랑하는 당신
그래서 영원히 사랑합니다.

루디... 하고 나는 입을 열었다. 말라붙은 침 때문에 입술이 잘 떨어지지 않았다. 놈은 뭐라 대꾸도 하지 않았다. 피와 가래... 침과 오줌이 말라가는 냄새로 그야말로 차 안은 지옥의 하수구 같은 느낌이었다. 오래오래... 악마들이 싼 똥이 모이고 썩어, 액셀을 밟는 발목을 적시

---

* 1956년 作 영화 「Love Me Tender」에서 엘비스 프레슬리가 부른 동명의 주제가.

며 물처럼 흐르는 기분이었다. 뉴저지의 집도... 뉴욕의 사무실도 더는
생각나지 않았다. 아버지의 목소리도... 그래, 아버지는 이미 오래전에
돌아가셨다. 이봐, 루디... 하고 침으로 입술을 적시며 다시 물었다.

넌... 뭐냐?

알잖아? 하고 놈이 말했다. 그외의 단어가 따르지 않는, 그게 전부
인 대답이었다. 뭐가... 뭘 안다는 건데? 부스럭, 조끼를 뒤적이던 놈
이 휴대폰을 꺼내 번호를 찾기 시작했다. 잠시 후 발신음이 울리는 전
화기가 오른쪽 귀에 바짝 다가왔다. 뭐지? 그리고 이럴 수가! 전화를
받은 것은 제시카였다. 휴가 중에 웬일이세요. 설마 돌아오신 건 아니
겠죠? 몇 마디 대화를 나누면서도 도무지 귀를 의심하지 않을 수 없었
다. 제시, 자네가 어쩐 일인가? 회사로 전활 주셔놓고 어쩐 일이라뇨?
정리할 게 있어 혼자 이 시간까지 남아 있는 거예요. 잠시 입술을 깨물
었다가 나는 다시 물어보았다. 자네 루디란 남자를 아나? 알래스카를
추천한 것은 누가 뭐래도 제시카였다.

루디?

처음 들어보는 이름인데요. 아무렴, 하고 나는 속으로 중얼거렸다.
그러고 보니 제시카도 누구 못잖은 야망을 품었던 여자였다. 지금 내
가 루디와 함께 있네, 하고 나는 복선을 깔아보았다. 루디는 자넬 안다
는데? 성까지 알려주시면 찾아나 볼게요. 그러니까 루디... 하고 나는
놈을 쳐다보았다. 워터스... 루디 워터스라고 놈이 히죽이며 말했다.
루디 워터스라네. 멀리서 찾지 말고 우리와 어떤 연관이 있는지를 좀

알아봐줘. 찾았어요, 하는 목소리가 돌아온 것은 채 10초도 지나지 않아서였다.

루디 워터스. 1991년 3월부터 12년간 근무했어요.
그럴 리가 있나, 내가 모르는 사람인데.
모르실 거예요. 용역으로 일하던 청소부였으니까.
생김새는 어떤가?
뭐랄까... 평범해요.
루디가 혹시 해고 같은 걸 당했나?
아뇨, 자기 발로...

전화기를 끈 것은 놈이었다. 도리어 골치가 아파오기 시작했다. 나는 청소부를 괴롭힌 적도 없고... 청소부와 마주칠 직위도 아니었다. 게다가 나는... 심장에 총을 맞아도 죽지 않는 청소부를 고용한 적이 없다. 그런 인간이 있다는 얘기조차 듣지 못했다. 내가 어떤 잘못을 했나? 단도직입적으로 나는 물어보았다. 눈앞의 길은 점점 어둡고, 좁고, 가팔라지고 있었다. 잘못을 했다기보다는, 놈이 어둠 속에서 중얼거렸다.

월급을 줬지.

넌... 정말 뭐냐? 차를 멈추고 두 눈을 꼭 감은 채 나는 어금니를 깨물었다. 알면서... 같은 대답을 또 놈은 반복했다. 그리고 지그시, 총구로 관자놀이를 누르기 시작했다. 밟아... 갈 길이 멀다는 거 알잖아? 미친놈... 하고 나도 어둠속에서 중얼거렸다. 살기 위해 다시 액셀을 밟은 것은 아니었다. 단지 머리가 터지는 것보다는 이쪽이 훨씬 수월했기 때문이었다. 다시 어두운 산길을 나는 오르고 또 올라야 했다. 부드러운 길은 아니었지만

오래오래, 영원히 달려야만 할 것 같은 길이었다. 이제 라디오도 잡히지 않았다. 얼마를 더 달렸는지도, 얼마를 더 가야 하는지도 알 수 없었다. 어떤 생각의 실마리도 결국 헝클어지는 것이어서 내가 알고 납득할 수 있는 사실은 오직 한 가지뿐이었다. 나는 지금 루디와 함께 있다는 것... 그것이 전부였다. 아니, 실은 그것도 장담할 수 없는 일이었다. 잠시 한 건물에 머물렀던 루디는 인간이었지만, 지금 내 곁에 앉은 루디는...

모르겠다, 갑자기 희박해진 공기를 느끼며 나는 물었다. 얼마나 더 가야 하지? 계속... 가야지. 삐져나온 창자를 만지작거리며 놈이 말했다. 오줌이 말라붙은 허벅지며... 불알이나 그런 쪽이 가려워 견딜 수 없었다. 악취는 이제 차 안의 모든 걸 집어삼켰고, 이대로 모든 것이 썩어 문드러질 것만 같았다. 어쩔 수 없잖아? 하고 놈이 말했다. 끝까지 갈 수밖에. 미친 새끼, 하고 나는 침을 뱉었다. 길의 오른쪽은 깎아지를 듯한 벼랑이었다. 겨울이 아닌 게 그나마 다행인 셈이었다.

나는 종교를 가진 사람이야. 마음속으로 기도를 올리며 나는 말했다.
그래, 교회를 다닌다고 온 동네에 떠벌렸었지.
이유가 뭔가? 정말이지 이유가 뭐냐고.
누군들... 뾰족한 이유가 있겠는가?
썹새끼!

나는 그저... 하고 놈은 말했다. 너희를 평등하게 미워할 뿐이야.

왜... 왜 내가! 나는 울부짖었다.

너도 평등하게 우릴 괴롭혀왔으니까, 놈이 말했다.

다시 눈물이 흐르기 시작했다.

길의 끝은 경사진 절벽이었다. 갑자기 환해진 하늘이 아니었다면 진입금지를 알리는 팻말을 볼 수도 없었을 것이다. 탁 트인 절벽의 끝에서 나는 차를 세웠다. 오로라였다. 푸르스름한... 초록의 거대한 섬광이 이곳이 얼마나 높고 가파른 곳인지를 깨닫게 해주었다. 달려, 하고 놈이 말했다. 눈앞의 장관을 뻔히 보고서도 액셀을 밟을 만큼의 바보는 아니었다. 더는... 못 가. 나는 힘없이 중얼거렸다. 달려! 총으로 어깰 내려찍으며 놈이 외쳤다. 이제 더는 고통도 느껴지지 않았다. 악마의 눈을 빤히 바라보며 죽여, 라고 나는 말했다. 달려, 놈이 한 번 더 소리쳤다. 나는 말없이 고개를 가로저었다.

탕.

뜨겁고 단단한 것이 내 이마를 뚫고 지나갔다. 휘청, 목이 심하게 뒤로 꺾였으나... 나는 천천히 다시 고개를 들 수 있었다. 이마에 뚫린 작은 구멍을... 나는 말없이 만져보았다. 뒤통수엔 차마 손을 댈 자신이 없었다. 콸콸, 가까이서 나는 그 소리를 한쪽 귀만으로도 충분히 들을 수 있었으니까.

달려, 하고 놈이 다시 속삭였다.

쉽게 끝낼 '일'을... 왜 질질 끌고 지랄이었어? 내가 물었다.

끝이... 안 나니까, 하고 놈이 말했다.
또 우린

러닝메이트니까...라고도 놈은 말했다. 머릿속이 어떻게 되었으므로 다른 복잡한 생각은 들지 않았다. 지금 내가 알 수 있는 것도 여전히 한 가지뿐이었다. 나는 루디와 함께라는 것

그리고 영원히
우리는 함께라는 것.

두 개의 폭력, 두 개의 섬뜩함

전연 맥락이 다른 하위장르와 인접장르를 활용해 매혹적인 소설을 만들어내는 데 탁월한 재능을 지닌 박민규가 이번 「루디」에서는 로드무비를, 그것도 잔혹하고 그로테스크한 로드무비를 끌고 들어왔다. 그런 점에서 박민규의 「루디」는 좀 멀게는 영화 「매드 맥스」를, 조금 가깝게는 미국드라마 「크리미널 마인드」의 특히 공포스러운 에피소드들을 연상시킨다. 그런가 하면 최근 로드무비 형식으로 세간의 시선을 한 자리에 모은 코맥 매카시의 『로드』를 떠올리게도 한다. 박민규의 「루디」는 그만큼 잔혹하고 묵시록적이며 섬뜩하다.

여기, '나'가 있다. '나'는 뉴욕의 작은 금융회사의 부사장이다. '나'는 예일대를 나왔고 꼬박꼬박 세금을 납부했고 동물보호협회나 뉴욕경제인연합이 주최한 모피 반대 캠페인에 기부금을 냈다는 이유로 스스로를 양심적인 시민으로 자부하는 존재이다. 그러던 중 '나'

는 "봄에 이혼을 하고…이러저런 일들이 많아"서 "머리를 좀 식"히려고 알래스카로 여행을 떠난다. 하지만 이 '영혼의 휴식'을 위한 '나'의 여행은 생애 최악의 경험이 된다. '나'는 '영혼의 휴식'을 위한 문명 바깥으로 나섰지만 "산과 산… 강… 길… 나무… 하늘… 지긋지긋한 눈앞의 산"의 단순 반복을 견딜 수 없어 뉴욕으로의 귀환을 결심한다. 그 순간 '나'는 섬뜩한 한 사내와 외상적으로 조우한다. 바로 이 소설의 제목과 같은 '루디'라는 사내다.

'나'와 '루디'의 조우는 섬뜩하다. 우선은 '루디'라는 사내가 자아내는 외설적이고 공포스러운 분위기 때문이다. '루디'는 '나'가 몰고 가는 차의 타이어에 총알을 맞춰 차를 세운다. 그리고 도저히 그 경계를 측량할 수 없는 악마적인 행위를 거듭한다. 느닷없이 '똥'을 싸라고 명령하고 따르지 않자 총으로 '귀'를 날려버리고, 기름을 넣자는 이야기를 못 알아들었다며 총으로 내려쪄 한쪽 어깨를 못 쓰게 만든다. 하지만 이 정도 악행은 그 이후에 벌이는 악마적인 행위에 비하면 아무것도 아니다. 주유소에 들러 두 명의 직원을 '학살'하고 기름을 넣고, 시골의 사설 드러그스토어에 유유히 걸어 들어가 대여섯 명의 사람을 죽이고는 생수통 하나를 '나'에게 건넨다. 악마라 할 만하다. 악마적인 행위를 반복한다는 점에서도 그러하지만 자신의 악마적인 행위를 바라보며 즐긴다는 점에서 더욱 그러하다. 이 공포 앞에서 '나'는 당연히 불안과 더 나아가 전율과 공포에 빠져든다. 그리고 이런 순간에 경험할 수 있는 그것, 바로 하이데거적 의미의 섬뜩함을 경험한다. 여태까지 자신을 유지해왔던 모든 세계가 한순간에 무의미해지는 상황에 직면한다. 돈, 명성, 어떤 선택에 기로에 처할 때마다 울려퍼지는 "침착해라" "받은 만큼 돌려줘라!" 같은 정언명령들이 이제 전연 무의미해지고 비본래적인 것이 되는 극한상황에 처하게 된 것이다. 섬뜩할 수밖에.

　한데, 이 비본래적인 세계가 모두 사라지고 본래성의 세계에 노출되는 순간 더 나빠질 것이 없을 것 같던 극한상황이 더 나빠진다. 비본래적인 모든 세계, 혹은 상징적 질서가 서서히 사라지자 전혀 의식하지 못했던 한 가지 진실이 서서히 모습을 드러내기 시작한 까닭이다. 사실 '루디'는 '나'로 인해 죽음으로 내몰린 존재였던 것. 더 나아가 '루디'는 곧 '나'의 또 다른 존재, 그러니까 분신이었던 것. 김수영 식의 표현을 빌자면, '하! 루디가 그림자였던 것이다.' '나'는 자신보다 아랫사람들에게 무관심하고 그들을 무시하며 또 마음이 불편하면 "돌아가면 당장 그 개년을 해고할 생각이다"와 같은 방식으로 누군가를, 그리고 그의 가족을 죽음으로 내몰면서도 자신의 약육강식의 논리에 기초한 정신적 동물의 상태를 전혀 폭력적이라고 인식하지 못한다. 아니, 오히려 그것을 합리성이라고 이름하고 그 합리성에 충실했으므로 양심적이라고 여긴다. 그런데 서서히 '나'의 행동은 양심적이지도 합리적이지도 않음이 분명해진다. 그리고 끝내 '나'의 행동은 '루디'의 행동과 같은 것이라는 사실이 밝혀진다. 루디가 직접적이고 보이는 형태로 폭력을 가한다면, '나'는 자본주의라는 시스템 안에서 간접적으로 그것을 행하고 있는 것이 다를 뿐이라는 것. 이 또 하나의 섬뜩함이 탄생한다. 바로 프로이트적 의미의 섬뜩함이다. 어느 날 문득 '나'가 억누르고 있던, 혹은 외면하고 있던 또 다른 '나'를 만날 때의 섬뜩함, 혹은 갑자기 낯선 것이 친숙한 것이 되고 친숙한 것이 낯선 것으로 전도될 때의 섬뜩함. 그러므로 「루디」가 "머릿속이 어떻게 되었으므로 다른 복잡한 생각은 들지 않았다. 지금 내가 알 수 있는 것도 여전히 한 가지뿐이었다. 나는 루디와 함께라는 것.//그리고 영원히/우리는 함께라는 것."으로 끝나는 것은 전혀 이상하지 않다. 아니, 자연스럽다. 다만 '루디'가 벌이는 저 광포한 폭력 속에서 우리는 발견하게 되므로 섬뜩할 뿐이다. 한마디로 「루디」는 두 개의 서로 달라 보이는 폭력과 두 개의 섬뜩함으로 현존재들의 세계 내적 위치를 치밀하게 그려낸 소설이라 할 수 있겠다. 비로소 우리도 카프카의 「성」이나 「심판」 같은 섬뜩한 작가와 섬뜩한 소설을 갖게 되었다는 느낌이다.

하 루

박성원

1969년 대구 출생.
1994년 『문학과사회』 등단.
소설집 『이상異常 이상李箱 이상理想』 『나를 훔쳐라』
『우리는 달려간다』 『도시는 무엇으로 이루어지는가』
〈오늘의 젊은 예술가상〉 〈현대문학상〉 수상.

하루

　여자가 간선도로를 빠져나온 시각은 오후 세 시 십구 분이었다. 10킬로미터 남짓한 거리를 지나는 데 한 시간 가까이 걸린 셈이었다. 여자의 차량이 진입로로 들어섰지만 정체는 여전했다. 연말을 앞두고 있었고, 눈까지 내렸다. 차창으로 천천히 떨어지는 눈송이만큼 차량들은 더디게 움직였다. 여자는 히터를 조금 줄였다. 한 시간 이상 차 안에 갇혀 있던 여자의 입은 사막이라도 된 것처럼 건조했다. 여자는 침을 모으려 했지만 납땜이라도 된 것처럼 입술이 무거웠다. 대시보드를 열고 물을 찾았지만 안에는 면장갑 한 짝과 늘어난 카세트테이프 그리고 일회용 카메라만 보일 뿐이었다. 여자는 대시보드를 닫고 대신 운전석에 있는 창문을 조금 열었다. 작은 눈송이와 함께 차가운 바람이 여자의 어깨에 닿았다. 여자는 기어를 중립에 놓고 사이드브레이크를 당겼다. 브레이크를 밟고 있던 발에 힘을 빼자 몸이 조금은 가벼워지는 것 같왔다. 여자는 창문 밖으로 고개를 돌렸다. 광역버스가 여자의 차량 옆에 있었고, 버스에는 어느 외국 소설가의 책 광고가 붙어 있었다.

누군가의 하루를 이해한다면 그것은 세상을 모두 아는 것이다.

주름이 곱게 접힌 서양 작가의 사진 위에는 커다란 명조체로 광고문구가 인쇄되어 있었다. 화제의 신간이라고 했고, 책이 출판된 그 나라에선 100만 부 이상 팔린 책이라고 되어 있었다. 작가의 이름을 보자 여자는 어디선가 들어본 것 같은 느낌이 들었다. 눈송이들이 외국 작가의 얼굴 위로 달라붙었다가 금세 녹았다.

뒷좌석에 있던 여자의 백일 된 아기가 칭얼거리자 여자는 창문을 닫았다. 차창을 열다니 내가 정신이 없지. 아기는 며칠째 열이 내리지 않았다. 여자는 더 큰 병원을 찾았고, 몇 가지 검사를 하고 돌아오는 길이었다. 카시트와 연결되어 아기를 꽉 죄고 있는 안전벨트를 보고 여자는 안심이 되었다.

진한 검은색으로 선팅되어 있는 창문이 올라가자 적당한 어둠이 차 안을 채웠다. 여자는 적당한 어둠이 좋았다. 남편이 차를 샀을 때 여자는 차량의 모든 유리를 가장 진하게 선팅했다. 빛 투과율이 퍼센트로 표시된 견본을 넘기면서 여자는 더 어두운 건 없나요, 라고 말했다. 여자가 어둠을 좋아하게 된 것은 연극에 대한 미련 때문이었다.

여자는 공연 직전의 어둠이 좋았다. 여자가 연극에 뛰어든 것도 모두 공연 직전의 어둠 때문이었다. 관객들의 희미한 살빛이 드물게 보이는 관객석. 단출한 소품들이 숨죽이고 있는 무대. 무대 뒤편에서 그런 어둠을 응시할 때마다 여자는 어둠이 주는 빈 공간 때문에 숨이 막혔고, 압도당하는 느낌을 받았다. 이제 조금만 있으면 저 어둠 속 무대 위로 나가야만 해. 그렇게 생각할 때마다 여자는 숨이 막혔다. 숨이 막힐수록, 무거운 바위에 깔린 듯한 기분이 들수록 여자는 약간의 빈혈과 어지럼증을 느꼈다. 손과 발이 저릿해지면서 머릿속에 있는 산소들이 모조리 빠져나가는 것 같았다. 그러면 여자는 심호흡을 했다. 몇 번이나 심호흡을 했고, 그런 얕은 현기증에 몸을 맡기는 것이 좋았다.

연극을 그만둔 이후로 여자는 그런 어둠을 찾을 수 없었다. 가끔 공연을 보러 갔지만 관객석에서 바라보는 어둠은 관객들이 내는 작은 소음들 때문에 이내 일그러졌다. 어둠은 더 이상 어둠이 아니라 지루함이었다. 조금의 어둠도 견디지 못하는 관객들은 어둠을 그냥 내버려두지 않았다.

견디지 못하는 건 여자도 마찬가지였다. 이건 예전에 내가 느꼈던 그런 어둠이 아냐. 공연장을 찾을 때마다 여자는 생각했다.

어둠 속으로 곧 올라간다는 기대감이 여자에겐 더 이상 들지 않았다. 여자는 공연이 시작되기도 전에 자리를 박차고 일어나 밖으로 나가곤 했다. 무대를 떠난 여자에게 남은 건 무대의 어둠이 아니라 밝고, 밝은 거리뿐이었다. 여자에겐 자신만의 어두운 공간이 필요했고 자동차 안을 불 꺼진 무대처럼 꾸미고자 했다. 바깥이 차단된 차 안은 무대처럼 어두웠다. 그제야 여자는 예전에 느꼈던 어둠을 자동차 안에서 조금이나마 느낄 수 있었다.

향기가 바람에 실려 오는 그런 계절이야. 그것 알아? 그런데도 우리는 그저 깊은 우물 안으로 떨어지고 있는 돌멩이에 불과하다는 걸.

여자가 중얼거린 말은 여자가 가장 좋아하던 대사였다. 그 대사를 기억하는 이유는 처음이자 마지막으로 남자 역할을 맡은 공연이기 때문이었다.

남자들이란.

여자는 다시 중얼거렸다.

우린 맡은 일에 충실했을 뿐이오. 우유 배달부는 우유를 열심히 배달할 것이며, 목회자는 열심히 기도할 것이며, 공장에서 일하는 노동자는 열심히 일을 할 것이며, 선생은 열심히 가르칠 것이며, 경찰은 범죄자를 잡을 것이며, 그럴 때 엉터리는 바로잡힐 것이며, 우리의 하루는 오늘도 온전할 것이오.

여자가 외우고 있는 대사는 술에 취해, 젊은 새 여자친구 앞에서 무게를 잡으며 내뱉던 대사였다. 남자 역할을 맡았던 여자는 모자를 눌러쓰고, 수염을 붙이고, 펑퍼짐한 바지를 입었다. 희곡도 연출도 배우들도, 하다못해 조명조차도 형편없었지만 남자 역할을 맡았으므로 여자는 그 연극을 잊을 수가 없었다. 모든 게 형편없었고, 평에 한 번도 오르내린 적 없는 연극이었지만 여자는 그 역할과 대사를 몇 년이 지나도 기억하고 있었다. 아니 시간이 지날수록 더욱 생생하게 떠올랐다. 향기가 바람에 실려 오는 그런 계절이야. 그것 알아? 그런데도 우리는 그저 깊은 우물 안으로 떨어지고 있는 돌멩이에 불과하다는 걸.

여자는 굵은 목소리로 중얼거리며 시계를 보았다. 10여 분만 있으면 은행 영업시간이 끝나는 시각이었다. 그런데도 차는 아주 천천히 앞으로 나갈 뿐이었다.

소년이 학원을 빠져나온 시각은 오후 네 시가 막 지났을 때였다. 소년은 기분이 좋지 않았다. 쌓인 눈이 발목까지 덮었지만 질척한 웅덩이에 발이 빠진 것만 같았다. 소년은 그날도 놀림을 받았다. 소년은 조심스럽게 고개를 들어 거리에 있는 간판 하나를 읽었다. '카페 우주선'. 그러나 소년이 다시 읽자 '카페 우주선'이 아니라 '카페 우산 속'이었다. 소년은 알 수 없었다. 어째서 글자들이 순간적으로 다르게 보이는지를. 그날 오후, 학원에서 책을 읽을 때도 마찬가지였다. '가을'은 '거울'로, '마치겠습니다'는 '미치겠습니다'로 보였다.

소년이 책을 읽는 동안 선생은 탁자를 두드리며 한숨을 쉬었고, 아이들은 책상을 두들겼다. 소년이 읽은 책의 내용은 어느 가을날 동물들이 모여 학급회의를 하는 것이었다. 그러나 소년이 읽기 시작하면서 책의 내용은 거울 안으로 빨려 들어간 동물들이 엉뚱한 대화만 나누다가 모두 미치는 것으로 바뀌었다. '아, 가을입니다'는 '아, 거울입니다'로, '이만 마치겠습니다'는 '이만 미치겠습니다'로. 학년이 올라갈수록 문장과 글자 수는 길어졌고, 그럴수록 소년은 더 혼란스러웠다.

쌓인 눈을 발로 차며 길을 걷던 소년이 걸음을 멈춘 것은 견인차 앞이었고, 시각은 오후 네 시 이십팔 분이었다. 눈을 맞으며 쓸쓸하게 서 있는 견인차는 소년을 단숨에 끌어당겼다. 눈에 덮인 경광등의 노랗고 빨간 불빛이 순간 하늘에 펼쳐지는 오로라처럼 소년의 눈을 파고들었다. 쇳덩어리로 중무장한 견인차는 변신을 앞둔 로봇 같았고, 강해 보였다. 둔중한 쇠갈고리와 철제 빔 같은 휠 리프트는 100만 마력의 힘을 내는 로봇의 팔 같았다. 소년은 전봇대에 몸을 기댄 채 견인차를 지켜보았다. 저음의 벨 소리를 내며 내려가던 휠 리프트는 견인할 자동차의 앞바퀴를 천천히 들어 올렸다. 자동차의 앞바퀴가 바닥에서 들리자 소년은 자신도 모르게 몸이 움츠러들었다. 자동차를 가볍게 들어 올린 견인차는 잠시 몸을 떨었다. 눈송이는 멎어 있었고 대신 바람이 잦아졌다. 견인차에서 내린 견인기사는 잠시 하늘을 올려다본 다음 소년을 전봇대에서 비켜서게 했다. 그리고는 견인대상 차량고지서를 전봇대에 붙였다.

"뭘 그렇게 보니? 네 이마에 붙여주랴?"

견인기사는 이를 드러낸 채 웃었다. 앞니는 금니였고, 환하게 빛났다. 견인기사의 말이 마치, 너 이 글자들을 읽을 수 있니? 라는 말처럼 들려 소년은 눈살을 찌푸렸다.

견인차가 큰길로 빠져나가자 소년의 뒤에서 두 대의 차량이 빠져나
갔다. 앞선 차량은 견인차만큼이나 덩치가 큰 승합차였다. 호루라기를
불며 경비가 차량들을 인도했다. 소년은 차로로 엉금엉금 끼어드는 자
동차를 바라보다 전봇대에 붙어 있는 견인대상 차량고지서를 보았다.
소년은 고지서를 조심스럽게 떼어내 천천히 읽으며 집을 향해 걸었다.
쌓인 눈을 발로 차면서.

은행이 있는 건물의 후문을 여자가 빠져나온 시각은 오후 네 시 이
십구 분이었다. 발목이 시큰거렸고, 또 한쪽 굽이 떨어져나가 걷기 힘
들었지만 서두를 수밖에 없었다. 여자는 주차장이 있는 골목길을 향해
급히 돌았고, 그때 고지서를 읽으며 오던 소년과 부딪쳤다. 여자와 소
년은 모두 미끄러지며 바닥에 주저앉았다. 여자가 소년에게 괜찮니,
라고 물었고 미안하다면서 부축해주었다. 소년은 억울한 표정으로 여
자를 쳐다보았다. 여자는 소년이 일어서자 다시 엉거주춤한 자세로 뛰
기 시작했다. 소년은 여자를 물끄러미 바라보다가 바닥에 떨어진 고지
서를 보았다. 눈에 젖은 고지서는 구겨지고 더러워졌다. 소년은 고지
서를 주우려다 말고 엉덩이를 턴 다음 집으로 걸어갔다.
여자가 은행이 있는 건물에 도착한 시각은 오후 세 시 오십오 분이
었다. 주차장을 찾았지만 이미 만차였다. 여자는 주차장 골목 어귀에
차를 바싹 붙였다. 차에서 내려 차량이 빠져나갈 수 있는지 가늠해보
았다. 사이드미러를 접는다면 간신히 빠져나갈 수 있을 것 같았다. 여
자는 뒷좌석의 문을 열려다 그만두었다. 아기를 안고 뛰면 은행 영업
시간을 맞출 수 없을 것 같았다. 또 눈길 위에서 뛰다가 넘어질지도 모
른다는 생각도 들었다. 더군다나 아이는 고열에 시달리고 있었다. 자
동차 안이 더 안전할 것이다. 여자는 차문을 잠근 다음 은행으로 뛰어

갔다.

여자가 은행 안으로 들어가자 정문에 있는 철제셔터가 천천히 내려왔다. 여자는 번호표를 뽑았지만 대기인 수가 꽤 많았다. 사람들을 둘러보았다. 마치 당첨된 복권이라도 되는 것처럼 번호표를 두 손에 꼭 쥐고 있는 할머니가 보였고, 잡지를 뒤적이는 직장인, 그리고 수다를 떨고 있는 젊은 여성 두 명이 보였다. 여자는 경비에게 다가가서 말했다.

"제가 급해서 순번을 좀 바꾸고 싶은데요, 시간이 없어 자동차도 이 앞에 그냥 세웠고요."

"보시다시피 연말이라서."

경비는 미소도 아닌 어정쩡한 웃음을 지었다. 경비는 고개를 숙여 가볍게 목례를 한 다음 정문을 향해 걸었다. 여자는 다시 주위를 둘러보았다. 여자는 크리스마스트리 앞에서 서성이고 있는 남자에게 다가가 번호표를 바꿀 수 없는지 물었다. 남자는 여자의 몸매를 아래위로 찬찬히 훑었다. 여자는 순간 발가벗겨진 것처럼 부끄러웠고, 속이 울렁거렸다. 여자를 찬찬히 살피던 남자는 여자에게 자신의 번호표를 주었다. 겨우 두 번의 번호를 앞지른 여자는 필요 이상으로 남자에게 고개 숙여 인사했다. 이마와 등에서 땀이 났다. 여자는 창구에서 가장 가까운 의자에 앉았다. 바닥은 사람들의 옷에서 떨어져 녹은 눈 때문에 번들거렸고, 그 위로 트리의 작은 전구 불빛들이 반사되고 있었다. 은행 안에는 축축한 냄새가 떠돌았고, 여자는 손수건을 꺼내 이마와 콧잔등에 묻은 눈을 닦았다. 여자는 맞은편 벽에 걸려 있는 디지털시계의 붉은 숫자들에서 눈을 뗄 수 없었다. 1초에 한 번씩 불이 켜졌다 꺼졌고, 그 불빛은 차량들의 브레이크등 같았다. 90분 이상 차 안에 갇혀 있었던 여자는 요의를 느꼈다. 여자는 화장실에 가기 위해 번번이 일어났다가 다시 앉았다. 일어날 때마다 번호가 바뀌었기 때문이었다. 순서가 다 되었을 때 남편에게서 전화가 왔다.

"아직 입금이 안 되었대."

남편은 지극히 사무적으로 짧게 말했다. 하지만 여자는 남편의 짧은 말투 안에 깊게 스며들어 있는 책망을 읽었다. 남편이 더 이상 말하지 않았지만 대체 이때까지 무얼 하고 있었다는 거야, 라고 나무라는 목소리가 여자의 머릿속에서 거대한 엔진이 내는 소리처럼 맴돌았다.

"나도 알아. 차가 너무 막혀서."

"그러기에 진작 인터넷뱅킹을 배우라고 했잖아. 입금하는 대로 당신이 전화해."

남편은 그렇게 말하고 통화를 끝냈다. 그는 언제나 잘 다려진 와이셔츠 같았다. 여자의 아버지는 남편에 비하면 늘 헐렁했다. 누군가가 생각해서 챙겨주더라도 헐렁한 옷 사이로 모두 빠져나가버리는 그런 헐렁한 사람. 여자의 아버지는 무슨 일이든 6개월 이상 하지 않았다.

"살림만 하는 당신은 몰라. 일을 한다는 건 알고 보면 죄다 도둑질이라네."

일을 그만둘 때마다 아버지는 그렇게 중얼거렸다. 얼굴은 멀쩡한데, 사람이 왜 그럴까. 여자의 어머니는 늘 투덜거렸다. 바늘과 실을 붙여 둬야 할거나. 어머니는 언제나 아버지의 뒤치다꺼리를 해야 했고, 여자는 어머니의 그런 푸념을 듣고 자랐다. 어머니의 푸념이 쌓일수록 빚도 따라 쌓여갔다. 어머니의 노력으로 아버지의 일자리가 겨우 잡혀도 아버지는 반년만 일했다.

"반년간 도둑질을 했으면 반년은 쉬어야지. 몽땅 빼먹을 수는 없잖은가."

사춘기에 접어들면서 여자는 아버지가 던져준 헐렁한 삶에서 벗어나고 싶다는 생각을 했다. 할 수만 있다면 아버지에게서 물려받은 피라도 모조리 빼서 다른 누군가의 피로 바꾸고 싶었다. 여자가 연기에 빠진 데에는 그런 이유도 있었다. 그 무렵부터 여자는 어떤 끈이든 단단하게 조이는 버릇이 생겼다. 풀려 있거나 느슨해진 끈만 보면 꽉 조이고 싶은 충동에 휩싸였다. 신발 끈을 너무 죄어 학창 시절 여자의 발등은 늘 부어오르곤 했다. 그러나 꽉 묶는다고 해서 마음이 시원해지지는 않았다. 헐렁하기만 한 삶에서 벗어날 수 없었다. 결혼하고 남편의 넥타이를 조여주거나 구두끈을 묶을 때도 마찬가지였다.

여자가 처음으로 헐렁한 삶에서 벗어났다고 생각한 것은 아기가 태어난 뒤였다. 출산의 고통을 처음으로 잊게 해준 것은 젖을 물리는 것도 아니었고, 아기의 자그마한 손가락을 마냥 보는 것도 아니었다. 여자를 짓누르고 있었던 헐렁한 삶에서 비로소 벗어난 것은 바로 속싸개로 아기를 친친 동여매었을 때였다. 배냇저고리를 꼭 조여주고 속싸개로 단단하게 아기를 감쌌을 때 여자는 그제야 온전한 자기 소유를 느꼈고, 그 소유를 통해 헐렁한 삶이 사라지고 새로운 삶을 살 수 있다는 생각이 들었다.

여자를 가장 괴롭힌 것은 아버지가 마지막으로 한 말이었다. 공연을 앞두고 아버지는 입원했다. 연락을 받았지만 여자는 공연준비 때문에 아버지가 있는 병실을 찾아가지 못했다. 별일이 아니라고 생각했다. 어디선가 드러누워 또다시 헐렁한 삶을 즐기고 있을 거라는 생각이 떠나지 않았다. 여자는 아버지가 입원한 뒤, 며칠 후에 찾아갔다. 아버지는 예상과는 달리 급격히 말라 있었다. 얼굴의 살이 광대뼈로 모조리 몰려가기라도 한 듯이 광대뼈만 혹처럼 불룩 솟아 있었다. 광대뼈 아래로 꺼져버린 두 눈과 입은 틈처럼 좁았다.

"왜 이렇게 옷이 헐렁하다니, 애야."

작은 틈 사이로 아버지는 그렇게 말했다. 아버지가 입고 있던 옷은 환자복 중에서 가장 작은 사이즈였지만 아버지가 보여주는 공간에는 한 사람이 더 들어가고도 남을 만했다. 아버지의 말이 멀리 화성에서 들려오는 것 같았고, 실감나지 않았다. 여자는 아버지가 명연기를 펼친다고 생각했다.

공연이 막바지에 들어갔을 무렵 아버지는 세상을 떠났다. 여자는 약간의 혼란을 느꼈다. 아버지가 죽었다는 말이 시시하고 헐렁한 농담 같았다. 여자가 울면서 뛰어가면 아버지는 헐렁한 옷을 펼치며, 네가 또 속았구나,라며 깔깔거릴 것만 같았다. 그래서인지 이상하게도 눈물은 나오지 않았다. 아버지에 대한 추억을 떠올려봤지만 특별한 기억은 없었다.

아버지의 수의를 꼭 조였을 때 그제야 여자는 아버지의 죽음을 실감했다. 어머니는 아버지의 관에 실과 바늘을 던지곤 여자를 껴안고 울었다. 그러나 그때도 여자는 눈물이 나지 않았다. 장례를 치르고 며칠이 지났다. 여자는 아버지의 유품을 정리하다가 오래된 사진 한 장을 발견했다. 그 사진은 아버지가 지갑 속에 꼭꼭 감추어둔 것이었다. 어린 여자가 배추머리 인형을 꼭 안고 있는 사진이었다.

사진을 보자 여자는 희미하게나마 인형을 손에 들고 한밤중에 자신을 깨우던 아버지가 생각났다. 그때가 다섯 살이었는지, 일곱 살이었는지, 열 살이었는지는 알 수 없었다. 여자가 기억하는 것은 아버지의 입에서 풍기던 술 냄새와 외투에 묻어 있던 하얀 눈이었다. 아버지의 외투를 보며 밖에 눈이 오는 모양이라고 생각했다. 여자를 흔들어 깨우던 아버지의 손에는 배추머리 인형이 있었다. 여자가 인형을 안자 아버지는 여자의 머리카락을 쓰다듬었고, 일어나서 천천히 외투를 벗었다. 여자는 인형을 껴안고 다시 누워서 외투를 벗어 옷걸이에 거는 아버지를 보았다. 솜이불 안은 여전히 따뜻했다. 여자는 인형을 보았고 인형의 파란 눈도 여자를 보았다. 뺨을 대자 배추머리의 헝겊이 간지러웠고, 여자는 그 간지러움이 좋았다. 천천히 옷을 벗어 옷걸이에 거는 아버지의 모습과 인형을 번갈아 보다가 여자는 다시 잠이 들었다. 눈을 감고 있는 동안 옷걸이에 옷을 거는 아버지의 모습이 희미하게 떠올랐다가 사라졌다.

여자는 알 수 없었다. 그때의 그 인형이 그 뒤로 어디로 사라졌는지. 사라진 인형의 행방만큼이나 더 알 수 없는 것은 시간이었다. 일식日蝕처럼, 여자와 아버지 사이에 있었던 나머지 시간들은 가려졌거나 잡아먹혀 있었다. 달에 먹혀 해가 보이지 않는 것처럼, 아버지에 대한 기억이 분명 많을 텐데도 어째서 일식처럼 기억들이 사라져 있는지 알 수 없었다.

그녀의 아버지가 죽은 지 사십구 일이 지난 날, 여자는 제사음식을 만들다가 문득 아버지에게 단 한 번도 음식을 만들어주지 않았음을 떠올렸다. 옷이 헐렁하다던 아버지의 말이 떠올랐다. 계란을 풀다가 그제야 여자는 연극이 아니었음을 깨달았고, 엎드려 흐느꼈다.

여자가 은행에서 볼일을 마친 시각은 오후 네 시 이십삼 분이었다. 요의를 느꼈지만 여자는 계속 참았다. 여자는 정문을 향해 뛰었다. 하지만 이미 셔터는 굳게 닫혀 있었다. 경비는 여자에게 다른 출구를 가리켰다. 경비가 가리킨 곳은 작은 비상문처럼 생긴 문이었다. 은행의 비상문과 연결된 곳은 여자가 들어온 곳의 반대편이었다. 비상문을 빠져나온 여자는 잠시 헷갈렸다. 식당이 길게 이어져 있었고, 순간 방향감각을 잃어버렸다. 여자는 복도를 이리저리 뛰다가 엘리베이터 표지를 발견했다. 엘리베이터 세 대 중 두 대는 3층을 막 지나 올라가고 있었고, 나머지 한 대는 2층을 지나 내려가고 있었다. 여자는 엘리베이터를 기다리려다가 계단을 이용하기로 했다. 마음이 급했고, 옷에서 녹은 눈은 땀처럼 바닥으로 떨어졌다. 구두 굽이 자꾸만 계단에 걸렸다. 여자는 계단을 두 개씩 타 넘었다. 그러다 2층과 1층 사이에서 미끄러졌다. 굽 하나가 부러졌고, 발목은 틀어졌다. 여자는 머리를 난간에 부딪쳤고, 정강이를 계단 모서리에 박았다. 여자는 정강이를 껴안았다. 숨이 막히는 아픔이 심장에 전달되었다. 두 눈에선 눈물이 찔끔 흘렀다. 그리고 그 순간 자신도 모르게 오줌을 지렸다. 가까스로 멈추긴 했지만 약간의 오줌이 이미 허벅지를 타고 흘렀다.

여자는 난간을 잡고 일어나려 했지만 힘들었다. 치마 안에서부터 오줌 냄새가 올라오는 것 같았다. 그때 수런거리는 소리와 함께 발소리가 들렸다. 말끔한 양복을 입은 남자 두 명이 계단에 엎어져 있는 여자를 보았다. 남자들은 여자를 부축해주었다. 여자는 얼굴이 뜨거워졌다. 비틀거리면서도 핸드백으로 허벅지를 가렸다. 남자들 중 한 명이 괜찮은지 물었다. 여자는 고개를 끄덕이며 계단을 마저 내려갔다. 후문으로 나온 여자는 눈길 위를 절뚝거리며 걸었다. 발목은 여전히 아팠지만 서두를 수밖에 없었다. 여자는 급하게 돌다가 소년과 부딪쳤다. 소년을 일으켜주고 서둘러 주차한 곳으로 갔다.

여자가 주차장 골목 어귀에 와 자동차를 찾았지만 자동차는 없었다. 태연하게 눈만 쌓여 있었다. 여자는 무언가 잘못되었다고 생각했다. 현실이 아니라고 생각했다. 마치 무대 위에 잘못 올라간 것 같은 느낌을 받았다. 왜 벌써 올라왔어? 너는 다음 장면에서 초인종을 누르며 문을 열고 들어와야지. 어디선가 연출자가 외치는 것 같았다. 다시 건물 안으로 들어갔다가 나오면 자동차가 있을까? 여자는 골목 어귀를 바라보다가 고개를 저었다. 여자는 어지럼증이 일어 전봇대에 몸을 기댔다. 무언가 잘못되었다고 생각했지만 정확하게 무엇인지 알 수 없었다. 가장 중요한 게 있는데, 그게 무엇인지 잘 떠오르지 않았다.

여자는 기대고 있던 전봇대에서 떨어져 절뚝거리며 건물 외곽을 돌았다. 자신이 다른 곳에 주차를 했을지도 모른다고 생각했다. 마음이 급해서 그랬을 거야. 침착하게 생각해봐. 여자는 건물을 돌면서 생각했다. 그러나 건물을 한 바퀴 빙 둘러 도는 동안 모든 게 낯설었다. 식당과 작은 마트가 생소했고, 눈에 뒤덮인 간판과 도로가 생경했다.

건물을 돌아 다시 주차장이 있는 골목 어귀에 도착했을 때 여자는 자신의 차가 분명 사라졌음을 깨달았다. 여자는 다시 전봇대에 기댄 채, 핸드백에서 휴대폰을 꺼내 남편에게 전화했다. 발목이 시큰거렸고 오줌이 말라붙은 치마 안이 냉랭했다. 바람 때문인지, 자꾸만 달라붙는 눈송이 때문인지 여자는 추위를 느꼈고, 어깨가 저절로 떨렸다.

"여보, 차가 없어졌어."

"어디에 두었는데?"

"응? 여기, 은행 주차장 입구에."

"도난당한 거 아냐?"

도난이란 말이 순간 도망으로 들렸다. 여자는 도망? 도망이라니? 하고 중얼거렸다.

"자동차 문 확실히 잠근 거야? 당신 건망증 심하잖아."

"잘 모르겠어. 그런데, 여보. 차 안에 우리 아기가 있는데."

여자는 남편에게 말하면서 불현듯 잊고 있었던 중요한 사실이 떠올랐다. 자신이 왜 그렇게 서둘렀는지, 그제야 알았고, 순간 소름이 돋았다.

"대체 무슨 말을 하는 거야?"

남편이 물었지만 여자는 아무런 대답도 할 수 없었다. 여자의 눈에는 새하얗게 뒤덮인 눈만 들어왔다.

"여보, 나 앞이 안 보여. 눈앞이 온통 얼룩투성이야. 보이는 건 온통 하얀 눈밖에 없어."

여자는 손을 휘저었다. 바로 앞에 있는 사물들이 제대로 보이지 않았다. 순간 여자의 오줌보가 터지듯 참았던 오줌이 줄줄 흘러내렸다. 여자는 멈출 수 없었다. 또 어떻게 멈춰야 하는지 알 수 없었다.

"여보, 나 오줌 싼 것 같아."

여자가 중얼거리듯이 말했다.

"정신 차려! 지금 무슨 말을 하는 거야?"

"여보, 나 안 보여."

"거기 어디야? 응?"

"여보, 나 오줌 싼 것 같아."

여자는 중얼거리면서 휴대폰 폴더를 닫았다. 여자는 주변을 두리번거렸다. 그러나 제대로 보이는 것은 아무것도 없었다. 주변에 지나가는 사람을 붙잡고 경찰서가 어디 있는지 물었다. 사람들을 붙잡고 물을 때마다 사람들은 여자에게 잡히지 않기 위해 몸을 뺐다. 어떤 이들은 여자가 묻기도 전에 고개도 돌리지 않고 묵묵히 제 갈 길을 갔다. 여자의 몸에서 흘러내린 오줌이 인도 위에 쌓여 있던 눈을 조금씩 녹였다. 여자는 핸드백에서 아기가 먹을 약 봉투를 꺼냈다. 약도 먹여야 하는데. 여자는 다시 사람들 틈을 헤집고 다녔다. 아기를 찾아 약을 먹여야 하는데, 차가 없어졌어요. 여자는 얼룩 때문에 잘 볼 수 없었다. 지나가는 사람들의 형체가 어른거릴 때마다 사람들을 붙잡았지만 여자에게 붙잡히는 사람은 없었다. 여자가 걷는 곳마다 발목을 타고 흐른 오줌이 눈을 적셨다.

남편이 여자에게서 전화를 받은 시각은 오후 네 시 삼십삼 분이었다. 그날 남편은 매우 바빴다. 아내에게 전세계약금을 보내라고 했지만 아내에게선 연락도 없었다. 연말까지 해고할 일곱 명의 해고자명단을 작성해야 했다. 그중 한 명은 남편과 친한 후배였다. 남편은 점심식사를 그와 함께 했다. 식사가 끝나갈 무렵 남편은 그에게 내년 2월까지만 일하게 될 것이라고 말했다. 국을 떠먹던 그는 남편의 말을 듣자마자 잠시 주춤거렸다. 그는 내색하지 않기 위해 숟가락을 다시 움직였지만 잠시 주춤거렸던 숟가락은 가늘게 떨리고 있었다.

"나를 원망하지 말게. 나는 맡은 일을 했을 뿐이니."

남편이 말을 하자 그는 미소를 띠며 잘 알겠다고 했다. 그는 그 정도쯤이야 하는 표정을 지으며 웃었지만 숟가락은 여전히 떨렸다. 남편과 그는 무기를 만드는 방위산업체에서 근무하고 있었다. 나날이 줄어가는 방위비 때문에 파업이라도 벌여야 했고, 인근 나라에서 소규모 전쟁이라도 발발하기를 은근히 기도해야 할 정도였다.

"눈 때문에 출근길이 많이 막혔어요."

그는 화제를 돌리기 위해 눈 이야기를 꺼냈다.

"밤에 더 온다는데."

남편은 물을 마시며 창밖을 보았다. 남편은 그와 눈을 마주치지 않으려 했고, 그건 그도 마찬가지였다. 그는 조심스럽게 밥을 마저 비웠다.

남편은 식사를 마친 다음 그와 헤어졌고 남은 업무를 보고 있었다. 아내에게서 전화가 오기 전까지 계약금이 들어오지 않았다는 전화를 두 번 받았다. 그리고 네 시 삼십삼 분에 아내에게서 전화를 받았다. 남편은 통화가 끊기자 외투를 걸치고 바로 나갔다.

남편이 아내를 찾은 것은 집과 은행 사이에 있는 거리였고, 시각은 오후 다섯 시 삼십 분이었다. 아내에게서 전화를 받자마자 택시를 탔지만 차가 막혀 다시 지하철을 타야만 했다. 남편이 지하철을 타고 가는 동안 여러 번 전화를 했지만 아내는 받지 않았다. 남편은 분노를 참을 수 없었다. 몇 번이고 휴대폰을 내동댕이치고 싶었다. 집에서 살림만 하는 여자가 아기를 잃어버린 게 말이 안 된다고 생각했다.

남편이 제일 먼저 간 곳은 집이었지만 집은 텅 비어 있었다. 남자는 은행으로 가보았다. 가는 도중 멍하게 헤매고 있는 여자를 볼 수 있었다. 여자는 온통 눈으로 뒤덮여 있었다. 남편은 여자를 붙잡았다. 그러곤 세차게 팔을 잡고 흔들었다. 그러나 여자는 제대로 초점을 맞추지 못했다. 알아보지도 못하는 것 같았다. 남편은 여자의 뺨을 쳤다. 여자의 머리카락을 뒤덮고 있던 눈이 날렸다. 뺨을 맞고 나서야 여자는 여보라고 작게 중얼거렸다. 남편은 여자를 붙잡은 채 다른 한 손으로 휴대폰을 꺼내 차량도난신고를 했다. 자동차번호와 차종과 색깔과 분실 장소를 또박또박 알려주었다. 남편이 신고를 하는 동안 여자는 자꾸 남편의 팔을 건드렸다. 그러나 남편은 녹지 않으려는 얼음처럼 여자의 건드림에 전혀 신경 쓰지 않았다. 통화를 끝낸 남편이 여자를 보았을 때 여자는 약 봉투를 들고 있었다.

"이거 우리 아기 약인데."

약 봉투를 잡고 있는 여자의 손이 파랬다. 남편이 여자의 손에서 약 봉투를 떼어내려 했지만 떨어지지 않았다. 마치 여자의 손과 함께 얼어붙은 것 같았다. 남편은 다시 휴대폰으로 112를 눌렀다. 그러곤 도난당한 차량 안에 아기가 타고 있다고 말했다.

"그러니까 단순 도난이 아니란 말입니다. 유괴나 납치일 수도 있습니다. 서둘러주십시오."

남편은 깨끗이 절단된 유리처럼 말했다. 그제야 여자의 손은 풀렸다. 쥐고 있던 약 봉투가 눈 위로 툭 떨어졌다. 여자는 약 봉투를 한동안 보았고, 힘없이 말했다.

"나…… 오줌 쌌어. 당신은 뭘 했어?"

"나? 난……."

남편은 여자를 잠시 바라보았다.

"나야 회사에서 일하고 있었지. 뭘 했겠어?"

남편은 약 봉투를 집어 여자에게 주었고, 그들은 집으로 향했다. 여자는 쩔뚝거렸고, 비틀거렸다. 멎었던 눈이 다시 내리기 시작했다.

그가 퇴근한 시각은 오후 여섯 시 삼십구 분이었다. 퇴근 전에 자신에게 해고될 것이라고 귀띔을 해준 직장 선배를 찾았지만 자리에 없었다. 차라리 없는 게 나을지 모른다고 생각했다. 이미 결정된 일을 하소연한다고 달라질 게 없을 것 같았다.

그는 평소처럼 지하철을 탔다. 눈 때문에 많은 사람들이 지하철로 몰렸다. 억지로 끼여 타면 탈 수도 있었지만 그러지 않았다. 지하철이 출발한 다음 그는 멍하니 서 있었다. 다음 열차를 기다리다가 신문가판대 뒤에서 장난감을 파는 노인을 보았다. 음악에 맞춰 춤을 추는 기린이 있었고, 「도레미 송」에 맞춰 자전거를 타는 인형도 있었다. 그는 구경을 하다가 아들에게 줄 장난감을 골랐다. 아마도 애가 난독증인 것 같아요. 그는 며칠 전에 심각하게 말하던 아내의 말을 떠올렸다.

그는 세 번이나 지하철을 보낸 다음 겨우 탈 수 있었다. 억지로 끼여 탈 마음이 들지 않았다. 그는 바람에 흔들리는 풍선처럼 사람들이 밀면 밀리는 대로 서 있었다. 그래서 지하철을 세 번이나 그냥 보냈다. 집으로 가기 위해 그는 4호선으로 환승을 한 번 했고, 지하철역을 나온 다음 마을버스를 기다렸다. 쌓인 눈이 발목까지 덮고 있었지만 퇴근 무렵부터 다시 내리기 시작한 눈은 그칠 줄을 몰랐다. 마을버스를 타기 위해 서 있던 그는 정류장에서 가까운 곳에 있는 술집을 보았다. 술집 밖에 설치한 스피커에선 노래가 울려 퍼지고 있었다. 그는 버스를 기다리고 있는 줄에서 빠져나와 술집으로 들어갔다.

술집의 실내는 그리 밝지 않았다. 음반들이 빼곡하게 꽂혀 있었고, 연말이었지만 손님은 그리 많지 않았다. 그래서 그는 창가에 앉을 수 있었다. 자리에 앉자 몸에서 비릿한 눈 냄새가 타고 올라왔고 온몸이 물에 빠진 수건처럼 축축했다.

주문을 받으러 온 사람은 노랗게 머리를 물들인 20대 초반의 여자였다. 그는 맥주와 소시지를 주문했고, 지금 나오는 노래가 무엇인지 물었다. 노란 머리의 여자는 그의 말을 듣더니 그냥 가버렸다. 노란 머리가 맥주를 가지고 왔을 때 'Savage season'이래요, 했다. 그는 제목을 따라 중얼거렸고, 가능하면 한 번 더 들려달라고 했다. 노란 머리는 처음에 그랬던 것처럼 아무런 대답도 하지 않고 갔다.

그는 맥주를 마시며 아들에게 줄 선물을 보았다. 그가 고른 선물은 장난감 견인차였다. 작은 승용차가 검고 굵은 실에 대롱대롱 매달려 있었는데, 작은 도르래를 돌리면 승용차가 견인되듯 당겨졌다. 그는 아들에게 전화를 했다. 선물 사 갈 테니, 기다려. 아들은 기뻐했고, 그러자 그도 기뻤다. 난독증이라니. 그는 말도 안 된다고 생각했다.

그는 막 나온 소시지를 한 입 먹으며 맥주를 마셨고, 창밖의 거리를 보며 노래를 들었다. 맥주거품이 꼭 눈 같다고 생각했다. 맥주는 시원했고, 술집 안은 충분히 더웠다. 그는 외투를 벗고 맥주를 한 잔 더 주문했다.

남편이 경찰로부터 연락을 받은 것은 오후 일곱 시 팔 분이었다. 차량은 도난당한 게 아니라 견인되어 있다고 했다. 남편은 택시를 타고 가면서 견인차량보관소에 전화를 했다. 차 문을 부숴서라도 아기를 먼저 꺼내달라고 말했다. 고소를 하겠다는 말도 했다. 택시기사가 백미러로 가끔씩 남편과 여자를 보았다. 여자는 고개를 숙인 채 말없이 약봉투만 보았다. 눈은 소금알갱이처럼 가늘어져 있었고, 도로 옆 커다란 전광판에선 그해 10대 뉴스를 발표하고 있었다.

남편과 여자가 보관소에 도착했을 때 여자의 차량에서 나는 경보음 소리가 요란했다. 자동차 문은 절단되어 있었고, 아기는 병원으로 막 이송되고 없었다. 견인을 했던 기사가 남편과 여자를 기다리고 있었다. 견인기사는 병원까지 데려다주겠다고 말했다. 남편과 여자는 견인차에 올라탔다.

"다급해서 119에 연락했습니다. 문을 열 수 없어 앞 유리를 깨고 문을 열었습니다."

기사는 사이렌을 울렸고, 경광등을 켰다. 노랗고 빨간 불빛이 눈 덮인 도로 위에서 미끄러졌다.

"정말입니다. 자동차 안이 조금도 보이지 않았습니다. 정말입니다."

기사는 경적을 마구 울려 댔고, 경광등처럼 다급하게 말했다.

"저도 애를 키웁니다. 연말이라 거의 비상대기입니다. 저는 그저 제가 맡은 일을 했을 뿐입니다."

남편은 힘없이 고개를 끄덕였다. 여자는 옆에 서 있는 버스의 광고판을 멍하니 바라보았다. 어디서 본 것 같은 책 광고가 붙어 있었지만 기사는 순식간에 버스 앞으로 끼어들었다. 여자가 뒤돌아보았을 때 버스는 점점 멀어지고 있었다. 가로등과 쌓여 있는 눈 때문에 밤은 그리 어둡지 않았다.

남편과 여자가 병원에 도착했을 때 아기는 이미 숨져 있었다. 사망 시각은 오후 여섯 시 삼십구 분이었고, 보다 정확한 사인을 알기 위해선 부검이 필요하다고 했다. 기사는 금니를 드러내며 정말입니다, 정말입니다, 아무것도 보이지 않았습니다, 라고 말하며 울상을 지었다. 여자는 눈앞에 갑자기 생긴 얼룩 때문에 하나도 보이지 않았다. 눈을 감았다가 떠도 얼룩은 사라지지 않았다. 앞이 안 보여. 여자는 손을 내밀어 얼룩을 떼어내려 했지만 손에 잡히는 것은 없었다. 누군가가 발목을 낚아채기라도 했는지 여자는 맥없이 주저앉았다.

여자가 다시 눈을 떴을 때 여자는 누워 있었다. 여자는 자신의 팔에 주삿바늘이 꽂혀 있는 걸 알았다. 주변에서 신음 소리와 간호사들의 실내화 소리가 들렸다. 여자가 고개를 옆으로 돌리자 간호사들이 보였고, 그 뒤로 시계가 보였다. 세 시 십구 분이었다. 그러나 오전인지 오후인지 알 수 없었다.

여자는 눈을 감았다. 그러자 조용한 어둠이 찾아왔다. 여자는 잠시 어둠을 즐겼다. 영문은 알 수 없지만 어둠이 아늑하고 편안하다는 생각이 들었다. 눈을 감기 전 마지막으로 본 시계의 모습이 어른거렸고, 째깍째깍 움직이는 초침 소리가 들려오는 듯했다. 여자는 눈을 감은 채 머릿속으로 초침 움직이는 소리를 따라 했다. 째깍째깍, 째깍째깍. 그러자 어쩐 일인지 그 소리에 맞춰 춤추는 나비가 어둠 속에서 보였다. 견인기사 때문이야. 아니야, 진하게 선팅한 탓이야. 아니야, 은행 영업시간 탓이야. 아니야, 정체 탓이야. 아니야, 연극 탓이야. 아니야, 아버지 탓이야. 아니야, 모르겠어. 여자는 눈을 감은 채 입술을 열어 조용히 째깍째깍 소리를 냈다. 어둠이 편안했지만 이유는 알 수 없었다.

그가 술집에서 나왔을 때는 자정을 넘긴 시간이었다. 집에서 몇 차례 전화가 왔지만 통화내용은 기억나지 않았다. 통화내용뿐만 아니라 어디서, 얼마나 많은 술을 마셨는지도 잘 기억나지 않았다. 그가 사는 아파트 뒤에는 야트막한 야산이 하나 있는데, 그는 아파트 안으로 들어간 것이 아니라 아파트단지를 지나쳐 야산을 오르고 있었다. 무릎까지 잠기는 눈 때문에 그는 더 이상 오르기가 힘들었다. 그는 눈 덮인 벤치에 서류가방을 깔고는 그 위에 앉았다. 눈앞으로 군데군데 불이 켜져 있는 아파트들이 보였다. 그가 사는 아파트 건물이 비스듬하게 보였다. 위에서부터 한 층, 한 층 헤아려 그가 사는 층수를 찾으려 했지만 그때마다 실패했다. 5층 이상을 내려오면 4층인지, 6층인지 헷갈렸다. 불이 꺼진 집이 많아 층의 구분이 모호했다. 아무려나. 그는 헤아리다 말고 말했다.

그는 선물로 산 장난감을 검은 비닐봉지에서 꺼냈다. 견인차에 달린 도르래를 감자 실로 묶여 있는 작은 자동차가 끌려왔다. 그는 도르래를 감았다가 풀었다가 했다. 바람이 꽤 불었지만 전혀 춥지 않은 것이 신기했다. 눈에 뒤덮여 있으니 오히려 따뜻하다는 생각을 했다. 장난감 견인차 위로 다시 눈이 떨어지기 시작했다. 그는 고개를 들어 하늘을 올려다보았다. 눈송이가 아니라 나비들이 힘없이 추락하는 것 같았다.

눈송이들이 그의 눈 위로 자꾸 떨어져 더 이상 눈을 뜨고 있을 수 없었다. 눈을 감자 자꾸만 잠이 왔다. 선물을 기다리고 있을 아이가 생각나서 그는 잠들지 말아야 한다고 생각했다. 내 애는 어떻게 하라고. 내 애가 무슨 잘못이 있다고. 그는 중얼거렸다. 그러나 마음 한구석에선 이대로 5분만 눈을 감고 있자고 했다. 더 이상도 필요 없고 5분이면 충분하다고 생각했다. 한 방울의 눈물이 흘러 나비 같은 눈을 조금 녹였다. 그의 몸 위로 폭설이 내리기 시작했지만 그의 몸은 자꾸만 그를 편안한 잠의 세계로 빠트렸다.

소년이 자다 말고 일어난 시간은 자정을 이십 분 정도 넘겼을 무렵
이었다. 무언가에 놀란 것처럼 소년은 후다닥 잠에서 깼다. 잠에서 깨
자마자 소년은, 아빠는? 하고 물었다. 무척 어두웠고, 자기 옆에 아무
도 없는 것을 알았다. 문틈으로 희미한 빛이 들어오고 있었다. 소년은
자리에서 일어나 문을 열고 나갔다. 그러자 소년의 어머니가 소년을
안아주었다.

"한밤중이란다. 더 자거라, 애야."

"아빠는?"

소년은 형광등 불빛에 눈이 부셔 눈을 뜰 수 없었다. 소년은 손으로
눈을 가린 채 물었다.

"지금 집으로 오고 있대."

소년의 어머니는 소년을 어두운 방으로 데리고 들어갔다. 소년이 누
우려 할 때 창밖으로 다시 엄청난 눈이 내리는 것이 보였다. 눈으로 뒤
덮인 아파트 뒷산이 어둠 속에서 하얗게 빛났다. 소년이 다시 잠들었
을 때 꿈에서 선물을 손에 쥐고 있는 아버지를 보았다. 선물은 견인차
였다. 아버지의 외투는 눈에 젖어 번들거렸고 견인차도 마찬가지였다.
아버지는 외투를 벗어 조용히 소년의 어깨를 덮어주었다. 소년은 눈에
젖은 아버지의 외투 안에서 견인차를 만져보았다. 그것은 금속이었고,
합금이었으며, 강철이었다. 소년은 견인차와 외투를 벗는 아버지를 천
천히 보았다. 아버지는 조금씩, 조금씩 희미해졌다.

소년이 다시 눈을 떴을 때는 오전 일곱 시 사십팔 분이었다. 그 시각
은 그가 동사체로 발견된 시각이기도 했다. 201동에 사는 노인이 눈이
그친 틈을 타 산책을 나갔다. 푹푹 꺼지는 눈을 밟는 것이 좋았다. 노

인은 훠어야, 하고 괴성을 지르며 지팡이로 눈을 헤쳤다. 괴성을 지를 때마다 차가운 공기가 가슴속까지 시원하게 밀려들었고, 그럴 때마다 노인은 혈관에 남은 찌꺼기가 사라지는 기분이 들었다. 기지개를 펴며 벤치를 찾았지만 눈에 파묻힌 벤치는 눈에 잘 띄지 않았다. 대충 자리를 짐작했지만 그 자리엔 커다란 눈사람처럼 뒤덮인 무언가가 있을 뿐이었다. 노인은 지팡이로 그 무언가를 헤쳤고, 얼마 지나지 않아 눈사람이 아닌 진짜 사람이 있는 것을 발견했다. 노인은 놀라서 뒤로 넘어졌다. 떨리는 두 손으로 휴대폰을 꺼내 신고를 했고, 구조대가 출동한 시각은 오전 여덟 시 십이 분이었다.

소년은 눈을 뜨자마자 어머니를 찾아 물었다.

"아빠는?"

소년의 어머니는 입술에 힘주고만 있을 뿐 아무런 말도 하지 않았다. 소년이 학교 갈 준비를 하고 있을 때 어디선가 구급차와 소방차가 내는 사이렌 소리가 들렸다. 소년은 창문으로 달려가 구급차와 소방차를 찾았지만 창으로 넘어오는 사이렌 소리만 들릴 뿐 보이진 않았다. 눈으로 뒤덮인 뒷산 위로 해가 눈부셨다. 선물을 사 오겠다는 아버지가 꿈이었는지, 선물을 사 온 아버지가 꿈이었는지, 소년은 헷갈렸다.

소년이 학원을 마치고 나온 시간은 전날과 마찬가지로 오후 네 시가 막 지났을 무렵이었다. 그때까지도 소년은 선물 생각을 하고 있었다. 그러나 아버지는 소년이 학교를 다녀왔을 때까지도 집에 들어오지 않았다. 학원 계단을 내려오고 있을 때 소년은 뛰어오는 어머니를 보았다. 어머니는 아무 말도 하지 않고 소년의 손을 잡아끌었다. 그러곤 뛰었다. 계단을 내려온 어머니는 소년을 데리고 택시를 기다렸다.

"아빠는?"

소년이 물었다. 그날도 도로는 여전히 막혔고, 빙판길 때문에 자동차들은 제 속도를 내지 못했다. 소년이 물을 때마다 어머니는 소년의 손만 꽉 쥐었다. 너무나 조여 마치 풀 수 없을 것만 같았다. 소년이 손을 빼려 했지만 그럴 때마다 어머니는 소년의 손을 꼭 쥐었다.

어머니와 함께 택시를 기다리는 동안 소년은 정류장에 서 있는 버스를 보았다. 버스의 옆면에 커다란 광고가 붙어 있었다. 소년은 눈을 감았다가 조심스럽게 떴다. 그러고는 버스 옆면에 붙어 있는 광고를 천천히 읽어보았다.

누군가의 하루를 이해한다면 그것은 세상을 모두 아는 것이다.

소년은 읽은 다음 어머니에게 자신이 읽은 게 맞는지 물었다. 그러나 어머니는 여전히 아무 말도 하지 않았다. 그러곤 갑자기 어깨를 들썩이며 울기 시작했다. 길거리에서 우는 어머니가 창피하다고 생각한 소년은 손을 빼려 했지만 어머니는 손을 놓아주지 않았다.

여자의 아기가 부검에 들어간 시각은 오전 열두 시 사십팔 분이었다. 부검이 끝난 시각은 오후 세 시 이십육 분이었다. 여자는 그 시간에 응급실 침대에서 일어나 남편의 부축을 받고 있었다. 부축을 받으며 일어난 여자는 시계를 보았고, 만 하루가 지났음을 알았다.

여자의 아기가 있는 병원과 그가 있는 영안실은 8.4킬로미터 떨어져 있으며, 지하철로 가기 위해선 한 번의 환승이 필요하다. 폭설과 강추위는 그 뒤 이틀간 더 지속되었고, 그 기간 동안의 강설량은 관측 사상 네 번째로 많은 양이었다. 주식은 114포인트 오른 채 그해 장을 마감했으며, 사람들은 연말연시를 보낼 여행지 검색에 분주했다. 연말에 있는 연예인들의 시상식 프로그램은 그해 최고의 시청률을 기록했고, 버스에 광고판이 붙은 그 책은 국내에서도 베스트셀러를 기록했다. 10년 동안 태풍이 한반도에 상륙한 것은 42회였고, 가뭄이 90여 회, 게릴

라성 집중호우가 여섯 차례 있었다. 100년 동안 큰 전쟁만 하더라도 열두 차례 벌어졌고, 1000년 동안 해수면의 온도는 1.2도 올라갔으며, 10000년 동안 새로 발견된 질병은 8982종이었다. 매년, 몇십 년 동안 많은 일들이 있었지만 그러나 일식처럼, 하루하루는 잊혀갔다.

그녀의 견인된 하루

그날 하루 여자에게 일어난 일 중 그 어떤 것도 그녀의 잘못은 아니었다. 그녀는 아무것도 원하지도 의도하지도 않았는데 그 모든 일이 그녀에게 일어나고 말았다. 그녀의 하루는 마치 정교하게 맞물려 돌아가는 톱니바퀴들처럼 한 치의 오차도 없이 진행된 일련의 상황 속에서, 톱니바퀴의 잇새로 말려든 한 마리 불운한 벌레처럼 그저 무기력하게 짓이겨졌을 뿐이다. 마치 사건일지를 기록하듯 그날 하루 그녀의 동선을 따라가며 분 단위의 정확한 시간을 알려주는 차가운 숫자들은 그녀의 하루를 삼켜버린 그 거대한 톱니바퀴들이 얼마나 충실하게 자신의 임무를 완수해내었는지를 보여주는 섬뜩한 증거물이다. 상황은 이렇다. 그날 하루 그녀는 며칠째 열이 내리지 않는 아이를 데리고 병원에 다녀오다 예기치 않은 교통정체로 간선도로에서 한 시간 가까이 차 안에 갇혀 있었다. 아이가 아픈 것이나 교통정체 모두 그녀가 원한 바가 아니었다. 여자가 은행마감 시간이 다 되어 은행에 도착한 것도, 은행의 주차장이 만차가 되어 할 수 없이 주차장 골목에 차를 세워놓은 것도, 아이가 아프다는 생각에 아이를 차 안에 두고 내린 것도, 견인차량고지서를 소년이 가지고 가버린 것도, 심지어는 하필 그때 오줌이 마려웠던 것까지도 엄밀히 따지면 모두 그녀의 잘못은 아니었다. 아니, 여자에게도 잘못이 없는 것은 아니다. 연극 공연 직전의 어둠을 좋아했던 여자는 자동차 안에서나마 "자신만의 어두운 공간"을 갖기 위해 차유리를 진하게 썬팅해놓았고, 인터넷뱅킹이라는 편리하고 기계화된 거래방식을 진작 배워두지 못했으니 말이다.

그렇다면 그녀가 자기만의 작은 공간을 갖고자 했던, 혹은 인터넷뱅킹을 미처 배워두지 못한 바로 그 잘못이 그녀의 아이를 삼켜버린 것일까? 어떤 직장에서든 6개월을 넘기지 못하던 아버지의 헐렁한 삶에서 벗어나고 싶어했던 그녀의 삶 역시 어느 순간부터 헐렁해져버린 것일까? 그리하여 그날 하루 그 헐렁해진 삶의 옷자락 하나가 정교하게 맞물려 돌아가는 톱니바퀴의 잇새에 돌이킬 수 없이 휘말려버린 것일까? 그 때문에 그녀의 자동차를 견인해 간 견인차가 그녀의 삶 또한 견인해버린 것일까? 견인차에 견인된 인생은 그녀뿐만이 아니다. 자신이 해고되었음을 알게 된 난독증에 걸린 소년의 아빠, 눈더미 속에서 동사한 채 발견된 그 또한 견인된 인생이기는 마찬가지다. 그가 아들에게 주려던 "금속이었고, 합금이었으며, 강철이었" 던 재질의 장난감 견인차는 이제 아들의 손으로 건네질 것이다. 누구나 다 자신의 하루를 산다. "공장에서 일하는 노동자는 열심히 일을 할 것이며, 선생은 열심히 가르칠 것이며, 경찰은 범죄자를 잡을 것이며, 그럴 때 엉터리는 바로 잡힐 것이며, 우리의 하루는 오늘도 온

전할 것"이다. 그날 견인차를 운전했던 운전기사 또한 "그저 제가 맡은 일을 했을 뿐"이다. 그러나 견인차가 견인해 간 그녀의 하루, 그리고 작품의 말미를 장식하는 차가운 숫자들의 퍼레이드는 "그런데도 우리는 그저 깊은 우물 안으로 떨어지고 있는 돌멩이에 불과하다는 걸", 그리하여 우리의 삶 역시 정교하게 돌아가는 톱니바퀴들이 기록하는 그 무수한 숫자들 중의 하나에 지나지 않음을 말해준다. 우리들은 누구나 '여자' '소년' '그'라는 일반명사, 혹은 대명사로 불리는 삶을 살아가는 것이다. '눈을 감았다가 떠도 사라지지 않는 얼룩'처럼 그녀의 삶을 덮어버린 그 견인된 하루는 이미 오래전부터 견인되어왔던, 그러나 일식처럼 하루하루 잊혀져왔던 세상의 그 무수한 하루들 중의 하나였을 뿐이다. 그러므로 "누군가의 하루를 이해한다면 그것은 세상을 모두 아는 것이다".

밀수록 다시 가까워지는

이기호

1972년 강원도 원주 출생.
1999년 『현대문학』 등단.
소설집 『최순덕성령충만기』
『갈팡질팡하다가 내 이럴 줄 알았지』.
장편소설 『사과는 잘해요』.

밀수록 다시 가까워지는

1

할머니가 삼촌에게 하얀색 스리 도어 프라이드를 한 대 사준 것은 87년 가을의 일이었다. 그때까지만 해도 경기도 가평에서 혼자 농사를 짓고 살던 할머니는, 삼 년 동안 손수 여물을 쑤어 기른 누렁이를 판 돈에, 한여름 장날 차부 옆 약국 계단에 쪼그려 앉아 한 묶음에 천 원씩 받고 판 옥수수, 거기에 고모의 통장에 들어 있던 돈까지 모두 합쳐 총 사백이십만 원을 마련했고, 그 돈을 미련 없이 자동차 영업사원에게 건네주었다. 고모가 부추긴 것도 한몫했지만, 그때 당시 할머니의 의도는 명백하고 단호한 것이었다. 삼촌이 차를 몰고 다니면, 그러면 여자가 생기지 않을까, 장가를 가지 않을까, 그것이 할머니의 예상이었다. 그래서 할머니는 그해 추석 전날, 서울 상봉동에서부터 직접 프라이드를 몰고 오느라 다섯 시간이 넘게 걸렸다고 투덜대던 자동차 영업사원에게도 군말 없이 웃돈에 송편까지 챙겨주며 등을 토닥거려주었으며, 시너 냄새가 채 가시지 않은 프라이드 유리창에 달라붙어 연신 손도장을 찍어대던 나와 사촌동생들에게는 난생처음 부지깽이를 휘두르며 '손 하나 까딱하지 말라'고 소리를 지르기도 했다. 아버지와 어머니, 작은아버지와 작은어머니는 입을 딱딱 벌린 채 그런 할머니를 말없이 바라보기만 했고, 주저주저 자동차 키를 받아든 삼촌은 다시 그런 아버지와 어머니, 작은아버지와 작은어머니의 얼굴을 힐끔힐끔 바라보며 뒤통수를 긁어댔다. 고모 혼자만 박수까지 쳐대며 삼촌의 등을 떠밀어 운전석에 타게 만들었다.

당시 서른 살이었던 삼촌은 구로동에 있는 대동피혁이라는 공장에 다니고 있었는데, 그 때문이었는지는 몰라도 열 손가락의 첫 번째 마디는 늘 갈색으로 물들어 있었다. 머리카락에선 항상 휘발유 냄새가 났고, 봄 가을 겨울, 세 계절 내내 입고 다녔던 군청색 점퍼엔 붉은색 페인트가 군데군데 묻어 있었다. 시간이 조금 흐른 후, 할머니가 경기도 가평 집을 팔고 서울 홍은동 우리 집으로 살림을 옮긴 다음부터 나는 십 년도 넘게 삼촌에 대한 이야기를 듣고 듣고 또 듣게 되었는데, 어쩌면 그것 때문에 지금 여기에 이렇게 삼촌 이야기를 쓰게 된 것인지도 모르겠다(어쩌자고 어머니는 나와 할머니를 같은 방에서 살게 했을까? 아무리 방이 없다고 해도 그렇지, 이야기를 하느라 앞니가 몽땅 다 달아나버렸다고 실토하는 할머니와 재수생을 한이불 속에 눕게 했으니, 결과는 뻔한 것이었다. 할머니는 내가 까무룩 잠이 들 때마다 어깨까지 툭툭 쳐대며 '야, 야, 자냐? 웬 젊은 놈이 초저녁잠이 그리 많냐? 네 아버지가 마장동에서 한창 공부할 땐 말이다……'로 시작되는 이야기를 다시 꺼내곤 했다.).
그때 할머니의 이야기에 빈번하게 등장했던 삼촌은 '이제 막 기름

칠을 끝낸 경운기'처럼 하루 종일 밭을 갈고, 논을 매고, 땔감을 나르는 사람이었다. 고모가 태어난 바로 그해, 읍내 다리에서 낙상해 세상을 등진 할아버지 덕분이기도 했지만, 삼촌은 각각 아홉 살, 일곱 살 차이 나는 형님들이 서울에 있는 상고에 나란히 진학하는 바람에 읍내 중학교만 간신히 졸업한 후, 그대로 고향집에 눌러앉을 수밖에 없었다. 그리고 그때부터 스물한 살, 맹호부대에 입대할 때까지 해뜰 때 발동이 걸렸다가, 해질 때 발동이 꺼지는 경운기처럼 뒷동산 감자밭에서부터 안목골 논까지 하루 종일 터덜터덜 걸어다니면서 일을 해야만 했다.

그런 삼촌을 서울로 떠밀어 올린 것은 할머니였다.

"갸가, 제대한 후에도 계속 농사만 지었는데, 아, 어느 날 내가 갸 참을 가져다주려고 안목골 논까지 리어카를 끌고 갔거든……."

"아이, 참, 할머니. 또 그 얘기하려는구나. 아, 글쎄 그 얘긴 하지 말래도."

"아, 그러니까 잘 들어봐, 이놈아……. 그때 갸가 논두렁 한쪽에 이렇게 누워서 자고 있었는데 말이야, 내가 옆으로 가만히 다가가 내려다보니까, 아, 글쎄 추리닝 바지 아래로 갸 자지가, 갸 자지가 이렇게, 이렇게 서 있는 거야……."

할머니는 그 이야기를 할 때마다 당신의 오른손을 잠옷바지 아래로 넣어 들썩거리곤 했다.

"아, 그걸 내가 처음 봤을 땐 어찌나 민망하고 놀랐던지……. 아, 근데 사람 마음이 또 요상한 게, 그걸 힐끔힐끔 내려다보고 있자니 이 할미 마음이 한편으론 짠해지는 거야……. 그래서 내 한참을 그 옆에 가만히 앉아 있다가 그냥 왔지 뭐냐."

할머니는 그 길로 읍내 당숙에게 전화를 넣어 삼촌의 일자리를 부탁

했다고 했다. 그게 82년 여름의 일이었다.

"나는 걔를 그렇게 서울로 올려보내면 지 형들만큼은 아니더라도 그냥 저랑 어울리는 짝 만나 알콩달콩 잘살 줄 알았지, 뭐냐……. 한데, 이건 뭐 계절이 몇 번 바뀌도록 여자가 생겼는지 안 생겼는지 도통 알 수가 있어야지. 어쩌다 노는 날 집에 내려와도 아무 말 없이 장작이나 패다 가니……. 내가 두 해쯤 지나 네 고모를 일부러 같은 공장에 취직시켜 걔한테 올려보낸 것도 다 그것 좀 알아보라고, 그것 좀 캐보라고 그런 거거든."

하지만, 당시 스무 살이었던 고모가 전해온 소식은 할머니를 충분히 실망시키고도 남는 것이었다. 고향에서랑 똑같다고, 아침부터 한밤중 잔업이 끝날 때까지 말 한 마디 없이 기계에서 밀려나오는 원단만 받아낸다는 것, 어쩌다 휴일이 돌아와도 자취방에서 도통 나오지 않고 잠만 자거나 라디오만 듣는다는 것, 회사 여공들 사이에서도 '어머, 그런 사람이 있었어?'로 통한다는 것, 그러니, 자기부터 먼저 시집을 보내줘야 할 것 같다는 얘기…….

"내, 그래서 그때부터 악착같이 저금을 했다는 거 아니냐. 네 고모한테 들으니까 그때 젊은것들은 자동차 있는 남자들을 좋아한다고 해서, 오냐, 그럼 내가 우리 막내 그놈 한 대 사주자, 그래서 처녀들을 한꺼번에 세 명, 네 명씩 태우고 돌아다니게 해주자, 나는 뭐 열 며느리 마다하지 않을 자신이 있었으니까……. 그래서 그때까지만 해도 네 애비에게도, 네 작은애비에게도 없던 자동차를 떡하니 사준 게지. 내가 걔한테 뭘 사준 건 그게 처음이었어……."

할머니는 삼촌이 프라이드를 몰고 서울로 올라간 그 다음 주말부터, 계속 다리 건너 신작로까지 나가 한나절을 앉아 있다가 돌아왔다고 했다. 옥니만 아니면 되는데, 옥니만 아니면 되는데……. 할머니는 그렇게 중얼거리면서, 삼촌이 프라이드 조수석에 태우고 데려올 여자를 머 릿속에 그리고 또 그려보았다고 했다.

하지만, 할머니의 그런 바람과는 달리, 삼촌은 그 뒤로도, 한 달이 지나고 두 달이 지나고, 일 년이 다 지나도록 처녀를 데리고 나타나진 않았다.

대신…… 삼촌은 프라이드와 사랑에 빠지게 되었다.

그러니까 이 글은 바로 그 사정에 대한 이야기이다. 나 역시도 한참 후에야 알게 된 삼촌과 프라이드의 사정 말이다.

2

내가 지금도 생생히 기억하는 삼촌은 항상 프라이드 운전석을 최대 한 뒤로 젖힌 채, 그 위에 침낭을 깔고 자고 있는 모습이었다. 87년 추 석 이후, 내가 삼촌의 얼굴을 본 것은 손으로 꼽을 수 있을 만큼 많지 않았는데, 그것은 대부분 설날 아침이거나 입춘 근처에 있는 할아버지 제삿날 저녁이었다. 가평 집 안방에 병풍이 쳐지고, 지방이 세워질 때 쯤이면 항상 할머니가 부엌으로 따로 나를 불러내어 작은 목소리로 말 하곤 했다.

"대문 열고 저기 저 뒷동산 밭 미루나무 아래 가봐라. 삼촌 왔으면 어여 들어오라고 하고."

삼촌은 어느 해 설날엔 왔고, 또 어느 해 설날엔 오지 않았다. 프라 이드 창문 전체를 뒤덮은 하얀 서리를 부챗살모양으로 긁어내 보면,

거기 삼촌이 히터도 켜지 않은 채 잠들어 있었다. 뒷좌석 한편엔 휴대용 가스버너와 코펠, 커다란 플라스틱 물통이 하나 놓여 있었고, 운동화와 흙이 잔뜩 묻은 안전화, 공구들이 가득 담긴 쌀자루도 눈에 들어왔다. 삼촌은 자리에서 일어나면 항상 자동차 시동을 먼저 걸었는데, 그런 다음에야 눈곱을 떼고 기지개를 펴고, 운전석 문을 열고 나와 내 머리를 한번 쓰다듬어주었다. 그리고 오 분 정도 보닛 바로 옆에 쭈그리고 앉아 담배를 한 대 다 피운 후, 다시 시동을 끄고 그제야 집으로 들어가곤 했다.

내 기억이 정확하다면, 삼촌은 프라이드를 타기 시작한 지 두 달 만에 다니던 공장을 그만두고 전국을 떠돌기 시작했다. 주로 물막이 현장이나 신축 아파트 공사장들을 떠돌아다니며 간간이 일을 하는 모양이었는데, 따로 방을 잡거나 살림을 차린 눈치는 아니었다. 차례나 제사가 어느 정도 마무리되고 나면, 아버지는 짜증 난 듯한 표정으로 나와 사촌동생들을 모두 방 밖으로 내보내곤 했다. 그리고 그 뒤엔 항상 큰소리가 튀어나왔다. 주로 정신 좀 차리라는, 언제까지 그렇게 살 거냐는, 아버지와 작은아버지의 목소리였다. 어느 해엔 누군가가 손찌검하는 소리가 부엌까지 들려오기도 했는데, 그때마다 할머니는 괜스레 어머니와 작은어머니에게 손이 굼뜨다는 둥, 아직까지 시어미가 들기름이 어디 있는지 일일이 가르쳐주어야 하겠냐며 신경질을 냈다.

삼촌은 차례나 제사가 끝난 후, 대개 한두 시간도 지나지 않아 사라졌다. 화장실을 가는가 싶었는데, 마당에 나가보면 어느새 멀리, 동네 초입을 빠져나가고 있는 프라이드의 붉은색 후미등이 눈에 들어왔다. 그렇게 작게 작게 사라져가는 후미등을 한참 동안 바라보고 있자면 왠지 모르게 쓸쓸하고 외로운 마음이 들기도 했는데, 사실 그런 감정은 잠시였고, 나는 나도 모르게 휴우, 긴 한숨을 내뱉곤 했다. 어쨌든 삼촌 때문에 집안 분위기가 엉망이 되는 것은 사실이었으니까. 마치 그때부터 다시 명절이 시작되는 듯한 느낌이 들기도 했다.

93년도 설이던가, 한번은 사촌여동생이 삼촌의 점퍼에서 몰래 차 키를 빼내 프라이드에 숨어든 적이 있었다. 제딴에는 집에서 가져온 카세트테이프를 듣고 싶어서 그랬던 모양인데, 시동도 제대로 걸지 않은 상태에서 히터와 오디오를 켜고 있는 바람에 그만 배터리가 모두 방전되고 말았다. 뒤늦게 그 사실을 안 삼촌은, 그때부터 다음 날 아침 서비스센터 직원이 트럭을 몰고 직접 찾아올 때까지 단 한 발짝도 프라이드 옆을 떠나지 않았다. 밤이 늦도록 집으로 들어오지 않는 삼촌을 보다 못한 작은어머니가 몇 번 대문 밖으로 나가봤지만, 번번이 혼자 돌아오곤 했다.

"뭐래, 안 들어오겠대?"

작은아버지가 묻자, 작은어머니는 말없이 고개만 끄덕거렸다.

"한데…… 한데, 삼촌이 좀 이상해요."

"뭐가?"

"차를…… 차 앞머리를…… 이렇게 꽉 끌어안고 있어요…… 마치 애인이라도 되는 것처럼."

그 말을 들은 아버지는 허, 참 하며 고개를 절레절레 흔들었고, 할머니는 슬그머니 자리에서 일어나 방 밖으로 나가버렸다. 언젠가 내가 그날 일을 병실에 누워 있는 할머니에게 물어본 적이 있었는데, 할머니 역시 그때 일을 또렷하게 기억하고 있었다. 할머니 또한 그날 밤 종종 삼촌이 있는 곳으로 나가봤던 것이다.

"갸가…… 속정이 깊어서…… 그게 누렁이 팔아서 장만한 거잖냐? 그저 그게 누렁이다, 생각해서 그런 게지. 내가 그날 갸들 둘한테 담요 덮어주고 왔어."

할머니는 그렇게 이해했을지 몰라도, 그러나 가족들 중 그 누구도 그런 삼촌을 이해한 사람은, 아니 이해하려고 노력한 사람은 없었다. 그저 삼촌에게서 무언가가 쑤욱, 빠져나갔다고만 생각했을 뿐, 다른 것은 없었다. 그도 그럴 것이 삼촌은 그뒤로도 이십 년 가까운 세월을 계속 프라이드에서 나오지 않았으니까……. 길을 가던 도중 어쩌다 불쑥 하얀색 프라이드를 마주치기라도 하면 무의식중에 꾸벅, 고개를 숙이고 싶은 마음이 들었던 건 비단 나뿐만은 아니었던지, 지금은 호주에 가서 살고 있는 사촌여동생은 언젠가 한번 횡단보도 앞에서 하얀색 프라이드와 마주쳤을 때, 저도 모르게 속엣말로 '숙모님'이라고 불러봤다고 고백했을 정도이니.

3

그런 삼촌이 우리 집 담벼락 옆에 프라이드를 주차해놓고 사라진 것은 육 년 전 어느 봄날, 그러니까 정확하게 말하자면 2004년 4월 6일 (정확한 날짜는 나 또한 훨씬 후에 알게 된 것이었다), 새벽의 일이었다. 아침에 신문을 가지러 대문 앞까지 나간 아버지는 우유 투입구에 들어 있던 낯선 자동차 키를 발견했고, 곧이어 아버지의 소나타 뒤에 얌전히 주차되어 있던 삼촌의 프라이드를 보게 되었다. 삼촌은 타고 있지 않았다.

하필 그날 나는 같은 대학원에 다니고 있던 사람들과 왜 우리가 듀오에 가입될 수 없는가에 대해 밤새 진지하고 심도 있는 토론을, 다량의 음주와 함께 나눈 후 첫차를 타고 돌아오는 길이었기에, 골목길에서 아버지와 마주치자마자 움찔, 그 자리에 굳은 듯 멈춰 설 수밖에 없었다. 또 한 소리 제대로 듣겠구나, 각오하고 있었는데, 뜻밖에도 아버지는 계속 주차된 프라이드만 이리저리 살필 뿐, 내겐 별 관심을 보이지 않았다.

"이게 네 삼촌 차 맞지?

그제야 나도 주차되어 있던 프라이드로 눈길을 돌리게 되었다. 그건 한눈에 봐도 삼촌의 차가 틀림없었다. 번호판도 예전 그대로였고, 사선으로 된 알루미늄 휠도 변함없는, 삼촌의 오래된 연인이 맞았다. 프라이드는 이제 막 세차를 끝낸 듯 먼지 하나 없이, 그때 막 떠오르던 해에 반사돼 번들거리고 있었다. 이십 년 가까이 운행된 자동차였지만, 색깔만 조금 진주색에 가깝게 바랬을 뿐, 범퍼엔 잔 흠집 하나 나 있지 않았다.

"한데, 이걸 왜 집에 던져놓고…… 어딜 간 거야?

아버지는 손에 들고 있던 자동차 키를 흔들며 계속 고개를 갸웃거렸다. 그땐 할머니가 우리 집에서 함께 산 지도 벌써 팔 년 가까이 흐른 뒤인지라, 나는 당연히 삼촌이 할머니를 만나러 온 것이라고 생각했다. 그래서 아마 목욕탕에 간 거 같다고, 그래야 삼촌도 듀오에 가입할 수 있지 않겠냐며, 횡설수설 아버지에게 말을 늘어놓았던 것 같다. 그러니까 그때까지만 해도 나는, 삼촌이 하루가 지나고, 이틀이 지나고, 우리 동네 목욕탕들이 죄다 찜질방으로 상호를 바꿀 때까지 돌아오지 않을 줄은 상상도 하지 못한 것이다. 상상은 무슨 상상, 그저 빨리 눕고만 싶었을 뿐이었다.

4

프라이드는 87년 3월부터 기아자동차에서 생산되기 시작한 우리나라 최초의 해치백 스타일의 자동차였다. 엔진은 직렬 4기통 1139cc 70마력짜리와, 1323cc 78마력 가솔린 엔진 두 가지 모델이 있었다. 그때까지만 해도 트렁크가 뒤로 삐죽 튀어나와 있는 세단 모델에 익숙해 있던 사람들은, 처음 보는 해치백 스타일의 자동차를 두고 이런저런 말들이 많았다. 뒤에서 차가 받으면 운전자가 즉사한다는 둥, 트렁크엔 도시락 하나 실을 수 없을 거라는 둥, 기름통이 너무 작아 오토바이랑 다를 바 없을 거라는 둥, 앞에 손잡이만 하나 달면 딱 리어카라는 둥, 대부분 무시와 비하의 말들이 주를 이뤘다. 하지만 그해 3월 5일 서울 영동 무공종합전시장에서 열린 신차발표회장엔 나흘 동안 무려 18만 명의 시민들이 한꺼번에 몰려, 그런 말들을 모두 무색하게 만들었다. 신차발표회 후 한 달 만에 가계약 건수가 구천 대를 넘어섰고, 87년이 다 지나가기 전까지 그해 계획했던 총 3만 대의 판매실적을 모두 달성해, 당시로서는 어마어마한 성공을 거두기도 했다. 프라이드가 그토록 단기간 안에 인기를 끌 수 있었던 비결은 저렴한 차량 가격과, 다른 차들과는 비교할 수 없을 만큼 좋은 연비가 톡톡히 한몫했지만, 그해 3월부터 집중적으로 방영된 텔레비전 CF의 공 또한 무시할 순 없을 것이다. 하얀색 캐주얼 차림의 젊은 두 남녀가 한강변을 걸어가다가 프라이드를 타고 석양이 지는 도시 저쪽으로 사라지는 광고는, '도시의 젊은 생활, 나의 삶 나의 꿈, 프라이드'라는 카피와 함께 매시간 텔레비전에서 흘러나왔다. 지금 생각해보면 조금 유치하기까지 한 그 광고는, 남자 모델의 특이한 승차 자세 때문에 더 큰 화제를 몰고 왔다. 남자 모델은 한쪽 다리를 미리 쭉 펴서, 그러니까 마치 태권도의 뒷발차기 비슷한 자세로 몸을 낮춰 운전석에 올라탔는데(아마도 차체가 낮아서 그랬던 모양이었다), 그 모습이 사람들에겐 낯설고 또 한편으론 신기하게 여겨진 모양이었다. 그 광고가 나온 이후, 거리 곳곳에서 택시를 그런 자세로 올라타는 사람들을 종종 발견할 수 있었고, 나와 내 친구들은 자주 그런 자세로 버스에 올라타다가 기사 아저씨에게 호되게 욕을 얻어먹기도 했다.

프라이드는 이후 몇 차례 보디형식을 추가해 모델 라인업을 늘려나가다가, 2000년 1월 최종 단종되고 말았다. 그때까지 총 판매대수는 70만 대가 조금 넘었고, 포드자동차와 마쓰다자동차에 OEM 방식으로 수출된 물량까지 합치면 총 100만 대가 넘게 생산되었다. 예전 어느 자동차 전문기자가 프라이드에 대해서 '결과적으로 실패한 모델'이라고 쓴 글을 읽은 적이 있었는데, 그의 요지는 대충 이런 것이었다. '자동차는 어느 정도 결함도 있고, AS 유발효과라는 것도 있어야 하는 법인데, 프라이드는 그런 게 없었다. 수익적 차원에서 보면 회사에 아무런 보탬도 되지 않았던 자동차였다.' 프라이드에 대해 욕을 하는 글인지, 칭찬하는 글인지 도통 알 수는 없으나, 그의 평가와 일반인들의 평가는 크게 다르지 않았다. 어떤 사람은 프라이드의 출시로 인해 바야흐로 우리나라에 1가구 1차 시대가 열렸다고 평하기도 했으니까. 물론 다 지난 다음에, 프라이드가 단종된 이후에야 나온 말들이지만 말이다.

5

2004년 4월이면 내가 운전면허를 딴 지 채 육 개월도 지나지 않았던 때인지라, 세숫대야만 봐도 괜스레 이리저리 돌려보고 싶은 마음이 생기고, 버스 좌석에 앉아도 오른쪽 발바닥을 살짝 세워 허공을 지그시 밟아대던, 그런 시절이었다. 호시탐탐 아버지의 소나타를 노리다가 좌측 사이드미러와 뒷범퍼를 전부 교체하게 만들었던 것도 그맘때였고, 인터넷으로 밤새 중고 마티즈 시세를 알아보다가 다시 학원 파트타이머 강사 자리를 알아보다가, 또다시 아반떼의 할부금리를 알아보던 시절이기도 했다. 차가 꼭 필요한 이유를 대라면 당연 아무런 말도 할 수 없었지만, 아무런 이유 없이 차를 몰고 다니는 친구들은 주위에 넘치고 넘쳐났기에, 나는 종종 까닭 없이 불행하다는 생각에 빠지기도 했다. 자동차 회사들 또한 아무런 이유 없이 차를 모는 사람들을 주 고객 대상으로 삼아 '제로백'이니, '코너링'이니 하는 것들을 주요 선전문구로 내세웠으니, 거참, 사람 멍하게 만드는 것도 한순간의 일이었다. 아무런 문제도 없고, 아무런 불편도 없는 상태에서 느끼는 불행이란, 곧잘 우울증으로 이어질 수 있다는 것을 깨닫게 된 것도 아마 그즈음의 일이었을 것이다.

그런 시절에, 삼촌의 자동차 키가 일주일 넘게 우리 집 신발장 위에 얌전히 놓여 있었다……. 처음엔 정말이지 손톱만큼도 그것을 건드릴 생각은 하지 못했다. 다른 사람도 아닌, 삼촌의 자동차였기 때문이었다. 삼촌에겐 애인과도 같은 프라이드였다. 그런 프라이드를 몰래 탄다는 건…… 그 자체가 불경스럽게 여겨지기도 했지만, 사실은 두려운 마음이 더 컸다. 차를 끌고 나갔다가 집으로 돌아와보면, 삼촌이 그 자리 그대로 우뚝 서서, 나를 기다리고 있을 것만 같았다. 그러니까 아무리 세숫대야를 잡고 이리저리 돌려대는 처지라 해도, 사람에 대한 예의까지는, '예의'라는 단어의 초성까지는, 자동차 핸들로 보지 않았던 것이다.

하지만, 삼촌이 일주일이 지나 열흘이 넘도록 연락 한 번 없이 돌아오지 않자, 슬금슬금 내 안에서 다른 가정들이 자라나기 시작했다. 일테면, 삼촌이 차를 바꾼 게 아닐까, 하는 가정, 혹은 삼촌이 이라크나 두바이로 일자리를 찾아 떠났을지 모른다는 가정, 그것도 아니면 삼촌이 음주운전으로 면허가 취소되었을지 모른다는 가정, 그것도 아니라면…… 그냥 불현듯 내가 생각나서, 네가 할머니 때문에 고생이 많구나, 하면서 선물로 주고 갔을 가정…… 삼촌 역시 젊은 시절 할머니 이야기를 듣느라 고생깨나 했을 게 분명하니까…….

결국 그런 가정과 가정의 지난한 싸움 끝에, 내가 삼촌의 자동차 키를 손아귀에 감싸쥔 채 조용히 현관문 밖으로 나선 것은 그로부터 다시 보름이 지난, 4월의 마지막 주 금요일의 일이었다. 어쨌든 너무 오랫동안 시동을 걸지 않고 방치하면, 그것 또한 차에 대한 예의가 아니라는 것이, 삼촌도 그런 내 마음을 이해해주리라는 것이, 나의 최종 결론이었다. 하여간, 예의 하나는 어디에 내놔도 빠지지 않았던 청춘이었던 것이다.

삼촌의 프라이드에 처음 시동을 걸었을 때, 그때 들었던 엔진 소리를 지금도 잊을 수가 없다. 이미 햇수로 꼬박 십팔 년이 되었고, 계기판에 나와 있는 주행거리는 47만 킬로미터를 넘어서고 있었지만, 프라이드의 엔진은 부드럽고 조용하게, 마치 난로 위 주전자처럼 천천히, 그리고 단호하게 움직이기 시작했다. 기름은 가득 채워져 있었고, 사이드브레이크는 단단히 잠긴 상태였다. 실내엔 희미하게 알코올 냄새 같은 것이 배어 있었는데, 그건 일전에 아버지 차에서 맡아보았던 새

차 특유의 냄새를 닮아 있기도 했다. 시트도 깨끗했고, 예전 내가 보았던 삼촌의 자질구레한 짐들 역시 하나 보이지 않았다. 검은 고무재질로 만든 발판은, 운전석 쪽은 닳고 닳아 끝부분이 모두 갈라져 있었지만, 조수석 쪽은 이제 막 물에 담갔다가 뺀 듯 말끔했다.

나는 시동을 건 채, 한참 동안 차 내부를 두리번거리면서 살펴보았다. 그리고 핸들을 살짝 잡아보았다. 핸들은 길이 잘 든 듯 너무 빽빽하지도, 또 너무 헐겁지도 않았다. 나는 핸들을 잡은 상태에서 숨을 한 번 길게 내쉬었다. 여러 가지 가정 중 하나의 가정은 확실해진 것 같았다. 왜인지는 알 수 없으나, 삼촌은 이제 이 프라이드와 영영 이별을 해버린 것만 같았다. 그냥 나도 모르게 그 순간, 그런 느낌이 들었다. 그렇다면…… 나는 브레이크 페달에서 발을 떼, 액셀 페달 위에 올려놓았다. 차는 아무 이상 없이 천천히 앞으로 움직이기 시작했다. 차가 서서히 움직이자, 나는 삼촌에 대한 생각은 자연스럽게 잊어버리고 말았다. 아직 초보딱지를 떼지 못한 처지여서 그랬기도 했지만, 어쩌면 그것은 자연스러운 관성 같은 것이었는지도 몰랐다. 가정을 진실로 만들어버리는 관성 같은 것.

하지만, 그런 상태는 그리 오래가지는 못했는데, 그날 밤, 나는 삼촌의 프라이드의 어떤 결함에 대해서 곧장 알아버렸기 때문이었다.

삼촌의 프라이드는, 삼촌의 프라이드는…… 후진이 되질 않았다.

6

삼촌의 프라이드가 후진이 안 된다는 것을 내가 처음 알게 된 건 가양대교가 눈앞에 보이는 한강시민공원 주차장에서였다. 혼자였으면 차라리 좋았을 걸……. 왜 초보들은 운전대를 잡기만 하면 꼭 조수석에 누군가를 태워야 한다는 의무감에 휩싸이는지, 나 역시도 그날 프라이드를 몰고 집 앞 골목길을 빠져나오자마자 자연스럽게 한 여자아이부터 떠올렸고, 그래서 곧장 강변북로로 접어들고 말았다. 학교 신문사 간사 일을 하면서 알게 된 여자 후배였는데, 딱 한 번 단둘이 술자리를 가졌다가 엉망으로 취해 잠자리까지 하게 된 사이였다. 그렇다고 그뒤 정식으로 사귀게 된 것은 또 아니었는데, 나야 어느 정도 호감을 갖고 있었다고 해도, 여자 후배의 입장은 꼭 그렇지만은 않은 것 같았기 때문이었다. 에이, 그거야 어디 사람끼리 잔 건가, 술끼리 서로 잔 거지. 여자 후배는 서슴없이 그런 말을 하면서 내 어깨를 퉁, 치기도 했다. 그러니, 나 역시도 별수 없이 퉁, 여자 후배의 어깨를 치며 그러게, 왜 술을 섞어 마시냐, 라고 웅얼거릴 수밖에.

그러니까 내가 그날 일산에 있는 그녀의 집을 찾아가 '어머, 이게 웬 똥차예요?'라는 소리를 듣고도 아무렇지 않게 '글쎄 말이야, 귀찮게 삼촌이 잠깐 맡아달라고 해서…… 한강에 바람이나 쐬러 갈까?' 운운했던 것은, 실은 무언가 아쉬운 마음이 남아서, 더 확인해보고 싶은 마음이 남아 있었기 때문이었다.

하지만, 그날 나는 그녀의 마음을 확인하기도 전에, 프라이드의 문제를 먼저 확인하게 되었고, 그것 때문에 그녀의 속내 따위는 전혀 생각하지도 못한 채, 낑낑, 계속 애꿎은 기어만 앞으로 뒤로 옮기다가,

결국 쓸쓸히 집으로 돌아오고 말았다. 다른 문제는 전혀 없었다. 오직 단 하나, 기어를 'R'에 놓고 아무리 액셀 페달을 밟아도, 밟고 또 밟아도, 프라이드는 요란한 소음만 낼 뿐, 꿈쩍도 하지 않았다는 것, 그게 전부였다. 지금이야 물론 그럴 경우, 기어를 중립에 놓고, 재빠르게 운전석 밖으로 나가, 차가 들어갈 공간을 나름 머릿속에 그리며, 적절한 세기로 차 트렁크를 두 손으로 밀어 신속하게 주차를 끝냈겠지만, 그 때야…… 더구나 당시 나는 운전경력이라곤 고작 아버지의 소나타를 야밤에 세 번 훔쳐 몰아본 게 전부인, 그 세 번 중 두 번은 전봇대와 담벼락에 각각 씻을 수 없는 상처를 남긴, 말 그대로 전진과 후진만 아는 운전자였다. 한데, 그중 후진이 안 되는 경우이니…… 나는 당황하지 않을 수가 없었다. 그리고 당황해서, 더 집착하게 되었다. 주차가 제대로 안 되면 대강 천천히 그 일대를 드라이브하면서 상황을 모면할 수도 있었을 텐데, 그러나 그때는 생각이 미처 거기까진 닿지 못했다. 그저, 계속 사이드브레이크를 당겼다가 풀었다가, 시동을 껐다가 켰다가, 기어를 'R'에서 다시 'D'로, 'D'에서 다시 'N'으로, 옮기고 옮겼을 뿐이었다. 그러는 사이 여자 후배는 조수석 문을 열고 나가 혼자 한강변을 걸어다니기 시작했고, 그걸 빤히 보고도 나는 계속 바퀴에 뭐가 낀 게 아닐까, 핸들을 이리저리 돌려보며 쭈욱 프라이드에 앉아 있었던 것이다.

결국 혼자 한강변을 돌아다니다가, 매점에 들러 콜라까지 사 마시고 돌아온 여자 후배는, 그때까지도 여전히 운전석에 앉아 기어를 만지작거리고 있던 내 어깨를 퉁, 치며 말했다.

"에이, 차만 똥차인 줄 알았더니, 선배도 만만치 않네. 다 봤으니까, 이제 가요.

 이것 또한 물론 다 지나고 난 후에 든 생각이긴 했지만, 만약 삼촌의 프라이드가 그때 아무런 문제도 없었다면, 후진도 전진만큼이나 쭉쭉, 미끄러지듯 잘되었다면, 다른 차들처럼 띠링 띠링 띠리리리리 「엘리제를 위하여」 선율에 맞춰 부드럽게 잘되었다면, 그랬다면 내가 그 후로도 오랫동안 그 차를 몰 수 있었을까? 그 차를 몰고 아무렇지도 않게 이마트 주차장에 들어가고, 학교에 가고, 아르바이트로 구한 보습학원에도 가고, 찜질방에도 가고, 그럴 수 있었을까? 아마, 아마 그러진 못했을 것이다. 만약 그랬다면 나는 기껏해야 야밤에 몰래 빠져나와 자유로나 내부순환로를 몇 번 달려본 후, 말았을 것이 분명하다. 아무 문제가 없기 때문에, 오히려 나는 더 조심스러웠을 테니까.

 하지만…… 삼촌의 프라이드가 후진이 안 된다는 것을 알게 된 뒤, 나름 며칠을 고민한 후 내린 결론은 '삼촌은 차를 놓고 간 것이 아닌, 버리고 간 것'이었다. 그때 당시 분명, 나는 그렇게 결론을 내렸었다. 그리고 그것은 가정이 아닌, 어떤 근거에 의해서 내린 결론이기도 했는데, 그중 하나에는 한강시민공원을 다녀온 그 다음다음 날이었던가, 프라이드를 몰고 찾아간 기아자동차 홍제동 AS센터의, 은색 토시가 인상적이었던 정비사의 의견도 포함되어 있었다. 정비사는, 대검처럼 기다랗게 생긴 드라이버를 갖고 차량 내부 센터페시아 아래쪽을 모두 뜯어보고 난 후, 그런 다음 다시 밀차에 누워 프라이드 차체 아래로 들어가 한참 동안 무언가를 살펴보고 난 후, 내게 말했다.
 "뭐, 문제가 좀 있긴 하지만, 애를 쓰면 고칠 수는 있겠습니다."
 그의 설명에 따르면, 삼촌의 프라이드는 오토미션 쪽에 붙어 있는 패킹이 아예 떨어져나가, 기어를 아무리 'R'로 옮겨도 자동적으로 중립상태가 된다는 것이었다. 그것만 교체하면 아무 문제 없이 후진이 될 거라고 했다. 문제는 비용이라고 했다.

"이게 워낙 초기 모델이어서요, 패킹을 교체하려면 오토미션까지 다 갈아야 하는데 그러면 공임까지 포함해서……."

정비사는 툭툭, 타이어를 발로 차면서 육십만 원 정도 들 거라고 말했다. 그것도 부품을 구할 수 있는 경우에 그렇다는 말이었다. 그러면서 그는 친절하게도 현재 프라이드의 중고 시세가 오십만 원 선이라는 것을 가르쳐주었다. 그것도 90년대산 모델의 경우가 그렇지, 87년산 모델은, 하면서 말끝을 흐렸다. 나는 그에게 차 키를 건네받으면서 괜스레 '사실 이건 내 차가 아니라 우리 삼촌 찬데, 삼촌이 하도 귀찮게 해서…….' 운운, 하지 않아도 될 말들을 늘어놓았다.

또 하나의 근거는 프라이드 조수석 콘솔박스에서 나온 서류봉투들이었다. 그 안에는 자동차등록증과 자동차세 납입영수증, 자동차보험증서 등과 함께 삼촌의 주민등록초본과 인감증명서가 각각 두 통씩 들어 있었다. 다른 서류들은 다 이해할 수 있었는데, 생뚱맞게 주민등록초본과 인감증명서는 왜 여기 넣어놓으셨을까, 곰곰 고민하다 보니, 아하, 그게 폐차에 필요한 서류라는 것에까지 생각이 닿게 되었다. 그제야 나는 모든 게 명확해진 기분이었다. 어떤 사정 때문인지는 몰라도, 삼촌은 당신의 프라이드가 후진이 되지 않는다는 것을 알게 되었고, 그래서 아버지나 나에게 대신 폐차를 부탁한 것이라는……. 어쨌든 삼촌에겐 애인 같은 프라이드였으니, 당신 손으로 직접 폐차를 하기엔 아무래도 어려운 부분이 있었을 테니까, 뭐 그런 결론…….

이상한 것은 그렇게 결론을 내리고 난 뒤부터, 나에게 느닷없이 큰 용기 같은 것이 생겼다는 점이다. 그것을 용기라고 봐도 좋고, 또 어떤 안도감 같은 것이라고 해도 틀린 말은 아닐 것이다. 어쨌든 나는 그다음부터, 아니 그 덕분에, 삼촌의 프라이드를 주저없이, 거리낌없이 몰고 다닐 수 있게 되었으니까. 후진이 안 된다는 단점이 있었지만, 오히려 그것이 나에겐 더 편안하게 다가온 것도 사실이었다. 사실, 서울 시내에선 주차를 할 경우를 빼곤 후진을 할 일은 거의 없었다. 더구나 그때까지도 나는 주차가 제일 어려운 초보운전자였다(소나타의 사이드 미러와 뒷범퍼를 깨먹은 것도 모두 후진주차를 하다가 생긴 일들이었다). 하지만, 삼촌의 프라이드는 주차를 할 일이 생기면 무조건 나와서 밀기만 하면 되었으니까, 따로 신경을 곤두세울 일 같은 것은 없었다. 그저, 이마트에서도 밀고, 학교에서도 밀고, 학원에서도 밀고, 찜질방에서도 밀고, 무조건 밀어서 차를 넣고, 무조건 밀어서 차를 빼면 되는 것이었다(한 달 정도 지난 후부턴 운전석 문을 열고 핸들을 조작하면서 미는 방법도 터득하게 되었다. 그러니, 일렬주차도 아무 문제 없었던 것이다). 그렇게 매일매일 트렁크 부분을 밀다 보니, 어느새 나는 조금씩 조금씩 프라이드에 적응해나가게 되었다. 나는 한밤중, 책을 읽다가도 말고 집 밖으로 나와 자유로를 달렸으며, 학원 강의를 끝내고 집으로 돌아가다 말고 핸들을 돌려 외곽순환도로를 달리기도 했다. 어떤 날은 조금 더 욕심을 내서 천안까지 갔다 오기도 했고, 또 어떤 날은 시속 130킬로미터로 꾸준히 달려 안면도까지 내려간 다음, 혼자 바지락칼국수를 먹고 돌아오기도 했다. 삼촌의 프라이드를 몰기 시작한 지 두 달 정도 지난 뒤부터는 나는 거의 일주일에 세 번꼴로 밤의 고속도로를 달렸다. 달리면서 나는 오디오도 거의 켜지 않았다. 처음엔 배터리가 미덥지 못해서 그랬지만, 그뒤로는 그저 다른 어떤 소음들에도 방해받지 않고, 오직 차가 내는 소리를 듣기 위해서, 음악을 틀

지 않게 되었다. 왜 그렇게 달렸냐고 묻는다면 지금도 딱히 대답할 말
은 생각나지 않는다. 그러나 그래도 군이 답을 해야 한다면 무언가 한
계 같은 것을 보고 싶어서 그랬던 것 같기도 하다. 그때 당시엔 매일매
일 프라이드에 시동을 걸면서 오늘이 마지막일 거야, 오늘이 마지막일
거야, 라고 중얼거렸으니까. 그도 아니면 어떤 반발심리 같은 게 있었
을지도 모른다. 뒤로는 못 가는 자동차이니, 어쨌든 앞으로는 최대한
멀리, 최대한 빨리 가보자는……. 고속도로는 후진할 수 없는 길이니
까, 무조건 앞으로만 나가야 하는 길이니까……. 그러면서 나는 얼핏
얼핏 삼촌도 나와 비슷한 게 아니었을까, 그래서 그토록 오랜 세월 프
라이드에서만 머문 게 아니었을까, 하는 생각을 하기도 했다. 달리다
보니까 돌아갈 곳을 아예 잊어버린 게 아닐까, 하는…… 일종의 당혹
감 같은 것 말이다.

　물론 그런 생각들은 내가 삼촌의 노트를 발견하기 전까지, 그것도
아주 잠깐잠깐씩만, 하게 된 것에 불과했지만.

8

　삼촌의, 철심으로 단단하게 묶은 네 권짜리 대학노트가 나온 곳은
프라이드 트렁크의 예비 타이어 바로 아랫부분에서였다. 학교에서 집
으로 돌아오는 길에 옆 차선 운전사가 계속 손짓을 해서 내려보니, 이
런, 왼쪽 뒷바퀴가 바람 빠진 풍선처럼 주저앉아 있었다. 최대한 저속
으로 일차선으로만 달려 다시 기아자동차 홍제동 AS센터에 도착해 트
렁크에 들어 있던 예비 타이어를 빼내 보니, 그 아래 삼촌의 노트가 들
어 있었다. 내가 삼촌의 프라이드를 몰기 시작한 지 거의 반년 정도 흐

른 뒤의 일이었다.

　그것은 일종의 '차계부'와도 같은 것이었다. 87년 10월 16일부터 씌어지기 시작한 삼촌의 노트엔 한 줄 한 줄, 그날의 출발지와 중간 도착지, 최종 도착지, 총 운행거리와 주유량 등이 적혀 있었다. 일테면 이런 식이었다.

　1987 10/27 구로동 출발 → 아현동 → 부천 춘의동 → 구로동 도착(총 63km, 춘의주유소 10ℓ 5,420원)

　거기엔 그 외엔 다른 어떤 문장들도 포함되어 있지 않았다. 간간이 타이어 교체와 엔진오일 교체, 공업사 전화번호 등이 적혀 있는 페이지가 나오긴 했지만, 그것을 제외하곤 삼촌은 철저하게 프라이드가 달린 거리만, 프라이드가 머문 장소만 기록해두었다. 나는 오랫동안 삼촌의 그 노트들을 읽고, 또 읽어보았지만, 그것만으로는 해석할 수 있는 것이 그리 많지 않았다. 어디 한 귀퉁이에 낙서라도 돼 있지 않을까, 찾아보았지만, 그런 것은 아무것도 없었다. 오직 반듯반듯한 정자로 씌어진 숫자와 지명만으로 이루어진 노트였다.

　노트에 따르면 삼촌은 프라이드를 몰기 시작한 처음 한 달 동안은 거의 매일 구로동과 부천 춘의동 사이만을 왔다 갔다 반복했다. 그러던 것이 그해 크리스마스를 전후로 해서 바뀌기 시작했는데, 구로동과 부천 춘의동은 사라지고, 대신 무주와 대천, 삼척과 화진포, 통영과 여수 등 여러 갈래로, 일정한 패턴 없이 나뉘어졌다. 그때 당시 프라이드는 어떤 날은 하루 동안 무려 700킬로미터를 달리기도 했고, 총 30ℓ씩

두 번 주유한 날도 있었다. 또 어떤 때는 날짜가 뭉텅뭉텅 비어 있는
칸도 있었는데, 그땐 아마도 운행을 하지 않은 것 같았다. 하지만 그것
도 길어야 나흘, 가장 길었던 기간은 열흘을 넘기지 않았다. 그뒤로는
다시 고창과 김천, 울산과 제천, 남원과 영광 등지로 프라이드는 떠돌
기 시작했다. 가평에 온 것으로 기록된 날에도, 그러나 프라이드의 최
종 도착지는 강원도 화천으로 적혀 있었다.

노트에 다시 일정한 패턴이 나타나기 시작한 것은 88년 2월부터였
는데, 그때부터 프라이드는 줄곧 이 년간 청주 근처에서만 떠돌았다.
하지만 그렇다고 삼촌이 청주에 살았던 것은 아닌 것 같았는데, 청주
는 매번 중간 도착지였지, 최종 도착지는 아니었기 때문이었다. 그때
에도 최종 도착지는 충주와 원주, 장호원 등지로 따로 적혀 있었다. 그
런 패턴은 다시 94년에서부터 96년까지 남양주 부근에서 한 번, 99년
하반기에 광명시 철산동을 기점으로 한 번 이루어지다가, 2001년부터
는 줄곧 경남 하동을 중심으로 이어졌다. 언젠가 한번, 삼촌의 노트가
생각나 아버지에게 혹 먼 친척 중 하동에 사는 사람이 있냐고, 물어본
적이 있었다. 그러자 아버지는 말했다.

"우리 집안은 옛부터 안성 아래로는 단 한 번도 내려간 적이 없었다.
대대로 귀양을 안 갔다는 얘기지.

나는 어쩐지 그 말이 좀 부끄럽게 여겨졌지만, 아버지는 그렇게 생
각하지 않는 것 같았다.

삼촌의 노트의 맨 마지막 페이지에 나와 있는 기록은 다음과 같았다.

2004 4/5 하동→하동(총 5km)
2004 4/6 하동→서울 홍은동(총 412km, 정안휴게소 주유소 32ℓ 45,000원,

서대문주유소 36ℓ 50,000원)

나는 그 기록을 본 뒤부터 막연히 삼촌이 우리 집에 프라이드를 버리고 간 것이 아닌, 돌려주고 간 것이 아닐까, 생각하게 되었다. 그때 할머니가 있는 곳은 분명 우리 집이었으니까, 어쩌면, 어쩌면…… 하지만 그런 생각은 또 어쩔 수 없이 때때로 조금 불길한 마음으로도 이어지곤 했는데, 그런 마음은 비단 나뿐만이 아닌 할머니도 마찬가지였던 것 같다. 할머니는 삼촌의 프라이드를 볼 때마다 내게 물었다.

"야, 야, 저게 안 굴러가는 건 아니지?"

그때마다 나는 할머니에게 너무 잘 굴러가서 문제라고 말해주었다.

"야, 야, 네가 관리를 잘해라, 응? 네 삼촌 올 때까지 기름도 잘 먹여주고."

할머니는 그러면서 내게 꼬깃꼬깃 구겨진 만원짜리 지폐 한 장을 내밀었다. 나는 가만히 할머니에게서 그 돈을 받아들었다. 그리고 말했다.

"나는? 자동차한텐 용돈 주고, 손주한텐 안 줘?"

할머니는 말이 없었다.

9

하동에 삼촌의 애인이 살고 있을지도 모른다고 한 것은 그로부터 다시 일 년이 지난 후, 우연히 함께 프라이드를 탄 고모의 입에서 흘러나온 말이었다. 그때 나는, 전날 할머니가 입원한 병실에서 밤을 새운 고모를 데리고 어디 아침식사를 할 만한 식당이 없나, 핸들을 잡은 채 두리번거리고 있던 중이었다. 고모는 밤새 한숨도 못 잔 듯, 두 눈이 벌겋게 충혈되어 있었는데, 프라이드 조수석에 올라타자마자 엉엉 큰 소리로 울음을 터뜨려 나를 한동안 이도 저도 못하게 만들었다. 할머니는 폐암이었다. 이미 한쪽 폐는 암덩어리들이 반 이상 퍼져나간 상태였고, 나머지 한쪽도 언제 어느 때 이상이 생길지 알 수 없는 상태였다. 할머니는 그때 이미 여든을 넘긴 무렵인지라 가족들은 그 속마음까지야 어떤지 알 순 없었으나, 적어도 겉모습만큼은 모두들 무덤덤하게 받아들이는 눈치였다. 그리고 그건 할머니도 마찬가지인 것 같았다. 입원 사흘째 되던 날인가, 그날은 내가 보조침대에 누워 병실에서 잠을 잤는데, 자정 무렵쯤 할머니가 톡톡, 내 어깨를 두들겼다.

"야, 야, 자냐? 넌 어떻게 된 애가 나이가 들어도 그렇게 초저녁잠이 많냐?"

나는 할머니 쪽으로 모로 누우면서, 자정이 초저녁이면 도대체 진짜 저녁은 몇 시냐며, 할머니는 어떻게 된 게 연세를 그렇게 잡수셔도 말이 그리 많냐고, 그러다가 틀니도 다 달아나버린다고, 버릇없이 놀렸다.

"야, 야, 암 맞다지? 암이라지?"

할머니는 내 쪽으로 고개를 조금 더 내밀면서 물었다.

"응, 암 맞대. 한데, 아직 콩알만 해서 잘 보이지도 않는대."

나는 할머니의 링거를 쳐다보면서 그렇게 말했다.

"야, 야, 불쌍해서 어쩌냐? 불쌍해서 어째?"

"누가? 할머니가? 아직 콩알만 하다는데 뭐…… . 약 먹으면 된대."

나는 조금 작은 목소리로 말했다.

"아니, 아니, 나 말고, 암 말이야, 암. 하필 다 늙은 몸에 들어와서…… 야, 야, 늙은 몸에 들어온 암은 기력이 없어서 잘 자라지도 못한단다. 거 왜 덕적골 덕형이 할머니도 여든넷인가에 암에 걸렸는데 아흔다섯에 갔잖아. 암만 죽어난 거지."

할머니는 이야기를 하는 도중 낄낄, 웃기까지 했는데, 나는 그게 나를 위해 일부러 그러는 것만 같아 잠깐 울컥하기도 했다. 그러니까 고모가 프라이드에 올라타자마자 어린아이처럼 큰 소리로 울기 시작한 것 역시 나와 크게 다르진 않을 거라고, 나는 생각했다. 더구나 반년 전 경찰관인 고모부와 이혼한 고모는, 그즈음 아이들과도 떨어져 작은 아파트에 혼자 살고 있던 처지였다. 고모는 계속 울면서 자기 때문에 할머니가 병이 난 거라고, 자기가 속을 썩여 그런 것이라고 자책했다.

나는 화제를 좀 다른 곳으로 돌려야 할 것 같아서, 고모의 울음이 조금 진정되고 난 후, 삼촌의 얘기를 물었다.

"근데 고모, 혹시 하동에 누가 사나?"

고모는 콧물을 훌쩍거리며 하동에 있긴 누가 있다고 그래, 라고 울음 섞인 목소리로 대답했다.

"한데, 그건 왜?

"아니, 삼촌이 얼마 전까지 그곳을 계속 다닌 것 같아서."

"오빠가? 왜? 누가 봤대?"

고모는 언제 울었냐는 듯, 두 눈을 크게 뜨고 내게 물었다.

"아니, 그냥 차에 그런 기록이 남아 있어서……. 거기 삼촌 친구나 누구 아는 사람이 있는가 해서."

"하동에 누가 있다고……. 에휴, 그러나 저러나 네 삼촌은 네 할머니 저러고 누워 있는지 알기나 하는지, 하여간 진짜……."

고모는 큰 소리로 코를 한 번 푼 후, 한동안 말이 없었다.

그리고 내가 24시간 추어탕집을 하나 발견하고 그쪽으로 막 핸들을 돌렸을 때, 고모는 소리치듯 큰 소리로 말했다.

"어머, 어머, 그 여자! 그 여자가 거기 있는가 보다, 애! 그 여자 고향이 경상도 어디라고 했는데, 그 여자가 맞나봐!"

10

그날, 고모에게서 들은 얘기는, 내가 예전 할머니에게서 듣고 듣고 또 들었던 삼촌의 얘기와는 조금 차이가 있는 것이었다. 고모에 따르면, 그때 당시 삼촌은 공장에선 있는 듯 없는 듯 지낸 건 맞지만, 일이 끝나고 나면 매일 어느 모임에 나가 새벽 무렵에나 돌아왔다고 했다. 나중에 알게 된 그 모임의 정확한 명칭은 '구로동일꾼노동자회'였는데, 가끔 삼촌과 고모가 살고 있던 자취방으로도 사람들이 모였다고 했다. 주로 함께 모여 시도 읽고, 소설도 읽고, 신문기사도 읽으며 토론을 하는 모임이었다. 자취방에 들어갔다가 몇 번 얼떨결에 모임에 참석하게 된 고모는 그곳에서 김지하니, 조세희니, 전태일이니, 난생처음 듣는 이름들을 알게 되었는데, 사실 그 사람들보다는 한 여자, 한 여자에게만 자꾸 눈길이 갔다고 했다. 파마머리에 동그란 뿔테안경을 쓴, 키가 껑충하게 크고 피부도 거무튀튀한, 방직공장에 다니는 처녀였다. 남자들 틈에서도 기죽지 않고 괄괄한 목소리로 말을 하고, 가끔 함께 막걸리를 마실 때는 누구보다 먼저 젓가락으로 밥상을 두들기며 「진주낭군」을 부르던 여자였는데, 고모는 모임에 몇 번 참석하고 난 뒤, 삼촌이 그녀를 좋아하고 있다는 것을 직감적으로 알아챘다고 했다. 매번 모임이 끝난 후, 삼촌이 다시 부천에 있는 그녀의 자취방까지 바래다주고 온다는 사실 또한 알게 되었고…… 거기까지야 고모도 뭐 그러려니, 잘만 하면 금세 올케언니가 생기겠구나 생각했는데, 한데, 한데, 문제는 시간이었다. 잔업을 끝내고 사람들이 모이는 시간은 대략 밤 열 시 전후, 그리고 모임이 끝나는 시간은 자정 무렵이었다. 어찌어찌 갈 때는 막차를 타고 간다고 해도, 돌아올 땐 영락없이 걸어서 와야 하는 시간이었다.

"네 삼촌은 그때 늘 조는 게 일이었어. 공장에서도 계속 꾸벅꾸벅 조는 바람에 프레스기에서 나오는 원단을 툭툭, 놓치기 일쑤였고…… 그래서 어쩌다 아무 일도 없는 일요일이 돌아오면 하루 종일 아무것도 먹지 않고 잠만 잔 거야. 그러니, 공장에서도 좋아할 일이 없지 뭐야. 주임은 삼촌을 따로 불러 자꾸 그러면 배합실로 보내버린다고 하고……. 그땐 배합실로 가면 다들 죽는다고 했거든. 거긴 무슨 포름아미드인가 뭔가, 하도 독한 약을 써대는 바람에 들어가는 족족 어지럼병을 얻고 그랬거든."

고모가 더 화가 났던 건, 여자의 태도 때문이었다. 여자는 분명 삼촌을 싫어하는 것 같지는 않았는데, 그렇다고 더 특별하게 여기는 눈치도 아닌 것 같았다. 일 없는 날, 둘이 따로 만나는 것 같지도 않았고, 선물을 주고받거나 편지를 건네는 일도 없었다고 했다. 그럼, 차라리 딱 부러지게 말을 하든지, 사람이 밤잠 못 자면서 그렇게 먼 길을 바래다주는데, 이거다 저거다 말도 안 하고, 사람을 재보는 것도 아니고 말이야……. 고모는 그 대목에서 목소리를 높이기도 했다.

"그래서 내가 생각해보니까, 우리 오빠가 중졸이잖니? 그 여자가 그게 마음에 걸려서 그러나, 자꾸 그런 생각이 들더라구. 그때 그 여자는, 내가 간간이 보니까 아는 것도 많고, 말도 무척 잘하더라구. 반면에 우리 오빠는 매번 아무 말도 없이 앉아 있다가 꾸벅꾸벅 졸기나 하고……. 그러다가 끝나면 화들짝 일어나 점퍼를 꿰입고 졸졸 여자의 뒤를 따라가고……. 그러니, 내가 봐도 좀 답답해 보이더라구."

그래서 그때 고모가 생각해낸 게 바로 자동차였다. 작은 자동차라도 한 대 있다면 배웅을 해주고 와도 시간이 얼마 안 걸릴 것이고, 그렇게 되면 공장에서 조는 일도 없을 테니까 배합실로 쫓겨나는 일도 없을 것 같았다. 또 여자의 입장에서도, 아, 이 사람이 배운 건 없어도, 그래도 고향집에 물려받은 논마지기는 좀 있구나, 생각하지 않을까, 하는……. 그게 고모의 계산이었다. 그래서 고모는 그때부터 조금 과장해서, 부풀려서, 계속 할머니를 부추기기 시작한 것이었다. 할머니에게 삼촌을 '어머, 그런 사람이 있었어?' 라고 말한 것도 그즈음의 일이었고.

하지만, 정작 삼촌이 프라이드를 갖게 된 이후부터, 그다음부터의 고모의 기억은 거의, 아무것도 없는 편이나 마찬가지였다. 가평에서 직접 프라이드를 몰고 온 다음 날이던가, 딱 한 번 모임이 끝난 후, 여자를 태우던 삼촌의 모습을 지켜본 것도 같은데, 어찌된 일인지 그다음부턴 이상하게 아무것도 기억나지 않는다는 것이 고모의 설명이었다. 후에 내가 알게 된 것이지만, 사실 그건 전혀 이상한 일이 아니었다. 그땐 고모 역시 사랑에 빠져 있는 상태였으니까, 한 남자에게 빠져 거의 매일 자취방으로 돌아오지 못하고 있던 처지였으니까, 그러니…… 그 두 달 동안, 그러니까 프라이드를 갖게 된 시점부터 공장을 그만두게 된 순간까지, 삼촌에게 무슨 일이 벌어졌는지 알 수가 없었던 것이다. 그건 또한, 당연히 고모의 잘못도 아니었다. 고모는 그때 스물세 살이었다. 자취방으로 돌아가지 않아도 된다면, 돌아가지 않는 게 당연한 스물세 살, 사랑하는 사람이 생기면 모든 걸 쉴새없이 이야기하고픈 스물세 살, 하루하루만 의미 있는 스물세 살, 그 스물세 살

말이다.

11

　지금도 별다른 일이 없으면 영업을 하고 있을 게 분명한 '삼전자동차공업사'는, 영등포역에서 내려 롯데백화점을 등지고 왼쪽으로 500미터쯤 가면 나오는, 창고형 건물 일 층에 자리잡은 자동차정비소이다. 건물 바로 앞에 '빵꾸' '렉카 전문' 이라고 붉은색 페인트로 크게 쓴 입간판을 내놓고 있는 그 공업사는, 사실 삼촌의 단골 정비소이기도 했다.

　내가 그곳을 한번 찾아가봐야겠다고 마음먹은 것은 프라이드의 브레이크 페달에 생긴 문제 때문이었다. 프라이드를 몬 지 이 년째 되어가던 시점이던가, 어찌된 일인지 브레이크를 밟았다가 떼도, 페달이 원 위치로 되돌아오지 않는 문제가 생긴 적이 있었다. 발등으로 다시 페달을 밀어올리면 그제야 제자리로 되돌아오곤 했지만, 그건 후진이 안 되는 것과는 차원이 다른, 심각한 문제였다. 자칫하다간 앞으로 갈 수도 없는 일이 생길 수 있으니까……. 그래서 그때 나는 잠깐, 어쩌면 이젠 정말 한계가 온 것일지도 모른다고 그만 포기할까 생각하기도 했었는데, 한데, 한데, 그게 쉽지가 않았다. 프라이드를 삼촌처럼 여기는 할머니도 할머니였지만, 나 역시도 그간 알게 모르게 정이 많이 들었기 때문이었다. 학원 제자들에겐 '리어카라이드' 라는 소리를 듣기도 하고, 대리운전 기사에겐 '별 거지 같은 차(물론 내가 먼저 잘못을 하긴 했다. 후진이 안 된다는 기사에게 '아저씨, 힘껏 미시면 됩니다! 힘껏 미세요' 라고 말했으니, 욕먹어도 할 말은 없는 것이다.)' 라는 말을 듣기도 했지만, 내겐 어느새 첫사랑과도 같은 존재가 되어버린 프라이드였다. 프라이드만 보면 이유 없이 짠해지고 안쓰러운 마음이 드는 날이 많아진 것도 그맘때쯤이었는데, 실제로 어느 폭설이 내린 겨울날엔 골목길 한 켠에 수북이 눈을 맞고 서 있는 프라이드를 보고 괜스레 찔끔찔끔 눈물을 흘리기도 했다(안타깝게도 하필 그 모습을 아버지가 또 보고 말았다. 아버지는 내가 눈 내리는 날 차를 밀 생각을 하니, 그게 서러워서 우는 것이라고 여긴 모양이었다. 다음 날, 아버지는 내게 마티즈를 한 대 알아보라고, 어머니를 통해 말하기도 했다.).

나는 다시 한 번, 기아자동차 홍제동 AS센터를 찾았지만, 그때에도 역시 은색 토시를 한 정비사로부터 '부품이 없다'는 말만 듣고 돌아서야 했다. 그리고 며칠 동안 계속 운행을 하지 못한 채, 멀거니 프라이드를 바라만 보다가, 그러다가 생각해낸 것이 삼촌의 노트 속에 적혀 있던 '삼전자동차공업사'였다. 그곳의 전화번호는 다행히 그때까지도 변하지 않고 있었다.

'삼전자동차공업사'에는 김 군이라고 불리는 청년 한 명과, 얼핏 봐도 육십 대 중반은 넘은 것 같은 뚱뚱한 남자 사장 단둘이 근무하고 있었는데, 그들은 내가 프라이드를 몰고 들어서자마자 아무 말 없이 손에서 차 키부터 뺏어들었다. 그러곤 나를 남겨두고, 둘이 프라이드에 올라타서 신도림동 방향으로 사라졌다. 나는 공업사 앞마당에 혼자 선채, 이게 대체 무슨 경우인가 당황해서 한참 동안 차가 사라진 방향만 바라보고 서 있었는데, 후에 알고 보니, 그건 그 공업사만의 독특한 수리절차였다. 김 군과 뚱뚱한 남자 사장은 항상 손님에게 무언가를 묻지 않고, 자신들이 직접 도로를 달려보고 난 후에야 정비를 시작하곤 했다. 내가 찾아간 첫날도 마찬가지였다. 프라이드를 몰고 나간 지 십

분 정도 지난 다음 돌아온 그들은, 역시 내게 아무런 말도 하지 않고 주섬주섬 창고 한쪽 벽면에 책장처럼 쌓아올린 플라스틱 바구니들을 뒤지기 시작했다. 그러곤 브레이크 페달을 하나 찾아와 짧게 물었다.

"갈 거죠?"

나는 대답을 제대로 하지 못하고 그저 고개만 끄덕거렸다. 김 군이라는 사람이 브레이크 페달을 교체하는 동안, 뚱뚱한 사장은 역시 내게 허락도 받지 않고 브레이크 오일을 교환했다.

"저기, 저 그건……"

나는 그들의 침묵에 조금 주눅이 들어서, 물어볼 말들을 제대로 못물어보았다.

"다 갈아야 하는 거 가는 거니까, 염려 마쇼."

뚱뚱한 사장은 숨을 씩씩, 거칠게 몰아쉬며 오래된 브레이크 오일을 드럼통에 받아냈다. 나는 그 숨소리를 듣고 난 뒤에야 왠지 모르게 그들에게 신뢰가 생겼고, 그래서 아무 말 없이, 묵묵히 그들의 작업을 지켜보았다.

모든 정비가 다 끝난 후, 예상보다 작게 나온 비용을 김 군에게 건네다 말고, 내가 물었다.

"저기, 혹시 여기선 오토미션 교환은 안 되나요? 이게 후진이 안 돼서…… 거, 무슨 패킹 때문이라고 하던데."

김 군은 아무 말 없이 나를 빤히 바라보다가, 뚱뚱한 사장 쪽을 돌아보았다.

"거, 중고로 사셨수?"

뚱뚱한 사장은 목에 수건을 걸친 채, 내게 물었다.

"네?"

"거, 중고로 차를 구입했나, 묻는 거요."

"아니, 그런 건 아니지만……."

나는 말끝을 흐렸다.

"거, 그 차는 처음부터 그렇게 탔으니까, 그냥 그렇게 알고 타슈."

사장은 생수병을 통째로 들고 마신 후, 그렇게 말했다.

"이 차를 아세요?"

"사람은 기억 못해도, 차는 다 기억하지."

나는 사장 앞으로 한 걸음 더 다가갔다.

"이 차가 원래부터 후진이 안 된 거예요? 무슨 패킹이 떨어져서 그렇다고 하던데……."

"그 패킹을 내가 뺐수다."

"여, 여기서요……? 일부러요? 아니, 왜요?"

"사정이야 나도 알 수 없지. 나야 그저 해달라고 하니까 해준 거뿐이니까."

나는 사장에게 무언가 더 물어보고 싶었지만, 그러나 그러지 않았다. 왠지 그게 전부일 거란 생각이 들었기 때문이었다.

"한데, 그거 아슈?"

차 키를 건네받고 돌아서는 나에게 사장이 물었다.

"이 차는 그래서 지금까지 굴러가게 된 거라우. 후진이 안 되니까."

나는 다시 사장의 얼굴을 바라보며 그건 또 왜 그렇죠, 라고 작은 목소리로 물었다.

"아무래도 엔진에 무리가 덜 가지 않았겠수? 원래 잡다한 기능들 때문에 제 기능들이 망가지는 법이라우. 사람들이 그걸 몰라서 그렇지."

나는 살짝 고개를 끄덕이고, 다시 프라이드에 올라탔다. 브레이크 페달은 마치 뒤에 스프링을 달아놓은 듯, 팽팽하게 움직였다.

12

그뒤로도 나는 쭉 삼촌의 프라이드를 몰고 다녔다. 프라이드는 잔고 장 하나 없이 잘 달려주었고, 그사이 나는 대학원 박사과정에 진학하 게 되었다. 할머니는 입퇴원을 반복하며 매 끼니마다 한 움큼씩이나 되는 약을 먹고 있었지만, 여전히 한밤중이 되면 '야, 야, 자냐?' 하며 내 어깨를 톡톡, 건드렸다. 고모는 살고 있던 아파트를 모두 처분하고 아예 우리 집으로 들어왔지만, 그러나 할머니는 계속 나와 같은 방을 쓰겠다고 고집을 부렸다. 나는 할머니에게 '자동차만도 못한 손주, 그 만 좀 괴롭히라.'고 말했지만, 그러나 방을 옮기지는 않았다. 그래서 나는 할머니에게 계속 삼촌의 이야기를 들을 수 있게 되었다.

그사이 나는 연애도 하게 되었는데, 상대는 예전 한강시민공원에 함 께 갔던 바로 그 여자 후배였다. 후배는 그동안 학교를 졸업하고 광고 대행사에 취직을 했는데, 일곱 번째인가, 여덟 번째인가, 내가 계속 집 앞으로 찾아가자 못 이기는 척 프라이드에 올라탔다. 그러면서 후배는 내게 '똥차를 오래 타고 다니는 걸 보니까 그래도 뭐, 딴짓은 안 하겠 네.'라고 말했다. 물론 내 어깨를 한 번 퉁, 치면서 한 말이었다. 나는 후배의 말이 끝나자마자 곧장 한강시민공원으로 차를 몰고 갔다. 그리 고 예전과는 달리, 기어를 중립에 놓고 운전석에서 내려 신속하게 주 차를 마쳤다. 그땐 이미 빈자리를 한 번 쓱 바라만 봐도, 어느 정도 세 기로 밀어야 하는지 답이 나올 정도였으니, 후배 혼자 한강변을 돌아 다니게 하는 일은 만들지 않았다. 나는 그날 후배와 프라이드 안에서 정식으로, 첫키스를 하기도 했다.

연애를 시작하고 난 뒤, 나는 이전보다 프라이드에 혼자 앉아 있는 시간이 더 늘어났다. 후배의 회사는 야근을 무슨 사훈쯤으로 여기고 사장 이하 전 직원이 충실히 실천하는 직장으로도 유명했는데, 나는 그게 좀 안타까워 종종 차를 대고 그 앞에서 무작정 기다리는 일을 반복했다. 대개는 실내등을 켜놓고 책을 읽으면서 후배를 기다렸지만, 때로는 운전석을 최대한 뒤로 젖히고 가만히 누워 있기도 했다. 그러면서 나는 가끔씩 삼촌 생각을 하기도 했다. 그때까지 나는 삼촌에 대해서, 또한 프라이드에 대해서, 많은 이야기를 듣고, 또 많은 것을 알게 되었다고 생각했지만, 그래도 모든 건 제자리에 멈춰 있는 듯한 기분이 들었다. 조금 알게 되었다고 생각하는 순간, 삼촌은 다시 저만큼 달아났고, 무언가 흩어진 퍼즐을 거의 다 맞췄다고 생각한 순간, 또 다른 모양의 조각이 튀어나와 그림을 한순간에 원점으로 만들어놓았다. 그래서 나는 그것이 내가 알 수 있는, 삼촌의 거의 모든 이야기가 아닐까, 이제 내가 할 수 있는 일은 그저 알고 있는 이야기들을 반복하고, 반복하고, 또 반복하는 일이 아닐까, 지레짐작 손쉽게 생각해버리기도 했다. 물론 그것들은 모두 내가 프라이드에 앉아서 한 생각들이기도 했다. 나는 만약 삼촌의 프라이드를 몰지 않았다면, 내가 이만큼이나 삼촌에 대한 생각을 하게 되었을까, 의심해보았는데, 솔직히 그 부분에 대해선 자신이 없었다. 반대로 나는 어떤 편이었는가 하면, 어느 날 삼촌이 예고도 하지 않은 채 돌아올까봐, 그래서 내게서 다시 프라이드를 찾아갈까봐, 염려하고 있는 편이 맞았다. 이미 내 앞으로 명의 이전도 해둔 프라이드였지만(콘솔박스에서 발견한 삼촌의 서류들은, 폐차에 필요한 서류들이기도 했지만, 명의 이전을 할 때도 똑같이 쓰이는 서류들이었다.), 나는 종종 그런 상상을 했고, 그때마다 조금씩 쓸쓸해지기도 했다……

하지만, 그런 모든 생각들은, 이후 내가 삼촌과 프라이드의 숨겨진 어떤 이야기들을 새롭게 알게 되면서, 또 그것 때문에 하동까지 한번 내려갔다가 올라온 다음부터 모두 사라지게 되었는데, 그뒤로는 그저 가만히 두 눈을 감고 프라이드가 달려온 길들을, 달려왔던 길들만 떠올리게 되었다. 그것만으로도 가슴이 먹먹하게, 때론 뜨겁게 달아올랐기 때문이었다.

13

그러니까 그때까지도 미처 내가 생각하지 못하고 있던 사람은 바로 고모부였다. 왜 그 생각을 미리 못했을까, 하동에 내려가는 차 안에서 나는 짧게 자책 아닌 자책을 했지만, 또 한편으론 그게 당연하다는, 당연했다는 마음이 들기도 했다. 사람들은 저마다 이야기 속에 한 가지씩 여백을 두고, 그 여백을 채우려 다른 이야기들을 만들어내는 법인데, 그게 이 세상 모든 이야기들이 태어나는 자리인데, 그때의 나는 그것을 미처 알지 못하고 있었던 것이다. 고모부만 해도 그렇다. 내가 고모부에 대해서 의식적으로든 무의식적으로든 생각하지 않으려 했던 것은, 아마 그 부분이 내겐 여백과도 같은 부분이었기 때문일 것이다. 말하고 싶지 않은 이야기 같은 것……. 고모부는 결혼 초기부터 고모를 때렸다. 주로 술만 마시면 손찌검을 해댔는데, 그것 때문에 고모는 병원에 두 번 입원하기도 했고, 따로 이명을 앓기도 했다. 아버지는 몇 번 나서서 두 사람을 이혼시키려 했지만, 번번이 고모의 반대로 무산되었다. 정작 고모가 이혼을 결심한 것은 그 후로도 꽤 오랜 시간이 지난 다음의 일이었는데, 손찌검이 아닌 고모부의 외도가 결정적인 사유가 되었다. 고모부는 그때 같은 경찰서 교통계에 근무하고 있던 여경과 몇 번 따로 만난 모양이었는데, 그 사실을 알게 된 고모는 단 한순간도 망설이지 않고 이혼서류에 도장을 찍어버렸다. 고모가 그렇게 단호하게 결정을 내리게 된 것은 여경의 왼쪽 눈 주위에 시퍼렇게 나 있던 멍을 보았기 때문이었는데, 그걸 보는 순간 그렇게 서러울 수가 없었다고, 고모는 할머니 품에 안겨 엉엉 울기도 했다. 어쨌든, 그 일로 인해 고모부는 우리 집에서 주로 '쓰레기만도 못한 위인' '인간 말종' 쯤으로 불리게 되었고, 그로 인해 나 역시도 자연스럽게 고모부를 피하고, 생각하지 못하게 된 것이었다.

생각해보면 그 또한 다 이 이야기의 운명이었을지 모르지만, 만약 그때 내가 고모의 심부름으로 사촌들에게 김치를 가져다주러 가지 않았다면, 그리고 만약 그때 고모부가 혼자 마루에 앉아 소주를 마시고 있지 않았다면, 이 이야기는 전혀 다른 방향으로, 전혀 다른 색깔로 마무리되었을지 모를 일이다. 그랬다면, 이 이야기는 어쩌면 프라이드를 위해, 삼촌의 이야기를 모두 여백으로 돌리고, 계속 한강시민공원 주위를 맴돌았을지도 모를 일이다. 하지만 그럴 수 없었던 것이 바로 이 이야기의 운명이다. 이제 그 여백을 채워야 하는 순간이 온 것이다. 스물세 살, 당시 고모가 사랑에 빠졌던 사람이 바로 고모부였다는 사실, 그때도 고모부는 경찰관이었다는 사실, 바로 그 여백 말이다.

고모부가 나에게 그 이야기를 꺼내게 된 것은 역시 프라이드 때문이었다. 그러지 않아도 된다고 했지만, 고모부는 군이 아파트 주차장까지 내려와, 나와 함께 프라이드 트렁크에 실려 있던 김치통을 엘리베이터로 날랐다. 그러면서 휙, 프라이드를 돌아보면서 말했다.

"저놈도 징글징글하게 오래 달리는구나."

나는 그때까지도 고모부에게 무언가 좀 어색한 기분이 남아 있어, 슬쩍 웃으면서 87년산인데 아직도 저렇게 쌩쌩해요, 라고 말해주었다.

"나도 잘 알지, 87년산이라는 걸. 저놈 살 때 내 돈도 삼십만 원이나 들어갔는데, 뭘."

고모부는 그러면서 다시 한 번 프라이드를 돌아다보았다. 그러니까 그날 내가 고모부와 함께, 고모가 싸준 김치를 안주 삼아 소주를 마시게 된 건, 바로 그 말 때문이었다.

14

87년 당시, 삼촌이 가입해 있던 '구로동일꾼노동자회'는 사실 관할 경찰서 공안계로부터 요 사찰 대상으로 분류돼, 집중 감시를 받고 있던 처지였다. 이유는 그 모임의 주축 멤버들이 대부분 '학출學出' 출신들로 이루어져 있었기 때문이었다. 85년 이후부터 현장 실천을 내세우고 각 사업장마다 대학졸업생들이 위장취업을 하는 일들이 빈번히 발생했는데, 그 때문에 사업주나 관할 경찰서 형사 들은 골머리를 썩어야만 했다. 그나마 사업주의 입장은 좀 나은 편이었던 게, 그때는 아직 복수노조가 허용되지 않던 시절인지라 대부분 노조집행부 인원들을 주임 승진 대상자나 반장 출신들로 미리 채워놓을 수 있었기 때문이었다. 형사들이 바빠진 건 오히려 그 때문이기도 했다. 합법적 민주노조를 세울 수 없게 된 '학출'들은 그 대신 지역 노동자들의 자발적인 모임을 설립, 그 안에서 문화운동과 의식교육운동을 병행해나갔는데, 그로 인해 형사들의 감시대상은 각 단위 사업장뿐만 아니라 구로동 전체로 퍼져나갔기 때문이었다. 해서 당시 스무 명이 넘던 영등포경찰서 공안계 형사들은 각각 팀을 나눠 몇몇 모임들의 뒤를 밟았는데, 그때 고모부가 담당했던 모임이 바로 '구로동일꾼노동자회'였다.

"솔직히 그때 네 고모를 처음 만난 건…… 일 때문에 의도적으로 만난 게 맞아. 네 고모가 나이도 제일 어렸고, 공장 경력도 제일 짧았고, 무엇보다 학출 출신도 아니었으니까. 일 욕심에 일부러 다가간 거지……. 물론 그다음엔 그렇지 않았지만……. 그래서 네 고모는 지금도 자기가 무슨 일을 한 건지 모르고 있는 거야……."

고모부는 그때 자신을 은행원으로 속이고 고모에게 접근했다고 한다. 보다 철저하게 일을 진행시키기 위해 고모 명의의 통장도 개설해주고, 거기에 한 번에 몇십만 원씩 입금을 해주기도 했다. 고모에겐 은행에서 발생하는 비자금이라고 설명했지만, 사실 그건 고모부가 활동비와 업무수당비를 따로 모아, 남몰래 저축해둔 돈이기도 했다. 고모부를 실력 있고 예의 바른 은행원으로 여긴 고모는 금세 사랑에 빠지게 되었고, 그다음부턴 고모부가 따로 묻지 않아도 재잘재잘, 그날그날 있었던 일들을 남김없이 늘어놓기 시작한 것이었다.

덕분에 고모부는 모임에 쓰이는 책자들이 주로 어디에서 인쇄되는지, 모임의 구성원들이 어느 어느 공장에 속해 있는지, 모임에 드는 경비는 어느 정도인지, 손쉽게 파악할 수 있었다. 그리고 기회를 틈타 모두 국가보안법 위반혐의로 검거할 계획까지 세웠는데, 엉뚱하게도 폭행사건이 먼저 일어난 것이었다. 피해자는 삼촌이었고, 가해자는 모임 대부분의 인원들이 포함된……

"사실 그건 나도 좀 의외였는데…… 네 삼촌이 모임 내에서 프락치로 몰린 모양이더라구. 알고 봤더니 그때 그 사람들도 자꾸 정보가 새어나가니까, 이상하다, 이상하다, 속으로만 생각을 하고 있었는데, 거기에, 네 삼촌이 바로 저 차, 저 프라이드를 몰고 나타난 거야. 그때 당시 네 삼촌이나 네 고모나 모두 일당제로 월급을 받고 있었거든. 네 삼촌 하루 일당이 아마 팔천구백 원쯤 됐을 거야. 자취방 월세 내고, 이런저런 세금 떼고 나면 아무것도 손에 쥘 수 없는 돈이었지. 한데, 그런 사람이 갑자기 몇백만 원짜리 프라이드를 몰고 나타나니 의심을 받을 수밖에. 아마 그러다가 린치사건으로 이어진 모양이야······.

어쩌면 그때 당시 같은 모임에 있던 사람들은 삼촌에게 웬 자동차냐고, 처음엔 웃으면서 물어봤을지도 모를 일이다. 하지만 삼촌은 말을 제대로 하지 못했을 것이 분명하다. 우리 엄마가 여자 태워주라고 사준 거예요, 삼촌은 그 말을 차마 하진 못했을 것이다. 그 자리엔 그 여자 또한 분명 함께 있었을 테니까······.

"어쨌든 그 사건 조사하면서 나머지 사람들도 모두 구속할 수 있었지. 모양새가 좋잖아. 불순좌경세력들이 폭력까지 휘둘렀으니까, 우리가 예상한 그림보다 훨씬 좋은 그림이 나온 거야. 문제는······ 네 삼촌이었는데, 분명 모임엔 이름이 올라가 있으니까 기소를 하는 게 마땅한데, 그러기엔 내가 좀 미안한 거야. 그래서 내가 우리 반장한테 사실 저 친군 빨대가 맞다고, 내가 활동비로 따로 포섭한 친구라고 말해준 거지. 그 말도 아주 틀린 건 아니었던 게, 그 프라이드를 살 때 내가 네 고모 명의로 넣어둔 돈 중에서 삼십만 원이 빠져나갔거든. 물론 네 고모는 그때 잠깐 빌려쓴다고 생각했겠지만 말이야······."

"삼촌도, 삼촌도 그걸 알게 되었나요?"

나는 술잔을 단숨에 입안에 털어넣으며 물었다.

"그럼, 잘 알지. 네 삼촌 조사 끝나고 나갈 때 내가 다 말해줬으니까. 그때 삼십만 원이면 꽤 큰돈이었거든."

나는 그제야 프라이드가 후진되지 않는 이유를, 그 수수께끼를 푼 것만 같은 기분이 들었다. 어쩌면, 어쩌면, 그것은 그 삼십만 원과 관계된 일일지도 몰랐다.

"거기에 삼촌이 좋아했던 여자도 한 명 있었다던데…… 혹시, 모르세요?"

"모르긴, 잘 알지. 주동급이어서 내가 직접 조서 꾸몄는걸……. 걘, 그때 형기받고 그다음 해에 바로 청주로 갔지, 아마. 네 삼촌도 그 뒤에 나한테 찾아와서 걔 어디로 갔냐고 물어본 적이 있었어……."

15

고모부가 알아봐준 여자의 정확한 주소는 경남 하동군 화개읍 법왕리로 되어 있었다. 쌍계사를 지나 칠불사 방향으로 작은 도로를 타고 10킬로미터쯤 올라가면, 거기가 바로 여자가 살고 있는, 여자의 고향이었다.

처음, 서울에서 하동으로 출발할 때쯤만 해도, 나는 어쩌면 거기에 삼촌이 있을지도 모른다고 생각했다. 그래서 프라이드 콘솔박스에 내 인감증명서와 주민등록초본을 각각 두 통씩 넣어두고 출발했다. 삼촌을 만나면, 나는 거기에 그냥 프라이드를 놓아두고 올 생각이었다. 예전, 삼촌이 한 방식 그대로……. 하지만, 프라이드가 논산 근처에 접어들었을 때, 나는 삼촌이 그곳에 없을지도 모른다는 생각을 하게 됐고, 그냥 그 여자를 만나 이런저런 얘기나 듣고 오자, 마음을 고쳐먹었다. 그러나 또 차가 곡성 톨게이트를 지나 구례 방향으로 접어들었을 땐, 그러지도 말자, 그냥 프라이드가 갔던 길을 한번 똑같이 따라갔다가 되돌아오자, 로 바뀌게 되었고, 그 결심은 쌍계사를 지날 때까지도 변하지 않게 되었다.

때는 또 벚꽃이 피는 4월이었던지라, 나는 쌍계사 입구에서부터 쌍계사 주차장까지 채 5킬로미터도 되지 않는 거리를 무려 두 시간이나 걸린 다음에야 겨우 지나칠 수가 있었다. 차들은 벚나무로 터널을 이룬 일방통행로를 천천히, 꽃잎이 휘날리는 것을 충분히 기다려주면서, 움직였다. 때때로 도로는 벚꽃 그늘을 만나 잠깐잠깐씩 어두워지기도 했는데, 그래서 꽃잎들은 더 환해졌고, 더 선명하게 차 유리창 위로 떨어졌다. 나는 잠깐 차에서 내려, 벚꽃들이 우수수 달라붙어 있는 프라이드를 휴대전화 카메라에 담았는데, 그러나 이내 지워버리고 말았다. 어쩐지 꼭 상여 같다는, 이별의 수순 같다는 느낌이 들었기 때문이었다.

　여자의 집은 칠불사 계곡에 위치한, 지리산 등산객들을 위한 작은 탐방로 옆에 위치하고 있었다. 비탈 바로 옆에, 조금 아슬아슬한 느낌마저 들게 지어진 세 칸짜리 한옥집이었는데, 민박도 하고 재첩국을 파는 식당도 겸하고 있는 모양이었다. 그럴 마음도 없었지만, 차가 올라가기엔 좀 무리인 도로인 것 같아, 나는 그냥 여자의 집이 잘 보이는 작은 상회 앞에 프라이드를 대고 한참 동안 운전석에 앉아 있었다. 저녁 무렵이라 여자의 집 굴뚝 위로 하얀 연기가 피어올라왔지만, 그러나 사람의 모습은 보이지 않았다. 나는 그 연기를 보면서 두 개비의 담배를 더 피운 다음, 돌아가기 위해 시동을 걸었다.

　그때, 누군가 톡톡, 창문을 두들겼다. 교복을 입고 책가방을 멘, 중학생쯤 되어 보이는 소녀들이 두 명 서 있었다.

　"아저씨, 아저씨, 이거 뒤로 못 가는 차 맞죠? 그렇죠?"

　머리를 질끈 하나로 묶은 소녀가 물었다. 나는 다시 시동을 껐다.

　"그렇긴 한데…… 넌, 그걸 어떻게 아니?"

소녀들은 내 질문엔 대답하지 않고, 거봐, 빨리 오백 원 내놔, 빨리 줘, 하면서 같은 자리를 뱅뱅 맴돌았다. 나는 운전석 밖으로 나와 한참 동안 그런 소녀들을 지켜보았다. 생각 같아선 내가 그냥 오백 원을 주고 싶었지만, 또 그럴 기분은 아니었다.

"전, 그 차 타봤거든요. 어, 그런데 아저씨가 바뀌었네?"

소녀는 결국 오백 원을 받지 못한 채 쌕쌕, 숨을 내쉬며 다시 내 앞에 섰다. 오백 원을 주지 않은 소녀는 멀리 뛰어가고 있었다.

"이 차를 타봤어? 언제?"

"한 삼 년쯤 됐나? 학교 갈 때 한 번, 집에 올 때 한 번 타봤어요. 어, 그러고 보니……"

소녀는 말을 하다 말고 프라이드를 보며 깔깔, 웃어댔다.

"왜 그래? 차에 뭐 묻었니?"

나는 고개를 숙여 프라이드를 둘러보면서 물었다.

"아니요, 그게 아니고 아저씨도 고생 좀 하시겠다고요. 여긴 차 돌릴 데가 없거든요. 저 아래까지 내려가야 겨우 돌릴 수 있는데, 그러자면……"

소녀는 그렇게 말하면서 또 한 번 크게 웃었다.

"저 위로 가면 돌릴 데가 없니?"

"저기는 그냥 등산로예요. 여기보다 길이 더 좁아져요. 예전에 이거 몰던 아저씨도 저 위까지 올라갔다가 엄청 고생한 적 있거든요."

"저 위? 저기 저 한옥집?"

나는 손가락으로 여자의 집을 가리키며 물었다.

"네. 저기가 내 친구네 집인데, 언젠가 한번 그 아저씨가 나랑 친구랑 집까지 다 태워준 적이 있었어요."

"네 친구가 저 집에 사니?"

나는 조금 작은 목소리로 소녀에게 다시 물었다. 그러자 소녀가 화난 듯한 표정을 지으며 대답했다.

"아저씨도 좀 전에 보셨잖아요? 아까 그 오백 원 갖고 튄 년."

16

삼촌의 프라이드가 완전히 멈춰 선 것은 재작년 6월 말의 일이었다. 장마가 좀 길어져서 걱정을 했더니, 역시나 시동이 걸리지 않았다. 배터리가 방전된 줄 알고, 점프 케이블로 몇 번 시도해보았지만, 계속 헛소리만 낼 뿐, 시동은 걸리지 않았다. 레커차를 불러 '삼전자동차공업사'까지 갈까도 했지만, 그러나 나는 그러지 않기로 했다. 이미 너무 오랜 길을 달려온 프라이드라는 생각이 들었기 때문이었다. 나는 그냥 계속 프라이드를 담벼락 옆에 세워두기만 했다. 집에 들어올 때나 나갈 때, 퉁퉁, 지붕을 두 번씩 두들겨주면서.

내가 다시 그 프라이드를 본 것은, 그러니까 마지막으로 본 것은 그해 10월 초순의 일이었다. 나는 할머니를 모시고 병원에 다녀오다 말고, 끙끙 아버지의 소나타 뒤에서 프라이드를 뺐다. 그리고 거기, 조수석에 할머니를 태운 채 보닛을 두 손으로 밀면서 동네 한 바퀴를 돌았다. 그냥 꼭 한 번, 프라이드가 사라지기 전에, 그래보고 싶었다.

나는 차를 밀면서 할머니한테 물었다.

"할머니, 아직도 손주보다 자동차가 더 좋아?"

할머니는 내 질문엔 대답하지 않고, 가만히 조수석 등받이에 기대앉아 있었다. 할머니는 몇 번 마른기침을 하기도 했다. 그러곤 한참 후에 이런 말을 했다.

"야, 야, 이러니까 꼭 옛날 생각난다. 옛날에 네 삼촌도 나랑 논일 끝내고 집으로 돌아올 때면 꼭 리어카를 이렇게 밀었거든. 끌지 않고, 꼭 뒤에서 밀었어. 이 할미 얼굴 계속 바라보면서 말이야……."

나는 허리를 더 아래로 깊숙이 숙인 채, 프라이드를 밀었다. 나는 할머니의 얼굴을 보지 않으려고 노력했다. 그러면서 또 생각했다. 삼촌은 이렇게 직접 민 것 또한 노트에 적어놓은 것일까, 그렇다면 그 거리는 과연 어떻게 잴 수 있는 것일까.

고담과 여백

이 작품의 그다움은 첫 줄 첫마디에서 온다. 바로 할머니. 할머니가 손주놈에게 들려줄 수 있는 것은 자고로 얘기밖에 없다. 가족 중 누구도 할머니 얘기에 귀 기울이지 않는다. 고담이기 때문.

따지고 보면 할머니의 얘기도 무수히 가지가 쳐진 것이지만, 딱하게도 할머니도 손주놈도 그 사실을 알아차리지 못한다. 손주놈은 거기에다 자기식 곁가지를 또 치기 시작한다. 이런 계통의 얘기를 고담이라 하거니와, 작가 이기호 씨는 이 점에서 유력하다. 얘기의 이러한 큰 물줄기에 닿아 있는 만큼 아무리 세파가 변하고 날씨가 가물어도 끄떡없다. 이 사실을 증명해 보인 것이 이 작품이다.

작가는 삼촌을 내세웠다. 그 삼촌의 기행을 줄줄이 엮는다. 그러니까 기인전 계보에 드는 것. 이것은 성격 창조와는 별개의 것이다.

이 나라 80년대에 프라이드라 이름 하는 명차가 있었다. 그것과 삼촌의 여사여사한 일들이 펼쳐지는 과정에서 작가는 이 시대를 살아온 자로서의 삼촌을 프라이드라는 이름의 자동차로 둔갑시켰다. 그 자동차의 운명이 곧 삼촌의 운명이라는 것. 거기에는 반드시 '여백'이라는 것이 있다는 것. 이 '여백'이 얘기 아닌 소설의 본질이라는 것. 바로 여기가 할머니의 고담과 소설가의 소설이 갈라지는 대목이다.

삼촌의 사랑이 그것. 사랑이란 고담에 속하는 것이지만 거기에 이른 과정은 시대를 살아온 작가의 고유한 몫이라는 것. 겸허하게도 작가는 고담과 소설, 이 둘을 식별하는 지표를 제시해 보였다. 문체, 그러니까 작가 이기호 씨의 입심도 할머니의 곰삭은 허풍을 닮아서 유연하다.

갈매기는 끼룩끼룩 운다

이수진

1987년 광주 출생.
2009년 『무등일보』 등단.

갈매기는 끼룩끼룩 운다

　정확히 세 명이 누울 수 있는 공간에 셋이 누워 있다. 발은 창가를 향해 두고 머리는 해 지난 맥주회사 달력이 덜렁 걸린 벽 쪽에 두고 있다. 달력에는 호피무늬 비키니를 입은 빛바랜 서양 여자가 흰 거품이 흘러내리는 기타를 들고 누런 맥주 줄기로 만들어진 현을 퉁기고 있다. 세 사람의 오른쪽에는 페인트가 반쯤 벗겨진 뒤틀린 나무문이 닫혀 있고 바람이 부는지 바깥문은 이따금 소리내어 운다. 그들의 왼쪽에는 캐릭터 이불이 얹힌 네 칸짜리 서랍장이 놓여 있다. 하얀 플라스틱 서랍장의 동그란 손잡이는 위에서부터 빨강, 노랑, 초록, 파랑으로, 만든 이의 조야한 취향을 드러낸다. 그 왼편의 낮고 작은 목재탁자 위에는 여남은 권의 책들이 벽과 서랍장 옆면을 의지해 서 있다. 중고 프라모델 잡지나 만화책들과 비교했을 때 주황색 표지의 두꺼운 철학책이나 문예사조의 이해 운운하는 책들은 아버지의 T팬티만큼이나 어색하다. 책더미 위에는 이 년 전 베스트셀러가 되었던 '20대에 꼭 해야 할 일'인지 '늙으면 뭣도 못 한다'인지 하는 제목의 책이 먼지에 덮인 채 놓여 있고 탁자 왼쪽에는 소형 중고 냉장고가 웅웅 소리를 내며 돌아가고 있다.

따뜻하군. 가운데 누운 재우가 말한다. 삼 분쯤 지난 후에야 마지못한 듯 철건이 아아, 대답인지 신음인지 모를 소리를 흘린다. 바람에 바깥문이 열렸는지 이제 안쪽 나무문까지 덜컹거린다. 배기는 이따금 코를 골다 컥, 숨을 멈춘다. 철건이 문을 좀 닫고 오는 게 어때, 라고 말하지만 아무도 대꾸하기 않는다. 그의 음성이 어딘가로 빨려드는 사이 코 고는 소리도 멎어 자는 이는 아무도 없지만 깨어 있는 이 또한 없다. 이 방은 배기의 집이다. 배기는 공간을 제공한다. 불문율은, 방문객 중 누군가가 먹을 것을 사 오면 다른 누군가는 자질구레한 일들을 해야 하는 것이다. 그러나 철건의 말에 재우가 반응하지 않는 까닭은 돈을 모아 라면을 사 와서다. 누군가 오십 원이라도 덜 냈다면 그쪽이 몸을 일으켜야겠지만 공교롭게도 십 원 하나 틀리지 않게 나누어 계산했다.

바깥에 바람이 불든 불지 않든 그것이 황사든 꽃바람이든 3월 봄볕은 먼지 낀 창문을 투과해 그들을 데워주고 있다. 침묵을 깨고 '따뜻하군'이라는 문장이 공기 중에 내뱉어진 것이 무색하게도 '아아'라는 짧은 음성으로 그 대화의 시작은 무산되었다. '문을 좀 닫고 오는 게 어때'라는 말은 답하는 이가 없었으므로 방백이나 다름없었다. 셋이 그렇게 누워 있는 사이 구름이 지나가는지 햇빛이 잠시 걷힌다. 바람 소리 비슷한 긴 한숨 소리가 난다. 셋 모두의 한숨 같기도 하고 누구의 한숨도 아닌 것도 같다. 재우가 못 견딘 듯 입을 연다. 나 있지, 오다가……

*

　그러니까 재우는 오다가 길 한복판에 웅크리고 앉은 아줌마를 봤다. 아줌마는 벽에 몸을 기대지도 않고 오롯이 쪼그리고 앉아 있었다. 휴식을 취하는 것 같아 보이지는 않았다고 재우는 말한다. 그렇다고 뭘 찾고 있는 것 같지도 않았고 차라리 누군가를 기다리는 것처럼 보였다고. 아줌마의 둥근 몸체가 바람을 따라 기우뚱거리며 풍경을 흔들었다. 앞으로 기우듬히 쏠린 커다란 몸은 묘한 공포를 유발했고 거대한 오뚝이를 연상시켰다. 재우는 왠지 피해야 한다는 생각이 들었지만 마주 오는 예쁜 아가씨를 의식해 남자답고 의연하게 아줌마 곁을 지나갔다. 일곱 걸음쯤 발을 뗐을 때 재우는 걸음을 멈췄다. 통통한 몸을 감싼 진갈색 카디건에 오밀조밀 달라붙은 털실 꽃장식이 어쩐지 마음에 걸려 돌아봤을 때 재우는 막 스쳐 지나간 아가씨의 연분홍색 플레어스커트가 바람을 타고 팔랑 떠오르는 것을 보았다. 휘둥그레진 재우의 눈에 하늘색 체크무늬 팬티가 가득 들어왔다. 니아앙! 엉덩이 한가운데 프린팅된 고양이가 앙칼지게 울었다. 곧 상황이 파악되었는데 그것은 아줌마가 아가씨의 치마를 펄렁 들어올린 것이었다. 꺅! 여성스런 목소리를 내며 아가씨가 마릴린 먼로마냥 치마를 폭 누르고 아줌마가 품에서 뭔가를 꺼내려는 것을 본 재우는 그대로 몸을 돌려 달아났다. 숨이 헐떡일 때까지 달렸고, 놀이터 앞에서 철건을 만나 라면을 샀다. 아무도 비방하지 않음에도 재우는 변명을 덧붙인다. 그러니까 아마 그건 흉기 같은 거였을 거라고……

　누운 채 얼굴만 돌려 재우를 보던 철건은 어이가 없다. 담배 연기 사이로 혼비백산해 뛰어오던 재우의 상기된 얼굴이 떠오른다. 겨우 아줌마 따위에게 겁먹어 식은땀까지 흘리며 뛰어오다니, 재우가 겁쟁이인 줄은 알고 있었지만 이토록 병신일 줄은 꿈에도 몰랐다. 게다가 흉기라니. 철건은 재우의 추측이 터무니없다고 생각한다. 그러나 '새끼, 만화를 너무 많이 본 거 아냐?' 라고 비웃으면서도 흉기가 아니라면 뭘꺼낸단 말인가, 하는 생각이 들기도 한다. 철건은 아줌마가 되어본다. 지나가는 여자의 치마를 들췄다. 나라면 품에서 무엇을 꺼냈을까? 만약 재우의 추측대로 그것이 정말 흉기였다면, 그렇다면 그 아가씨는 어떻게 되었을까? 하늘색 체크무늬 팬티의 그녀는.

재우는 그 아가씨의 모습을 떠올린다. 이른 벚꽃마냥 희고 부드러운 피부, 그 통통한 허벅지. 활짝 핀 접시꽃처럼 팔랑거리던 그녀의 치마. 철건은 아줌마의 품으로 기어들어간다. 그 안, 그 안쪽에 든 것은 무엇일까. 배기는 혼자 뭔가 중얼거리고 있으나 늘 그래왔으므로 아무도 신경 쓰지 않는다. 간간이 소형종이 어떻고 대형종이 어떻고 하는 단편적인 단어들이 들려서 철건은 배기가 자동차에 대해 중얼거린다고 생각한다. 아가씨의 허벅지를 지나 아줌마의 품을 지나 둘의 생각은 하나로 모인다. 왜? 그 아줌마는 왜 그 아가씨의 치마를 걷어올렸을까?

재우가 말한다. 못생겼어. 오십 대 정도로 보였고 얼굴이 퉁퉁 불어 코가 뺨에 파묻혀 있었어. 머리숱도 별로 없었고 무엇보다 너무 뚱뚱했어. 내가 발로 찼으면 데굴데굴 굴렀을걸. 재우는 눈동자를 위로 굴려가며 말한다. 그 아줌마가 아가씨를 해치려 했다는 데 내 오른쪽 손모가지를 걸지. 재우는 도망간 주제에 자위할 때나 쓰는 그의 손목을 당당하게 배팅한다. 재우가 손을 뻗어 꿈지럭거리자 철건은 문득 불쾌하다. 재우의 손가락이 그의 수음을 연상시킨 탓이다. 이런 철건의 속을 아는지 모르는지 재우는 그림자도 지지 않는 천장을 향해 두 손을 포개 개 한 마리를 만든다. 새끼손가락을 움직이자 개가 짖는 모양새가 된다. 재우도 컹컹 입을 연다. 아마 그 아줌마도……

아마 아줌마도 처음부터 그렇게 물에 분 유부 같은 모양새는 아니었을 것이다. 세상 모든 여자가 그렇듯 온전한 여자로 태어났을 것이다. 여자로서의 여자, 남자에게의 여자. 여중, 여고를 졸업한 조용한 성격의 그녀는 선을 봐서 결혼했을 것이다. 아마 대학은 안 나왔을 것 같아. 추측을 시작한 재우는 이미 신나 있다. 남편은 선보는 자리에서 의사를 묻지 않고 커피 둘을 주문하는 성격의 사내로 마흔이 넘어가자 그 나이 때의 남자가 으레 그렇듯 머리숱이 줄어들고 빠릿빠릿하지 못한 성격 탓에 승진은커녕 좌천이 되지 않기나 바라는 무능한 가장이었을 것이다. 아이는 둘. 아마 아들이 둘. 아기를 밴 그녀는 남편의 무심한 다정함을 이용해 먹고 싶은 것을 양껏 먹었고 부풀기 시작했다. 살은 그녀의 거죽을 트게 만들었다. 허리춤에도 무릎에도 보기 싫은 하얗고 울퉁불퉁한 선들이 새겨졌다. 기름진 젖을 마신 아이는 피둥피둥 살이 올랐고 그녀도 처음의 표준 몸매를 벗어나 88이니 99니 하는 사이즈를 찾는 몸이 되었다. 첫째는 그럭저럭 낳았고 그럭저럭 키웠지만 식습관은 쉽게 그녀를 놓아주지 않았다. 그러다 둘째를 낳게 되었다. 회복실에 누운 그녀에게 의사는 사무적인 어조로 말했다. 아기 다리가 뒤틀려 나왔는데요. 그녀는 기가 막혔다. 의사는 제왕절개를 거부한 그녀 잘못이라고 말했다. 그러나 복부비만이 심하면 제왕절개가 위험하다고 말해준 사람도 의사였다. 그녀는 선택을 해야 했다. 애초에 왜 아기가 거꾸로 들어 있던 걸까. 아니 왜 그 순간 다리를 잔뜩 오므려버린 걸까. 자책은 자기혐오로 돌아왔고 그녀는 살을 빼보려고도 했지만, 육아만으로도 벅찼다. 그러다 아이들이 어느 정도 성장해 학교에 다니게 되자 그녀는 아무렴 어때, 하고 생각하게 되었다. 학창 시절에

성적이 떨어지거나 따돌림을 당했을 때 아무렴 어때, 라고 생각했던 것처럼. 자라고, 자라고, 또 자란 그녀의 아이들은, 그녀가 배 아파 낳은 자식들은, 그녀의 뱃속에서 순대니 햄버거니 족발을 먹고 싶다고 속삭였던 그녀의 아기들은, 학부모 참관일 날 그녀에게 '엄마 뚱뚱해서 창피해, 오지 마.' 라고 말했고 그녀는 크게 낙담했다. 첫째에게 너무하다며 엄마한테 사과하라고 꽥꽥거렸던 둘째조차 자신의 불구가 엄마의 지나친 살 탓임을 알게 되자 그녀를 외면했다.

그녀는 속이 상했고, 먹었다. 화가 나서 먹었고 애들이 '엄마가 만든 거 더러워, 안 먹어.' 라고 칭얼대며 남긴 음식 또한 먹어치웠다. 그녀는 이스트가 과다하게 들어간 빵반죽처럼 부풀어올랐고, 급기야 집 밖으로 나서지 않게 되었다. 밖은 너무 춥거나 너무 더웠다. 88도 99도 맞지 않게 된 그녀는 포엑스라지 사이즈의 여자가 되었다. 별다른 신경을 쓰지 않아도 그녀의 천덕꾸러기 아이들은 쑥쑥 컸고 대학을 갔다. 낳아준 어미를 평생 조롱한 아이들은 집을 떠났고, 그 후로 그녀는 쭉 누워 지냈다. 퍼질 대로 퍼진 몸뚱이를 놀리는 것이 힘들기도 했지만 움직일 마음이 들지 않았다. 그녀의 주변에는 마트에서 주문한 레토르트 식품이나 과자 따위가 든 봉지, 무선전화기, 야식 배달 음식점 번호가 쓰인 책자가 늘 널브러져 있었다. 자지 않으면 먹었고 먹지 않으면 잤다. 살은 그녀를 잠식했다. 뺨에 파묻힌 코가 공기를 찾아 벌름거렸다. 그녀가 살아 있다고 말할 수 있는 부분은 푸, 하, 숨을 몰아쉴 때마다 들썩거리는 배, 그 외에는 찾을 수 없었다.

어느 날 야식책자가 없어진 사실을 안 그녀는 벽을 짚으며 책자를 찾아다녔다. 그녀는 곧 다른 야식책자를 발견했는데, 그것은 이미 남편의 방이 된 안방 탁자 위에 있었다. 숨을 헐떡이며 집어든 그 밑에는 반라의 금발 여인이 표지에 오른 잡지가 한 권 놓여 있었다. 치킨프랜

차이즈 광고가 크게 인쇄된 야식책자를 땀이 흥건한 겨드랑이 사이에 끼우고 그녀는 침대에 걸터앉아 잡지를 뒤적거렸다. 레이싱걸 각선미 특집. 세계의 10대 다리 미녀들. 쭉쭉빵빵한 다리의 향연! 남편의 잡지는 온통 여자들의 다리투성이였다. 망사스타킹에 가터벨트, 가죽부츠에 킬힐로 장식된 다리들. 평범한 그녀였지만 다리만은 자신이 있었다. 키에 비해 비율이 좋았고 매끈하게 뻗었던 다리에는 흔한 생채기 하나 찾아볼 수 없었다. 수줍음이 많아 치마를 자주 입지는 않았지만 어쩌다 치마정장이라도 입을 때에는 다리로 몰려드는 사람들의 시선에 정신이 혼미해질 정도였다. 심지어 신혼 첫날밤 남편은, 그 고리타분한 남편조차 그녀의 다리에 입 맞추며 수줍게 말했다. 당신 다리는 정말 최고군.

그의 얼굴을 본 지 얼마나 됐을까. 지방으로 발령받고 한 달에 한 번은 오겠다던 남편은 벌써 두 달이 되도록 오지 않았다. 까만 피부에 작은 체구를 가진 남편은 집에서 야식을 시킨 일이 없었다. 단 한 번도. 그러나 그 잡지는 보란 듯이, 정말 보란 듯이 책자 아래에 비치되어 있었다. 언제고 볼 수 있도록. 잡지에서 눈을 뗀 그녀의 눈에 침대 맞은편 화장대 거울에 비친 자신의 모습이 보였다. 문득 그녀는 탁자에 놓인 알람시계를 거울을 향해 집어던졌다. 시계는 화장대 서랍을 맞추고 바닥에 나뒹굴며 건전지를 뱉어냈다. 거울에는, 괴물이 한 마리 들어 있었다. 하얗고 피둥피둥한 저팔계가 한 마리. 그녀가 입을 쩍 벌리자 거울 속 돼지도 입을 쩍 벌렸다. 턱은 접히지조차 않았다. 목과 턱의 구분이 없었다. 그녀는 거울을 보며 물었다. 너는 누구셔어? 거울 속 까맣고 뒤룩뒤룩한 눈이 그녀를 쏘아보고 있었다. 그녀는 침대 옆의 스탠드를 집어던졌다. 거울이 깨졌다. 산산이 부서진 유리조각들이 커튼 사이로 새어든 아침 햇살에 눈부시게 반짝거렸다. 그 빛은 찬란하게 그녀를 조롱했다. 그녀는 책자를 물어뜯었다. 분했다. 거울에 비친 모습보다, 그녀를 놀리려 한 그의 의도에 화가 났다. 그러나 전화해 따질 만한 열정도 없었다.

식욕이 없었다. 때문에 그녀는 조금이나마 부피가 줄었다. 아무것도 먹지 않아 괴롭던 공복감은 곧 마비됐고, 필요 이상의 칼로리를 공급받던 몸은 필요 이하의 칼로리조차 공급받지 못하면서 탄력을 잃고 늘어졌다. 거울은 깼지만 잡지는 찢지 않았다. 손이나 겨드랑이에서 흐른 땀에 젖어 우글우글해진 잡지를 그녀는 하루 종일 뒤적였다. 매끈, 매끈한 여자의 다리.

그녀는 여자의 예쁜 다리에 다른 식으로 반응할 수도 있었다. 어쩌면 그것을 동경하여 페티시를 가질 수도 있었고 그런 다리를 가지고 싶다는 생각에 관리에 돌입할 수도 있었을 것이다. 하지만 그녀는 그 모든 일 대신 한 방법을 택했다. 커터칼을 들고 잡지를 북북 그었다. 죄 없는 누런 장판도 함께 조각났다. 남편의 '다리들'은 갈기갈기 찢겨 휘날렸다. 그녀는 다리를 미워하게 되었다. 그래서 그녀는 그 길로 커터칼을 들고 거리로 나가 여자들을 사냥하게 된 거야. 예쁜 다리를 가진 아름다운 여자들을……

재우의 말이 끝나기도 전에 철건이 끼어든다. 야야, 솔직히 말도 안 돼. 어떻게 사람이 그렇게까지 살이 찌냐, 야식 좀 먹었다고. 철건은 아까 재우가 그랬던 것처럼 두 손을 천장으로 뻗는다. 손을 교차시켜 손가락을 꼼지락거리자 게 한 마리가 허공을 지나간다. 그보다도 나 같으면 말야, 여자들 다리보다는 그런 미적 기준을 만든 남자들을 미워할 것 같아. 어차피 그런 잡지는 우리 같은 놈들이나 사 보는 거잖아, 안 그래? 그랬으면 네 거시기를 그어버렸을지도 모르지. 그럼 넌

고자가 됐겠지? 고자 새끼, 크크크. 내 생각엔 말이야. 그 아줌마는 그냥 치마 속이 좋은 거야. 치마를 들쳤다고 해서 다리가 목적이라는 빤한 발상은 뭐냐? 치마 속의 다른 거…… 이런 건 어때? 아줌마는 마흔 후반, 태어났을 때부터 지금까지 섹스라곤 해본 일이 없는 거야. 섹스는커녕 연애 한 번 못해본 나머지 남자의 몸이란 걸 겪어보지 못한 거지. 왜 마흔 살까지 못해본 남자, 이런 영화도 있잖아. 그러다 보니까……

아줌마는 자신의 몸만을 보고 만지고 자랐다. 손끝이 살갗에 닿아 생기는 마찰에 애정을 느꼈고 스스로를 부둥켜안으며 사랑 또한 깨달았다. 손가락과 발가락의 섬세함도, 하얗고 얇은 손톱이 물을 주지 않아도 자라는 것도, 나이를 먹자 생리를 시작하고 겨드랑이에 털이 나고 가슴에 젖멍울이 잡혀가는 것도 그녀에겐 신기한 일이었다.

특히 그녀가 의미를 둔 부분은 음부였다. 샤워를 하다 우연히 거센 물줄기가 음핵을 건드렸을 때 머리털 끝까지 전기가 통하는 것 같은 찌릿함을 느꼈다. 그 피 쏠리는 쾌감은 그녀가 자신의 몸을 속속들이 헤집어볼 계기를 주기에 충분했다. 자신이 하루하루 성장하는 과정을 보는 것은 그녀의 즐거움이었지만 어느 정도 나이를 먹자 자라나고 피어나기는커녕 시드는 것을 지켜봐야 했고 그것은 여간 지루한 일이 아니었다. 따라서 그녀가 다른 여체에 관심을 가지게 된 것은 필연적인 것이었다. 올 컬러판 『인체의 신비』에 의지해 탐구를 거듭하다 벽에 부딪힌 그녀는 백문이 불여일견이라는 말을 떠올리게 되었다. 책에 나온 삽화나 사진은 한계를 불거지게 할 뿐이었으므로 실체를 찾아나서기로 마음먹은 것이었다. 실제의 음부. 그중에서도 음핵이나 음순을 지나 그녀가 의미를 두게 된 것은 자궁이었다. 한 달에 한 번 정자가 들어오길 기다렸다 기간 안에 씨앗을 얻지 못하면 스스로를 허물어뜨리는 그것은 과하지도 모자라지도 않은 중용의 미덕을 가진 존재였다. 그녀에게 자궁이란 우주적 존재였다, 한없이 신비한. 그녀는 꿈꿨다. 다른 이의 우주를 한 번이라도 볼 수 있다면……. 그러나 어떤 여자도 보여주지 않았고 오히려 미쳤다는 오해를 받거나 욕을 얻어먹기 일쑤였다. 어느 여름, 벤치에 앉은 여자 둘에게 음부의 탐구에 대해 말하고, 보여주면 그녀도 보여주겠다는 제안을 하다 욕만 진탕 얻어들은 그녀는 지쳐 있었다. 그들이 떠난 자리에 주저앉아 좌절감에 떨고 있을 때 어떤 이들이 다가왔다. 친절해 보이는 남녀였다. 여자가 입을 열었다. 혹시 우주의 기운에 대해 알고 계세요? 그녀는 늘어뜨렸던 몸을 꼿꼿이 세웠다. 우주라니, 우주라니! 혹시 이들은 신이 보낸 사자가 아닐까?

그들을 따라간 곳은 그곳에서 멀지 않은 동네였다. 허름한 건물 오른편 아래쪽에 2층으로 올라가는 계단이 있었고 입구 왼편에 나무간판이 걸려 있었다. 붉고 작은 글씨로 '천기누설', 그 밑에는 굵은 궁서체로 '우주진리연구회'. 가파른 계단을 올라 유리문을 밀고 안으로 들어갔다. 그 안은, 신천지였다.

'천기누설 우주진리연구회'라니 너무 식상하잖아. 듣고 있기나 했는지 배기가 말을 끊는다. 철건은 사타구니를 긁적인다. 그럼 뭐가 좋을까. 배기는 잠깐 생각을 하는 듯하더니 '자궁교'라고 대답한다. 자궁교? 철건과 재우가 동시에 반문한다. 자궁교라니, 큭큭. 철건은 거의 움직이지 않던 몸을 뒤틀며 웃어댄다. 자궁교. 좋아, 자궁교.

그들을 따라간 곳은 그곳에서 멀지 않은 동네였다. 허름한 건물 오른편 아래쪽에 2층으로 올라가는 계단이 있었고 입구 왼편에 나무간판이 걸려 있었다. 굵은 궁서체로 '자궁교'. 가파른 계단을 올라 유리문을 밀고 안으로 들어갔다. 그 안은, 신천지였다. 마흔 명 남짓한 사람들이 무릎을 꿇고 앉아 쉴새없이 머리를 조아리며 뭔가 읊조리고 있었다. 천장과 벽의 경계에 설치된 푸른 형광등빛으로 강당 안은 전체적으로 푸르스름했다. 정면 벽에는 플라스틱으로 추정되는 거대한 자궁모양 조형물이 걸려 있었고 그 위에는 사진이 걸려 있었다. 교단이 있었고 단단해 보이는 커다란 나무의자가 둘 놓여 있었다. 머리가 긴 여자와 삭발한 남자가 각각 앉아 있었고 그들의 흰옷은 푸르게 빛나고 있었다. 신도들의 목소리가 한데 섞여 기묘한 음률을 만들어냈다.

세상 모든 종교가 그렇듯 자궁교에는 교리가 있었다. 식상하게도 그것은 여성 교인들의 첫날밤 상대가 교주인 김자궁이고 그래야만 영생을 얻고 우주진리를 깨달을 수 있다는 것이었다. 여자가 건네준 책자를 들여다보다 그녀는 교주의 첫날밤 상대가 되길 자청했다. 바라던 것을 얻기 위해서라면 약간의 희생은 불가피하다고 여겼고 모르긴 몰라도 남자의 몸도 그 나름의 진리를 가지고 있을 것이므로 실제로 볼 수 있다면 일석이조라고 그녀는 생각했다. 몇 가지 검사를 통해 그녀가 정말 처녀라는 사실이 입증되자 교인들에 의해 교주의 방으로 인도됐다. 교주는 교단 위에 걸려 있던 사진의 남자로 턱살이 늘어진 오십대 후반으로 보이는 자였다. 김자궁은 남자의 본명으로, '성 金 스스로 自 하늘 穹'이라고 쓰고 김자궁이라고 읽는다고 했다. 아들이 스스로 하늘이 될 수 있는 높은 포부와 기상을 간직하길 바란 그의 어머니의 깊은 뜻이 들어 있는 이름이었다. 교주는 그녀에게 웃옷을 벗으라고 말했고 그녀는 따랐다. 교주는 자색의 가운을 벗어 던졌고 그 안은 알몸이었다. 그는 그녀에게 자신의 성기를 애무하기를 명령했다. 몇 겹으로 겹친 배 밑에 늘어진 그것은 흉물스러웠다. 듬성듬성 돋은 흰 털하며 불알에 핀 얼룩점은 삽화 속의 말끔한 성기와는 차원이 달랐다. 세상의 모든 것이 자궁의, 자궁에 의해, 자궁을 위해 존재한다고 믿었던 그녀는 큰 충격을 받았다. 교주는 망설이는 그녀에게 우주의 원리를 설명했다. 굵직하고 우람한 믿음직한 목소리였다. 우주라는 것은 애초에 하나의 자궁에서 태어났으며 그 현신이 자신이라는 이야기였다. 또한 양과 음이 만나 하나가 되는 것은 우주의 섭리며 고로 진리를 얻고 싶다면 다리를 벌리라는 것이 말의 요체였다. 그녀가 계속 망설이자 김자궁은 자신의 손을 이용해 발기를 하고 그녀의 다리를 벌리게 했다. 김자궁이 치마를 들치고 막 속옷을 벗기려 할 때 그녀는 그의 얼굴을 구두로 찍어버리고 달아났다.

그녀는 뛰었다. 구두가 벗겨졌지만 뒤도 돌아보지 않고 뛰었다. 집에 들어서자 자신도 모르게 콸콸 눈물이 흘렀다. 한 시간도 넘게 참은 오줌보가 터지듯 그녀는 창피한 줄도 모르고 엉엉 울었다. 온몸이 바들바들 떨렸다. 그녀가 알고 싶었던 진리는, 삶을 지배했던 목표는 그런 것이 아니었다. 그런 흉한 것이 아니었다. 그런 더러운 것에게 자궁으로 향하는 입구를 허락할 수는 없었다. 그녀는 한참을 울다 잠이 들었다.

그녀는 베란다에 서서 하늘을 올려다보고 있었다. 유난히 별이 많다고 생각하는 순간 몸이 붕 뜨더니 빠르게 솟구쳤다. 지상의 빛이 와 닿지도 않을 만큼 높은 곳까지 오르자 상승이 멎었다. 그녀는 팔다리를 휘적거려 앞으로 나갔다. 주변에 작고 빛나는 돌덩이들이 떠다니고 있었다. 낯선 곳이었지만 어쩐지 불안하지 않았다. 오히려 기묘한 안도감마저 들었다. 곧 그녀는 푹신한 벽에 부딪혔다. 축축하고 말랑한 그것은 비린 살냄새를 풍기고 있었고 그녀는 이 공간이 자궁임을 깨달았다. 그때 작은 돌덩이들이 그녀의 시선이 닿은 한 곳을 기점으로 모이더니 하나로 달라붙어 커다란 구를 만들었다. 붉은 듯 푸르기도 하고 누른 듯 거무스름한 그것은 일순 빛을 쏟아냈다. 반사적으로 눈을 가린 그녀를 향해 빛덩어리가 달려들어 아랫배를 관통했다. 자궁이 있었을 자리에 머리통만 한 구멍이 뚫린 그녀에게 소리가 들려왔다. 웅웅거림에 불과하다 곧 언어가 된 그 목소리는 달콤하기도 엄숙하기도 다정하기도 매섭기도 했으며 이렇게 말하고 있었다. 자궁을 찾아라. 가장 온전한 자궁을 찾아라. 그때까지 너는 어떤 자궁도 갖지 못하리라……. 그녀는 뻥 뚫린 배를 감싸 안고 다리를 활짝 벌렸다. 질구가 뻐끔뻐끔 대답했다. 자궁을 찾겠어요, 가장 온전한 자궁을 찾겠어요. 눈물로 흠뻑 젖은 베개 위에서 깨어난 그녀의 눈에 라디오가 보였다. 우아하게 구부러진 안테나가 까딱까딱 그녀를 부르고 있었다. 그녀는 그것을 잡고 힘껏 꺾었다. 안테나는 의당 그래야 할 것처럼 쑥 뽑혀 그녀의 손에 쥐어졌다. 그녀는 신발을 신고 현관문을 나섰다. 손에 쥔 안테나가 희미하게 떨리고 있었다.

그때부터 그 아줌마는 가장 온전한 자궁을 찾아다니는 거야. 안테나를 갖다 대면 신호가 나오는 거지. 삐리삐리. 철건이 코를 틀어쥐며 익살스러운 목소리를 낸다. 이 자궁이 아닙니다, 삐리삐리. 크크, 자궁 찾기. 어때? 아마 그녀가 품에서 꺼내려 했던 건 안테나였을 거야. 선택받은 탐지기, 성聖 안테나! 이를테면 요술봉 같은 거지. 그걸로 팬티 속을 투시해서 우주의 명령에 따르는 거야. 진리를 찾는 여행, 어때?

철건의 득의양양한 표정이 못마땅한지 재우는 툴툴 불만을 늘어놓는다. 근데 솔직히 말해서 내 생각이 더 신빙성 있지 않냐? 네 이야기에는 개연성이 부족해. 인물이 통 나오지가 않잖아. 게다가 그 아줌마 적어도 오십은 넘어 보였다니까. 네 말대로라면 대체 몇 살부터 그러고 다녔단 거야? 철건이 짜증스런 표정으로 몸을 벌떡 일으키며 말한다. 야, 살찌면 나이 들어 보이는 거 모르냐? 네 이야기에도 허점이 넘치거든? 애초에 부모를 그렇게 무시하고 더러운 취급을 하는 게 가능하냔 말이야. 도덕적으로, 엉? 천륜 말이야, 천륜. 안 그래? 철건이 동의를 구하려 배기를 돌아보지만 배기는 여전히 뭔가 중얼거리고 있다. 색은 대개 노랗고 끝에 붉은 얼룩, 목은 희고 등과 날개는 잿빛. 그 사이 재우는 자신의 이야기에 허점이라곤 찾아볼 수 없음을 역설하고 있다. 요즘 세상에 천륜, 인륜이 어디 있어. 솔직히 나만 해도 엄마가 살쪄서 내가 장애인이 되었다면 죽여버리고 싶었을걸. 병신, 죽이지도 못할 거면서. 그래, 내 얘기에서도 죽이진 않잖아. 그리고 뭐, 더러워서 넣을 수가 없어? 여자가 남자를 원하는 건 동물적 본능이야. 남근선망! 프로이트 몰라, 프로이트? 프로이트 좆까지 마. 남근선망은 그럴 때 쓰는 말 아니거든? 왜 아예 칸트, 헤겔 다 들먹여보지 그러냐? 철건의 핀잔에 재우는 한풀 꺾인 표정으로 투덜거린다. 치, 애초에 우주의 존재가 다 뭐야⋯⋯. 우리가 딸 치면서 언제 그 신비에 대해 탐구한 적 있었어? 평생 내 몸만 사랑하고 살았어도 그런 적 없었거든? 자랑이다, 인마. 여자 없다고 아주 광고를 때려라. 너도 없잖아. 뭐, 나? 너도 없잖아! ⋯⋯나도 없지. 정곡을 찌른 재우는 진심으로 미안한 표정이다. 철건이 재우를 외면하며 툴툴거린다. ⋯⋯개새끼, 난 내가 안 사귀는 거야.

철건의 물음에도 대답을 않던 배기가 갑자기 번쩍 두 손을 치켜든다. 왼손 엄지를 오른손 엄지에 걸고 네 손가락을 쫙 펴 퍼덕이며 배기가 입을 연다. 아마⋯⋯ 그냥 미친년일 거야. 철건과 재우는 입을 헤

벌리고 배기를 쳐다본다. 눈가를 씰룩이다 재우와 눈이 마주친 철건은 코가 터질 듯이 웃음을 터뜨린다. 크, 크크크, 넌 진짜, 큭큭, 뜬금없이 미친년이라니! 푸하하하, 그래, 그냥 미친년이겠지 뭐. 큭큭큭큭. 그 아줌마는 그냥, 그 아가씨 치마를 들쳐보고 싶었던 것뿐이야. 맞아, 쪼그려 앉아 있었는데 꼴린 거 아니야? 그럼 품속에 손을 넣은 건? 아, 자기 가슴이라도 문지를 셈이었나보지. 큭큭큭. 푸헤헤헤. 마침내 배기도 웃음을 터트린다. 낄낄끼룩끼룩, 끼룩.

*

　웃음이 잦아든다. 탁자 가까이 누워 있던 재우가 책을 내려 뒤적거린다. 『갈매기의 꿈』, 새 한 마리가 열심히 날고 사는 이야기다. 조너던 리비잉스터언. 재우는 혀를 잔뜩 굴려 주인공의 이름을 말한다. 언제 읽어도 감동적이라는 표정이지만 그는 한 번도 이 책을 읽은 일이 없다. 책을 넘길 때마다 책 곰팡내가 퍼진다. 아무 페이지나 펼친 재우가 그럴싸한 목소리로 한 대목을 읽는다. 가장 높이 나는 새가 가장 멀리 본다. 음, 좋은 말이군. 가장 높이 나는 새가 멀리 본다……. 재우의 말이 끝나기가 무섭게 철건이 내뱉듯이 말한다. 갈매기 주제에, 멀리 보긴 개뿔이. 가장 높이 나는 새가 가장 굶주리는 거야. 아니 꼴에 무리해서 높이 올라가가지고 먹이를 봐도 쳐내려와서 먹을 수가 있어야지, 아니 애초에 먹이가 보이기나 할라나? 거 이리 줘봐. 철건이 재우의 손에서 책을 빼앗아 책장을 아무렇게나 넘긴다. 그래, 이게 진리지. 우리는 단지 먹기 위해 이 세상에 던져졌으며 가능한 한 오래 생을 유지해야 한다, 우리는 단지 먹기 위해 이 세상에 던져졌으며 가능한 한 오래 생을 유지해야 한다! 조나단인지 좆나단인지 걔는 그래서 어떻게 죽었냐? 다시 책을 건네받은 재우가 뒷부분을 뒤적거린다. 가물거리는 빛 속으로 사라져 아무것도 남지 않았다고 나와 있어. 것봐, 아무것도 남는 게 없잖아. 그 새끼 통장잔고도 0일걸. 철건이 책을 빼앗아 휙 내던진다. 『갈매기의 꿈』은 가볍게 날아가 냉장고를 맞추고 나뒹군다. 그것보다 나 고등학교 때 반에 갈매기라는 새끼가 하나 있었는데. 별명이 갈매기야? 응, 왜 갈매긴 줄 알아? 글쎄? 그 새끼가 얼굴은 메기같이 생겨가지고 여자들을 좆나 후리고 다니는 거야. 입술도 완전 두껍고 수염도 이방같이 난 주제에 아주 그냥 따먹은 여자애들 목록이 학급일지보다 두꺼웠거든. 갈보 메기, 줄여서 갈메기. 크크크, 완전 웃기지 않냐? 재우가 웃음을 터뜨린다. 갈마이기가 아니라 갈머이기구나? 헤헤헤, 재밌다. 히히, 히히히. 그러나 배기는 그들의 웃음이 우습지도 않다. 갈매기는 아버지와 연관된 유일한 목표였다. 할 수만 있다면 온몸에 깃털을 심고 부리를 달고 뼛속을 비워 조나단 리빙스턴이 되고만 싶었다. 웃음 대신 배기는 다시 중얼거린다. 어른 새가 되는 것은…… 소형종은 이 년, 중형종은 삼 년, 대형종은 사 년째 여름 깃이 나면서부터이다. 흰 갈매기는…… 사 년째에 등이 연한 잿빛인 완전한 어른 새가 된다. 그러나 배기는 등이 연한 잿빛도 아니었고 노랗고 끝이 붉은 부리는 더더욱 없었다. 바랄 수 없는 목표였다. 그렇게 빨리 어른이 되는 것은 갈매기나 가능한 일이었다.

언제 웃었냐는 듯 모두 입을 다물고 다시 방 안에는 침묵과 먼지만이 떠돈다. 침묵은 당연히 있어야 할 곳에 있는 것처럼 이곳에 존재한다. 배기만이 그대로 누워 손을 계속 퍼덕이고 있다. 날자아아, 날자꾸나아아. 한 번만, 한 번마안 더어어어. 배기는 아주 낮게 노래인지 뭔지 모를 것을 읊조리고 있다. 철건이 배기를 할겨본다. 저 새긴 아까부터 뭐라고 중얼거리는 거냐? 글쎄, 갈매기 어쩌고 하는 것 같은데? 갈매기? 뭐야, 지가 좆나단이야? 크, 갈매기는 부산에서 찾아야지, 병신. 갈매기가 왜 부산에 있니? 그야 부산갈매기가 제일 유명하잖아, 가장 맛있는 건 갈매기살이고 말야. 갈매기살도 먹어봤어? 그럼, 날개 부분이 제일 맛 좋다. 재우는 곰곰이 갈매기살을 상상해보는 표정이다. 철건이 말머리를 돌린다. 아, 여자친구 있으면 좋겠다. 재우가 음음, 고개를 끄덕이다 말한다. 나는 취직하고 싶어. 취직? 너 이제 밴드 안 하냐? 음악은…… 이제 됐어, 공무원이나 할래. 뭐, 공무원? 넌 대체 꿈이 뭐냐? 그러니까…… 동사무소 직원…… 같은 거 말이야. 아아, 동사무소. 크, 병신, 넌 일단 군대나 갔다 와. 철건의 말에 재우는 잠시 생각에 잠긴다. 문득 재우가 묻는다. 철건아, 넌 꿈이 뭐야? 꿈? 철건이 벌떡 몸을 일으킨다. 난 세계 정복이야!

재우의 눈에 존경의 빛이 서린다. 정말 철건이 당장이라도 세계 정복을 나설 수 있을 것마냥 듬직해 보이는 모양이다. 우와. 엎드린 채로 감탄하자 목멘 소리가 난다. 역시 넌 대단해…… 혼잣말처럼 말을 되뇌다 재우가 오른쪽 팔을 쑥 뻗는다. ……슈퍼맨! 철건은 어이없다는 듯 피식 웃고는 엄지와 검지를 맞붙이고 양손을 뒤집어 눈에 댄다. 배트맨!

그러나 히어로적 관점에서 보자면 철건은 배트맨보다는 악당에 가깝다. 배트맨은 부유하지만 요즘 철건은 깡통맨이다. 철건은 늘 돈이 많았지만 최근엔 쪼들리는 것처럼 보인다. 재우가 짜파게티를 먹고 싶다고 해도 가장 싼 라면 멀티팩을 집어드는 그의 모습이 낯설다. 재우가 장사가 통 되지 않느냐고 문자 요즘 핸드백들이 너무 잘 나와서 그렇다고 대답한다. 어디서 주워들었는지 재산분배업 운운하는 철건은 그냥 좀도둑이다. 별로 우수하지도 않다. 능률이 형편없다. 아니 그래도 지금껏 걸린 적이 없다는 점은 훌륭할지도 모르겠다. 셋 다 같은 대학 같은 과를 다녔던 것에 비하면 각자 하는 일도 입장도 무척 다르다. 대학 일 년차에 등록금 문제로 자퇴를 하고 생활전선에 뛰어든 철건에 비해 재우는 군 입대를 앞두고 휴학을 한 상태고 배기는 이틀 전 첫 휴가를 나왔다. 셋 중 전공을 살리려는 이는 배기뿐이지만 신춘문예에 한 번 실패하더니 요즘은 뭘 하는지 통 소식이 없다. 가끔 보여주던 소설 나부랭이도 뚝 끊겼다. 재우는 음악을 한답시고 머리를 노랗게 물들이고 다니다 입대를 앞두고 머리를 밀어 지금은 노란 터럭이라고는 찾아볼 수 없다. 밴드에서 뭘 맡고 있다고 했었지만 베이스였는지 기타였는지는 통 기억나지 않는다. 입대 전 편의점 야간알바를 하는 재우는 밴드를 새로 결성할 거라고 말한다. 보컬이 남자라 통 흥이 나지 않는다는 이유다. 재우가 철건에게 밴드 이름으로 분홍코끼리가 좋은지 고등어조림이 좋은지 물었지만 철건은 고등어조림은 무가 맛있다고만 대답한다. 철건이 역시 다음 직업으로는 어부가 좋겠다고 말하자 배기는 어이가 없다. 어부는 아무나 하나. 남들은 다 있는 아부지가 없어 엄마한테 아부지 어디 있냐고 물었을 때 배 타다 죽었다는 대답만 들은 배기에게 어부라는 직업은 불가침의 세계다. 왜 하필이면 어부냐는 질문에 철건은 당당하게 대답한다. 그야 직접 잡은 생선을 먹을 수 있기 때문이지. 고등어 등이 얼마나 예쁜 줄 아냐, 그 오묘한 반짝임. 난 고등어가 좋아. 오메가쓰리도 많잖아. 그 비늘을 살아 있을 때 볼 수 있다는 게 얼마나 멋지냐. 난 역시 직접 물고기를 잡겠어, 그리고 먹겠어. 내가 강철건이니까 강태공이라고 불러라. 마음을 정한 듯 떠벌리고 있지만 철건은 이미 몇 번이고 새로운 직업에 대한 포부를 밝혀만 왔다. 변호사가 되겠다며 웬 법학문제집을 가져오거나 가구를 만든답시고 서랍을 부수고 출장요리사가 되겠다며 배기의 버너를 고장

내는 일은 예사였다. 그러나 단 한 번도 이룬 적은 없었다. 철건이 이룬 것은 중학교 때 첫 소매치기를 성공한 이래로 쭉 해오고 있는 좀도둑질뿐이다.

어느새 창밖은 어둑해져 있다. 누구도 시계가 없어 몇 시인지는 알 수 없다. 철커덩, 바깥문이 열리는 소리가 난다. 철건이 힐끔 문 쪽을 본다. 주인 모를 복명이 들린다. 꼬르륵. 소리가 채 가시기도 전에 철건이 말한다. 아…… 배고파. 나도오. 재우가 동의한다. 똑똑, 이번에는 안쪽 문이다. 철건과 재우가 나무문을 보다 서로의 눈을 마주 본다. 셋 다 여기 있는데, 올 사람이 없는데. 긴장된 목소리로 철건이 묻는다. ……누구세요? 대답 없는 문 너머로 간간이 바스락거리는 소리만 들린다. 침을 삼키며 철건이 무릎걸음으로 문으로 다가가는 도중 벌컥 문이 열리더니 까만 비닐봉지가 쑤욱 들어온다. 으악, 소리를 지르면서도 철건은 반사적으로 봉지를 받아든다. 어, 고기다! 재우의 눈이 휘둥그레진다. 고기? 명절이나 개 잡은 날만 먹는다는 그 고기? 오버하지 마, 새끼. 개 잡은 날은 무슨…… 벌써부터 정력 챙기고 있네. 철건이 황홀한 듯 비닐로 싸인 삼겹살을 주물럭거리며 재우를 핀잔준다. 당장이라도 생고기를 핥을 기세다. 그사이 빼꼼, 머리 하나가 뒤를 이어 들어온다. 그 생김새는 삼겹살과 별 다를 바 없다. 배기가 흠칫 놀라 외친다. 엄, 엄마…… 딸꾹.

엄마라니. 재우도 철건도 씨익 웃고 있는 커다란 얼굴에 초점을 맞춘다. 아, 정말 크다. 재우 두 배는 되는 것 같다. 사실 재우 머리가 작긴 하지만 그래도 이건 정말 엄청나다. 뒤이어 몸통이 문을 통과하려 하지만 쉽지 않다. 머리만 큰 게 아니라, 전체적으로 거대하다. 배기야. 아줌마가 배기를 부른다. 배기는 얼이 빠져 있다. 끼룩거리며 날아갈 것처럼 딸꾹거리고 있다. 엄, 딸꾹, 웬일, 딸꾹. 아줌마가 철썩, 배기의 등짝을 후려친다. 휴가 나와놓고 전화도 안 하고!

아, 전화. 그야 철건은 옆방에 살고 있고 재우는 철건이 부르면 오니까, 배기는 미처 휴가와 전화의 연관성을 깨닫지 못했다. 깜빡했다고, 미안하다고 말하고 싶겠지만 배기는 얼굴이 벌게지도록 딸꾹거리고만 있다. 아줌마가 방 안으로 들어서자 세 사람은 벽에 붙어 앉아야 할 정도로 공간이 없어지고 만다. 아줌마의 통통하고 둥근 얼굴이 낯이 익다. 철건이 지난달에 지갑을 훔친 여자를 닮은 것도 같고 재우가 언젠가 본 편의점 사모를 닮은 것도 같다. 아줌마가 건네는 김치통을 받으면서도 재우는 계속 머릿속을 훑는다. 어디서 봤더라…… 철건이 먼저 정신을 차린다. 어머니, 안녕하세요! 그 말은 꼭 '고기야, 안녕?' 처럼 들린다. 아! 외마디소리를 내뱉은 재우는 긴가민가한 표정으로 철건의 옆구리를 꾹꾹 찌른다. 야…… 야, 그…… 그 여자 같아. 철건은 재우의 말에 한숨이 절로 나온다. 그 여자라니. 재우는 정말 한심하기 이를 데 없는 병신이다. 저러니 밴드도 안 팔리고 여자한테 인기도 없고 음반도 못 내고 음악을 그만둔다고 말해봤자 공무원 나부랭이조차 될 수 있을지 없을지, 동사무소에서 저런 놈을 써주기나 할까? 철건은 재우가 지칭하는 '그 여자'가 뭔지 이해도 되지 않을뿐더러 고기를 사 온 사람에게 하는 태도가 방자하기 이를 데 없다고 생각한다. 고기값이 올랐음에도 아줌마는 통 크게도 그 큰 머리통만큼 많이도 사 왔다. 서너 근은 될 것 같다. 배기는 딸꾹질을 멈추려 숨을 억지로 참는지 얼굴이 터질 것만 같다. 으…… 어떻게 찾아왔어요? 집은 어떻게 알았어요? 배기는 침을 한데 모아 꿀떡 삼킨 후에야 진정이 된 듯하다. 아줌마는 말이라고 하냐는 표정이다. 엄마가 아들 사는 데도 모를 것 같니.

방석이 없어 이불을 접어 아줌마에게 앉을 자리를 권한 재우는 안절

부절못한다. 곰돌이 푸를 깔고 앉은 아줌마가 카디건을 벗어 재우에게 건네준다. 갈색 카디건에는 곧 피어날 봄꽃을 옮겨온 것 같은 오밀조밀한 작은 털실 꽃들이 잔뜩 붙어 있다. 웃옷을 벗은 아줌마는 더욱 가관이다. 맞는 브래지어가 없는지 티셔츠를 뚫고 젖꼭지가 튀어나올 것 같다. 그나마 다행인 것은 가슴이 처진 탓에 거대한 유두가 땅을 향하고 있다는 점이다. 호피무늬 스판 티셔츠에 싸인 아줌마는 벽에 걸린 달력의 호피 비키니 여자와는 심각한 대조를 이룬다. 아줌마는 동물적이다 못해 짐승적인데, 야성이 살아 있다는 게 아니라 고기 같다는 말이다. 축축 처진 가슴, 아니 젖이라고 부르는 게 어울릴 것 같은, 어린 배기가 쭉쭉 빨았을 밥통은 노브라의 여성에게서 느낄 수 있는 어떠한 설렘도 불러일으키지 못한다. 식욕을 저하시킨 주제에 밥을 해주겠다며 일어나는 아줌마를 만류해 다시 앉힌 철건은 밥을 하려 방을 나서지만 쌀이 없다. 밥 대신 라면은 어때요? 철건이 묻자 아줌마가 난 두 개, 라고 흔쾌히 대답한다. 철건은 가장 큰 냄비를 꺼내 물을 받는다. 재우가 방 안을 조금 서성거리다 책을 집어 구석에 앉는다. 배기는 아까부터 재우가 갈매기의 꿈을 만지작거리는 게 못마땅하다. 어쨌거나 그 책은 배기의 아버지가 그에게 사준 유일한 책이었다. 배기가 조나단 리빙스턴을 닮은 구석은 그의 괴상한 웃음소리뿐이지만, 어쨌거나 저쨌거나 그의 꿈은 쭉 갈매기였으니까. 그러나 똥 마려운 개 같은 표정을 한 재우에게 책을 뺏는 것은 너무 잔인하다는 생각이 들어 배기는 참기로 한다. 침묵은 이제 방의 전유물이 된 것처럼 진득하게 고여 있다. 배기가 헛기침을 하며 목을 가다듬는다. 어…… 형은 잘 지내요? 재우가 힐끔 배기를 본다. 형이 있다는 말은 처음 듣는데…… 아줌마는 대답도 없이 방 안을 둘레둘레 본다. 배기는 제 엄마의 눈이 달력의 러시아 미녀에게서 떨어지질 않자 손에 땀이 나는지 자꾸 손가락을 쥐어짠다. 저러다 탁자 밑의 잡지에까지 눈길이 닿을 것 같다. 군데 군데 흰 얼룩이 있는 각선미 특집, 절대 그걸 보일 순 없었다. 엄마…… 형은요. 이제 배기는 목소리까지 쥐어짠다. 아줌마는 고개도 돌리지 않은 채로 대답한다. 글쎄, 요즘 교회엘 다니는지 어쩐지 얼굴 보기가 쉽지 않다. 교회요? 배기는 어이가 없다. 웬 교회요? 형은 하나님 알기를 똥같이 아는데……? 형이 교회라니, 그건 철건이 정말 어부가 됐다는 것과 비슷한 수준의 얘기라고 배기는 생각한다. 아줌마는 형의 대변인처럼 말을 고른다. 어…… 교회가 아니라, 뭐라고 하더라만…… 형의 전적을 생각하면 배기는 답답하기만 하다. 언젠가 엄마를 속여 다단계에 투자하게 해 엄마와 둘이 이 방에서 살아야 했던 기억이 생생하다. 또 이상한 데 엮인 거 아녜요? 형은 그럴 만해. 유독 형에게 약한 배기의 엄마는 변명을 늘어놓는다. 아…… 아냐, 그런 거라도 관심을 갖고 집 밖으로 나가는 게 얼마나 장한지…… 무슨 진리교? 그래, 우주진리연구회라고 하더라. 응, 아주 열심이야. 아줌마의 말이 끝나기도 전에 라면을 끓이던 철건이 발등에 물을 쏟고 재우는 『갈매기의 꿈』을 북 찢는다. 뭐…… 우주진리연구회요? 철건과 배기, 재우의 눈빛이 허공에서 교차된다. 그 부딪힘으로 발생한 전류 같은 웃음이 빵 터진다. 크…… 크하하하, 배기네 형이 우주교라고요? 우주진리회래, 푸하하. 그런 게 진짜…… 크크크. 야, 자궁교도 어디 진짜 있는 거 아니야? 품, 그럼 교주 김자궁? 낄낄낄…… 끼룩, 끼루룩. 셋은 정신없이 웃고 영문을 모르는 아줌마도 덩달아 웃는다. 창밖엔 가는 달이 떠오르고 라면 물은 끓어간다. 오늘의 반찬은 삼겹살이다.

이야기는 끼룩끼룩 운다

이수진의 「갈매기는 끼룩끼룩 운다」는 장난처럼 시작한 말장난이 점점 살을 붙이면서 이야기가 되고 다시 그 이야기가 부메랑처럼 현실로 돌아오는, 다시 말해 허구와 현실의 동시진행 생방송에 관한 소설이다. 이야기의 시작은 이렇다. "정확히 세 명이 누울 수 있는 공간에 셋이 누워 있다." 좁은 단칸방에 누워 있는 이 세 명은 모두 이런저런 이유로 변변찮은 일조차 하지 못하는 백수총각들이다. 쌀도 떨어지고 의욕도 상실한 이 백수삼총사는 무료하고 무기력한 현실을 잠시나마 잊기 위해 이야기를 시작한다. 그것은 일단 재우가 배기의 집에 오다가 "길 한복판에 웅크리고 앉은 아줌마"의 기행에 관한 목격담에서 시작된다. 즉 '오뚝이'처럼 앉아 있던 퉁퉁한 몸의 아줌마가 지나가던 아가씨의 치마를 아무런 이유도 없어 들추고 나서 품에서 뭔가를 꺼내려던 것을 보자마자, 그것이 무엇인지 확인조차 못한 채 도망쳐 온 재우는, 바로 그 장면 이후의 이야기를 농담처럼 상상한다. 현실의 사건은 그렇게 허구적 이야기를 풀어내는 동력이 된다.

이런 철건의 속을 아는지 모르는지 재우는 그림자도 지지 않는 천장을 향해 두 손을 포개 개 한 마리를 만든다. 새끼손가락을 움직이자 개가 짖는 모양새가 된다. 재우도 컹컹 입을 연다. 아마 그 아줌마도…….

포개진 두 손을 움직여 개가 짖는 모양새를 만들자마자 재우 또한 '컹컹' 짖는다. 재우 이야기의 허무맹랑함을 '개 짖는 소리'에 비유하는 이 대목은 일차적으로 이들의 상상 속 이야기가 '헛소리'에 불과하다는 것을 암시한다. 재우의 이야기 속 '그녀'는 두 번의 출산으로 찐 살을 빼지 못해 그 스트레스로 폭식을 반복하다가 어느 날 거울 속 "하얗고 피둥피둥한 저팔계 한 마리"가 자신이라는 것을 발견한 뒤, 절망감과 분노에 휩싸여 "예쁜 다리를 가진 아름다운 여자들"을 커터칼로 위협하는 미치광이가 된다. 그러나 재우의 이야기는 "치마를 들췄다고 해서 다리가 목적이라는 빤한 발상"의 상투성을 지적하는 철건에 의해 다른 이야기로 각색된다.

그 두 번째 이야기는 이렇다. 마흔 후반까지 섹스를 해본 적이 없는 여자는 자궁을 한없이 신비한 우주적 존재로 상상하다가 급기야 다른 여자의 '우주'에 대한 탐구심에 불탄다. 그러다가 우연히 '우주진리연구회'(식상하다는 배기의 지적에 따라 '자궁교'로 대체됨.) 사람들의 '우주의 기운' 운운하는 이야기에 자극을 받아 그들의 교회에 방문하고 그곳에서 자궁교의 교주와 성교를 하게 된다. 그러나 성교 직전 교주의 더러운 성기에 충격을 받은 그녀는 도망쳐나와 한참을 울다 잠이 든다. 그리고 꿈속에서 '축축하고 말랑한 자궁' 속에 들어가 "가장 온전한 자궁을 찾아라"는 자궁의 목소리를 듣고 잠이 깬 다음부터 라디오의 안테나를 들고 다니면서 '완전한 자궁'을 찾기 위해 여자들의 치맛속을 들추기 시작한다.

그러나 철건의 이야기 또한 '개연성 부족'을 이유로 비현실적인 것으로 치부되고, 그 결과 재우가 목격한 아줌마는 마침내 "그냥 미친 년"으로 단정된다. 그러나 배기에 의해 "그냥 미친년"으로 명명된 아줌마는 때마침 배기의 자취방에 찾아온 배기 어머니였음이 밝혀지고, 배기 어머니와의 대화를 통해 배기의 형이 다니는 교회가 "우주진리연구회"라는 사실 또한 밝혀진다. 할 일 없는 백수들의 말장난과 농담으로 시작된 "그냥 미친년"의 무의미한 이야기가 단순히 허구가 아닌, 적어도 부분적으로는 현실임이 드러나는 순간이다. 나아가 그러한 거짓말 같은 현실 속에 자신들(끼니조차 제대로 잇지 못하면서 망상에 빠져 허우적대는 백수건달들)도 들어와 있다는 사실을 깨닫는다. 그러니 그 순간 이들 백수삼총사는 "낄낄낄…… 끼룩, 끼루룩." 하고 정신없이 웃을 수밖에.

그러나 신나게 웃어대는 소설의 결말이 결코 신나지 않은 이유는 무엇일까? 그것은 어쩌면 망상에 가까운 황당한 이야기의 산실인 "정확히 세 명이 누울 수 있는 공간" 속에 현실적 인물인 '아줌마'가 들어와도 이야기의 허무맹랑함은 사라지지 않는다는 공포 때문은 아니었을까? 너무 뚱뚱해서 괴물이 된 여자나 '우주진리연구회'라는 사이비종교에 빠진 사람이 단지 이야기 속 인물들이 아니라, '진짜' 현실에도 얼마든지 존재한다는 사실에 대한 공포 말이다. 그러니 이들이 갈매기처럼 '끼룩' 하고 장난스럽게 웃어대도 소설 제목은 "갈매기는 끼룩끼룩 운다"일 수밖에 없을 것이다.

라 팜파, 초록빛 유형지

조현

1969년 전남 담양 출생.
2008년 『동아일보』 등단.

라 팜파, 초록빛 유형지

우주의 먼 끝에서 발을 구르며 달려와 뱃전에 부딪치는 별빛, 강기슭에서 피보나치의 수열로 잎을 틔우는 식물들. 파라나강의 밤하늘 위로는 저승처럼 기이한 시간이 흐르고 있었다. 증기선의 뱃머리에서는 수사복처럼 단정한 원피스를 입은 처녀가 넋을 잃고 검푸르스름한 밤하늘을 올려다보고 있었다. 강 저편으로 멀리 남미의 내륙으로 향하는 내항선이 엇갈려 지나갔다. 아마도 이 배가 떠나온 산타페로 출항하는 증기선이리라. 중간 기착지인 코리엔테스에 잠시 기항한 이 배도 곧 부에노스아이레스에 접안하려는지 선원들은 얼굴이 까매지도록 마지막 석탄을 보일러에 모두 쏟아붓고 있었다.

"정말 대단해요. 이곳 사람들은 어쩌면 이렇게 밤하늘에 그림을 그릴 줄 알까요!"

이 젊은 도제徒弟가 올려다보는 남반구의 밤하늘에는 아르고자리가 있었다. 고향 행성 출신들이 지구에 오면 공통적으로 놀라는 것이 별자리이다. 그 역시 그랬다. 고향에서는 백색왜성이니 적색거성이니 하고 그 기능이나 수명으로만 구분하는 그저 그런 별들이지만, 이곳 현지인들은 밤하늘을 모험담이나 로맨스 같은 풍요로운 상상력으로 뒤덮고 있으니까. 이 때문에 우리는 지구를 기항지로 선택한 것일까. 마치 이 증기선이 여러 항구를 들러 목적지에 이르듯, 그리고 심령은 꿈과 상상력에 대한 감수성을 통해 진화하는 법이니 말이다. 지금은 1920년, 아직은 다음 세기의 극심한 공해가 없는 시절이었고, 남미의 밤하늘에는 무수한 별들이 자리 잡고 있었다.

"아르고자리는 네 개의 작은 별자리로 이루어져 있지. 잘 헤아려보면 고물자리, 돛자리, 나침판자리, 용골자리를 찾을 수 있을 거야. 특히 이곳 사람들은 용골자리의 알파별 카노푸스를 보면 행운이 찾아온다고 믿고 있지. 고대 지구의 현자 프톨레마이오스의 천문학서 『알마게스트』로 거슬러 올라가는 굉장히 오래된 별자리라고."

나는 아르헨티나에서—아니 사실은 지구에서—첫 계절을 맞는 초심자를 위하여 이아손과 아르고원정대에 얽힌 이 별자리의 신화를 들려주었다. 금털의 양모피를 얻기 위해 막막한 바다를 건너고 세이렌의 유혹을 물리치는 지구인의 모험담을 말이다.

이 젊은 도제 역시 언젠가는 깨닫게 되리라. 지구인의 꿈과 상상력 속에 숨겨진 생명의 본질을. 어느 존재나 자신의 내부에는 범우주적 신성을 품고 있는 법이니, 이곳의 밤하늘 별자리는 무엇보다도 강기슭 저편에 펼쳐진 무한한 초원과 결합될 때 더욱 기이하게 자신의 이야기를 펼친다는 것을. 하여 이곳 현지인들이 팜파라고 부르는 이 대초원은 무엇보다도 우주의 기적이라는 것을.

"이곳에 오기 전에 행성 아카데미에서 예비지식을 충분히 습득했다고 여겼는데 막상 와보니 정말 놀라운 일투성이네요!"

"나 역시 마찬가지였지. 처음 지구에 와서 오늘처럼 밤하늘을 올려다보며 현지인들의 신화에 따라 별자리를 이어볼 때 어쩌나 경이롭고 신비하던지. 하지만 젊은 나이에는 더 다채롭고 끌리는 곳도 많은 터인데 어쩌다 우주의 이런 구석진 변방에서 소울마스터의 길을 시작하려고 하는 거지? 도제 수련의 첫 장소로 매혹될 행성도 많을 텐데 말이야. 온몸이 감각적인 성감대로 이루어진 요르헨스바흐나 혹은 아예 거꾸로 외재적 감각기관이 전혀 없이 오직 꿈으로만 사물을 인지하는 프란기판야 같은 곳 말이야."

나는 고향 행성의 아카데미를 수료하면서 도제 수련의 첫 기항지로 어떤 곳을 선택할지 고민을 하던 때를 떠올리며 되물었다. 언젠가 나는 부에노스아이레스의 한 도서관에 들렀다가, 부모의 손에 이끌려 처음으로 도서관에 온 한 아이를 보았었다. 고향 행성에서 아카데미를 졸업할 때의 내 심정은 커다란 도서관에 들어서서 맨 먼저 어떤 책을 고를까, 하고 고민하던 그때의 어린아이와 비슷했다. 내가 졸업할 때 수련장소로 공인된 지성계만 해도 그 도서관의 모든 장서만큼이나 다양했던 것이다. 그리고 한 번 선택하면 여러 번의 윤회를 거듭해야 다른 지성계로의 전이가 가능했으므로 신중한 선택을 해야 했다.

같이 아카데미를 수료한 동기생들 중 꽤나 여럿이 그 당시 막 새로운 수련장소로 공인된 프란기판야를 선택했다. 행성의 외계문명 탐사위원회에 의해 이 지성계가 발견된 지도 지구 시간으로 이미 수세기가 지났지만 그동안 여러 가지 심령역학적 평가를 거쳐 그즈음 막 전이체험이 허가된 곳이었다.

한때 나도 외재적 감각 없이 오로지 내부의 정신작용만으로 지성을 포개어 올리는 프란기판야 지성체의 존재방식에 큰 관심을 가졌었다. 마치 아카데미의 학생들이 수련의 한 시기에는 반드시 요르헨스바흐 타입의 성감계性感界에 깊게 전도되듯이 말이다. 대저 견습 시절에는 무엇에나 쉽게 경도되는 법이니…….

"글쎄요, 왜일까요? 사실 지구는 정말로 인기 없는 곳인데 말이죠. 사실 아카데미 과정 중에서도 지구는 정신쇠약자들의 유형지로나 어울린다는 얘기를 간혹 들었죠. 솔직히 최근까지도 행성의 학술계에서 인류 자체가 화제의 대상으로 오른 적이 별로 없었죠. 지성을 논하기에는 뉴런구조가 연약하고 그렇다고 감각을 내세우기엔 직립보행형의 육체가 볼품없죠. 세상에나, 감마선이라면 몰라도 자외선이나 적외선도 볼 수 없는 동공이라뇨! 하지만 제가 지금 깃들어 있는 이 호모사피엔스에게는 뭔가 다른 게 있어요. 그건 뭐랄까, 풀잎을 엮어 만든 집의 창문으로 머나먼 별빛을 본다고나 할까요? 빈약한 육체를 위태위태하게 안고 존재의 근원을 탐구하는 불안감이 묘하게 매력적인 것 같아요."

하긴, 나 역시 소울마스터의 길을 결심하고 처음 찾은 곳이 이곳 지구였다. 나의 경우엔 아카데미 시절 심령대수학心靈代數學 시간에 우연히 접한 마이스터 에크하르트라는 중세 지구인의 잠언에 매혹되어 이곳을 선택하였다. 하지만 지금은 모르겠다. 도대체 소울마스터란 무엇인가? 그렇다, 하나의 영혼을 다른 영혼에 덧대어 존재의 영적 자각을 돕는 조정자라고 고향 행성 아카데미에서는 여전히 가르치겠지만—물론 근본적인 목적은 자신의 심령진화를 위해서이지만—현장에서 여러 세대를 살아보니 소울마스터의 고전적 정의에 대한 회의감이 때로는 거세게 찾아오는 것이다. 하지만, 그럼에도 불구하고 이 변방의 행성에서 소울마스터라는 소명을 고집스레 간직한 채 여러 생을 거듭하여 계속 체류하는 것은 무엇 때문일까. 윤회를 거듭하는 동안 이제는 호모사피엔스의 육신에 적응된 관성 때문인가. 하여 인간의 눈으로 볼 수 있는 가시광선 스펙트럼의 정중앙에 위치한 초록빛에 깊게 중독되어—마치 소믈리에가 대상체인 포도주에 중독되듯이—다른 지성계나 온통 세피아빛인 고향 행성으로 돌아가지 않는 것일 뿐인가? 아니면…….

　내가 그런 상념에 젖어 있을 때 뱃전 어딘가에서 반도네온의 음색이 기타 소리와 함께 들려왔다. 악기가 자아내는 호흡이 짧고 음색 역시 빈약했다. 아마도 처음 악기를 만지는 사람의 손길이리라. 돌아보니 역시나 인디오들에게 둘러싸인 한 아이가 반도네온을 무릎에 올려놓고 아버지로 보이는 어른에게 운지법을 배우고 있는 중이었다. 낡은 외투를 걸친 아버지는 아이에게 악기의 연주법을 시범 보였다. 그 애의 아버지는 능숙하게 손풍금의 건반을 누르며 반도네온 특유의 애수 어린 빛깔을 깊고 장중한 방식으로 뽑아내었다. 아마도 가난한 독일계 이민자들이리라. 대체로 그들은 생의 서글프고도 질긴 음색을 좋아하니까 말이다. 그들에게서 같은 분량의 가난과 시름을 엿보았던 것일까, 이들 곁에 선 인디오들은 그들 부자의 악기연주를 조용히 듣고 있었다. 인디오 중 한 명이 남자에게서 기타를 건네받아 함께 합주했다.
　고요한 뱃전에서 반도네온과 기타가 어울리는 음색은 이곳 아르헨티나의 대초원을 닮았다. 특히나 석양이 질 무렵, 지천으로 돋아 있는 샐비어처럼 검붉은 팜파의 하늘이. 그리하여 이곳 토착민들이 팜파라고 부르는 대초원은 일 년 내내 땅을 파봐야 척박한 토양뿐인 곳에서 흘러온 가난한 이민농들에게는 꿈의 대지이자 애수의 영토가 되리라.

검고 기름진 흙, 며칠을 내달려도 지평선만 아득한 대초원. 하여 흙을 사랑하는 많은 이민자들이 인디오들과 뒤섞이며 드넓은 흙에 기대어 팜파의 한 끝에 정착하여 소를 돌보리라. 그리고 깨달으리라. 생명은 다른 생명과 온유하게 어울릴 때 자기 내부의 섬광을 발견할 수 있는 법임을. 마치 우리가 머나먼 행성에 와서 소울마스터란 이름으로 다른 지성체의 영혼을 조율하는 것으로써 스스로의 심령 역시 달게 연마하는 것처럼, 하여 우리가 오늘 밤 한 가지 결정을 위하여 이 증기선의 뱃전에 서 있는 것처럼 말이다. 그렇다. 이 임무는 이 어린 도제에게 자신의 견습 시절 연마한, 소울마스터로서의 자신의 영적인 자질을 담금질하는 첫 시금석이 될 것이다.

"그건 그렇고 한 가지 궁금한 게 있는데, 그는 왜 자신의 고향 행성으로 돌아가지 않고 지구에서 한 생을 더 거듭하겠다고 청원한 거죠? 연방법정에서 정한 응분의 유형기간을 다 채웠는데 말이죠."

젊은 도제는 마치 증기선의 승무원이 승선표를 검사하듯 원피스 앞자락을 매만지며 물었다. 사실 퍽이나 드물게 그런 경우가 있다. 나도 며칠 전 곧 닥쳐올 그의 임종에 맞추어 형기의 종료를 본인에게 통보할 때, 그가 왜 기한을 자발적으로 연장하려 했는지 의아해했다. 사실, 고향 행성의 연방법정에서 구형한 심령적 처분을 방금 이 젊은 도제가 유형이란 의미의 에스파냐어로 옮긴 것은 엄밀한 의미에서 적절한 번역이 아니다. 물론 고향 행성의 중세문헌에는 드물게 유형이나 투옥으로 번역할 수 있는 어휘들이 잔존해 있었지만, 근세 이후로 그러한 뉘앙스의 개념은 사라져버렸다. 대저 낱말이란 그 문명의 정신수준을 여실히 보여주는 법, 이미 고향 행성에서 유형이나 투옥이란 어휘는 치유나 보호라는 개념과 한 덩어리로 녹아든 것이다. 하여 막 아카데미를 수료하고 이곳으로 지원한 이 젊은 처녀는 지구어로 표현할 마땅한 개념이 없어 유형이라 옮겼겠지만, 사실은 재활치료나 재훈련, 혹은 반성기라고 옮기는 것이 차라리 본래의 뜻에 더 가까울지도 모른다.

"글쎄, 우리에게 권한이 있다지만 아직은 그의 청원에 대해 최종적으로 결정을 내린 것은 아니니까― 그러니 네가 한번 판단해보렴. 잠시 후에 그가 요청한 마지막 진술을 듣고 나서 말이야."

나는 이민농들이 강기슭에서 파내 온 야생의 라임나무 묘목을 들여다보면서 이 아가씨에게 첫 임무를 맡겼다. 그리고 생각했다. 이 젊은 도제에게 이런 식으로 첫 과제를 부여한 것이 적절한지에 대하여 말이다.

사실 어떤 나무라도 최초의 잎을 틔우는 것이 가장 어려운 법이다. 하지만 첫 잎을 틔우면 연달아 다음 잎을 순조롭게 돋워낼 것이다. 피보나치의 수열에 따라 순환적인 나선형을 그리며 잎을 돋워내는 이 야생의 라임나무처럼 말이다. 하여 어느 땅에 식재하든 이 나무는 우주의 공통된 생명의 법칙에 따라 자신의 꽃과 잎사귀를 틔워낼 것이다. 그리고 언젠가 피보나치라는 지구인이 나뭇잎이 돋아나는 것조차 어떤 수학적인 법칙이 있음을 발견한 것처럼, 이 젊은 도제 역시 이렇게 엄정한 영혼의 법칙을 터득해가며 도제로서의 수련을 시작하는 것이다.

뱃전의 애수 어린 음향은 온기를 품은 별들로 가득찬 남미의 밤하늘로 승천하고 있었다. 이제 곧 그가 갑판으로 나올 시간이다. 그리고 그는 아르고자리가 올려다보이는 이 뱃전에서 약속한 것을 들려줄 것이다. 마치 저 야생의 라임나무가 수열의 법칙에 따라 자신의 외부로 차근차근 자아를 발현하듯이, 그가 지구인의 영혼에 덧대어 살아온 동안 깨달은 심령의 게송偈頌을. 그리고 그것에 의해 우리 둘은 연방최고법정의 위임이라기보다는, 한 쌍의 당당한 소울마스터와 도제로서 그의 운명을 결정할 셈이다.

*

지구시간으로 거의 한 세기 전, 이곳에서 아르고자리라고 부르는 항성계에서 균류 및 무척추 곤충으로 이루어진 행성이 새로 발견되었다. 이런 균류형 행성이야 예사로울 것이 없으므로 간략하게 본국 행성의 탐사위원회에 보고되고 말 안건이—마치 지구의 학자가 새로 발견된 관엽식물의 변종에 라틴어 학명을 붙이듯 몇 가지 표본과 함께 서류작업으로 끝날 사안이—사건화된 것은 새로 발견된 행성의 균류 및 곤충류 일부가 탐사 도중에 몰살되었기 때문이었다. 최초에는 탐사선의 예기치 못한 오작동 때문으로 알려졌으나 진상조사결과 다소 놀라운 사실이 드러났다. 탐사선의 책임자가 그 원시생명체들이 효용성이 없다고 자의적으로 판단하여 자신의 개인적인 미감美感을 위해 몰살시켜버린 것이다.

물론 효용성만 따지면 본국 행성에 적합하지 않는 생명체들을 처리하고 유용한 외래종을 이식하거나 혹은 다른 용도로 활용하는 것이 효율적이긴 하지만, 탐사위원회에서는 효용성 여부와 관계없이 생명의 다원성은 그 자체로 존중해야 한다는 오래된 규약을 유지시켜왔다. 그것은 지성체라면 오랜 시행착오 끝에 필연적으로 도달하는 보편적인 당위였는데—만약 그 문명이 관용의 결핍으로 스스로 자멸하지 않는다면 말이다—문제가 다소 심각하게 확대된 것은 조사과정에서 탐사선의 책임자가 그 균류들을 몰살시킨 것은 일종의 예술행위였다고 주장했기 때문이다. 사실 조사선의 촬영결과, 그 행성을 덮은 거대한 균류의 일부가 어떤 기하학적인 무늬에 따라 검게 타버린 것이 관측되었다—마치 지구의 체스판 위에 어떤 종류의 프랙탈 유도 방정식을 뒤섞은 듯한 무늬로 말이다.

하지만 과연 우리의 기준에서 지성이 충분히 발현되지 않았다고 해서, 그 균류들을 몰살시켜가며 작위적 외래문화를 구현한다는 것이 어떻게 심령의 차원에서 합리화될 수 있겠는가. 다른 생명의 정신에 자신의 영혼을 살포시 포개어 그 생명의 다채로운 감각과 감정을 공유할 수 있을 정도로 우리의 문명은 발전되었지만, 우리보다 더 극도로 진화한 고등문명의 기준으로는 우리 역시 균류나 마찬가지인 것이다. 사실 지성이나 문화란 어디까지나 상대적인 것이니 말이다. 또한 추가적인 조사결과, 그 행성의 균류 역시 포자의 전파를 통해 서로의 감정을 교환하는 활동을 하고 있다는 것이 밝혀지기도 했다. 이를테면 그들도 스스로는 훌륭한 지성체인 셈이었다.

따라서 본국 행성의 연방법정에서는 미학의 추구라는 그의 자유의지보다는 '가녀린 생명 하나에도 온 우주가 담겨 있다'는 보편적 가치를 더 존중하기로 했다. 사실 우리 문명은 이렇게 단순한 깨달음을 얻기 위해 오랜 세월 우리들 자신의 일부를 파괴해가며—때로는 문명자체가 멸종될 대재난도 여러 번 거치면서 울고 애통해하며—진화해왔기 때문이다.

하여 행성연방의 최고법정에서는 신중한 심리 끝에 문제의 그에게 심령의 전이체험을 조치하도록 결정하였으며 배심원단에서는 적절한 유형지로 지구를 추천하였다. 법정에서—이 기관의 역할은 사실 다른 것이지만 지구어로는 달리 번역할 개념이 없으므로 법정이란 어휘로 옮긴다면—결정한 조치는 일종의 인과응보적 자아치료였다. 즉, 본래의 기억을 봉인해둔 채로 자신이 피해를 입힌 그 당사자의 삶을 최대한 근접하게 되풀이하게 한 다음 어느 순간—대체로 임종의 순간—그 자신의 정체성을 되돌려 그간의 체험으로 자신의 문제점을 반성적으로 성찰하게 하는 것이 기본적인 모티프인 것이다.

하지만 피해자인 균류와 우리 지성은 반성적 성찰에 충분한 인식의 호환이 어려웠다. 만약 균류에게 우리의 지성이 이식되어 그 고난을 우리의 인식 수준에서 맞닥뜨릴 수 있다면 그는 물론 그 균류로의 심령이식이 결정되었을 것이다. 하지만 그렇지 못했기에 연방법정의 배심원단은 전문가들의 의견을 참조하여 생명 간의 수탈이 극심하게 자행되던 19세기 지구를 유형지로 추천한 것이다.

"그런데 지구라는 점은 그렇다 쳐도, 왜 하필이면 라틴아메리카죠? 어떤 종류의 불운한 지성체에 정신을 이식하여 그들의 비극을 체험시키는 것이라면—마치 앞으로 한동안 지구에서 유행할 심리역할극처럼—신대륙에 노예로 잡혀가는 17세기 아프리카의 흑인들이나, 백인들에게 대량학살당하는 18세기 북미 대륙의 인디언들도 있잖아요. 그도 아니면 20세기 중엽의 아우슈비츠나 역으로 이스라엘에 의해 저질러진 21세기 초엽 가자지구 대학살사건도 있잖아요. 그리고……"

젊은 도제의 의문에 답을 하기라도 하려는 듯, 선실의 문이 열리고 콧수염을 기른 노인이 눈시울을 붉히며 걸어 나왔다. 바로 그였다. 한때는 아르고자리 한 행성의 절반에 이르는 초원을 기하학적 무늬로 몰살시킨 이, 그리하여 우주의 변방 행성으로 유배되어 본래라면 법학을 전공하다가 일찍 요절할 운명을 지닌 한 청년의 영혼에 덧대어져 이곳 현지에서 파야도르라고 부르는 음유시인으로 한 생을 살아온 이, 그리고 생의 마지막 순간 자신의 진정한 정체성을 통고받고 한없이 울었던 이, 그리하여 마지막으로 호모사피엔스의 육신의 옷을 입고 자신이 평생을 몸담아온 대초원과 파라나강을 돌아보던 이……

역사에 기록될 그의 인간식 이름은 라파엘 오블리가도. 한때는 아르헨티나의 민족시인으로 불렸지만 그 자신은 파라나강의 시인이란 칭호로 흡족해했던 이, 하지만 살아오는 동안 가끔은 꿈에서 모호하게 되살아나는 전생의 기억에 괴로워하며 애통이나 죽음 혹은 죄의식이나 회한을 대초원의 깊은 바람에 뒤섞어 즐겨 노래하던 이, 하여 생의 여로의 끝에서 우리들의 방문을 받고 자기 존재의 본질을 깨달은 이, 하지만 형기의 종료에도 불구하고 이 대초원에서의 한 생을 더 거듭하고자 이례적인 청원을 하였던 이, 바로 그 노시인老詩人이었다.

　　　　　　　·

내가 젊은 도제와 함께 파라나강을 거슬러 이 노시인을 방문하였던 것은 사흘 전이었다. 우리가 찾아갈 때 노쇠한 이 시인은 산타페에 있는 지인의 저택에서 요양을 하고 있었다. 그리고 나는 왕진한 의사인 양 한동안 차를 마시며 환담을 했는데, 그는 자신의 젊은 시절을 속속들이 알고 있는 우리들을 놀라워했다. 특히나 법학을 전공하던 대학 시절 모종의 사고로 크게 다친 일을 알고 있는 우리를 말이다.

"그래, 맞네. 젊은 시절 법학에 열중할 때 한번은 사고로 의식을 잃은 적이 있었지. 그 후로 사물의 모든 것이 달라 보이더군. 그때부터였을까, 내가 법학을 물리치고 대초원을 떠돌며 음유시인의 흉내를 낸 것은. 그런데 정말 놀랍네. 자네들은 어떻게 그 사실을 알고 있는가. 사적인 일이고 수십 년도 더 지난 일인데 말이지?"

노시인은 이렇게 반문했다. 하지만 그가 죽을 뻔한 사건을 내가 알고 있는 것은 아주 당연한 일이다. 왜냐하면 그때도 나는 소울마스터로서 그 자리에 있었으니까—물론 이 젊은 아가씨는 아니었지만 말이다. 어쨌거나 나는 환담이 끝나는 적절한 순간에 그를 최면으로 마취시켰다. 그리고 젊은 도제의 보조를 받아 그의 정체성을 온전히 복원시킬 수 있도록 마치 지구의 외과의처럼 미세한 심령술을 시행하였다.

이식된 심령의 본질을 일깨우는 것은 참으로 주의 깊은 집중이 필요하다. 앞으로 한동안 지구에서도 심장이식이나 혹은 뇌이식과 같은 기초적인 외과수술법이 유행하겠지만, 정신의 이식이나 혹은 정체성의 환원은 심령마취나 심령이식 등의 개별기술이 중첩된 심령의학의 본령이니까 말이다. 초창기라면 이러한 심령술은 뇌에 적절한 생화학물질을 투입하는 것으로 시작했겠지만, 지금은 기술이 더 진보하여 미량의 전류를 흘려보내는 것으로 뇌의 특정부위에 내부섬광을 유도할 수 있게 되었다. 그리고 일단 내부섬광이 유도되면 심령은 영의 차원으로 진입할 수 있는 조건이 형성되는 것이다.

노시인에 대한 심령환원은 순조롭게 진행되었다. 금세기 들어서야 지구인들이 겨우 체외이탈이나 혹은 임사체험으로 명명하게 되는 상태를 거쳐 드디어 노시인의 의식은 흡사 우주유영을 하는 것처럼 영적인 차원의 특이공간으로 진입하였다. 나는 노시인의 상태를 보아가며 그의 의식이 본국 행성의 복원센터에 접속될 수 있도록 특이공간에서의 유영상태를 심령대수학의 방정식으로 정밀하게 계산해내었다. 마치 앞으로 오십 년 후 지구인들이 최초로 아폴로호를 달의 뒷면으로 보내기 위해 지구와 달 사이의 궤도를 역학적으로 계산하게 되듯이 말이다.

사실 내가 아카데미의 견습 시절 가장 좋아했던 과목은 심령대수학이었다. 언젠가 지구인들도 심령현상에 관심을 가지게 되고 내부섬광에 의해 촉발되는 체외이탈이나 임사체험현상을 과학적으로 탐구하게 될 것이다. 그리고 안전한 임사체험에 적합한 역학적 패턴을 수리심리학적 공식으로 정립하게 될 것이다. 마치 지구인들이 지난 17세기 수학분야에서 아름다운 오일러공식을 발견한 것처럼, 혹은 지난 세기 생리학자 푸르킨예가 처음으로 환각시에 관찰되는 빛의 패턴을 기하학적 무늬의 유형으로 정리하여 내부섬광으로 명명한 것처럼 말이다. 그리고 인류 역시 처음에는 환각제나 각성제를 매개로 하여 그러한 내부섬광을 유도하겠지만 뇌가 지닌 전기감수성의 메커니즘이 해독되는 것에 맞추어 일련의 심령작용을 수학적 법칙에 따라 역학적으로 해명하기 시작할 것이다. 아마도 그렇게 되면, 먼 훗날 인류 역시 마이스터 에크하르트의 잠언을 생리신경학의 내부섬광으로, 그리고 심령현상의 메커니즘을 복소해석학의 특이점으로 탐구하며 심령대수학이란 새로운 학문을 정립해가게 될 것이다.

정체성 복원은 순조롭게 이루어졌고, 노시인은 만 하루 만에 깨어났다. 파라나강에서 불어오던 산들바람이 옴부나무의 그늘에 깃드는 황혼 무렵이었다. 그러나 정신을 차린 노시인은 한동안 끝없이 펼쳐진 대초원으로 석양이 젖어드는 것을 바라보더니 특이하게도 이 지구에서 더 머물겠노라고 우리에게 청원을 하였다.

"어제 오후 그대들의 방문 이후 난 내가 누구인지 정말로 혼란스럽다네. 물론 나는 기억이 모두 되살아났기에 내가 누구인지 잘 알게 되었다네. 그래, 맞아. 나는 고향 행성에서 이 지구인의 성대로는 발음하기 힘든 그런 이름을 가진 탐사선의 책임자였지. 하지만, 이렇게 대초원을 떠돌며 이 지구에서 살아온 한평생도 나에겐 실제의 삶이라네. 그리고 오히려 현재의 내 삶이 너무나 생생하여 더 혼란스럽기만 하다네. 어쩌면 내 자신이 내가 노래한 산토스 베가 그 자체인지도 모르네.

악마에게 패배하여 이 대초원을 유랑하게 됐다는 그 전설의 음유시인 말이야. 그렇다면 이해가 가네. 내가 왜 가우초이자 유랑시인인 산토스 베가에 그리도 동질감을 느꼈는지 말이야."

젊은 도제는 정체성의 회복에 따르는 이러한 심령적 혼란은 매우 흔한 부작용이며 고향 행성의 전문가에게 적절한 치료를 받을 수 있다고 조언하였다. 하지만 그는 말을 이었다.

"하지만 이제는 모든 것을 잊었다네. 내가 누구인지, 한 행성의 대초원을 격자무늬로 파괴한 이계인인지, 아니면 이곳 대초원을 떠돌며 깊은 황혼 속에서 애수를 노래한 파야도르인지—어쨌거나 나는 이 초원이 정말로 좋다네. 하여 진심으로 부탁하네. 나는 내 영혼을 온전히 회복하기 위해서라도 이 대초원을 더 떠돌았으면 한다네. 어떤가, 나의 체류를 더 연장해줄 수 있겠는가?"

하지만 그것은 즉흥적으로 결정할 일이 아니었다. 하여 나는 심사숙고 끝에 아침에 그의 집을 나서면서 오랜 관례대로 그에게, 그리고 우리에게도 약간의 시간을 주기로 하였다.

"라파엘— 이렇게 이름을 불러도 되겠지요? 좋습니다. 내일 밤 부에노스아이레스로 출항하는 증기선 정기편이 있습니다. 그러니 목적지에 도착하기 전 우리에게 그대가 인간의 몸을 입고 살아오면서 지은 시 중 하나를 골라 들려주십시오. 라파엘, 그대의 부탁은 그것을 듣고 결정하도록 하겠습니다."

그리고 나는 증기선의 갑판에서 기다리겠노라고 하고 산타페를 나섰다. 지금은 3월, 지구의 남반구는 어느덧 가을로 접어들고 있었다.

*

과연 그가, 한 생을 마감하는 게송이자 다시금 반복하고자 하는 윤회의 희원을 담아 나와 젊은 도제에게 들려줄 노래는 무엇일까.

난 나뭇가지들이 바람의 숨결에 따라 일렁이는 강기슭을 쳐다보았다. 아르헨티나, 그리고 대초원 팜파를 가로질러 흐르는 파라나강. 아마도 저 강 너머의 초원에는 나팔꽃이나 야생 제라늄, 흰독말풀이나 명아주, 혹은 엉겅퀴나 쑥국화가 월계수잎처럼 넉넉한 품을 가진 옴부나무나 롬바르디아 포플러와 함께 자라고 있으리라. 그리고 인디오들은 처연한 바람의 노래를 들으며 드넓은 팜파와 함께 윤회하며 생을 거듭하리라.

갑판에는 반도네온과 기타가 서로 얽혀 하나의 거룩한 화음을 연주하고 있었다—마치 하나의 영혼이 다른 영혼에 덧대어져 보다 새로운 운율로 진동하듯이. 하선을 준비하던 승객들은 잠시 분주한 움직임을 멈추고 한 인간이 깊게 오열하는 슬픔을 담은 반도네온과 마치 어머니처럼 그 울음을 다독이는 대초원의 바람 소리 같은 기타의 협연을 지켜보고 있었다. 그리고 노시인 라파엘 오블리가도는 기력이 쇠한 듯 구부정하게 그 무대의 한가운데에 서더니 가우초의 모자를 벗고 천천히 입을 열었다.

"신사숙녀 여러분, 저는 평생을 파라나강과 팜파를 떠돌며 파야도르로 살아온 늙은이올시다. 파야도르라는 음유시인의 칭호가 부끄럽긴 하지만 쑥스러움을 무릅쓰고 이제 제가 평생 지어온 노래 중에 한 곡을 들려드리고자 합니다. 사실 이 노래를 지을 때도 막연한 슬픔이 느껴졌지요. 그동안 살아오면서는 왜 그러한지를 몰랐습니다. 제가 왜

조현 | 라 팜파, 초록빛 유형지   349

대초원을 보면 그토록 마음이 거룩하고도 애잔해졌는지를요. 하지만 저승에 한 발을 들여놓은 오늘에서야 모호했던 그 의미가 거울처럼 선명해지는군요. 그렇습죠. 이 노래는 제 전생의 죄에 대한 고백성사이자 어머니 팜파에 대한 울음이라는 것을요. 자, 이제 시작하겠습니다. 곡명은 「라 팜파」입니다."

그리고 노시인은 미리 부탁한 반도네온과 기타 연주자의 선율에 맞추어 생의 온 기력을 다하여 노래하기 시작했다.

여명은 청춘을, 노래를, 조화를
비춰주는 아름다움.
오후는 반영半影의 몽상,
낮을 거느린 밤의 키스.
신비의 라 팜파 오후는
숲이나 초원의 오후가 아니다.
라 팜파의 오후는
더 슬프다, 더 아름답다, 더 웅대하다,
황금빛 태양 아래 더 감미롭게 죽는다.
넓은 외로운 평야에서 어느 소리도 듣지 말지어다.
기도의 마지막 올리는 소망 같은
감미롭기 이를 데 없는 모호한 소리만을 들을지어다.
꽃향기처럼, 선회하는
산들바람의 키스에 입 벌린
영혼은 갈가리 찢어져 방향 없이
떠돌고 있다.
빛의 물결로 죽어가고 있다.

그가 부른 노래는 일종의 진혼곡이었다. 과연 아르헨티나의 대초원이 기른 이 음유시인은 평생을 상처 입고 살아왔던가— 팜파의 대초원에 황혼이 지거나 바람이 불어오면 느닷없이 짧은 찰라 각인되었다가 이윽고 다음 순간 스러지고 마는 전생의 기억에 의해 말이다. 아마도 그 기억은 저승 같았지만 방금 그의 고백처럼 그동안은 모호했을 것이다. 우리들 삶의 모든 애수가 또한 모호한 것처럼 말이다. 그리고 어쩌면 그가 한평생 노래했던, 마귀에서 패배하여 대초원의 방랑하는 음유시인 산토스 베가는 그 자신의 분신이 아니었던가.

그렇게 그는 이제 지구인도 아닌, 혹은 본국 행성인도 아닌 정체성이 뒤섞인 새로운 방랑자가 되어 자신을 길러준 어머니 대지를 노래하고 있다.

난 눈을 감고 신중하게 그가 토해내는 울음을 들었다. 한 영혼의 울음을 듣고 이윽고 새로운 업業을 조율해주는 것, 그것이 소울마스터의 숙명인 것. 그리고 어느덧 진혼곡은 막바지에 이르렀다.

네가 세상에서 사랑했던 존재물들이
솟아나는 것을 너는 떨리는 영혼을 안고 본다.
그것들의 미소, 그것들의 목소리,
그것들의 귀여운 목소리,
과거의 긴 오열嗚咽과도 같다.

시인이 노래하는 '그것들'이란 무엇인가. 그렇다. 어쩌면 그것은 포자로 서로 커뮤니케이션하는 아르고자리의 균류형 생명들이었을 것이다. 아르고자리의 균류나 곤충들은—그대로 두었으면 일억 년 후 어떤 위대한 정신문명을 잉태했을 수도 있었을 그 귀여운 생명체들은—마치 백인들의 침입으로 절반쯤은 무참히 스러진 남미의 인디오들처럼 사라졌다가 수백 광년 떨어진 지구의 대초원 위에서 한 노시인의 울음으로 다시 돋아나고 있었다.

그리고 이제야 나는 젊은 도제의 의문에 분명히 답할 수가 있게 되었다. 하필이면 그가 왜 다른 시간과 공간이 아닌 이 대초원에서 한 생을 살았는지를. 그건 뭐랄까, 이 대초원은 모든 사라져가는 세계에 대한 애처로운 향수를 품었기 때문이리라. 혹은 이 대초원의 모진 바람 속에 자라는 풀과 나무는, 문명과 야만의 이분법을 넘어서 척박한 것은 척박한 대로 거룩하다는 하나의 징표이기 때문이리라. 그리고 팜파의 이러한 풍경들은 대초원의 한가운데서 소년에서 노인으로 늙어간 이 사람의 영적인 깊은 곳을 건드렸기 때문이리라. 하여 그는 지구에서의 삶을 통해 자기가 주장한 예술의 근원적 의미에 대하여 원점에서부터 다시금 성찰하였는지도.

나는, 노래를 다 들은 젊은 도제가 잠시 침묵하다가 노시인과 짧게 눈을 맞추는 것을 보았다. 그리고 분명하게 고개를 끄덕이는 것도. 생의 막바지에 다다른 노시인 역시 고개를 숙인 젊은 처녀에게 감사의 눈길을 보낸 다음 부축을 받으며 하선을 했다. 이제 그는 며칠 내로 임종을 맞을 터이다.

"청원을 받아들인 것인가?"

노시인과 눈길을 주고받은 젊은 도제에게 나는 물었다. 이 젊은 아가씨는 잠시 망설이다가 또렷한 어조로 대답했다.

"글쎄, 뭐랄까요. 그가 이 대초원에서 한 생을 더 사는 것이 좋다는 생각이 들었어요. 만약 그의 노래가 완벽했더라면 저는 그 노래의 아름다움에도 불구하고 귀향을 명했을 거예요. 하지만 팜파를 노래하는 애수와 참회에도 불구하고 그의 시에는 아직도 어떤 종류의 결여가 있다는 생각이 얼핏 들었죠."

그렇다. 이 젊은 도제는 기대 이상으로 적절한 판단을 한 것이다. 사실 난 그날 밤 이 노시인의 청원에 대하여 본국 행성의 담당위원회에 질의를 했다—내부섬광을 통한 통신을 통해 말이다. 위원회에서는 내가 전송해준 그의 대표작 「산토스 베가」 및 다른 시들을 분석하고 그의 시가 다소간의 현학에 젖어 있다는 점에 주목했다. 물론 그의 시에 담겨져 있는 상징적인 이미지나 낭만적인 감수성은 영적 치료가 어느 정도 진척되었다는 증거였지만, 그럼에도 불구하고 대초원을 노래하면서 토착어인 크리오요 방언을 쓰지 않고 세련된 에스파냐어의 어휘를 구사하는 점은 아직도 그의 자의식 내부에 일종의 지적 편견이 내재되어 있다고 판단을 내린 것이다.

물론 그와 동일한 시공간을 살아가는 다른 시인이 그러한 스타일의 시를 썼다면 고급 가우초 문학이라든가 혹은 훗날 에스파냐어권의 문학사에 있어서 모데르니스모라고 불리는 신경향의 고품격 예술사조의 선구자로 평가받을 수 있겠지만, 최소한 그의 경우에는—전생의 업을 반성적으로 성찰한다는 목적에 비추어—그다지 적절치 못한 미의식의 발현이라고 의견을 모은 것이다. 하여, 적절한 인간의 영혼에 덧대어 막막한 대초원에서 한 생을 더 거듭하게 하는 것도 바람직하다고 자문의견을 제시하되, 최종적인 결정은 현지의 우리들에게 위임했던 것이다.

"그렇다면 그는 다음 생에서는 어떤 인물의 육신에 깃들게 되나요?"
젊은 도제가 물어본 것은 사실 입문수련 중인 도제가 정식 마스터의 관문을 통과하는 데 가장 필수적이고도 중요한 자질에 관한 의문인 것이다. 하나의 영혼이 진화할 수 있도록 그가 적합하게 덧댈 수 있는 다른 영혼을 찾아낸다는 것은, 마치 대리석에서 아름다운 육체의 곡선을 뽑아내는 조각예술처럼 매우 어려운 일이다.

다행히 이 경우에는 퍽이나 적절한 인물이 예비되어 있었다. 그것도 다름 아닌 이 배에 타고 있는 아이였고, 심지어는 그 아이는 방금 전 노시인의 마지막 노래를 듣기까지 했다. 사실 노시인에게 이 갑판에서 마지막 노래를 들려달라고 요청한 것은 이 증기선에 안데스산맥의 끝자락인 투쿠만이 고향인 한 소년이 있었기 때문이다. 그리고 이제 막 열두 살이 된 그 사내아이는 이 증기선의 갑판 위에서 상처받은 영혼의 재생을 노래하는 이 노시인의 노래를 듣게 되고, 어쩌면 이 대초원의 마지막 파야도르로서의 자신의 운명을 예감하는 것이다. 그리고 역설적으로 노시인의 영혼의 일부는 이 소년의 영혼에 덧대어져 다시금 한 생애를 안데스산맥과 팜파, 그리고 남미의 자연 속을 유랑하게 되는 것이다. 본국 행성의 지침을 받고 그날 밤 찾아낸 이 아이의 운명 역시 어쩌면 우주의 시원에서부터 예정된 것이리라.

"차베로, 어서 내리자니까! 빨리 집에 가야지!"

소년의 어머니가 노시인의 노래에 취하여 우두커니 서 있는 사내아이를 불렀다. 훗날 차베로란 본명을 버리고 아타왈파 유팡키라는 이름을—그 이름은 안데스고원의 케추아족의 말로 '멀리 와서 노래하는 사람'이란 뜻이다—취할 운명의 아이였다. 그리고 젊은 도제의 첫 임무는—도제 자신도 모르게 소년의 영혼 깊은 곳에, 내면의 노래라는 뜻의 '비달라'의 씨앗을 심어주는—이렇게 성공적으로 마무리지어졌다.

이제 젊은 도제는 노시인의 영혼이 덧대어질 이 어린 소년이 한 명의 위대한 음유시인으로 성장하는 것을 지켜보게 되리라. 그리고 노시

인에게 잠깐 고개를 끄덕거린 것으로 여러 가지 잠재태의 우주 가운데
의 하나를 현실태의 우주로 실현시킨 이 젊은 도제는, 이 어린 소년이
이 대초원 위에서 20세기 최후의 파야도르로서의 자신의 생을 살 수
있도록 적절한 순간 몇 번의 도움을 주게 될 것이다. 이를테면 앞으로
육 년 후 이 어린 소년이 「별들과 골짜기를 이어주는 원주민의 길」을
첫 작품으로 노래할 때나, 혹은 삼십 년 후 이 어린 소년이 드디어 장
년이 되어 프랑스 파리로 건너가 시인 폴 엘뤼아르의 집에서 에디트
피아프를 만날 수 있도록 도움을 주는 것처럼 말이다. 그렇게 시간을
견디며 덧대어진 영혼의 생의 항로를 미묘하게 조율해주는 것이 바로
소울마스터의 길인 것이다. 마치 파야도르가 팜파를 떠돌며 온갖 초원
의 숨결들을 생명에서 다른 생명으로 덧대어 노래하듯이 혹은 이농민
들이 야생의 라임나무를 캐내어 자신의 보호수로 이식하듯이 말이다.

하여, 이 젊은 도제는 먼 훗날 이 소년의 묘지를 방문하게 되리라.
'시인이 죽으면 십자가 아래 묻지 말고, 나무 밑에 심어야만 제격이다.
세월이 흐르면 나무에 가지가 돋아나고 둥지가 생기고 둥지에 새들이
태어날 것이다. 그러면 시인의 침묵은 제비가 될 것이다.' 라고 염원한
이 아이가 묻힌 무덤을 말이다. 그리고 듣게 되리라. 이 변방의 행성에
서 두 번의 생을 거듭하며 영혼을 연마한 다음, 남은 육신은 무성한 떡
갈나무 아래 묻어두고 저 먼 곳의 별로 귀향할 이 대초원의 마지막 파
야도르가 남긴 영혼의 노래를 말이다.

어쩌면 소울마스터도 한 명의 파야도르―나는 이렇게 시공을 초월
한 애상에 젖어 파라나강의 밤하늘을 올려다보았다. 이 우주의 변방에
서 호모에렉투스가 처음 등장할 무렵 고향을 출발한 안드로메다은하
의 별빛이 막 대초원 팜파의 상공에 얼룩지고 있었다. 이 변방의 행성

에 삼엽충이 번성할 무렵 출발했던 빛, 거대한 양치식물의 전성기에 출발했던 빛, 그리고 호모에렉투스를 거쳐 호모사피엔스가 처음 출현했을 때 우주의 구석구석에서 시간차를 두고 출발했던 온갖 빛들이 생의 비밀을 터득하려는 듯 다채로운 운명들로 드넓은 팜파의 밤하늘을 모자이크하며 기적처럼 동시에 파라나강 위에 떨어지고 있었다.

나와 젊은 도제—이렇게 우리 둘은 아르고자리를 올려다보았다. 그리스 신화의, 금털의 양모피를—이를테면 금으로 된 양모피는 영혼의 순수한 본질에 대한 은유라고 할 수도 있겠는데—찾아 항해하던 아르고 호를 딴 그 별자리를 노시인 역시 이 팜파의 초원에서 평생 동안 밤마다 올려다보았으리라.

어쩌면 모든 생명의 운명이란 이렇게 서로가 서로에게 얽히는 것이리라. 그리고 또 어쩌면 이 우주의 변방 행성에서 체류하는 내 삶의 다른 겹에는 내가 인지하지 못하는 어떤 지성체의 영혼이 덧대어 있을 수도 있으리라. 마치 지금 우리 둘의 동공으로 우주의 모든 시간과 공간에서 제각각 출발한 빛들이 동시에 쏟아져 들어오고 있듯이 말이다. 그리고 내가 느끼고 고뇌하는 모든 희로애락을, 그 역시 공명하는 소리굽쇠처럼 덧대어 진동하는 것인지도 모르리라.

하여 나는 고향 행성 아카데미에 오랫동안 내려오던 기이한 전설을 생각하였다. 우리들 소울마스터의 삶 역시 어쩌면 어떤 다른 존재의 심령전이일지도 모른다는. 그리하여 우리가 소울마스터의 삶을 끝내는 미래의 어느 날 우리 역시 우리 심령에 덧대어진 더 큰 존재의 정체성을 깨닫게 되리라는—그렇다 하더라도 그것은 먼 미래의 일이다. 여하튼 나는 나의 길을 갈 것이다. 그리고 호모사피엔스 종족의 운명을 오래도록 지켜볼 것이다. 오늘 밤 지구의 시간은 1920년 3월, 그리고 나는 소울마스터—

우주주의와 고전주의 사이

조현은 2008년 『동아일보』 신춘문예 소설부문 당선소감에서 이렇게 말했다. "비상하는 한 마리의 우아한 백조자리는 잊었던 제 고향 클라투행성 외계문명접촉위원회 지구 주재 특파원으로서의 제 역할을 상기시켜주었습니다." 그는 등단과 함께 스스로를 외계인이라고 선언한 셈이다. 이 외계인 선언의 핵심은 무엇일까? SF문학에 대한 관심일까, 아니면 비유적 의미에서 '낯섦'에 대한 경도일까? 다시 작가 자신의 말을 빌려보면, 외계인 선언이란 바로 "우리는 우주에서 태어나서 우주에서 죽는다는 것"을 잊지 말아야 한다는 것에 다름아닌데, 이를 다시 말하면 생에 대한 우주적 감각의 발견이 아닐까? 그의 소설에서 이 우주적 감각이란 바로 삶과 예술에 대한 넓고 깊은 이해를 동반함으로써 발견되는데, 특히 「라 팜파, 초록빛 유형지」는 그러한 예술에 대한 새로운 이해가 우주론적 상상력 속에서 펼쳐지는 흥미로운 소설이다.

여기 두 명의 소울마스터가 있다. 그들은 1920년대 지구의 대초원, 아르헨티나의 팜파에서 예술가로서 한 생을 마감하려는 어느 노시인의 운명을 결정하기 위해 저 먼 고향 행성에서 이곳 지구로 온다. 소설에 따르면, 지구에서 "라파엘 오블리가도"로 불리는 이 아르헨티나 시인은 본래 고향 행성 탐사선의 책임자로 새로 발견된 행성의 균류들을 예술행위라는 미명하에 몰살시키는 죄를 지어, 그 대가로 지구라는 유형지에서 "본래의 기억을 봉인해둔 채로 자신이 피해를 입힌 그 당사자의 삶을 최대한 근접하게 되풀이하게" 하는 일종의 "인과응보적 자아치료"를 받게 된다. 이제 그 형기가 종료되어 고향 행성으로 돌아갈 수 있게 되었지만, 그 노시인은 대초원에서의 한 생을 더 거듭하겠다는 청원을 한다. 소울마스터란 "다른 지성체의 영혼을 조율하는 것으로써 스스로의 심령 역시 달게 연마하는" 존재로, 그 청원을 받아들일 것인지 여부에 대한 결정은 단지 노시인(혹은 탐사선의 책임자)의 운명뿐만 아니라, 그들 자신의 운명(소울마스터로서의 자질)과도 긴밀하게 관련된다.

여기서 흥미로운 것은 지구에서 예술가의 운명이란 바로 유형지에서의 삶과 다르지 않다는 것, 그런데 유형지에서의 삶이란 바로 "다른 생명의 정신에 자신의 영혼을 살포시 포개어 그 생명의 다채로운 감각과 감정을 공유"하는 것에 다름아니라는 것이다. "자신의 개인적인 미감美感을 위해 다른 존재를 몰살시키는 행위가 결코 예술이 될 수 없는 것은 그 때문이다. 누군가의 예술적 활동이란 미지의 영적 존재들을 일깨우는 것이며 그러한 존재들에 대한 자각을 통해 거꾸로 자기 자신을 발견하는 것이라는 이러한 소설 속 전언은, 오늘날 자폐적 상상에 갇혀 의도적 소통 불능을 시도하는 젊은 작가들의 소설과는 다른 지점을 보여준다. 그것을 공감과 소통의 예술론이라고 불러도 좋으리라. 이렇듯 이 소설은 언뜻 낯설어 보이는 우주론적 발상 위에 예술에 대한 고전적 이해를 겹쳐놓음으로써, 고전적 예술론을 우주라는 넓은 상상적 지평 속에 새롭게 펼쳐놓는다.

　다시 노시인의 운명으로 돌아가보면, 두 소울마스터는 노시인이 자신들에게 들려줄 노래를 들은 뒤 그의 청원에 대해 결정하기로 한다. 결국 노시인의 청원은 받아들여져 자신의 소원대로 그는 지구에서의 한 생을 더 살게 된다. 그런데 흥미로운 점은 그러한 결정이 이루어진 배경인데, 그것은 바로 그의 시에 아직도 "어떤 종류의 결여"가 있다는 판단 때문이다. 결여(그것이 일종의 지적 편견이건, 아니면 다른 무엇이건 간에)를 예술적 활동의 추동력으로 보는 이러한 해석은, 달리 말하면 예술의 궁극적 목적이란 다른 존재의 덧대어짐을 반복함으로써 보편 혹은 완벽을 향해 가는 것임을 의미한다. 그리하여 그 노시인의 영혼은 이제 막 열두 살이 된 사내아이의 영혼에 덧붙여짐으로써, 훗날 "아타왈파 유팡키"라는 이름의 위대한 음유시인이 된다. 소울마스터의 운명도 이와 다르지 않는 바, 소울마스터의 삶이 끝나는 날 깨닫게 되는 "우리 심령에 덧대어진 더 큰 존재의 정체성"이란 바로 이러한 보편으로서의 예술에 다름아닌 것이다. 그러나 그것은 아직은 실현 불가능한 '먼 미래의 일'일지도 모른다. 그러니 아직은 내 삶에 겹쳐지고 덧대어진 다른 존재들을 감지하고 그러한 존재들의 영적 울림에 귀 기울이는 일이 더 중요할지도 모른다.

괴물을 위한 변명

최제훈

1973년 서울 출생.
2007년 『문학과사회』 〈신인문학상〉으로 등단.

괴물을 위한 변명

1

"사람들은 누구나 추한 것을 미워하지. 그러니 어떤 생명체보다도 추한 내가 얼마나 혐오스러울까 그대, 나의 창조자여, 하물며 당신까지도 자신의 피조물인 나를 혐오하고 멸시하고 있소. 그래도 그대와 나는 둘 중 하나가 죽어야만 풀릴 끈으로 묶여 있소. …… 삶은 비록 고뇌 덩어리라고 해도 내겐 소중한 것이오. 그러니 난 삶을 지킬 것이오. 명심하시오. 당신은 나를 당신 자신보다 더 강하게 만들었다는 것을."

2

사빌 부인, 월턴 선장님이 부인께 보낸 장문의 편지들을 벌써 수차례 되풀이해 읽었지만, 피가 차갑게 얼어붙는 듯한 충격과 공포는 쉬이 가시지가 않습니다. 그러면서도 편지를 넣어둔 서랍으로 다시 향하는 손길의 작은 떨림은 또 무엇인지……. 그 무서운 기록이 제 안에 잠들어 있던 무언가를 흔들어 깨웠다는 걸 고백할 수밖에 없군요. 저는 금단의 열매를 탐하는 이브의 심정으로 편지에 언급된 사건들을 여러 날에 걸쳐 수소문했습니다. 이미 상당한 시간이 흐른 후라 쉽지는 않았지만, 빅터 프랑켄슈타인 박사의 행적과 그의 괴물이 저질렀다는 세 건의 끔찍한 살인이 실제로 발생했던 비극임을 확인할 수 있었습니다.

하지만 박사의 고백을 그대로 신뢰하기에는 풀리지 않는 의문점들이 꼬리를 물었던 것도 사실입니다. 제가 수집한 실제 기록과 편지를 비교해가며 읽는 과정에서 일련의 의문점들은 벽돌처럼 차곡차곡 쌓여 또 다른 상상의 성을 짓더군요. 그 내용에 대해서는 고인이 된 프랑켄슈타인 박사와 부인의 오라버니인 월턴 선장님의 명예에 누가 될 수 있으므로, 저만의 작은 성으로 간직하는 심정을 헤아려주시기 바랍니다. 그래 봤자 호기심 많고 한가한 여인네의 백일몽일 뿐이니까요.

다소간의 의구심에도 불구하고, 이 편지들이 어떠한 방식으로든 세상에 공개되어야 한다는 부인의 의견에는 전적으로 동감합니다. 하지만 신을 거역한 무도한 기록이 불러올 파장을 생각하면 걱정이 앞서는군요. 저와 마찬가지로 세인들도 품게 될 의문으로 인한 고단한 시달림은 또 어쩌겠습니까. 그래서 저는 이런 생각을 해보았습니다. 이 편지를 소설의 형태로 공개하는 게 어떨까. 저의 미천한 재주로 약간의 각색을 거쳐 발표한다면 허구라는 안전그물에 충격은 상당 부분 상쇄될 것이고, 의문점은 저와 같이 호기심 많은 독자들의 몫으로 남겨져…….

—1816년, 메리 셸리가 마거릿 사빌 부인에게 보낸 편지 중

3

괴물은 어떻게 되었을까? 메리 셸리의 소설 『프랑켄슈타인』의 결말을 살펴보자. 괴물은 북극을 탐험하던 월턴 선장의 배에 올라 자신의 창조자 빅터 프랑켄슈타인 박사의 주검을 목도한다. 그를 향해 타오르던 분노도, 철천지원수가 되어 벌였던 추격전도 모두 끝이 났다. 남은 건 메울 수 없는 죄책감과 회한뿐. 괴물은 슬픔에 잠겨 비장하게 선언한다.

"저기 내가 타고 왔던 얼음 뗏목으로 당신 배를 떠나 지구의 최북단까지 갈 것이오. 그곳에서 나의 장례식을 위한 장작을 모아 이 비참한 몸뚱이를 재로 태워버리겠소. 나와 같은 또 다른 존재를 만들고자 하는 호기심 많고 불경스러운, 가련한 이들에게 어떠한 실마리도 남기지 않을 것이오. 나는 죽을 거요. 이제 더는 나를 갉아먹는 고뇌를 느끼는 일도, 충족될 수도 억제할 수도 없는 감정의 희생양이 되는 일도 없을 거요."

외투 자락을 휘날리며 북극해의 어둠 속으로 홀연히 사라지는 괴물. 장작더미 위에서의 화형식이라니. 최저기온이 영하 40도까지 떨어지는 빙하 한복판에서. 지나가던 북극곰이 웃을 일이다. 괴물은 어떻게 되었을까? 재가 되어 사라지지 않은 것은 확실하다. 그의 최후에 대해 사실주의적 관점에서 약간의 추측을 해볼 수 있지 않을까.

지구 최북단에 도달한 괴물은 자신이 호기롭게 내뱉은 선언이 경솔했음을 깨닫는다. 시야가 닿는 곳은 온통 얼음뿐이고 휘몰아치는 눈갈기에 제대로 서 있기조차 힘들다. 하지만 그는 빈말을 하는 성격이 아니다. 어떻게든 자신의 언약을 지키기 위해 뭔가 태울 만한 것이 없을까 빙하 위를 헤맨다. 머리 위에서 영롱한 초록 날개를 활짝 펼치고 있는 오로라를 발견하고 아, 감탄사를 내뱉는 순간, 발밑이 푹 꺼진다. 외마디 비명을 남긴 채 크레바스 속으로 빨려 들어가는 괴물. 물론 그의 가공할 체력과 운동신경이라면 충분히 빠져나올 수 있다. 뒤이어 떨어진 큼직한 얼음덩어리가 후두부를 정통으로 때리지만 않았어도……. 빙하 속에 갇혀 얼어붙은 채 많은 시간이 흘러갔다.

18세기 중엽 영국에서 산업혁명이 시작된 이래 인류는 물질적으로 급속히 풍족해졌다. 반면 지구는 급속히 쇠약해져 병상에서 신음하고 있다. 탄산가스로 오염된 공기, 황폐해진 산림, 구멍이 뚫린 오존층……. 점점 뜨거워지는 체온은 떨어질 생각을 않는다. 교황의 하얀 주케토처럼 정수리를 가리기에 급급한 킬리만자로 만년설이 지구의 피폐한 처지를 상징적으로 보여준다. 지금의 추세라면 수십 년 내에 북극 빙하가 완전히 사라질 것이라는 우울한 전망까지 나온다. 빙하의 감소는 벌써부터 해수면 상승, 기상 이변, 생태계 파괴, 식량 및 식수 부족 등으로 이어져 우리의 삶을 직접적으로 위협하고 있다. 또 지나가다 웃은 죄밖에 없는 북극곰을 노숙자로 만들고, 때로는 크레바스에 파묻힌 조난자를 끄집어내기도 한다.

큼직한 유빙 하나가 그린란드 해안으로 떠내려 왔다. 얼음이 녹으며 백설기 속 대추처럼 박혀 있던 생명체가 모습을 드러낸다. 푸르뎅뎅하게 얼은 피부에 조금씩 혈색이 도는가 싶더니 요란한 재채기와 함께 벌떡 몸을 일으키는 괴물. 퀭한 눈으로 주위를 둘러본다. 살갗이 트고 짙은 다크서클이 생기기는 했으나, 놀랍게도 그는 멀쩡히 살아 있었다. 역시 괴물이다. 여기가 어디지? 외투에 붙은 얼음조각을 털어내다가 안주머니에 금실로 새겨넣은 이니셜을 발견한다. 'V.F.' 하지만 아무리 쳐다보아도 자신의 이름은 떠오르지 않는다. 뭔가 말을 해보려 했으나 목소리도 제대로 나오지 않는다. 괴물은 몸을 한 번 푸르르 떨고 멀리 보이는 녹색 대지를 향해 터벅터벅 걸음을 옮긴다.

그렇게 괴물은 다시 인간세계로 돌아와 여전히 우리 곁에 머물고 있다. 자신에 대한 어떠한 실마리도 남기지 않겠다던 결심이 무색하게 영화, 만화, 연극, 뮤지컬, 광고 등 분주하게 얼굴을 내밀더니, 최근에는 생명공학시대를 맞아 새롭게 주목받는 스타로 부상하고 있다. 하지만 그의 언행불일치를 너무 탓하지는 말자. 냉동상태에서 뇌기능 일부가 손상되어 기억을 잃었을 뿐이다. 자신의 과거와 프랑켄슈타인 박사에 대해 그는 아무것도 기억하지 못한다. 박사가 시체에 생명을 불어넣는 실험을 통해 자신을 창조했다는 것도, 실험은 성공했지만 생김새가 너무 추하다는 이유로 버려졌다는 것도, 자신이 그의 가족과 연인을 죽여 복수를 했다는 것도……. 신이 되고자 했던 인간과 인간이 되고 싶었던 괴물. 그들 애증의 숨바꼭질은 아직도 끝나지 않은 듯하다.

4

1993년판 기네스북에 따르면, 1900-93년까지 공포영화에 가장 많이 등장한 캐릭터는 드라큘라이며(162편), 2위가 프랑켄슈타인이다(112편). 이쯤 되면 20세기 공포영화계는 흡혈귀 백작과 재활용 시체가 맞좋게 접수한 셈이다. 각각 1897년과 1818년에 소설 주인공으로 탄생한 이들은 일찌감치 원작에서 탈피, 영상매체 위주의 대중문화 확산과 함께 독자적으로 성장해왔다. 혐오감과 공포로, 반역의 쾌감으로 시대를 초월하여 꾸준한 인기를 누리는 어둠의 자식들. 그들의 현재

모습 속에는 우리가 오랜 시간 투사해온 두려움과 욕망이 소리 없이 숙성되고 있다. 그러나 둘의 활동양상은 그 신분격차만큼이나 극명한 대조를 보인다.

　드라큘라 백작은 동유럽 뱀파이어 전설의 대명사로 인식되며 등장할 때마다 카멜레온 같은 연기 변신을 보여준다. 세일러복을 입고 사무라이 검을 휘두르는 여고생으로(「블러드 플러스」), 현란한 테크노 액션을 구사하는 흑인 뱀파이어 사냥꾼으로(「블레이드」), 동물의 피만 먹는 창백한 꽃미남으로(「트와일라잇」), 눈 덮인 스웨덴 작은 마을에 나타난 가녀린 소녀로(「렛 미 인」), 성별과 인종과 연령의 경계를 뛰어넘어 어떤 역할도 자유자재로 소화해낸다. 심지어 「바다에서 온 드라큘라」라는 정체불명의 영화에서는 거대한 뱀파이어 문어가 등장해 종의 경계마저 허물어버린다. 이 뱀파이어 문어는 흡혈시에 여성의 목덜미가 아닌 더 은밀한 부위를 선호하는데, 흡반 달린 여덟 개의 다리를 어떤 용도로 사용하는지는 상상에 맡기겠다.

　반면 몸의 각 부분이 무덤이나 도살장 출신인 프랑켄슈타인은 우직하다 싶을 정도로 고정된 이미지로만 등장한다. 쩍 벌어진 어깨에 누덕누덕 기운 피부, 몽탕한 앞머리, 툭 불거진 넓은 이마, 때꾼한 눈, 짙은 다크서클, 목 양쪽에 튀어나온 전기단자, 온몸에 깁스를 댄 듯한 어색한 걸음걸이, 포효하는 괴력의 야수. '프랑켄슈타인'이라는 이름을 듣는 순간 사람들의 머리에 떠오르는 이미지는 여기서 크게 벗어나지 않을 것이다. 의상이라도 좀 챙겨주면 좋으련만, 우중충한 검은 재킷에 헐렁한 '기지 바지' 한 벌로 사계절을 버티는 모습은 적이 안쓰러울 정도다. 당사자로서 더욱 억울한 건, 이런 우직함이 전통을 고수하는 클래식한 매력도 아니라는 점이다. 원작의 괴물은 우리가 아는 프랑켄슈타인과 달라도 한참 다르다. 둘이 만난다면 흘끔거리며 데면데면하게 악수를 나눌지도 모를 일이다. 처음 뵙겠습니다. 아, 예…….

『프랑켄슈타인』은 캐릭터의 높은 인지도에 비해 원작이 가장 소외된 소설로 꼽힌다. 팝콘을 내뿜으며 비명을 지를 때 일일이 원작을 의식할 필요는 없겠지만, 그래도 본인이 처음 유의미한 존재로 잉태된 자궁이 아닌가. 저자 메리 셸리는 괴물에게 어떤 유전인자를 물려주었을까? 우리는 그동안 프랑켄슈타인에게 무엇을 투사해왔을까? 지조를 지키려다 크레바스에 떨어지고 기억상실증에 걸린 채 우리 곁으로 돌아온 괴물. 따지고 보면 DNA가 좀 복잡할 뿐 그도 우리와 똑같은 인간이다. 휴머니즘을 발휘하여 우직한 단벌 신사에게 잃어버린 과거를 되찾아주자.

5

가장 먼저 눈에 띄는 차이는 괴물의 이름이다.

로보캅, 터미네이터, 가위손, 가제트 형사 등 유명한 사이보그 캐릭터들에게는 종종 '프랑켄슈타인의 후예'라는 꼬리표가 붙는다. 환경보호론자들은 자연법칙을 거스르는 유전자 변형식품GMO에 대한 경고와 혐오를 표현하기 위해 '프랑켄푸드Frankenfood'라는 용어를 사용한다. 또한 인간복제, 유전자조작, 장기이종이식, 주문형 아기 등 갖가지 생명윤리 논쟁에서 프랑켄슈타인은 부정적인 시각을 대변하는 유용한 상징이 되었다. 이와 같이 '프랑켄슈타인'이라는 이름은 우리 머릿속에 자연스럽게 시체를 꿰매어 만든 인조인간을 떠올린다.

하지만 소설에서 '프랑켄슈타인'은 괴물을 만든 박사의 이름일 뿐 괴물에게는 이름이 없다. 박사는 괴물이 깨어나는 것을 보자마자 냅다 줄행랑을 쳤기 때문에 이름을 지어줄 틈도 없었다. 그러나 후대인들은 박사의 이름을 괴물에게 물려주어, 지금 이 글에서도 그렇듯이, 박사와 괴물 모두를 지칭하는 것으로 사용하고 있다.

그 과정을 짐작하는 건 어렵지 않다. '현대의 프로메테우스'라는 부제가 보여주듯 소설『프랑켄슈타인』의 단독 주인공을 꼽자면 박사라고 할 수 있다. 하지만 소설이 영화, 만화 등 다양한 장르로 상품화되는 과정에서 은근슬쩍 주인공이 바뀌었다. 성격이 오락가락하는 유약한 박사 대 한 번 보면 절대 잊을 수 없는 괴력의 터프가이. 그리 어려운 선택이 아니었다. 그에 따라 소설 제목은 점차 박사가 아닌 괴물을 연상시키게 되었다. 이 바쁜 세상에 일일이 '소설『프랑켄슈타인』에 등장하는 프랑켄슈타인 박사가 시체로 만든 그 괴물'이라고 호명하는 건 너무 번거롭지 않은가.

만일 프랑켄슈타인 박사가 이 사실을 알게 된다면 아마도 관 뚜껑을 박차고 뛰쳐나오지 않을까 싶다. 소설이 끝날 때까지 그는 자신의 피조물에게 악착같이 이름을 부여하지 않았다. 괴물의 정체성을 인정할 수 없었던 것이다. 그놈, 비열한 놈, 더러운 악마, 끔찍한 괴물, 악마 같은 시체, 흉악한 괴물, 소름 끼치는 손님, 유령 같은 놈, 짐승, 분노의 파괴자, 더러운 벌레 같은 놈 등등, 이름을 대체하기 위해 그가 동원한 현란한 어휘들을 감안하면 박사의 심정도 이해 못할 바는 아니다. 주인공 자리까지 빼앗긴 마당에. 그래도 흥분을 가라앉히고 현실을 겸허히 받아들였으면 한다. 침실에서 만들었건 실험실에서 만들었건, 자식은 자식이 아닌가.

그렇다면 박사와 달리 괴물에게 흔쾌히 이름을 붙여준 우리는 그의 정체성을 전적으로 인정한 것일까? 이름은 정체성의 표식인 동시에

타인과의 경계선이다. 익명의 존재, 경계선이 불투명한 존재는 우리를 불편하게 만든다. 호기심과 함께 두려움을 불러일으킨다. 그것에 다가가 만져보고 냄새 맡고 귀를 기울여보는 게 싫다면, 이름을 붙여 창고에 던져버리면 그만이다. 어린아이가 자신의 뒤를 따라오는 크고 검은 형체에 겁을 먹고 달아나다가, 아무리 달려도 떨칠 수 없음을 깨닫고 주저앉아 훌쩍거리다가, 가만히 눈치를 보니 그것이 위험하지는 않은 것 같아 안심하다가, 아이다운 호기심으로 손을 내밀어 말을 걸어보려는 순간⋯⋯ "바보, 그건 그림자야."라고 알려줄 수 있으니까.

두 번째 두드러진 차이는 언어사용능력이다.

현재 우리 곁에서 활동하고 있는 프랑켄슈타인은 벙어리이다. 인간과 좀비의 중간쯤 되는 모습으로 코끼리 옹알이 같은 괴성만 질러대는 게 고작이다. "우워— 우워— 우워워—" 하지만 원작의 괴물은 읽고 쓰고 말할 줄 안다. 아는 정도가 아니라 번듯한 정장만 입혀놓으면 존 그리샴 소설에 변호사로 출연해도 손색없는 달변가이다. 게다가 그 모든 걸 독학으로 깨우칠 정도로 뛰어난 지능을 지녔다.

괴물은 드 라세 가족의 가축우리에 숨어 지내는 동안 그들의 오두막을 훔쳐보며 말과 글을 배웠다. 교재 한 권 없이 불과 두어 달 만에 불어를 완벽하게 습득하는 언어감각은 가히 천재적이라 하겠다. 그뿐인가.『젊은 베르테르의 슬픔』을 읽으며 고결한 정신을 찬미하는 감성을 지녔고,『플루타르크 영웅전』에서는 선과 악, 숭고함과 용기를 가슴 깊이 새긴다.『실락원』은 그에게 가장 큰 감동을 안겨준 책으로, 전능한 신과 피조물의 관계를 자신의 처지와 비교하며 철학적 사색에 잠기기도 한다.

이렇게 지식과 교양을 쌓은 결과 몽탕베르 정상에서 프랑켄슈타인 박사와 마주쳤을 때에도 괴물은 전혀 밀리지 않는 말발을 보여준다. 차분하고 논리적으로 자신의 견해를 피력하더니 결국 박사를 설득해 요구사항을 관철시킨다. 오히려 흥분해서 횡설수설 억지만 부린 쪽은 배울 만큼 배운 프랑켄슈타인 박사였다.

이런 달변가가 왜 벙어리가 되었을까? 어쩌면 극심한 무대공포증 탓이 아닌가 싶다. 괴물은 대중 앞에 나서면서부터 언어를 잃어버렸다. 이미 19세기 연극무대에 설 때부터 벙어리였고, 처음으로 스크린에 등장한 1910년 에디슨 스튜디오의 단편영화에서도 괴물은 말이 없다. 물론 이 작품은 무성영화이기 때문에 등장인물 누구도 말이 없기는 하지만.

우리가 아는 전형적인 괴물의 이미지는 1931년 유니버설 스튜디오의 영화 「프랑켄슈타인」에서 빚어졌다. 괴물 역을 맡은 보리스 칼로프의 독특한 분장과 강렬한 눈빛 연기는 지금까지도 프랑켄슈타인의 원형으로 남아 있다. 이후 몇 편의 시리즈를 통해 미친 과학자와 꼽추 조수 이고르, 흉악한 괴물의 삼각구도가 자리 잡는다. 컴컴한 극장에 들어찬 관객들은 감성이 풍부하고 언변이 뛰어난 거구의 변호사보다는 벙어리 시체 인간이 선사하는 스릴과 공포를 원했다. 괴물은 점차 말이 없는 무자비한 야수로 각인되어갔다. 아이러니하게도 관음증적 시선을 통해 언어를 습득한 괴물은, 또 다른 관음증적 시선에 의해 언어를 잃어버린 셈이다.

"아마 그들은 내 모습을 보고는 혐오스러움을 느끼겠지만, 부드러운 태도와 친절한 말들로 그들의 호의를 사게 되면 결국엔 나를 사랑하게 될 것이라고 상상했소. 이런 생각에 고무되어 나는 새로운 열정을 가지고 언어의 기술을 터득하는 데 전념했소."

이름을 얻은 대신 언어를 잃어버린 괴물. 존재의 두 가지 층위에서 주고받은 이 거래에 대해 당사자는 어떻게 생각할까? 사실 괴물은 이름을 달라고 투정한 적이 없다. 그는 외투 주머니에 있던 박사의 일기를 통해 자신의 저주받은 탄생 과정을 낱낱이 알고 있었다. 창조주가 느낀 혐오와 공포까지도. 정체성이니 경계선이니 하는 뜬구름 잡는 고민은 애당초 그의 관심사가 아니었다. 그리고 괴물 역시 자신을 탄생시킨 박사를 향해 노예놈, 폭군, 원수 등의 패륜적 극언을 서슴지 않은 걸 보면, 프랑켄슈타인이라고 불리는 걸 그리 달가워할 것 같지는 않다. 부자지간에 참 아름다운 광경이다.

괴물이 원한 것은 이름이 아니라 함께 얘기를 나누고 교감할 수 있는 배우자였다. 제조공정이 까다로운 성형미인을 원한 것도 아니고, 동병상련의 정을 나눌 수 있도록 자신과 같은 흉측한 존재를 만들어달라는 소박한 바람이었다. 그러면 인간세계를 영원히 떠나 황야에서 둘이 오순도순 살다가 죽음을 맞이하겠노라고. 하지만 프랑켄슈타인 박사는 과학자답게 괴물 둘이 오순도순 사는 행위의 결과를 예측했다. 그들의 후손이 퍼질지 모른다는 두려움에 약속을 파기하고, 완성을 앞둔 배우자를 그의 눈앞에서 갈가리 찢어버린 것이다. 잔혹한 복수극과 목숨을 건 추격전의 서막이었다. 긴 사투 끝에 북극에서 돌아온 괴물. 우리는 환영의 뜻으로 명찰 하나 달아주고는, 교감을 나눌 수 있는 혀마저 빼앗아버렸다.

마지막으로 살펴볼 원작과의 차이점은 철학, 심리학, 사회학, 교육학, 정신의학, 대뇌생리학, 사회생물학, 문화인류학 등을 두루 거치며 벌어진 해묵은 논쟁과 연관되어 있다. 이 논쟁의 양극단은 각각 공산주의와 나치즘에 사상적 근거를 제공함으로써 인류사를 격랑에 몰아넣기도 했고, 형편없는 성적표를 받아온 자녀와 부모 사이에 소모적인 언쟁을 유발하기도 한다.

앞서 언급한 유니버설 스튜디오의 1931년 작 「프랑켄슈타인」의 한 장면을 보자. 시체에 생명을 불어넣는 실험의 막바지 단계, 박사는 꼽추 조수에게 의대에 가서 뇌를 훔쳐 오라고 지시한다. 마침 의대 강의실에는 정상인의 뇌와 범죄자의 뇌가 나란히 유리병에 담겨 있었다. 다행히 조수는 정상인의 뇌를 집어 든다. 하지만 공포영화에서 영민하고 심부름 잘하는 조수를 본 적이 있는가. 그는 실수로 병을 깨뜨리고 툴툴거리며 범죄자의 뇌가 든 병을 가지고 돌아온다. 괴물은 왜 괴물이 되어야만 했는가에 대한 단순 명쾌한 근거가 마련되는 순간이다. 이후 많은 프랑켄슈타인 영화나 각종 패러디물에서 뇌이식은 매우 중요한 모티프로 등장한다. 반사회적 행동의 유전적 요인을 강조하는 이속 편한 발상은 현대 프랑켄슈타인 신화의 중요한 일부가 되었다.

이 사실을 알게 된다면 이번에는 메리 셸리 여사가 관 뚜껑을 박차고 뛰쳐나오지 않을까 싶다. 그녀의 작품을 관류하는 주요 사상적 배경 중 하나는 존 로크의 '백지설白紙說'이라 할 수 있다. 원작에는 누구의 뇌를 사용했는가는 언급도 되지 않는다. 괴물은 백지상태의 무구한 존재로 태어났으나 성장 과정이 순탄치 못해 범죄자의 길로 들어섰을 뿐이다. 단지 흉측하게 생겼다는 이유로 창조자에게 버려지고 가는 곳마다 혐오와 경멸의 대상이 되었다. 목숨을 걸고 급류에 휩쓸린 소녀를 구해줬건만 돌아오는 건 총알세례였고, 유일한 희망이었던 고결한 드 라세 가족마저 그를 보자마자 막대기로 후려치며 쫓아낸 것이 결정타였다. 이 정도면 사이코패스 살인마가 탄생하기에 최적의 환경이다. 그는 비참한 고독의 동굴에 갇혀 "마왕처럼 가슴에 지옥을 품었"다. 채 두 돌도 지나지 않은 키 이 미터 사십의 갓난아기는 복수의 화신이 되기로 맹세한 것이다.

　인간성격과 행동의 비밀을 밝히는 유전적/본성적 요인 대 환경적/경험적 요인 사이의 논쟁은 양쪽 모두 중요하다는 지극히 상식적인 답변이 정설로 받아들여지고 있다.(물론 주목을 덜 받고 삶이 무료해지는 것을 우려하는 해당분야 학자들 생각은 다르겠지만.) 그러나 19세기 초의 메리 셸리는 소설에서 환경적/경험적 요인에 경도된 양상을 보이며 인간의 후천적인 개선 가능성을 강조한다. 아마도 경험론이 우세했던 영국에서, 급진주의 사상가와 선구적 페미니스트를 부모로 두고, 계몽주의의 영향을 받고 자란 환경적 요인 탓이리라.

　때문에 소설에서는 가장 흥미로울 수 있는 괴물의 탄생 과정이 거의 시적으로 압축되어 있다. 뇌는커녕 발가락 하나 붙이는 장면조차 보여주지 않으니 뭔가 허전할 수밖에. 사실 시체조각을 결합해 생명체를 만드는 이야기라고 하면 누구나 기대하게 되는 충격 영상들이 있지 않은가. "이고르, 요 앞 사거리 종합병원에서 뇌 하나 훔쳐 오게. 통통하고 주름 실한 놈으로!"

6

　살펴보았듯이 지금 우리 주위를 어슬렁거리는 프랑켄슈타인은 이백 년 전 북극에서 냉동 미라가 되기 전의 괴물과는 사뭇 다르다. 제멋대로 변형된 현대의 괴물을 본다면 저자 메리 셸리는 어떤 반응을 보일까? 모르긴 해도 썩 유쾌한 기분은 아닐 것이다. 직접 자료를 수집하고 자신이 소설로 각색하여 발표하겠다며 의욕을 보였던 작품이 아닌가. 특히 박사보다는 괴물에게 각별한 애착을 품은 게 소설 전반에서 느껴지는데, 그 친구를 이리저리 끌고 다니며 형체도 알아볼 수 없게 주물러놓았으니.

그런데 메리 셸리는 읽을 때마다 피가 차갑게 얼어붙는다는 괴물 이야기에 왜 그토록 매혹된 것일까? 그녀 내면의 어떤 존재가 기지개를 켠 것일까? 사빌 부인에게 보낸 편지에 따르면 그녀는 수집한 실제 자료와 프랑켄슈타인 박사의 고백 사이에 벌어진 틈새에 주목하고 있다. 풀리지 않는 의문점들이 차곡차곡 쌓여 만들어졌다는 상상의 성. 그게 과연 무엇이었을까? 소설 같은 건 한 번도 써본 적 없는 열아홉 양갓집 규수로 하여금 분연히 펜을 들게 만든, 고딕소설의 고전이자 공포소설의 전설이며 SF소설의 효시가 된 『프랑켄슈타인』을 탄생시키게 만든 그 틈새…….

이런저런 궁금증이 머릿속을 나풀나풀 떠도는데, 마침 그녀에게서 전화가 왔다.

셸리 : 저를 찾으셨다고요?

나 : 아, 반갑습니다. 몇 가지 궁금한 점이 있어서요. 그런데 통화감이 상당히 머네요.

셸리 : 먼 게 당연하죠. 제가 시간이 별로 없어서 간단히 했으면 좋겠네요.

나 : 예예. 음, 우선 영화나 만화에서 현대의 프랑켄슈타인을 보신 소감을 듣고 싶습니다. 박사 말고 괴물 말입니다. 선생님 작품 속 괴물과는 꽤 차이가 있죠?

셸리 : 소감이랄 게 뭐 있나요. 그냥 무지하고 교양 없고 막돼먹은 얼치기처럼 보이더군요. 말은 안 하고 역겨운 괴성만 지르니 도통 무슨 생각을 하는지도 모르겠고.

나 : 그래서 기분이 상하셨나요?

셸리 : 천만에요. 그건 이미 제 소설과는 무관하게 당신들이 만든 괴물 아니겠어요? 댁들의 취향이 반영된 결과겠죠.

나 : ……예에. 그럼 선생님의 괴물은 어떤 존재였습니까? 현대 비평가들은 괴물이 가부장제하에서 억압된 여성을 상징한다, 사회에서 소외된 하층민, 무산계급을 상징한다 등등 다양한 의미를 부여하고 있는데.

셸리 : (일부러 들으라는 듯한 한숨) 좋을 대로 생각하세요.

나 : 답변이 곤란하신 모양이군요. 그럼 간단한 질문 하나 드리죠. 프랑켄슈타인 박사는 왜 시체들을 조각조각 꿰매어 썼을까요? 온전한 시체 한 구를 쓰는 게 일도 훨씬 수월하고 잘만 고르면 비주얼도 괜찮았을 텐데. 딴죽을 걸자는 게 아니라 제가 개인적으로 좋아하는 모티프라서, 선생님의 본래 의도는 무엇이었는지 궁금하군요.

셸리 : 박사가, 바느질이 취미였나 보죠.

나 : ……재미있군요. 혹시 그 모티프가 선생님께도 어떤 의미를 가지는 게 아닌지요? 말하자면, 어린 시절부터 비극적인 일을 많이 겪었던 것으로 압니다. 어머니의 죽음, 계모와의 갈등, 유부남인 퍼시 셸리 시인과 사랑의 도피, 첫딸의 죽음, 의붓언니의 자살에다 퍼시 셸리의 본처마저 임신상태로 투신자살, 후에 태어난 두 아이마저……

셸리 : 잠깐, 프라이버시에 관한 질문은 사양합니다.

나 : 아, 예…… 실례를 범했군요. 전 이미 오래전 일이라……. 그러면 다시 작품으로 돌아가죠. 제가 가장 궁금한 건 편지에서 언급한 의문점에 관한 겁니다. 그로부터 촉발된 상상이 소설의 단초가 된 것 같은데, 그게 무엇이었는지 듣고 싶군요.

셸리 : (또 한숨) 그것도 좋을 대로 생각하세요.

나 : 하아, 좋습니다. 그런데 말입니다, 따지고 보면 프랑켄슈타인 박사는 생명을, 그것도 여타 인간보다 육체적으로나 정신적으로나 더 뛰어난 존재를 창조함으로써 목표를 달성한 셈이잖아요. 헌데 그렇게 열성적으로 매달려 이룩한 위대한 성과를 단지 외모가 추하다는 이유만으로 파기해버리는 건, 좀 심하지 않나요?

셸리 : 많이 심하죠.

나 : 본인이 뻔히 보면서 만들어놓고는 갑자기 흉하다며 기겁을 하는 건 또 뭡니까?

셸리 : 그러게 말이에요. 원래 소심하고 변덕스런 성격이긴 하지만, 그게 상식적으로 납득이 가나요? 단순히 생명창조가 목적이었다면…… 뭐, 그 사람도 말 못할 사정이 있었겠죠.

나 : 오호, 말 못할 사정이라. 박사에게 뭔가 숨겨진 목적이나 다른 문제가 있었다는 뜻인가요?

셸리 : 고인이 된 분에 대해 이러쿵저러쿵 말하고 싶지 않군요.

나 : 이미 책에 시시콜콜 다 쓰셔놓고는 뭘 새삼스럽게.

셸리 : 이쯤 하죠. 산책 나갈 시간이라.

나 : 잠깐만요! 하나만 더. 그럼 소설의 어디까지가 실제 편지내용이고 어디가 각색……

셸리 : 아, 오늘은 볕이 좋군요. 겨울이라 해가 짧아요. 그럼 이만.

나 : 아이, 정말, 이러시면 곤란하죠. 뭐 하나 제대로 답도 안 해주시고.

셸리 : 무슨 수학문제도 아니고, 답이 왜 필요하죠? 그냥 책을 읽어보면 되는 게 아닌가 싶네요.

나 : 읽기야 읽었는데…… 거, 초상화로 뵐 때보다 영 까칠하시네요.

(뚜— 뚜— 뚜—)

본인은 부인했지만 근본도 없이 변해버린 괴물 때문에 기분이 상한 게 틀림없다. 그래도 마지막 답변은 새겨들을 만하다. 편지에 슬쩍 운만 떼어놓은 상상의 성. 사빌 부인이나 나에게는 입을 꾹 다물었지만, 소설 행간에 단서를 남겨놓고 싶은 유혹마저 뿌리칠 수 있었을까?

그나마 가장 성의 있는 반응을 보였던 프랑켄슈타인 박사의 심리부터 파고들어보자. 그가 정서적으로 매우 불안정한 상태라는 건 소설 곳곳에서 감지할 수 있다. 셸리 여사의 말대로 소심하고 변덕스런 성격에다 감정기복이 심하고, 우울증 성향에 메시아 콤플렉스도 엿보인다. 어머니의 갑작스런 죽음과 가부장적인 아버지, 명문가 장남으로서의 책임감 등이 영향을 미쳤을 것으로 짐작되는 부분이다. 그런 불안 심리가 매사에 외골수와 과도한 집착으로 이어진 게 비극의 시작이었다. 신비주의 연금술에 탐닉하거나 생리학을 공부한답시고 지하 납골당에 틀어박혀 사체의 부패 과정을 관찰할 때부터 조짐이 심상치 않았다.

죽마고우인 앙리 클레르발과의 관계도 주목해볼 필요가 있다. 그에 대한 프랑켄슈타인의 감정이 단순한 우정이었을까? 프랑켄슈타인은 항상 클레르발을 통해 진정한 마음의 위안을 얻었다. 자연을 음미하는 그의 섬세한 감수성과 시적 상상력을 동경했고, 병상에서 그의 보살핌을 받을 때면 연인처럼 행복감에 젖어들었다. 반면 약혼녀인 엘리자베스에 대해서는 입에 발린 찬사만 늘어놓을 뿐 태도가 영 미적지근하다. 몇 년씩 떨어져 지내야 하는 여행길을 전혀 주저하지도 않고, 결혼을 차일피일 미루는 것도 수상하고. 클레르발의 죽음과 엘리자베스의 죽음 앞에서 그가 표현하는 슬픔의 강도에도 확연한 차이가 보인다. 무엇보다 수컷의 몸으로 혼자 생명을 탄생시키겠다며 단성생식單性生殖에 광적으로 집착하는 태도는 무엇을 의미하는 것일까?

주목할 만한 또 다른 단서는 소설의 형식이다. 메리 셸리는 이 소설을 서간체이면서 여러 겹의 이야기가 겹친 다중액자기법으로 썼다. 당시로서는 획기적인 시도였다. 메리 셸리가 우리에게 남겨준 소설 『프랑켄슈타인』은 로버트 월턴 선장이 북극 항해 도중 여동생 사빌 부인에게 보낸 편지들로 이루어져 있으며, 그 편지 속에는 북극에서 우연히 만난 빅터 프랑켄슈타인의 이야기가 담겨 있고, 프랑켄슈타인의 이야기 속에는 괴물로부터 전해 들은 그의 사연이 러시아 마트로시카 인형처럼 겹쳐져 있다.

　메리 셸리는 편지가 몰고 올 파장을 염려하여 소설로 공개하자는 제안을 했다. 그런데 왜 굳이 편지형식을 그대로 남겨가며 이토록 복잡한 서술방식을 고수했을까? 좀 더 생동감 넘치고 편안한 형식을 채택할 수도 있었을 텐데. 인간에 대한 소박한 믿음을 잠시 접고 생각해보자. 이 다중액자기법의 핵심은 서술의 객관성을 담보하는 제스처를 취하지만 실은 모두 전해 들은 말의 연쇄, 일명 '카더라 통신' 이라는 것. 괴물이 빅터에게, 빅터가 월턴 선장에게, 선장이 사빌 부인에게, 사빌 부인이 메리 셸리에게, 셸리 여사가 우리에게…… 과연 진실만을 말했다고 믿어야 할 이유가 있을까?

　끝으로 사족 하나. 소설 『프랑켄슈타인』에는 역할이 모호한 인물이 한 명 등장한다. 빅터 바로 밑의 동생 에르네스트 프랑켄슈타인. 막내 윌리엄의 경우 괴물의 첫 번째 희생자이자 하녀 저스틴이 누명을 쓰고 사형당하는 원인을 제공함으로써 꽤 비중 있는 조연을 맡고 있다. 하지만 에르네스트는 소설 초중반에 잠깐 언급되다가 흐지부지 사라진다. 동생 윌리엄이 죽고, 친형이나 다름없는 클레르발이 죽고, 어머니처럼 따르던 엘리자베스가 죽고, 아버지가 충격을 받아 세상을 뜨고, 큰형 빅터마저 북극에서 횡사해 일가족 대참사로 소설이 마무리되는 와중에도, 에르네스트는 끝내 등장하지 않는다.

슬픔을 표현할 출연 분량도 얻지 못하고 초반 몇 마디 대사에 만족해야 했던, 어찌 보면 누더기 괴물보다 더 소외된 소년. 온 가족이 차례로 죽어나가는 불행을 겪은 이 소년은 어떻게 되었을까? 조용히 정신병원에라도 들어가 여생을 마친 걸까? 우리 까다로운 셸리 여사가 필요도 없는 인물을 집어넣지는 않았을 텐데⋯⋯. 좋을 대로 생각하라 했겠다. 안 그래도 그럴 참이었다.

7

선술집에는 우람한 뱃사람들의 왁자지껄한 고함과 노랫가락, 매캐한 담배 연기가 한데 뒤섞여 넘실거렸다. 한쪽 구석에서는 잔뜩 취한 닻문신과 제비문신의 주먹다짐이 한창이었다. 승부는 나지 않고 부둥켜안은 채 흐느적거리는 꼴이 흥겹게 왈츠를 추는 것도 같다.

문이 열리며 바닷바람과 콜타르 냄새를 앞세우고 비쩍 마른 청년이 들어왔다. 창백한 낯빛에 잘 차려입은 품새는 한눈에 보기에도 부둣가 선술집에 어울리지 않았다.

"어이, 도련님, 번지를 잘못 찾았어. 엄마 젖을 빨고 싶으면 부두 끝에 로즈 마담에게 가야지."

셔츠를 풀어 헤쳐 가슴팍의 칼자국을 드러낸 선원이 술잔으로 탁자를 두들기며 허풍스럽게 웃었다. 그러나 돌아보는 청년과 눈이 마주친 순간, 칼자국은 웃음 꼬리를 흐리며 고개를 돌렸다. 아무런 감정도 읽을 수 없는 서늘한 눈빛. 칼자국은 뱃사람 특유의 본능으로 그 눈빛에서 위험한 독기를 감지한 것이다.

청년은 땅딸막한 주인장에게 낮은 목소리로 무언가를 물었다. 주인장은 앞치마로 술잔을 닦으며 턱짓으로 구석 테이블을 가리켰다. 정수리가 훤한 반백의 사내가 빈 술병을 끼고 엎어져 있다. 청년은 장갑을 벗으며 그에게 다가갔다. 사내의 닳아빠진 푸른 코트 주머니에서 놋쇠 망원경이 삐죽이 고개를 내밀고 다가오는 청년을 훔쳐보았다.

"월턴 선장님이시죠?"

청년은 대답도 듣지 않고 의자를 빼서 맞은편에 앉았다. 선장은 고개만 부스스 들고 퀭한 눈으로 청년을 쳐다보았다. 균일한 세월의 흐름이 아닌 참담한 운명과 회한으로 한순간 폭삭 늙어버린 얼굴이었다.

"그래, 내가 바로 북극의 정복자 로버트 월턴 선장님이지. 내 모험담을 듣고 싶다면 먼저 럼주 한 병을 제물로 바치게."

선장은 지저분하게 엉긴 수염 위로 침을 흘리며 클클거렸다. 청년은 럼주를 주문하고 직접 한 잔을 따라 선장에게 내밀었다.

"중간에 배를 돌린 것으로 알고 있는데요. 저는 실패한 모험담보다는 괴물에 관심이 있습니다. 시체를 꿰매어 만든 괴물."

선장이 술잔을 손에 든 채 눈을 씀벅였다.

"누군가…… 자넨?"

"에르네스트 프랑켄슈타인이라고 합니다."

"그럼, 빅터의……"

"제 형님이시죠."

"빅터 프랑켄슈타인, 가련한 친구."

선장은 허공의 한 지점을 멍하니 응시하다가 술을 입에 털어넣었다.

"내가 여동생에게 보낸 편지를 읽은 모양이군. 괴물 이야기라면 거기 자세히 씌어 있지 않나."

청년은 선장의 잔을 다시 채워주고 자신의 잔에도 럼주를 따랐다.

잔을 들어 향을 맡아보더니 미간을 살짝 찡그리며 내려놓았다.

"편지야 다 읽었죠. 몇 번이나. 거기에 보면 괴물을 만난 사람들은 모조리 죽었더군요. 막내 윌리엄, 클레르발, 엘리자베스, 그리고 빅터 형까지. 그러니까 선장님은, 괴물을 직접 만나 얘기까지 나누고도 멀쩡히 살아남은 유일한 목격자인 셈이죠."

청년은 탁자에 팔꿈치를 괴고 선장에게 얼굴을 들이밀었다.

"어떻게 생겼던가요? 눈동자는 무슨 색이었나요? 치아는 가지런한가요? 수염을 길렀나요? 꿰맨 상처들은 염증 없이 잘 아물었던가요?"

청년의 기세에 선장은 우물쭈물 엉덩이를 뒤로 뺐다.

"이보게, 나도 어두운 선실에서 잠깐 마주쳤을 뿐이야. 십여 년 전에. 지금은 그저 섬뜩하고 역겨웠다는 인상만 남아 있군."

청년은 자욱한 담배 연기 속에서 웃고 떠드는 뱃사람들을 천천히 휘둘러보았다.

"형님이 만들었다는 그 괴물로 인해 제가 사랑하는 사람들이 모두 죽었습니다. 저 혼자 살아남았죠. 차라리 나도 그 괴물의 손에 죽음을 당했더라면, 레테의 강을 건너 영원한 망각 속에서 안식을 취했더라면……. 나에게 닥친 이 끔찍한 운명의 정체가 도대체 무엇인가? 그걸 제 손으로 파헤쳐보지 않고는 도저히 제정신으로 살아갈 자신이 없더군요. 지난 십여 년 동안 선장님 편지를 바탕으로 형님과 괴물의 행적을 샅샅이 훑었습니다. 잉골슈타트에서 형님이 실험실로 썼던 하숙집에 가보고 지도했던 교수들을 만나고 재료를 얻었다는 납골당, 해부실, 도살장을 찾아다녔죠. 샤모니로 가서 괴물의 오두막이 있었다는 몽탕베르산을 뒤지고, 괴물의 배우자를 만들었다는 스코틀랜드 오크니제도의 섬들을 헤집고, 아일랜드의 감옥에도 들렀습니다. 퍼즐을 맞추듯 여기저기서 조각들을 찾아 모았죠. 그런데 이상하죠. 조각을 하나하나 끼워갈수록 편지내용과는 다른 그림이 나타나더군요."

청년의 목소리는 담담하게 일정한 톤을 유지했다.

"제 이야기를 한번 들어보시겠어요? 빅터 형은 생명을 창조하겠다는 거창한 계획을 늘어놓으면서 그 동기에 대해서는 은근슬쩍 얼버무렸어요. 이상하지 않던가요? 구체적인 설명도 없고 그럴듯한 이상이나 야망도 안 보이고. 단지 '행복하고 뛰어난 수많은 생명체들이 나로 인해 탄생하게 될 것이다'라는 두루뭉술한 선언이 전부였죠. 뭐였을까요? 빅터 형은 막연히 신이 되고 싶었던 걸까요? ……아니에요. 형님은 말이죠, 신을 거부하고 온전한 자기 자신이 되고자 했던 겁니다."

선장은 눈을 끔벅이며 청년을 건너다보았다.

"오래전, 대여섯 살 무렵인가, 우연히 엘리자베스 누나의 방에 혼자 있는 빅터 형을 본 적이 있었어요. 거울 앞에서, 그녀의 보랏빛 드레스를 입고……. 지금도 생생해요. 발갛게 상기된 얼굴, 앙다문 입술, 거울을 깨뜨려버릴 듯 노려보던 그 눈빛이. 그땐 그냥 이상하다고만 생각했는데, 이제야 그게 무얼 의미하는지 알겠더군요. 빅터 형은 신이 부여한 정체성 이외의 또 다른 자아를 품고 있었던 거예요. 본인도 괴로웠겠죠. 봄이 오고 꽃이 피듯 자연스런 욕망은 억누른 채, 신의 섭리를 거역한다는 죄책감만 끌어안고 살아야 했으니. 제네바공화국에서도 알아주는 프랑켄슈타인 가문의 장자가 말입니다. 게다가 형님은 인간이란 환경과 교육에 의해 후천적으로 만들어진다는 백지설의 신봉자였어요. 그런데 유복하고 화목한 가정에서 최고의 교육을 받고 자란 본인이 그 신념을 정면으로 반박하는 꼴이었죠. 자기가 신의 실수로 생겨난 추악한 괴물로 여겨졌을 겁니다. 내면의 비밀을 숨긴 채 선량한 가족들을 대하기가 특히 괴로웠을 테죠. 제네바를 벗어나 잉골슈타트의 대학으로 떠날 때 형님은 잠시나마 해방감을 느끼지 않았을까요? 거기서 괴로움을 잊을 요량으로 화학이건 생리학이건 닥치는 대로 몰두했겠죠. 그러다가 빅터 형은, 그 모든 고뇌에서 해방될 수 있는 무서운 계획을 세웠던 겁니다."

"무서운…… 계획?"

"형님은 생물학적으로 여성이 될 수 있는 방법을 발견했던 거예요. 하지만 가족이나 지인들 앞에서 그런 신성모독을 행할 용기는 없었겠죠. 그래서…… 또 하나의 빅터 프랑켄슈타인을 만들기로 한 겁니다. 수십 구의 사체를 자르고 이어 붙여 자신과 꼭 닮은 형체를 만들고 거기에 생명을 부여하려 했던 거죠. 그 꼭두각시를 자기 대신 현실의 흐름에 끼워넣고, 자신은 허구의 존재가 되어 본능에 따라 자유롭게 살아가겠다는 계획."

선장은 숨이 넘어갈 것처럼 웃음을 터뜨렸다.

"나도 뱃놈들 허풍에 이골이 난 사람인데, 내 들어본 중 가장 못 말리는 헛소리구먼. 남자가 여자가 된다니, 어디 가당키나 한가! 그래서? 꼭 닮은 쌍둥이를 만들려다가 손재주가 없어 집채만 한 괴물이 태어난 건가?"

"아뇨, 형님은 실패했어요. 시체를 붙여 생명체를 만든다는 게 어디 가당키나 합니까."

청년은 입술을 비틀며 생기 없이 웃었다.

"그래요, 애당초 헛소리였어요. 궁지에 몰린 영혼이 쥐어짜낸 발악일 뿐이었죠. 문제는 그다음이었습니다. 몸을 상해가며 밤낮없이 매달리다가 문득 정신을 차려보니, 주위는 온통 처참하게 잘린 팔다리며 허연 뼈다귀, 썩어가는 내장무더기들……. 그 참혹한 폐허에 파묻혀 광인의 몰골을 하고 있는 자신이 어떻게 보였을까요? 그동안 한껏 부풀었던 희망을 지렛대 삼아 튕겨나간 절망은, 극렬한 분노로 바뀌었겠죠. 그 대책 없는 분노가 향할 곳은 한 군데뿐이었어요. 자신의 진짜 모습을 표출할 수 없게끔 주위를 가리고 있던 장막, 꼭두각시를 끼워 넣으려 했던 현실세계."

청년은 검지를 세워 자신의 머리통을 툭툭 쳤다.

"악마가, 빅터 형의 영혼 속에 똬리를 튼 거예요. 악마의 숨결로 부풀어오르던 광기가 결국 쾅, 폭발한 거죠. 너무나 끔찍한 방식으로. 순진무구한 자신의 어린 시절인 윌리엄을, 닿을 수 없는 연모의 대상인 클레르발을, 안타까움만 더해주는 일편단심 약혼녀 엘리자베스를, 자신의 비참한 껍데기를 해맑게 비추는 밝은 세상의 거울들……. 모두 깨뜨려버린 겁니다. 서글픈 일이에요. 가장 많은 시간을 함께 보내고 나를 가장 사랑해주는 이들이, 동시에 가장 무거운 족쇄가 될 수 있다는 건."

"어이가 없군. 고결한 성품을 지녔던 자네 형님이, 미치광이 살인마였다는 겐가?"

"어디에서도 형님이 만든 괴물의 흔적을, 그놈이 여기저기 다니며 살인을 저질렀다는 증거를 찾을 수 없었죠. 반면 세 건의 살인현장에 모두 빅터 형이 있었던 게 과연 우연일까요?"

"프랑켄슈타인은 윌리엄이 죽었을 때 클레르발과 잉골슈타트에 있었네. 기별을 받고서야 제네바로 떠났다고……"

"거짓말이었어요. 집세 계산에 꼼꼼한 하숙집 여주인의 말에 따르면 형님이 떠난 건 윌리엄이 죽기 이 주 전이더군요. 또 크렘프 교수는 생물학적 성전환이라는 엉뚱한 주제에 몰두하던 괴짜 학생에게 핀잔을 주었던 일을 똑똑히 기억하고 있었고. 아일랜드에서 클레르발의 살인혐의로 체포되었을 때가 최대 위기였죠. 본인은 알리바이가 확인되어 풀려났다고 했지만 은밀히 조사해보니 아버지의 재력과 연줄이 작용한 결과더군요. 차라리 그때 감옥에서 썩었더라면, 천사 같은 엘리자베스가 신혼 첫날밤에 당한 끔찍한 비극은 피할 수 있었을 텐데……."

"그건 모두 괴물의 짓이야! 자네도 그 교활한 악마에게 속고 있는 거라고."

선장은 힘겹게 소리치고 나서 침을 꿀꺽 삼켰다. 청년은 빙긋이 미소를 지으며 손가락 끝으로 술잔을 집었다. 하지만 여전히 마시지는 않고 탁자 위에서 빙글빙글 돌리기만 했다.

"괴물…… 그 부분이 재미있어요. 혹시 선장님의 편지에 있던 이 구절을 기억하나요? '나는 당신의 아담이건만, 아무런 죄도 없이 당신에 의해 기쁨에서 쫓겨나 타락한 천사가 되었소.' 몽탕베르에서 만난 괴물이 형님에게 했다는 말이죠. 자신의 억울한 처지를 항변하면서. 그런데 왠지 낯익은 글귀더군요. 분명 어릴 적에 어디선가 봤던 기억이 가물거리는 거예요. 답은 제네바 저택의 서재에서 찾을 수 있었죠. 그 구절은 오래전 누군가 『실락원』의 한 페이지에 조그맣게 휘갈겨놓은 낙서였어요. 누구의 필체인지는, 한눈에 알 수 있었죠."

청년의 눈동자가 형형하게 빛났다.

"유일한 구원이라 여겼던 계획이 실패로 돌아간 걸 인정하고 싶지 않았을 겁니다. 뭐라도 만들어내야 했겠죠. 구원이 없다면, 악마의 손을 잡을 용기라도……. 망상 속에서 형님은 차츰 둘로 분열되었어요. 내면에 있던 또 하나의 자아가 뒤틀리고 왜곡되어 부풀어오르기 시작했죠. 자신에게 여자를, 흉측하게 생긴 여자를 만들어달라는 괴물의 외침이 의미심장하지 않나요? 용납할 수 없는 자신의 일부분, 자신의 광기, 자신의 죄의식, 격정, 공포, 분노, 절망, 자기 안에 버려진 온갖 찌꺼기들을 누덕누덕 기워 전기충격으로 생명을 부여한 겁니다. 형님이 창조한 건 시체로 만든 괴물이 아니라, 망상을 꿰매어 만든 이야기였어요. 너무 추하다는 이유로 자신이 외면한, 결국 복수의 화신이 되어 창조주가 사랑하는 이들을 잔인하게 죽여버린 괴물의 이야기. 스스로를 용서하는 면죄부. 게다가 괴물은 태어나자마자 버림받고 냉대와 핍박 속에 지냈기 때문에 그런 흉포한 존재가 되었다는 설정으로, 그 잘난 신념마저 다시 챙길 수 있었죠. 그 와중에, 참 치밀한 사람이에요. 그러고는 무슨 순교자라도 되는 양 괴물을 잡겠다며 제네바에서 지중해로, 타타르와 러시아로, 인간의 발길이 닿지 않은 북극까지, 복수의 순례를 나선 겁니다. 뒤쫓고 있는 것이 바로 자기 자신인지도 모른 채."

"미쳤군! 악마가 영혼을 차지한 건 바로 자네로군!"

선장은 주먹으로 탁자를 치며 벌떡 일어났다. 그러나 어지러운 듯 비틀거리다가 다시 털썩 주저앉았다.

"그런데 말입니다, 제 이야기에도 치명적인 허점이 하나 있습니다."

청년은 왼손과 오른손을 가슴 앞으로 천천히 모아 기름한 다섯 개의 손가락 끝을 서로 맞닿게 했다.

"그게 바로 월턴 선장님 당신이지요. 선장님은 빅터 형이 숨을 거둔 선실에서 괴물을 직접 만났다고 편지에 썼으니까. 선장님의 말이 사실이라면 제 가설은 모두 엉터리 망상일 뿐이겠죠. 저는 여러 가능성을 염두에 두고 곰곰이 생각, 또 생각을 했습니다. 하지만 오랜 시간을 들여 수집한 증거들이 제 가설을 포기하지 못하게 하더군요. 그래서 생각을 다른 방향으로 돌려보았죠. 혹시 월턴 선장도 거짓말을 한 게 아닐까? 그렇다면 왜? 왜 있지도 않은 괴물을 보았다고 한 걸까?"

선장은 허겁지겁 잔에 럼주를 따라 들이켰다.

"답은 선장님 스스로 편지에 썼더군요. 형님이 선장님께 했던 충고가 기억나시나요? '나의 모든 생각과 희망은 수포로 돌아갔고, 전능함을 갈망하던 대천사처럼 나는 영원히 지옥에 갇히게 된 거지.' 충고라기보다는 자기 넋두리였지만."

청년은 술병을 조금씩 기울여 선장의 잔을 마지막 한 방울까지 가득 채웠다. 선장이 떨리는 손으로 잔을 집어 들자 찰랑거리며 넘쳐흐른 술이 테이블의 나뭇결 사이로 스며들었다.

"당신의 괴물은 오만한 야망과 어리석은 허영심이었어요. 아마 선장님도 처음에는 황당무계한 시체인간 이야기를 조난자의 정신착란 탓으로 여겼을 겁니다. 그러던 중 필생의 꿈이었던 북극항로 개척에 실패하고 배를 돌려야 하는 상황이 된 거죠. 지금껏 품었던 야망을 지렛대 삼아 튕겨나간 좌절감, 감당하기 힘들었겠죠. 목숨처럼 여기던 명예와 이상은 땅에 떨어지고, 비루한 실패자로 사랑하는 누이와 지인들을 대면해야 했으니. 영원히 지옥에 갇혀야 했으니. 편지를 보면 극단적인 선택까지 염두에 두셨더군요. 하지만 당신은 차마 그 선택에 손을 뻗지는 못했죠. 대신 빅터 형의 말에 새롭게 귀를 기울이기 시작한 겁니다. 형님은 진작부터 당신의 야망을 경계하며 자연을 파헤치려는 과학적 이성의 폐해에 대해 경고했으니까요. 엘리트 과학자의 비극적 몰락. 자신의 실패를 가려주고 위무해줄 수 있는, 살아서 돌아간다는 수치심을 덜어줄 수 있는 적절한 드라마였겠죠. 그래서 선장님은 허공을 휘젓는 피에로의 팬터마임에 동참하기로 한 겁니다. 펜을 들고, 빅터 형의 이야기 위에, 다시 당신의 이야기를 겹쳐 써내려간 거죠. 그 이야기를 누이에게 편지로 써서, 아주 자세히도 써 보내, 주위에 퍼지게 한 것이고."

청년은 앞에 있던 잔을 들어 럼주를 단숨에 비웠다. 얼굴을 찡그리며 탁, 소리가 나게 잔을 내려놓았다.

"시체를 꿰매어 만든 괴물 같은 건, 처음부터 존재하지도 않았어요."

선술집 문이 열렸다 닫히며 꼬리 잘린 바닷바람이 후미진 그들 테이블까지 물비린내를 던져놓고 돌아섰다. 청년과 선장의 눈씨름이 이어졌다. 한동안 밀려나 있던 왁자한 소음이 다시 몰려와 두 사람을 에워쌌다. 선장의 입이 양쪽으로 길게 늘어지더니 사포로 돌을 문지르는 듯한 웃음소리가 새어나왔다. 벌겋게 핏발 선 눈이 기묘한 광채로 번들거렸다.

"재밌는 이야기로군. 아주 재미있어. 헌데 이상하네그려. 그러니까 자네 이야기에 따르면, 프랑켄슈타인 그 친구가 광기에 사로잡혀 사랑하는 가족들을 차례로 죽이면서, 자네 하나만은 건너뛴 게로군."

청년의 움푹 팬 뺨이 실룩거렸다.

"십 년이라…… 혼자 살아남는다는 게 얼마나 지루한 일인지 나도 좀 알지. 내가 실패를 가려줄 방패가 필요했다면, 자넨 증오할 대상이 필요했겠군. 그래서 자네도 펜을 들고, 내 이야기 위에, 다시 자네의 이야기를 겹쳐 써내려간 건가?"

선장은 연신 딸꾹질을 하며 웃어댔다. 청년은 주머니에서 장갑을 꺼내어 주먹을 쥐었다 폈다 하며 손가락 끝까지 밀어넣었다. 그가 자리에서 일어나 꼿꼿한 걸음걸이로 선술집을 나갈 때까지, 선장은 테이블에 엎어져 웃음인지 신음인지 거친 숨소리를 흘리며 웅얼거렸다.

"난 봤어…… 분명히 괴물을 봤다고…… 그 흉측한 놈을……."

8

메리 셸리 여사에게 편지라도 한 통 쓰며 이 글을 마칠까 한다. 일방적으로 전화를 끊어버리는 바람에 작별인사도 전하지 못한 게 마음에 걸린다. 비록 성의 있는 답변은 듣지 못했지만, 난 그 정도 교양머리는 갖춘 사람이니까.

셸리 부인, 부인이 우리에게 남긴 소설을 벌써 수차례 되풀이해 읽었지만, 피가 차갑게 얼어붙는 듯한 충격과 공포는 쉬이 느낄 수가 없군요. 지금은 피가 튀고 창자가 날아다니는 하드고어 영화들이 난무하는 세상이니까요. 그러면서도 부인의 책을 꽂아둔 책장으로 다시 향하는 손길의 작은 떨림은 또 무엇인지……. 이제 술 좀 작작 마시라는 경고가 아닌지 걱정입니다.

프랑켄슈타인 박사, 그의 안전그물은 부인의 것과 달리 너무 낮게 매달려 있었나 봅니다. 그의 비극이 부인 내면의 어떤 존재를 흔들어 깨운 것인지는 잘 모르겠습니다. 부인의 괴물은 무엇이었는지, 부인은 자신을 어떤 허구 속에 풀어놓고 싶었는지……. 산책 나간다는 핑계로 아무런 언질도 주지 않았으니까요. 아무튼 지금까지도 무한한 상상력의 터전이 되는 명작을 남겨주신 점에 대해 감사의 말을 전합니다. 비록 원형을 알아볼 수 없게 변형된 유사품이 다반사로 유통되지만, 해석의 다양성이라고 너그러이 이해해주세요.

하지만 저 역시 부인의 소설을 그대로 받아들이기에는 풀리지 않는 의문점들이 꼬리를 물었던 것도 사실입니다. 책의 내용과 부인의 삶을 반추해보는 과정에서 일련의 의문점들은 벽돌처럼 차곡차곡 쌓여 또 다른 상상의 성을 짓더군요. 그 내용에 대해서는 고인이 된 프랑켄슈타인 박사와 월턴 선장님의 명예에 상당히 누가 될 게 분명하지만, 아무런 거리낌 없이 공개하는 바입니다. 그래 봤자 호기심 많고 한가한 남정네의 백일몽일 뿐이니까요.

너무 걱정은 않으셔도 됩니다. 저도 제 상상의 성을 소설형태로 발표할 예정이니까요. 부인 말대로 허구라는 안전그물에 충격은 상당 부분 상쇄될 것이고, 의문점은 저와 같이 호기심 많은 독자들의 몫으로 남겨져…….

※ 이탤릭체는 메리 셸리의 1818년 판 『프랑켄슈타인』(임종기 옮김, 문예출판사, 2008)에서 일부 수정하여 인용했다.

이야기의 탑, 혹은 일인용 소설작법

최제훈의 「괴물을 위한 변명」은 모든 괴물의 원천이자 대명사가 된 『프랑켄슈타인』을 재독하는 일련의 과정, 그 자체를 허구화한 소설이다. 그런 점에서 이 소설은 의도적으로 정전正典을 뒤집고 왜곡함으로써 우리에게 익숙한 서사를 현재적 의미에서 재해석하는 일종의 '다시 쓰기re-writing'라고 할 수 있다. 다시 쓰기는 세 가지 층위에서 시도될 수 있다. 작가의 층위, 독자의 층위, 그리고 작품의 층위. 이는 하나의 문학작품을 해석하기 위해 거쳐야 하는 세 겹의 문이라고 할 수 있는 바, 그럴 때라야 비로소 한 편의 소설은 일정한 맥락context 속에서 의미를 생산하는 하나의 텍스트가 될 수 있다. 「괴물을 위한 변명」은 이렇듯 세 가지 층위에서 『프랑켄슈타인』에 접근하고 해석함으로써 『프랑켄슈타인』을 구성하는 맥락과 그러한 맥락 속에서 산출되는 다양한 서브 텍스트를 펼쳐놓고 있다. 「괴물을 위한 변명」의 전반부에서 서술자가 다소 과장된 목소리로 풀어놓는 『프랑켄슈타인』에 관한 해석과 그 해석에 대한 또 다른 해석 등등은, 그런 점에서 지금까지 형성되어온 『프랑켄슈타인』의 콘텍스트를 총체적으로 망라한 '프랑켄슈타인' 종합선물세트처럼 보인다. 예컨대 서술자는 영화는 물론 만화, 연극, 뮤지컬, 심지어 광고 등에서까지 『프랑켄슈타인』이 끊임없이 새롭게 받아들여지는 저간의 상황을 상세하게 설명한다든지, 괴물에 대한 오해가 무엇이며 어디에서 비롯되었는지를 조목조목 따진다든지 하면서, 제목 그대로 '괴물을 위한 변명'을 다양하게 시도한다.

그러나 이 소설이 단지 '괴물을 위한 변명'에만 그치는 것은 아니다. 「괴물을 위한 변명」이 흥미로운 점은 『프랑켄슈타인』이라는 소설의 행간을 읽으면서 작품 속 '틈새'에 주목하고 그러한 풀리지 않는 의문점들을 차곡차곡 쌓아 작가만의 상상의 성을 쌓는 과정을 여과 없이 보여주고 있다는 것이다. 그것은 일종의 "좋을 대로 생각"하기 전략이다. 이를 위해 서술자는 프랑켄슈타인 박사와 그의 죽마고우인 앙리 클레르발의 잠재적 동성애 관계와 소설의 형식 등에 주목하는데, 그중에서도 원작소설이 서간체이면서 다중액자기법으로 구성되었다는 점에 주목한다. 이 기법의 핵심은 겉보기에는 서술의 객관성을 담보하는 것처럼 보이지만, 실은 모두 전해 들은 말의 연쇄라는 것이다. 소위 '카더라 통신'이라는 것. "괴물이 빅터에게, 빅터가 월턴 선장에게, 선장이 사빌 부인에게, 사빌 부인이 메리 셸리에게, 셸리 여사가 우리에게……" 즉 빅터 프랑켄슈타인이 괴물이라는 허구를 통해 스스로를 허구화한 것처럼, 월턴 선장은 빅터를 통해, 사빌 부인은 선장을 통해, 메리 셸리는 사빌 부인을 통해, 또 누군가는 다른 누군가를 통해 그러한 허구화의 연쇄는 계속 이어진다는 것이다.

그리고 그러한 허구화의 연쇄를 통해 빅터 프랑켄슈타인의 괴물이야기는 "스스로를 용서하는 면죄부"가, 월턴 선장의 빅터 이야기가 "자신의 실패를 가려주고 위무해줄 수 있는" 드라마가 될 수 있게 된 것이다. 메리 셸리 또한『프랑켄슈타인』을 통해 그녀의 비극적 가족사를 "허구라는 안전그물" 위에 풀어놓고 싶었던 건지도 모른다.

　그렇다면 이 소설을 읽는 우리 독자 또한 그러한 이야기의 탑 위에 자기만의 상상과 허구로 가공된 이야기를 얹어놓을 수 있는 것 아닌가? 근대 이전에 작가미상의 구전되는 이야기를 들으면서 자기만의 이야기 판본을 덧대는 것처럼, 작가는 오늘날『프랑켄슈타인』을 허구적, 실제적 인물들 사이에서 구전되는 이야기로 만듦으로써 일반 독자들의 개인용 소설작법의 가능성을 타진하고 있는 것은 아닌가? 그렇다면 결국 작가가『프랑켄슈타인』초반에 잠시 등장했다가 사라진 빅터 바로 밑의 동생인 에르네스트 프랑켄슈타인을 다시 소환해서 이야기하고 싶었던 것 또한 이와 다르지 않을 것이다. 그것은 바로 "내 이야기 위에, 다시 자네의 이야기를 겹쳐 써내려"가는 것에 다름 아니다. 「괴물을 위한 변명」은 이렇듯 한 작품에 대한 적극적인 독법을 통해 자신만의 일인용 소설을 만들어내는 과정 자체를 허구라는 틀 속에서 제시함으로써, 작가와 독자, 독자와 작가의 경계가 흐려지는 이즈음의 창작 풍경을 암시적으로 포착하고 있다. 그런 맥락에서 소설의 결말부분에서 작가가 메리 셸리에게 던진 질문, 즉 "부인의 괴물은 무엇이었는지, 부인은 자신을 어떤 허구 속에 풀어놓고 싶었는지……"라는 질문은 그대로 작가 자신에게 돌릴 수 있을 것이다. '작가의 괴물은 무엇입니까?'

2010 현장비평가가 뽑은 올해의 좋은 소설

지은이 ㅣ 권여선 외
펴낸이 ㅣ 양숙진

초판 1쇄 펴낸날 ㅣ 2010년 6월 30일

펴낸곳 ㅣ ㈜**현대문학**
등록번호 ㅣ 제1-452호
주소 ㅣ 137-905 서울시 서초구 잠원동 41-10
전화 ㅣ 516-3770
팩스 ㅣ 516-5433
홈페이지 ㅣ www.hdmh.co.kr

ⓒ 현대문학 2010

값 12,000원

ISBN 978-89-7275-465-7 03810